Schonungslos offen …

Irene Matt

Schonungslos offen ...

Irene Matt

»Spieglein, Spieglein an der Wand ...«
GEBRÜDER GRIMM

www.irenematt.de
i.matt@gmx.de

Gestaltung: Finken & Bumiller, Stuttgart
Druck: Memminger MedienCentrum, Memmingen

Vertrieb: Verlag am Eschbach der Schwabenverlag AG
Im Alten Rathaus/Hauptstraße 37
D-79427 Eschbach/Markgräflerland
www.verlag-am-eschbach.de

ISBN 978-3-86917-801-1

Gitano

Alexandra schrieb ihren Bericht. Oder besser, sie sollte ihn schreiben, doch ihre Gedanken verweigerten ihr den Gehorsam und schweiften ab. Ihr letzter Fall konnte zwar als gelöst bezeichnet werden, aber er war noch nicht ablagereif. Es genügte ihr nicht, ein entsprechendes Protokoll zu verfassen und die Angelegenheit als eine weitere Akte mit der Nummer X ins Archiv zu stellen. Ein Mensch war jäh aus dem Leben gerissen worden, und ein anderer trug dafür die Verantwortung. Sie fragte sich, was im Vorfeld nötig gewesen wäre, um die Tat, die sie zu Protokoll bringen sollte, zu verhindern. Leider waren sie und Isidor zu spät gekommen.

Die Kommissarin lenkte ihren Blick zum Fenster. Sie dachte an ihren Mann. Mit ihm sprach sie oft darüber, dass es besser wäre, Verbrechen zu verhindern, als sie aufklären zu müssen. Langsam gelang es ihr, ihre Gedanken zu sammeln und den Verlauf der Ereignisse zu rekapitulieren. Der Fall hatte damit begonnen, dass die Haushälterin des katholischen Gemeindepfarrers den Notruf gewählt hatte, weil aus dem Sprechzimmer des Geistlichen lautes Geschrei und beängstigende Geräusche gedrungen waren. Die Kollegen vom Streifendienst waren innerhalb der angestrebten sieben Minuten vor Ort gewesen, hatten aber keine Streithähne vorgefunden, sondern den blutüberströmten Pfarrer, und umgehend den Notarzt und das Kommissariat verständigt. Nach ihrem Eintreffen hatten Alexandra und Isidor die Haushälterin vernommen. Sie war die einzige Zeugin. Sichtlich erregt hatte die stämmige Frau ihre zitternden Hände gerungen und nach Worten gesucht, um das Drama zu beschreiben, das sich abgespielt hatte. Isidor hatte interessiert beobachtet, wie seine Chefin die Zeugin mit ihrem berühmten „Was-kann-ich-dir-glauben?“-Blick gemustert hatte. An der Frau war alles rund gewesen, angefangen von ihrer altmodischen Dutt-Frisur bis zu den dicken Filzpantoffeln. Mit hochrotem Kopf hatte sie stockend berichtet, sich dabei immer wieder lautstark geschnäuzt und mit einem zerknüllten Taschentuch die Tränen aus dem Gesicht gewischt.

Die Ermittler erfuhren, dass der Pfarrer sich seit einigen Jahren im Rahmen seiner seelsorgerischen Tätigkeit um einen jungen Mann gekümmert hatte, der, seit er im Ferienlager durch einen Erzieher missbraucht worden war, an Schizophrenie erkrankt war. In den letzten Monaten hatten sich seine Besuche im Pfarrhaus gehäuft. Dabei war es zu heftigen Auseinandersetzungen gekommen – hauptsächlich deshalb, weil der Pfarrer ihm erlaubt hatte, den sonntäglichen Gottesdienst mit der Trompete zu begleiten. Als Musiker hatte der junge Mann jedoch bei jedem Engagement nach kurzer Zeit Schwierigkeiten bekommen, weil er sich nicht an das vereinbarte Programm und seine Einsätze hielt. Zuletzt, beim Weihnachtsbasar der Realschule, hatte er plötzlich Jazz statt der geplanten Weihnachtslieder gespielt, weil ihn „O du fröhliche" langweilte. Mit dem Organisten und dem Chor hatte er einen Kleinkrieg darüber angefangen, wie viele Trompeteneinsätze er innerhalb einer Messe bekam. Der gutmütige Pfarrer hatte versucht, zwischen den Parteien zu vermitteln, so gut es ging, dennoch waren die Szenen, die der Trompeter ihnen machte, immer unangenehmer geworden. Jede harmlose Bemerkung hinsichtlich seines Spiels hatte er als persönlichen Angriff empfunden, jegliche Korrektur an seinen Vorstellungen vom Ablauf der Messe begriff er als Misshandlung seiner Person. Der Organist, ein schmächtiger Musiklehrer, der es gewagt hatte, ihn darauf hinzuweisen, dass am Sonntag nur zwei Strophen des Dankgesanges geplant waren, musste sich vor seiner Raserei hinter der Orgel in Sicherheit bringen. Er hatte sich daraufhin beim Pfarrer beschwert und sofort eine Entscheidung im Sinne von „Einer muss gehen – der Verrückte oder ich" verlangt. Dem Pfarrer war die leidige Pflicht zugekommen, den Geist, den er gerufen hatte, wieder in seine Flasche zu bannen. Er hatte den jungen Mann schriftlich um ein abschließendes Gespräch gebeten. Dass der Trompeter seine stark nebenwirkungsbehafteten Medikamente abgesetzt hatte, weil er „leicht wie ein Engel" sein wollte, und darum auch wieder Stimmen hörte, wusste niemand.

In der Psychiatrie stellte sich heraus: Diese Stimmen hatten dem Verwirrten eingegeben, der Pfarrer sei ein Diener des Teufels, der ihn daran hindern wolle, den Heiland mit reinen Klängen zu ehren. Um seine Mission zu retten, war er mit einem geschickt verborgenen Messer in die Sprechstunde des Seelsorgers gekommen. Als er erkannte, dass der Pfarrer sich nicht umstimmen lassen würde, stach er erbarmungslos auf den vermeintlichen Teufelsgesellen ein, bis dieser zusammenbrach. Die verängstige Haushälterin beobachtete, wie er nach der Bluttat das Pfarrhaus verließ.

Alexandra Rau und ihr Assistent Isidor Rogg erreichten den Tatort kurz nach dem Notarzt, der den Tod des Geistlichen feststellte. Alexandra stand im Sprechzimmer des Opfers und konzentrierte sich auf die

Atmosphäre, während die Haushälterin aufgeregt allen Anwesenden erzählte, was sie von dem Unglück mitbekommen hatte. Einer Eingebung folgend, ging die Kommissarin aus dem Haus und den schmalen Weg zur Kirche hinauf. Gespenstische Stille umfing sie, als sie sich dem Gebäude näherte. Sie sah, dass die schwere Holztür der Kirche nur angelehnt war. Ihre Hand wanderte zu ihrer Waffe. Vorsichtig schob sie die Tür auf und spähte hinein. Im sanften Licht der Buntglasfenster sah sie eine Gestalt regungslos vor dem Gekreuzigten knien. Als sich ihre Augen an die Dunkelheit gewöhnt hatten, erkannte sie, dass es sich um einen mageren, beinahe kahlköpfigen Mann handelte. Er trug Jeans und einen Rollkragenpullover. Die dunklen Flecken darauf waren nicht zu übersehen. Ein blutiges Messer lag wie eine Opfergabe auf dem Altar. Am Boden lag eine Trompete, auf deren Metall ein Sonnenstrahl funkelte.

Die Kommissarin analysierte die Situation. Keine Frage, dass sie den Täter vor sich hatte. Es schien ihr geboten, den Mann an Ort und Stelle festzunehmen, damit keine weiteren Personen gefährdet wurden. Dass er die Tatwaffe bereits abgelegt hatte, erleichterte die Aufgabe. Beim Zugriff mussten die Kollegen darauf achten, ihn von dem Messer fernzuhalten. Sie musterte den Mann, um einschätzen zu können, wie gefährlich er noch war. Plötzlich richtete er sich auf. Ohne sie zu bemerken, griff er nach der Trompete und begann eine Art Fanfare zu spielen. Zunächst klangen die Töne nach Triumph, schlugen aber bald in ein schauerliches Klagen um, das Alexandra durch Mark und Bein ging. Sie hatte genug gesehen. Leise verließ sie die Kirche, zog die Tür hinter sich zu und wählte Isidors Nummer.

„Nanu, Chefin. Wo sind Sie?“, wunderte er sich.

„Kommen Sie sofort zum Eingang der Kirche, und fordern Sie Verstärkung an. Der Täter ist drinnen. Finden Sie heraus, ob die Kirche noch einen anderen Fluchtweg hat. Außerdem benötigen wir einen Arzt. Ist der Notarzt noch da?“

„Nein.“

„Geben Sie das an die Zentrale durch.“ Sie legte auf, bevor Isidor antworten konnte.

Wenige Minuten später wimmelte es auf dem schmalen Weg von Einsatzkräften und Fahrzeugen. Alexandra instruierte die Männer, deren Aufgabe es war, den Trompeter festzunehmen. Sie wies sie ausdrücklich auf das Messer in seiner Reichweite und seine bereits bewiesene Gewaltbereitschaft hin. Sie wusste, welch enorme Kräfte psychisch

Kranke entwickeln konnten, wenn sie sich bedroht fühlten. Ein weiteres Blutvergießen musste vermieden werden. Auf ihr Zeichen begann der Zugriff. Nach wenigen Minuten war der Spuk vorbei. Wider Erwarten ließ sich der verwirrte Mann willig wie ein Lamm abführen. Er schien von der Erfüllung seiner wahnhaften Mission zutiefst befriedigt zu sein. Alexandra blickte dem Krankenwagen nach, der ihn in die Psychiatrie bringen würde. Als Isidor ihr zu dem gelungenen Einsatz gratuliert hatte, hatte sie knapp entgegnet, dass man in diesem Fall wohl kaum von anspruchsvoller Ermittlungsarbeit sprechen könne.

Seufzend wandte Alexandra sich wieder dem Bericht auf ihrem Schreibtisch zu. Allmählich ließ ihre Anspannung nach, und ihr fiel ein, dass sie ein Privatleben hatte. Eigentlich hatte sie an diesem Abend mit Hermann in die Stadt fahren und in diesem neuen Restaurant essen gehen wollen, aber dafür würde es zu spät sein, wenn sie endlich nach Hause kam. Ihr war der Appetit sowieso vergangen. Der penetrante Geruch von Blut verursachte ihr Übelkeit, und der Stress bei der Ergreifung des unberechenbaren Täters hatte sein Übriges getan. Sie blickte auf ihre Armbanduhr. *Ach, du Schande!* Die Reinigung hatte schon lange geschlossen. Den Abholzettel für ihr rotes Seidenkostüm trug sie seit über zwei Wochen mit sich herum.

Resigniert griff sie nach ihrem Handy, um Hermann wenigstens darüber zu informieren, dass er alleine essen musste. Ihrer Figur zuliebe würde sie es heute bei einem Eiweißdrink belassen. Zum Glück kannte Hermann die Widrigkeiten ihres Berufs selbst zur Genüge, sodass es Alexandra erspart blieb, am Ende eines solchen Arbeitstages auch noch einen frustrierten Mann trösten zu müssen. Das war in ihrer Beziehung mit Dietmar anders gewesen. Sie grinste, als sie an die Schulglockenmentalität ihres Ex-Partners dachte. Sein Leben war durchstrukturiert gewesen wie der Stundenplan, dem er folgen musste. Glücklicherweise hatte er es nach wenigen Jahren des Zusammenlebens vorgezogen, sein weiteres Leben mit einer Sport- und Handarbeitslehrerin zu verbringen. Hermann, ihr jetziger Mann, war ihr ehemaliger Ausbilder, der dem Kommissariat als Profiler zur Verfügung stand und daneben eine Studie zur Resozialisierung bestimmter Straftäter leitete. Sie waren sich nähergekommen, als er sie gefragt hatte, ob sie bereit wäre, bei den Sitzungen der Therapiegruppe das Protokoll zu führen. Mittlerweile leitete er die dritte Gruppe, und sie begleitete und protokollierte diese Sitzungen noch immer. *Verflixt! Das letzte Protokoll war noch nicht fertig.* Nicht zuletzt durch dieses Engagement stellte sich ihr zunehmend die Frage nach der Vermeidbarkeit von Verbrechen. Sie seufzte erneut. Auf ihrem Schreibtisch lag ein Stapel unerledigter Akten. Sie hasste diesen Teil ihrer Arbeit mit jedem Dienstjahr mehr. Über diesen Gedanken fiel ihr der Freiburger Staatsanwalt ein, der Akten, die ihm auf die Nerven gingen, kurzerhand vernichtet hatte. Sie konnte ihm das gut nachfühlen.

Amüsiert blickte sie abermals zum Fenster. Es ging auf Ostern zu, und laut Kalender hatte der Frühling begonnen, aber noch war das Grau vor den regenbetropften Scheiben dominant. Einziger Lichtblick waren ihre selbst gezogenen Tulpen auf dem Fensterbrett. Gerade entwickelte sich eine Kombination aus fünf Exemplaren von *Victoria's Secret*, einer dunkelrot leuchtenden Papageientulpe, und sieben *Flaming Evitas*, die gefüllte weiß-gelbe Blüten hatten. Sobald sich die Blüten entfalteten, würde sie die Stiele abschneiden und in eine Vase stellen. Auf diese Weise hielten sie sich innerhalb geschlossener Räume am längsten. Im Freien hing die Blühdauer von der Witterung ab. Einem späten Schneefall, wie er im Hotzenwald gang und gäbe war, hielten die Pflanzen jedenfalls unbeschadet stand. Alexandra liebte Tulpen aller Art. Es gelang ihr in jedem Frühjahr, über zwei Monate hinweg ein Feuerwerk der Farben zu veranstalten. Sie genoss es, den Entwicklungsprozess der herrlichen Blumen zu beobachten: wie sie sich ausformten, in immer satter werdenden Farben entfalteten und dann zunehmend verblassten, bis die vormals strahlend bunten Kelchblätter schließlich transparent erschienen. Sie konnte ohne Weiteres nachvollziehen, wieso es im 17. Jahrhundert in Holland zu einer Tulpenhausse gekommen war, bei der sich so mancher Spekulant um Haus und Hof gebracht hatte. Als die Spekulationsblase platzte, stürzten die Preise von bis zu 10.000 Gulden (so viel kostete damals ein Grachtenhaus) pro Zwiebel quasi ins Bodenlose. Sorten wie *Crispa Crystal Beauty*, eine Tulpe mit dunkelroter, an den Rändern ausgefranster Blüte, oder *Vivid Flora Artist* mit orangeroten, spitz zulaufenden Blütenblättern waren daran ebenso beteiligt gewesen wie die rot-weiß gefüllte *Horizon* oder die dunkelviolette *Blue Diamond*. Über dieses Hobby konnte Alexandra abendfüllende Vorträge halten. Oft stellte sie sich vor, wie sie später ihre eigene Sorte züchten würde.

Ihre zweite große Leidenschaft galt ihrem Norwegischen Waldkater Whisky. Schon Whiskys Anblick ließ sie nach einem harten Arbeitstag zur Ruhe kommen, besonders, wenn der Kater schnurrend auf ihrem

Schoß saß. Leider mochten Whisky und Hermann einander nicht. Alexandra war sicher, dass bei beiden Eifersucht im Spiel war. Whisky hatte, als sie noch Single gewesen war, in ihrem Bett schlafen dürfen. Das duldete Hermann in ihrem gemeinsamen Schlafzimmer nicht. Whisky wusste genau, wer hinter seiner Verbannung steckte, und nahm es ihm übel. Hermann war seinerseits genervt davon, dass Whisky keine Gelegenheit ausließ, sich auf Alexandras Schoß zu setzen, sobald sie zu Hause war.

Alexandra seufzte zum dritten Mal und wollte sich gerade wieder ihrem Bericht zuwenden, als es klopfte und Isidor vor ihr stand. Wenn sie sich aus dem Großraumbüro, in dem mehrere Schreibtische standen, hierher zurückzog, wollte sie alleine sein. Sie hätte gerne noch ein paar Momente gehabt, um sich zu sammeln, aber das war bei Isidors Temperament nicht möglich.

Als Assistent war Isidor Rogg ein Glücksgriff, aber er hatte ein paar nervtötende Marotten. So war es ihm beispielsweise ein großes Bedürfnis, Wörter und Redewendungen bis in ihre Verästelungen hinein zu verstehen. Zu diesem Zweck führte er stets ein etymologisches Wörterbuch mit sich. Wenn er etwas nicht durchschaute, grübelte er oft tagelang. Er war fast zwei Meter groß und gertenschlank, weshalb er immer ein wenig nach vorn geneigt ging. Seine Weltanschauung bezeichnete er selbst als „alternativ". Meist trug er einen filzigen Wollpullover und Jeans. Im Kommissariat brühte er sich scheußlich riechenden Tee aus Mate und allerlei Kräutern auf, und der Rucksack, der ihn zuverlässig begleitete, enthielt stets einen größeren Vorrat an Äpfeln, Karotten und Nüssen. Diese waren aus biologischem Anbau oder stammten von seiner Verwandtschaft, die seit Generationen einen Bauernhof in Herrischried bewirtschaftete. Isidor kannte keine Berührungsängste. Mit den meisten Leuten duzte er sich sofort, und dass er anzuklopfen hatte, bevor er in ihr Zimmer stürmte, hatte sie ihm mühsam beibringen müssen. Den Atem, ihm zum gefühlt hundertsten Mal zu sagen, dass er ihr „Herein" abwarten sollte, sparte sie sich, als sie bemerkte, wie aufgeregt er war. Eine angebissene Karotte in der Hand, sprudelte er los: „Chefin, schnell, wir sollen in Königs Büro kommen. Es gibt noch eine Leiche!"

„Oje", murmelte Alexandra und griff nach ihrer Jacke. Der ohnehin verspätete Feierabend war nur noch eine halbe Stunde entfernt gewesen. Jetzt existierte nicht einmal mehr der Gedanke daran. Schon auf dem Gang plante sie die nächsten Maßnahmen. Die Tür zum Büro ihres Chefs war nur angelehnt. Alexandra klopfte dennoch an.

Heinrich König telefonierte und lief dabei auf und ab wie ein Tiger im Käfig. Alexandra entnahm dem Telefonat, dass die Kollegen der Hundestaffel bereits auf dem Weg zum Fundort der Leiche waren. Sie tauschte einen Blick mit Isidor.

Der Kriminaloberrat bedeutete ihnen, sich zu setzen, und beendete das Telefonat mit der Anweisung, das gesamte Rheinufer bei Laufenburg als Such- und Sperrgebiet auszugeben. Dann wandte er sich an die beiden Kommissare: „Sie haben es eben gehört: Fundort ist der Grillplatz am Rhein."

„Das heißt, das muss nicht auch der Tatort gewesen sein." Isidor machte sich eine Notiz.

„Wir dürfen keine Zeit verlieren. Der Leichnam ist mithilfe der Papiere, die wir bei ihm gefunden haben, vorläufig identifiziert worden." König griff nach einem Blatt, das auf seinem Schreibtisch lag, und las vor: „Bei dem Toten handelt es sich um einen zweiundzwanzigjährigen Mann. Sein Name ist Gitano Patelli. Dem ersten Anschein nach wurde er erwürgt."

„Wer hat uns verständigt?", wollte Alexandra wissen.

„Seine Cousinen. Die beiden Frauen haben ihn beim Joggen gefunden und den Streifenbeamten gegenüber angegeben, dass sie mit dem jungen Mann verwandt sind."

Die Familie müssen wir uns genau ansehen, überlegte Alexandra. Aber auch die äußeren Umstände durften sie nicht vernachlässigen, auch wenn durch die parallel verlaufende B34 jede Menge Sisyphusarbeit auf sie wartete.

Als hätte er ihre Gedanken erraten, ergänzte ihr Vorgesetzter: „Wir sind angewiesen auf eine akribische Spurensicherung und eine lückenlose Rekonstruktion des Tagesablaufs. Was hat das Opfer wann genau getan? Zu wem hatte es Kontakt? Zurzeit befinden sich die beiden Frauen im Polizeiposten Laufenburg. Die Kollegen waren zum Glück so schlau und haben sie gleich einkassiert und fürs Protokoll auf die Dienststelle mitgenommen."

König griff erneut nach dem Telefonhörer. In einem für ihn untypischen Kasernenton sagte er: „Sie und Isidor fahren als Erstes zum Grillplatz, um sich ein Bild zu machen. Danach fahren Sie zum Revier in die Andelsbachstraße. Dort holen Sie die beiden Frauen ab und checken das familiäre Umfeld des Opfers. Ich koordiniere die Suche von hier aus und schicke zusätzliche Leute von der Spurensicherung los. In einer halben Stunde wird es dunkel." Er hielt inne. „Dem Namen nach zu urteilen handelt es sich um Sinti. Wir dürfen uns keinerlei Nachlässigkeit erlauben, das ist Ihnen sicher klar. Die Presseleute würden sich auf uns stürzen wie die Geier."

Alexandra und Isidor tauschten erneut einen Blick. Ihr Chef hatte mögliche politische Folgen immer im Hinterkopf.

„Das heißt, die engere Familie des Opfers weiß noch nichts?" Isidor schluckte.

„Genau das heißt es. Die Joggerinnen haben sich nicht getraut, jemanden von der Familie zu verständigen. Ich will, dass Sie", König fixierte Alexandra, „sich diese Familie ganz genau ansehen."

Alexandra nickte. Sie stand auf und griff nach der Türklinke. Isidor folgte ihr. Gemeinsam gingen sie den Korridor hinunter. Isidor meinte zu sehen, wie sich die Gedanken hinter Alexandras Stirn jagten. Schweigend holten sie ihre Dienstwaffen aus den Fächern. Isidor schulterte seinen Rucksack, der wie immer gut mit Proviant bestückt war und das dicke etymologische Wörterbuch beherbergte. Wenn in einem Verhör oder Gespräch ein für ihn interessantes Wort fiel, konnte er es kaum abwarten, es nachzuschlagen.

„Wie er sich das wieder vorstellt", sagte Isidor kopfschüttelnd, als sie im Dienstwagen saßen. „Wir sollen die zwei Frauen also abholen. Und was machen wir, wenn die das gar nicht wollen?"

„Fahren Sie erst mal los. Alles Weitere werden wir sehen. Vielleicht können wir die Laufenburger Kollegen dann darum bitten, die Frauen mit dem Streifenwagen nach Hause zu fahren." Sie holte ihr Handy aus der Handtasche. „Ich melde uns dort an. Sie sollen die Zeuginnen dabehalten, bis wir kommen. Ich möchte nicht, dass die Familie des Toten informiert wird, bevor wir uns selbst ein Bild machen konnten." Alexandra war sich sicher, dass Heinrich sie nicht angekündigt hatte. Der Beamte, der ihren Anruf entgegennahm, bestätigte das und versprach, darauf zu achten, dass die Frauen derweil mit niemandem telefonierten.

Im zäh fließenden Feierabendverkehr kamen sie nur langsam voran. Hinzu kamen unzählige rote Ampeln. Die meisten Fahrer blickten mürrisch drein und reagierten träge, wenn die Ampeln endlich auf Grün sprangen. Isidor trommelte mit den Daumen auf dem Lenkrad herum. Als er tief Luft holte, rechnete Alexandra damit, zum wiederholten Mal einen seiner Vorträge, zügiges Anfahren betreffend, über sich ergehen lassen zu müssen, aber sie irrte sich.

„Chefin, wussten Sie, dass das Wort *Ampel* seinen Ursprung im lateinischen *ampulla*, ‚kleine Flasche', und *amphora*, ‚zweihenkliger Krug', hat?"

„Nein." *Es wird ein etymologischer Vortrag*, dachte sie.

„Interessant ist, dass seit dem Mittelalter das ewige Licht in der Kirche so bezeichnet wird, später auch andere Hängeleuchten. Früher hingen die Ampeln meist über den Kreuzungen."

„Genau – und Sie meinen, dass manche Autofahrer deshalb auch ewig an der Ampel stehen?"

„Nö, das habe ich nicht gemeint, aber es stimmt." Er grinste. „Sie kommen auf die besten Ideen."

Sie wusste, wie unangenehm es Isidor war, Angehörigen eine Todesnachricht zu überbringen. Er versuchte sich vermutlich gerade abzulenken, indem er sich mit seinem Hobby beschäftigte. Ihr fiel dieser Teil ihrer Arbeit weniger schwer, da sie sich dabei meist darauf konzentrierte, Rückschlüsse aus den Reaktionen der Betroffenen zu ziehen und das Umfeld des Toten zu studieren. Für sie stellten Tatorte die größere Belastung dar. Die Atmosphäre von Gewalt und Tod legte sich bleischwer auf sie, und der Anblick der Opfer ließ sie oft tagelang nicht los.

„Na endlich", murmelte Isidor und bog von der B34 auf die schmale Straße ab, die zum öffentlichen Grillplatz führte. Ein Streifenwagen, mehrere zivile Einsatzfahrzeuge und der Leichenwagen standen nebeneinander auf dem Feld, das als Parkplatz für die Anlage genutzt wurde. Hinter den Fahrzeugen leuchteten die rot-weißen Absperrbänder, die die Kollegen gespannt hatten, um Schaulustige abzuhalten und Spuren zu schützen. Weiter links stand ein Motorroller, dessen Umgebung ebenfalls durch ein Absperrband gesichert war. Alexandra schlüpfte in ihren Overall. Aufmerksam registrierte sie die Details des Geländes.

„Alles voller Trugspuren hier. Schauen Sie mal, Isidor, allein die Zigarettenkippen. Das bedeutet jede Menge Arbeit für unser Labor."

Isidor mühte sich mit seinen Überschuhen ab und murmelte etwas, das wie ein Fluch klang.

Ein Kollege von der Spurensicherung kam auf sie zu und stellte sich vor. „Reinhold Schneider. Guten Abend, Frau Rau. Das meiste haben wir bereits im Kasten. Wir haben nur noch auf Sie gewartet. Wenn Sie fertig sind, kann der Leichnam abtransportiert werden. Unterschreiben Sie mir bitte, dass er zu uns in den Keller kommt. Anschließend fangen wir mit der Sicherung der Spuren in der Umgebung an."

„In Ordnung." Alexandra leistete die entsprechende Unterschrift. Sie gingen zusammen über den Platz. „Ist der Gerichtsmediziner schon fertig?"

„Ja, fast. Dr. Helmer telefoniert gerade mit dem Labor. Der junge Mann scheint hier erwürgt worden zu sein. Dr. Helmer vermutet, dass er überrascht und von hinten angegriffen wurde. Man erkennt im Gras frische Spuren, die darauf schließen lassen. Habe ich alles aufgezeichnet." Schneider tippte auf seine Kamera. Alexandra nickte. Im Hintergrund hörte man das Rauschen des Feierabendverkehrs auf der B34.

Sie standen jetzt vor der Leiche. Dr. Helmer hatte sein Gespräch beendet und reichte ihnen eine behandschuhte Hand. Da kaum Passanten unterwegs waren, hatte man auf das Aufstellen eines Sichtschutzzeltes verzichtet. „Das ist Gitano Patelli", sagte der Arzt und schlug das Tuch zurück, das den Toten bedeckte. Der junge Mann hatte schulterlange pechschwarze Locken und ein beinahe kindlich wirkendes Gesicht. Er lag auf dem Rücken, den Kopf zur Seite geneigt. Es wirkte als schlafe er. Alexandra schluckte. Allein die hässlichen Flecken an seinem Hals straften diesen Eindruck Lügen. „Seit wann ungefähr ist er tot?"

„Der Todeszeitpunkt dürfte zwischen Mitternacht und zwei Uhr morgens liegen. Wie Sie sehen, wurde er erdrosselt. Das Interessante daran ist, dass seine Hände gefesselt sind. An ihnen sind auf den ersten Blick keine Abwehrspuren erkennbar. *Prima specie* sieht es aus, als wäre er da drüben", der Mediziner deutete mit dem Finger zum nahen Waldrand, „hinterrücks überfallen und dann, den Gleitriefen nach zu urteilen, hierhergeschleppt worden. Ich vermute, dass er zuerst betäubt und dann gefesselt wurde. Sobald ich ihn auf dem Tisch habe, kann ich Genaueres sagen."

„Danke." Alexandra zeigte auf die Spuren unter den Füßen des Opfers. „Was ist damit?"

Dr. Helmer erklärte: „Das sieht aus, als wäre er zum Zeitpunkt des Erstickens wieder bei Bewusstsein gewesen. Er scheint sich in der Agonie verzweifelt gewehrt zu haben."

Über Alexandras Rücken jagte ein Schauer. Abrupt wandte sie den Blick ab. Das hatte sie zwar vermutet, aber die Bestätigung durch Dr. Helmer machte die Grausamkeit noch realer.

Helmer lächelte süffisant. Alexandra konnte ihn nicht leiden. Es war nicht das erste Mal, dass sie den Eindruck hatte, es mit einem verkappten Sadisten zu tun zu haben. Er leistete zwar – ganz im Gegensatz zu seinem Vorgänger, den ein schweres Alkoholproblem dienstunfähig gemacht hatte – hervorragende Arbeit, aber irgendwie war er ihr nicht geheuer. Ohnehin war es ihr ein Rätsel, wie sich ein Mensch freiwillig dafür entscheiden konnte, seinen Alltag mit Leichen in allen möglichen Stadien des Verfalls zu verbringen. Trotzdem mussten sie froh sein, dass die Daten, die sie von der Gerichtsmedizin benötigten, schnell und zuverlässig geliefert werden würden.

Sie räusperte sich. „Gut. Bis wann können wir mit weiteren Ergebnissen rechnen?“

„Das Wesentliche haben Sie bis morgen Mittag, aber der Kleinkram wird eine Menge Zeit beanspruchen.“

Alexandra suchte Isidors Blick. „Fertig?“

„Ja.“ Er klappte seinen Notizblock zu.

„Nehmen wir uns die Zeuginnen vor. Viel war offenbar heute hier nicht los, wenn die beiden Frauen ihn erst vorhin gefunden haben.“

„Mir wäre es auch noch zu kalt zum Grillen.“

Sie verstauten ihre Schutzkleidung im Kofferraum des Wagens. Isidor räusperte sich. „Ähm, also ... Chefin, dieser Dr. Helmer schaut Sie immer an, als hätte er Sie auch gerne auf seinem Tisch.“

„Was? Tot?“

„Nein, äh, eher ...“

„Nackt?“

„Genau.“

„Isidor, das geht zu weit.“ Sie spürte dem Gefühl, das Isidors Worte in ihr ausgelöst hatten, einen Augenblick nach. „Allerdings muss ich zugeben, dass ich schon angenehmere Begegnungen hatte.“

„Sag ich doch!“ Isidor startete den Wagen.

Der Verkehr hatte nachgelassen. Nach einigen Minuten erreichten sie das Revier. Beim Aussteigen schaute Alexandra auf ihre Armbanduhr. „Das hat gedauert. Ob die Zeuginnen noch da sind?“

Von draußen hörten sie das laute Zetern einer Frau. Dass sie auf die Kommissare aus Waldshut warten mussten, während Gitano tot auf der Erde lag, hatte die Geduld der beiden Zeuginnen offenbar über die Maßen strapaziert. Die Frauen wollten zu ihrer Familie, wollten, dass man sich umgehend um den Leichnam ihres Cousins kümmerte. Dass der Uniformierte das nicht zu verstehen schien, machte sie wütend. Wiederholt versicherte der Beamte, dessen Aufgabe es war, das Protokoll aufzunehmen, den Frauen mit Eselsgeduld, dass bereits alle Maßnahmen in die Wege geleitet worden seien.

Als Alexandra und Isidor eintraten, schlug die Kleinere der beiden, eine bildschöne junge Frau, gerade mit der flachen Hand auf den Schreibtisch des Kollegen. Ihre schwarzen Augen blitzten böse, als sie begriff, dass Alexandra die erwartete Kommissarin war. Sie ignorierte Alexandras ausgestreckte Hand und machte keinen Hehl aus ihrer Ablehnung. Dann richtete sich ihr Blick erwartungsvoll auf Isidor, als rechnete sie damit, dass er ihr augenblicklich den Mörder präsentierte.

Die andere Frau wirkte abwesend. Man merkte deutlich, dass sie Angst hatte. Ihr Gesicht war blass. Mit großen Augen starrte sie ins Leere, als versuche sie, etwas Unvorstellbares doch irgendwie zu begreifen. Sie wirkte älter als die andere. Isidor schätzte sie auf Mitte zwanzig.

Alexandra erschien es wenig aussichtsreich, sich den beiden zuzuwenden. Leise raunte sie Isidor zu: „Da ist wohl eher Ihr Charme gefragt."

Isidor zuckte kaum merklich mit den Schultern. Offensichtlich erwartete er nicht, aus den Frauen mehr herauszubekommen als Alexandra. Zögernd zog er seinen Block aus dem Rucksack, doch sein freundliches „Erzählen Sie mal ..." blieb ihm im Halse stecken, als die jüngere der Frauen aufsprang und ihn lautstark attackierte.

„Schluss, aus! Wir haben genug davon, hier rumzuhängen. Tun Sie endlich etwas, um den Mörder von Gitano zu suchen, anstatt uns von vorn bis hinten auszufragen!"

Der Beamte war inzwischen mit dem Bericht fertig, dessen Erstellung er absichtlich in die Länge gezogen hatte, um die Zeuginnen auf der Wache festzuhalten. Wortlos reichte er ihn der Kommissarin.

Alexandra überflog die Zeilen. Der Kollege hatte vermerkt, dass es sich bei den beiden Frauen um Verwandte des Opfers handelte. An Isidor gewandt sagte sie: „Lassen Sie mal. Wir fahren jetzt zur Familie Patelli."

„Ich möchte mit!", sagte die temperamentvolle der beiden Cousinen sofort.

„Und ich will endlich nach Hause", blaffte die andere.

„Frau Mirga, richtig?" Alexandra blickte Erstere aufmunternd an.

„Ja."

„Dann folgen Sie uns bitte!" In den Raum hinein sagte sie: „Bringen Sie die andere Dame nach Hause." Der Uniformierte salutierte augenzwinkernd.

Isidor ging voraus, um den Wagen zu holen, während Alexandra den Erhalt des Protokolls quittierte. Die Zeugin folgte ihr schweigend und stieg mit hängenden Schultern in den Wagen. Alexandra konnte sich vorstellen, wie ihr zumute war bei dem Gedanken, gleich Gitanos Eltern gegenübertreten zu müssen. Isidor gab die Adresse ein. Das Navi zeigte siebzehn Minuten Fahrtzeit an.

„Frau Mirga", begann Alexandra einen Versuch, doch noch mit der Frau ins Gespräch zu kommen, „wenn Ihnen irgendetwas einfällt, das Sie gesehen haben, auch wenn Sie denken, dass es nichts mit dem Verbrechen an Gitano zu tun hat, dann sagen Sie es uns bitte."

Die junge Frau schnaubte gereizt. Alexandra gab ihre Bemühungen auf. Sie war müde vom Herumstehen am Tatort und dem langen, lichtarmen Tag. Es war an der Zeit, die Augen für ein paar Minuten zu schließen.

„Okay, wir sind da", verkündete Isidor wenig später. Alexandra schrak auf. Ihr Assistent lenkte den Wagen geschickt in eine Lücke zwischen anderen geparkten Fahrzeugen.

Mit schnellem Blick orientierte Alexandra sich. Sie befanden sich in einer Siedlung. Die renovierungsbedürftigen Mehrfamilienhäuser gleicher Bauweise stammten vermutlich aus den Fünfzigerjahren.

Isidor ging voraus zum Haus Nr. 32 und richtete die Taschenlampe seines Handys auf die Klingelschilder. Irritiert wich er zurück. Auf allen Schildern stand *Patelli*.

„Moment!" Frau Mirga drängte sich an ihm vorbei und drückte auf die mittlere Klingel. Die Haustür war nicht verschlossen. Die junge Frau führte sie einen kalten, mit Kunststein gefliesten Treppenaufgang hoch und durch einen Flur. An der dritten Tür blieb sie stehen und klopfte im Rhythmus *tock-tock tock tock-tock*.

Ein schlaksiger Teenager öffnete und wollte sich schon gelangweilt abwenden, als er Alexandra und Isidor erblickte. Er starrte die Ermittler an. Wortlos ging Frau Mirga an ihm vorbei und bedeutete den Kommissaren, ihr zu folgen.

Alexandra war jetzt hellwach. Sie wollte die Atmosphäre der Wohnung mit allen Sinnen in sich aufnehmen.

In einem karg eingerichteten Wohnzimmer saßen auf am Boden liegenden Matratzen zahlreiche Erwachsene. Aus einem angrenzenden Raum hörte man Kinder toben. Es roch intensiv nach scharf gewürztem Essen. Auf dem Tisch standen benutzte Teller und Gläser. Einige Männer tranken Bier. Als das Trio eintrat, verstummte die Unterhaltung abrupt. Ein grauhaariger Mann stand auf.

„Ah, wir haben Gäste?" Mit einer freundlichen Geste trat er auf sie zu.

Alexandra hielt ihm ihren Ausweis entgegen. „Kripo Waldshut. Mein Name ist Rau, und das ist mein Kollege, Kommissar Rogg. Wir sind dienstlich hier." Augenblicklich spürte sie, wie die freundlich-distanzierte Haltung des Mannes in Misstrauen umschlug.

„Es geht um Gitano Patelli. Wir müssen mit seinen Eltern sprechen."

„Gibt es Schwierigkeiten?", fragte der Grauhaarige in einem derartig selbstsicheren Ton, als wäre auf jeden Fall er zuständig, wenn es etwas zu klären gab. Es war deutlich zu erkennen, dass er taktierte, um mehr Informationen zu erhalten, aber Alexandra hatte weder Lust noch Zeit für solche Spielchen.

„Wer sind die Eltern von Gitano Patelli?", fragte sie eine Spur energischer.

Der Grauhaarige nickte mit einer würdevollen Geste einem nicht viel jüngeren Mann zu, der sich daraufhin erhob.

„Ich bin Gitanos Vater, und das", er zeigte auf die neben ihm sitzende Frau, „ist seine Mutter. Was soll das? Warum wollen Sie das wissen?"

Die geradezu feindselige Spannung, die plötzlich im Raum herrschte, machte es Alexandra nicht leichter, die passenden Worte zu finden, um den Eltern die schlimme Nachricht vom Ableben ihres Sohnes zu überbringen. Schärfer als beabsichtigt sagte sie: „Herr Patelli, wir sind verständigt worden, weil Ihr Sohn Gitano heute Nachmittag tot auf dem Grillplatz in Laufenburg aufgefunden wurde."

„Was?" Der Mann machte einen Schritt auf die Kommissarin zu.

Die Mutter war ebenfalls aufgesprungen, packte Frau Mirga am Arm und sagte etwas in einer Sprache, die Alexandra und Isidor nicht verstanden. Offenbar wollte sie wissen, ob die junge Frau mit Gitano zusammen gewesen war. Frau Mirga schüttelte den Kopf und begann zu weinen. Mit schmerzverzerrtem Gesicht sank Gitanos Mutter auf die Matratze zurück. Alexandra sah sich in ihrer Beobachtung bestätigt, dass es die Mütter waren, die eine solche Nachricht am schnellsten in sich aufnahmen, während alle anderen, vor allem die Männer, noch versuchten, sich zu schützen.

Augenblicklich redeten und gestikulierten alle wild durcheinander. Zwei Männer, die sich als Brüder des Toten zu erkennen gaben, wollten sofort zu ihm. Alexandra stellte sich ihnen energisch in den Weg.

„Bleiben Sie bitte hier. Ihr Bruder befindet sich nicht mehr auf dem Grillplatz. Er wurde in die Gerichtsmedizin gebracht. Wir begleiten Sie dorthin, sobald wir die Freigabe des leitenden Mediziners haben."

Die beiden Männer schwiegen und musterten sie verächtlich. Alexandra konnte sich keinen Reim darauf machen. Meinten die beiden, es stünde ihr nicht zu, ihnen eine derartige Mitteilung zu machen? Glaubten sie, sie habe nicht das Recht, sich derart in ihre Familienangelegenheiten einzumischen? Erst nach einer knappen Anweisung des Grauhaarigen setzten sie sich wieder.

Leise wandte sich Alexandra an ihren Assistenten. „Isidor, wir klären jetzt die Personalien aller Anwesenden. Fragen Sie, welcher Art ihre Beziehung zum Opfer war, und checken Sie die Alibis für gestern Nacht."

Isidor hatte seinen Notizblock bereits in der Hand. Als Gedächtnisstütze fertigte er rasch eine Skizze des Raums und der Sitzordnung der Personen an.

Der Grauhaarige bemühte sich, für Ruhe zu sorgen, was ihm nur halb gelang. Dann beantwortete er ihre Fragen. Die Familie – sie waren alle miteinander verwandt – saß laut seiner Auskunft bereits seit dem späten Nachmittag zusammen. Gitano hatten sie nicht vermisst. Sie hatten ihn bei seiner Freundin in Murg vermutet.

Fragen nach Gitanos Umfeld begegnete die Familie mit Unverständnis und offen zur Schau getragenem Misstrauen. Dass Alexandra Gitanos Zimmer sehen wollte, führte beinahe zu einem Tumult. Mit Engelszungen erklärte sie der sich offensichtlich bedrängt fühlenden Familie, dass es dort Hinweise auf den Mörder geben könnte und eine Untersuchung daher unerlässlich sei. Als sie den Raum nach der Besichtigung versiegelte, standen seine Brüder bedrohlich dicht hinter ihr. Das störte sie, aber Alexandra zog es vor, diesen Umstand zu ignorieren, um die ohnehin schon schwierige Situation nicht weiter zu verkomplizieren. Das Handy des jungen Mannes hatten sie am Tatort gefunden und beschlagnahmt, einen Laptop besaß er anscheinend nicht.

Eine anstrengende Stunde später verließen die beiden Kommissare das Haus ohne einen einzigen brauchbaren Anhaltspunkt, wer für die Tat infrage kommen könnte. Einzig den Namen und die Adresse der Freundin des Verstorbenen – eine gewisse Carmen Reinhardt – hatte Alexandra herausbekommen, nachdem sie damit gedroht hatte, Gitanos Eltern zur Vernehmung aufs Kommissariat zu bestellen.

Isidor startete den Wagen, fuhr aber nicht los. „Wohin?", fragte er. Alexandra schloss kurz die Augen, um sich zu sammeln. Langsam tauchten die nächsten Schritte aus dem Dunkel ihrer Konzentration auf. Als Erstes mussten sie König informieren und seine Anweisungen abwarten. Eventuell hatte die Spurensicherung noch etwas gefunden, das sofortige Ermittlungen notwendig machen würde. Dann würde sie Hermann verständigen – er fragte sich bestimmt schon, wo sie blieb. Letztlich mussten sie auf den vorläufigen Obduktionsbericht warten, und das hieß: Wenn König nichts Aktuelles hatte, war für heute Dienstschluss.

„Fahren Sie Richtung Heimat", antwortete sie deshalb, in der Hoffnung, bald zu Hause auf ihrem Lieblingssessel zu sitzen, den schnurrenden Kater auf ihrem Schoß zu kraulen und Hermann von ihrem Tag zu erzählen. Sie wählte die Nummer ihres Chefs. Er nahm sofort ab. Sie wusste, dass er auf ihren Anruf gewartet hatte. Nach einer kurzen Schilderung der Lage, bei der sie sorgfältig vermied, sich ihren Frust über die mauernde Familie des Opfers anmerken zu lassen, fragte sie ihn nach dem Stand seiner Ermittlungen. Vonseiten der Spurensicherung hatte sich nichts ergeben, das sie zwang, bis in die Nacht zu arbeiten. Erleichtert legte sie auf und wählte Hermanns Nummer. Auch er hatte auf ihren Anruf gewartet. Müde erzählte sie ihrem Mann von dem Leichenfund.

„Schon wieder ... Du Arme. Na, dann komm erst mal heim. Ich stelle das Essen warm."

Sie bedankte sich, beendete das Gespräch und wandte sich an ihren Assistenten. „Es sieht tatsächlich so aus, als wäre jetzt Feierabend für uns, Isidor. Sagen Sie mal, wissen Sie, was das für eine Sprache war, in der sich die Patellis unterhalten haben?"

„Das wird Romani gewesen sein, die Sprache der Roma, oder sogar Sintitikes, eine Unterart von Romani. Das wird nur von den Sinti gesprochen."

„Ist ja interessant. Woher wissen Sie das?"

„Tja, ich habe noch andere Interessen als die Etymologie, wobei ich zugeben muss, dass zwischen Etymologie und Linguistik eine gewisse Verwandtschaft besteht." Er grinste. „Tatsächlich ist die Wissenschaft davon überzeugt, dass unsere Sprache großen Einfluss auf unser Denken und unsere Weltsicht hat."

„Wie das?"

„Man hat entsprechende Versuche mit zweisprachig aufgewachsenen Menschen gemacht. Dabei hat sich zum Beispiel herausgestellt, dass sich Vorurteile verändern, je nachdem, in welcher Sprache man sich bewegt. Hebräisch und Arabisch sprechende Studenten waren dem jeweils anderen Volk gegenüber viel toleranter, wenn sie die Tests in deren Sprache absolvierten.“

„Sie überraschen mich immer wieder, Isidor.“

„Tja, Chefin, da Sie leider vergeben sind, muss ich meine einsamen Abende anderweitig füllen.“

Sie lachte, fragte sich aber insgeheim, ob Isidor diese Bemerkung gemacht hatte, weil er charmant sein wollte, oder ob womöglich mehr dahintersteckte. „Fangen Sie nicht schon wieder damit an“, sagte sie mit gespielter Empörung.

„Im Ernst“, lenkte er ab, „offensichtlich spielt die Sprache eine große Rolle für unsere Orientierungsfähigkeit, unser Zeitmanagement, unser Sozialverhalten und sogar für unsere Farbwahrnehmung.“

„Wie kann ich mir das vorstellen?“

Isidor war jetzt in seinem Element. Er holte tief Luft und begann, Alexandra sprachliche Besonderheiten zu erklären, die man untersucht hatte, angefangen von den Aborigines bis hin zu den Russen. Dann fügte er hinzu, dass die verschiedenen Formulierungen, die Menschen unterschiedlicher Ethnien verwenden, wenn sie sich begrüßen, sein Interesse an der Linguistik geweckt hätten. „Weil Deutsche an ihrer Gesundheit interessiert sind, fragen sie: ‚Wie geht es dir?‘, während zum Beispiel die Thailänder mehr ans Essen denken und deshalb fragen: ‚Was hast du gegessen?‘. Andere Völker sind vor allem am Reisen interessiert und fragen deshalb: ‚Woher kommst du?‘, und wieder andere, zum Beispiel afrikanische Naturvölker, legen Wert auf intensiven Kontakt und begrüßen andere deshalb mit der Frage: ‚Siehst du mich?‘“

Alexandra war dieses Gespräch willkommen. Es tat ihr gut, Abstand von den belastenden Bildern am Tatort und der aufgeladenen Stimmung bei den Patellis nehmen zu können. Sie wusste, dass in ihrem Hirn derweil die Programme weiterliefen, die jeden Augenblick, den sie in der Wohnung verbracht hatten, und jeden der dort Anwesenden analysierten. Schon oft hatte sie sich darüber gewundert, dass sie nach einer Nacht, in der sie tief und traumlos geschlafen zu haben meinte, plötzlich die Lösung eines Problems oder das entscheidende Detail eines Falles vor Augen sah. Hermann und Isidor machten sich zwar regelmäßig darüber lustig, dass sie ihre Fälle quasi im Schlaf löste, mussten jedoch anerkennen, dass die Methode erfolgreich war. Alexandra hatte sich mittlerweile daran gewöhnt und achtete allein schon deshalb darauf, dass sie ausreichend schlief, obwohl sich diese Prozesse durch keine willentliche Anstrengung beeinflussen ließen – was sie versucht hatte. Ihre tiefsten Überlegungen dazu teilte sie niemandem mit, denn sie hielt diese Gabe für ein Gottesgeschenk. Der Vers aus Psalm 127, „Den Seinen gibt's der Herr im Schlaf", entsprach ganz und gar ihrem Gefühl.

Als Isidor bremste und der vertraute Hauseingang in ihrem Blickfeld erschien, wunderte sich Alexandra, wie kurz die Heimfahrt gewesen war. Sie verabschiedete sich von Isidor mit der Bitte, sie am nächsten Morgen eine halbe Stunde früher als sonst abzuholen.

Sitzung 1

Gestatten, dass ich mich vorstelle: Mein Name ist Friedrich von Stosch. Ich habe mich entschieden, wesentliche Ereignisse meines Lebens aufzuzeichnen, nachdem ich kürzlich in der FAZ einen Artikel über Psychotherapie las. Ein Professor, den man als Koryphäe bezeichnet, erläuterte dort, dass neben der Beziehung, die sich während des therapeutischen Prozesses zwischen Arzt und Patient entwickelt, nur schonungslose Offenheit sich selbst und dem Therapeuten gegenüber dem Patienten zur Heilung verhilft. Und obwohl ich eine tiefe Sehnsucht danach habe, mich einem Gegenüber mitzuteilen, ist es in meinem Fall gänzlich unmöglich, derartige Gespräche zu führen. Zum einen lehne ich es ab, mich vor einem dieser selbstgerechten Seelenklempner zu entblößen, und zum zweiten ist das, was ich zu erzählen habe, wohl nur wenigen Menschen zumutbar. Dennoch beschäftigt mich seit geraumer Zeit der Gedanke, meine Lebensgeschichte aufzuarbeiten. Ich glaube, dass ich mehr Grund dazu habe als die meisten Langweiler, die sich tagtäglich in den psychoanalytischen Praxen tummeln.

Bisher habe ich alles tief in mir vergraben, das musste ich auch, denn es gab niemanden, der bereit gewesen wäre, mir zuzuhören. Vielmehr wurde ich von klein auf darauf getrimmt, meiner Mutter zuzuhören und dafür zu sorgen, dass sie bei Stimmung blieb.

Durch den Artikel angeregt, habe ich mich mit psychologischen Zusammenhängen beschäftigt und möchte mich nun meinem Innenleben widmen, meine dunklen Seiten ergründen und Unbewusstes entdecken. Nach allem, was ich über diese Wissenschaft gelesen habe, sollte es mir möglich sein, den gewünschten Effekt im Alleingang zu erreichen. Ein klassischer Analytiker ist für seinen Analysanden ja auch nicht sichtbar und schweigt – jedenfalls nach allem, was ich darüber gelesen habe. Er sitzt am Kopfende der Couch, um die Patienten nicht einmal mit seiner Mimik zu beeinflussen. Also kann ich das, was ich zu sagen habe, genauso gut aufschreiben und später mit entsprechendem Abstand durchlesen. Sollte es mir gelingen, das Geschriebene mit einer gewissen Distanz zu betrachten, kann ich mir selbst die entscheidenden Fragen stellen. Ich habe Zeit, sehr viel Zeit. Während die Standuhr meiner Großeltern leise tickt, beginne ich mit den Aufzeichnungen.

Am 07.02.1954, einem ‚faißen Donnschtig'[1], wurde ich in Rickenbach, einer kleinen Schwarzwaldgemeinde - nun, „geboren" kann man das nicht nennen. Ich wurde vielmehr brutal ans Licht der Welt gezerrt. Ich war das erste – und wenn es nach ihr gegangen wäre, auch das einzige – Kind meiner Mutter, Gerlinde von Stosch, geborene Lilienthal. Sie lag seit über 38 Stunden in den Wehen und war inzwischen dazu übergegangen, ihren brünstigen Gatten sowie seine Hinterlassenschaft zu verfluchen. Die Hebamme, die ihr beistehen sollte, war eine fanatische Fastnachterin, die den tollen Tagen das ganze Jahr entgegenfieberte. Meine Ankunft drohte ihr den Spaß an der Weiberfastnacht zu verderben. Während meine Mutter heisere Schreie ausstieß, drangen die schrägen Gesänge der alemannischen Fastnacht durch das sperrangelweit aufgerissene Fenster herein. „Horig, horig, horig isch diä Sau, und wenn diä Sau id horig isch, no git sie keini Läberwürscht".

An meinem Geburtstag schien die Sonne, aber die Luft war in jenen Februartagen klirrend kalt, was dem Spaß der johlenden Weiber auf der Suche nach dem nächsten Schlips keinen Abbruch tat. Meine Mutter, starr vor Schmerz und Kälte und hilflos auf dem Rücken liegend wie ein verendender Käfer, flehte die Hebamme an, sie möge das Fenster schließen. Doch die erwiderte barsch: „Das Kind braucht Sauerstoff." Dabei ging es ihr allein darum, möglichst nichts von der Gaudi auf der Straße zu verpassen. Wäre meine Mutter nicht schon so entkräftet gewesen, hätte sie dieser Kanaille wohl den Schädel eingeschlagen, der zwischen ihren Schenkeln ungeduldig meiner Ankunft entgegen-

1 Am Hochrhein die Hochtage der Fastnacht, die „fetten Donnerstage". Es handelt sich um die drei Donnerstage vor der Fastnacht, die durchnummeriert werden: erster, zweiter, dritter Faißer (Donnerstag). Der Schmutzige Donnerstag ist der Dritte Faiße.

glotzte. Dennoch muss ich sagen: Die Hexe verstand ihr Handwerk. Sie belauerte meine Mutter wie ein Geier. Genau in dem Moment, als die Augen meiner Mutter für den Bruchteil einer Sekunde glasig wurden, als probte sie den Tod, wusste meine Geburtshelferin, dass es Zeit war zu handeln. Mit der ganzen Wucht ihrer fast neunzig Kilo warf sie sich auf den bedrohlich angeschwollenen Berg, der einst ein flacher Bauch gewesen war. Das war mein Durchbruch. Auf der Nase rutschte ich, glitschig vom warmen Blut aus dem Riss im Fleisch meiner Mutter, in die groben Hände der Hebamme. Sie zerrte erbarmungslos an mir herum, als ich vom scheppernden Humba humba täterä, täteräää, täterääää der Guggenmusik und eisiger Kälte empfangen wurde. Die mannstolle Hebamme kniff mich in die Eier, damit ich endlich schrie, klemmte meine Nabelschnur ab und schlang mich fest in ein Tuch. Notdürftig versorgte sie meine Mutter und machte sich aus dem Staub.

Als sie am Aschermittwoch ausgehurt und abgehalftert wieder auftauchte, war ich neben meiner Mutter, die sich eine Lungenentzündung zugezogen hatte, beinahe verdurstet. Ein Psychofritze würde jetzt bestimmt fragen, ob es denn keinen Vater gab. Doch, den gab es, aber er befand sich auf hoher See, und das war auch gut so. Er hätte meiner Mutter bestenfalls erklärt, sie solle endlich lernen, ihre Beine vernünftig breitzumachen. Aus den Häfen der Welt war er andere Weiber gewohnt als seine zimperliche Gattin, die bereits in jungen Jahren so vertrocknet und verklemmt war wie eine alte Jungfer. Weil er als Kapitän den Sold seiner Männer verwaltete, boten ihm die Huren ihre Dienste gratis an. Zu meinem sechzehnten Geburtstag nahm er mich mit auf eine Fahrt, um mir seine Welt zu zeigen. Aber das ist eine andere Geschichte.

Das Ermittler Team

Bleiern hing die Müdigkeit in ihren Gliedern. Alexandra stand mit geschlossenen Augen unter der heißen Dusche und wartete auf das Erwachen ihrer Lebensgeister.

„Wenn du noch lange weiterträumst, muss ich deinen Kaffee in die Dusche bringen“, neckte Hermann sie gut gelaunt. Er war morgens immer schon topfit. Sie öffnete die Lider und strich sich das Wasser aus dem Gesicht. „Vitalisierend“ stand in großen Lettern auf der Duschgelflasche. *Na, denn mal los*, dachte sie, drückte eine walnussgroße Menge des türkisfarbenen Gels in ihre Hand und begann es in kreisenden Bewegungen auf ihrem Körper zu verteilen. Augenblicklich erfüllte ein intensiver Duft – laut Aufschrift nach Frische und Meer – die Kabine. Auf den goldfarbenen Fliesen zu ihren Füßen bildete sich ein Schaumteppich. Und plötzlich war das Bild da: Gitano Patelli mit seinen dunklen Locken und dem blassen Gesicht. Sie seufzte.

Hermann war bereits fertig angezogen. Er kam ins Bad, um sich die Haare zu föhnen, solange die Kaffeemaschine arbeitete. Lächelnd reichte er ihr das Handtuch. „Jede Wette, dass du nicht alleine geduscht hast“, bemerkte er.

„Was? Wie meinst du das?“

„Ich habe gestern in einem Artikel zum Thema Achtsamkeit gelesen, dass die meisten Menschen sich schon am frühen Morgen mit Leuten die Dusche teilen, die sie tagsüber am liebsten nicht sehen würden.“

„Da hast du allerdings recht. In meinem Fall kommt erschwerend hinzu, dass es sich um eine Leiche handelt.“

Sie legte das Handtuch über die Heizung und schlüpfte in ihre Sachen. Die enge Jeans glitt schlecht über die feuchte Haut.

„Das ist tatsächlich noch schlimmer. Vermutlich hat der Verfasser des Artikels nicht das Vergnügen, Tisch und Bett mit einer Kriminalhauptkommissarin zu teilen. Jedenfalls schreibt er weiter, dass man sich, statt einfach zu duschen, Gedanken über Probleme macht, die man vermutlich gar nicht bekommt. Und schon ist der Tag unnötig belastet.“

„Ja, das leuchtet mir ein.“ Sie stand mit nackten Füßen auf dem warmen Boden vor ihrem Waschtisch und trug das Make-up auf. Ihr prüfender Blick registrierte, dass der nächste Friseurtermin anstand. Ihr blondes Haar, das sie sportlich-elegant aus dem Gesicht gekämmt trug, drohte bereits wieder zu lang zu werden.

„Leider ist es so, dass ich mir zwar wünsche, die Probleme, über die ich nachdenke, nicht zu bekommen, aber meistens feststellen muss, dass der Tag keine Rücksicht darauf nimmt.“

Hermann verließ das Bad mit einem Augenzwinkern. „Wie gesagt, das gilt nicht für die Polizei.“

Als sie die Küche betrat, intensivierte sich das Kaffeearoma. Beim Anblick der hellen Lackmöbel, die so gut mit der dunklen Arbeitsplatte harmonierten, bedauerte sie, dass sie viel zu wenig Zeit hatte, um ihre Wohnung zu genießen. Hermann hatte ihre Tasse bereits gefüllt und saß Zeitung lesend an dem runden Glastisch, den sie für ein schnelles Frühstück benutzten. Wenn sie beide freihatten, frühstückten sie im Sommer auf der nach Süden gelegenen Terrasse oder, was ihr noch lieber war, im Bett.

Sie setzte sich und überlegte, wann es wieder so weit sein würde. Dabei fiel ihr Blick auf Whisky, der wartend in der Ecke saß und sie unverwandt anstarrte, obwohl Hermann seinen Napf frisch gefüllt hatte. Sie musste unwillkürlich lachen. Es war immer dasselbe: Whisky wollte einfach lieber von ihr gefüttert werden. Sie stand auf und holte unter seinem bohrenden Blick die Box mit dem Trockenfutter aus der Schublade. Sozusagen symbolisch ließ sie noch ein paar der hellbraunen Körner in die Schüssel fallen. Sogleich kam er näher und begann sein Frühstück unter knackenden und schmatzenden Lauten zu vertilgen. Einmal mehr musste sie über seine Eigenwilligkeit lachen.

Sie trank ihren Kaffee und spürte, wie sich ihre Laune besserte. Der Blick auf die Uhr beendete ihr Frühstück abrupt. *Irgendwie vergeht die Zeit morgens schneller als sonst*, dachte sie und holte ihre Dienstwaffe, eine Walther PPK, aus dem eigens dafür in den Flur eingebauten Stahlschrank. Dann kam sie noch einmal zurück, gab Hermann einen Kuss und warf einen flüchtigen Blick in den Garderobenspiegel. Zufrieden mit dem Anblick der attraktiven Frau, die ihr hellwach entgegensah, fuhr sie sich kurz durch das blonde Haar. „Besser", murmelte sie.

Isidor lehnte an der offenen Wagentür und las Zeitung, als Alexandra den schmalen Gartenpfad hinunterlief. Im Gehen schlüpfte sie in die Ärmel ihres leichten Mantels und richtete ihre Aufmerksamkeit für einen Augenblick auf ihren Garten. Die bunten Köpfe der Tulpen erfreuten sie trotz aller Eile. Mit ihren noch geschlossenen Blütenblättern sahen sie aus wie Ostereier, die man vergessen hatte einzusammeln.

„Guten Morgen, Chefin. Keine Eile, ich bin mit der Zeitung noch nicht durch", begrüßte ihr Assistent sie fröhlich.

„Wenn ich das gewusst hätte, läge nicht das halbe Frühstück noch auf meinem Teller", griff sie seinen lockeren Ton auf. Dann zog sie ihr Notizbuch aus der Manteltasche. „Wir fahren zuerst ins Kommissariat. Der vorläufige Autopsiebericht wird König vermutlich bereits vorliegen. Danach schließen wir mit den Patelli-Brüdern die Identifizierung ab und suchen im Anschluss die Freundin des Toten auf. Einverstanden?“

Isidor nickte.

„Habe ich noch etwas vergessen?“

„Ich glaube nicht.“

Sie fuhren bei strahlendem Sonnenschein los. Das frische Grün der Buchenblätter schien vor dem Hintergrund der fast schwarz wirkenden Tannen förmlich zu leuchten. Ihre teilweise mit Flechten bewachsen Äste hingen schwer herab.

Alexandra öffnete das Fenster. Sie wollte die würzige Waldluft in vollen Zügen genießen. Doch plötzlich drang ein kalter Windstoß in den Wagen. Wie aus dem Nichts zogen Wolken auf, und es begann zu graupeln. Als hätte jemand einen Sack über ihnen ausgeschüttet, prasselten die erbsengroßen weißen Perlen auf sie herab. Alexandra beeilte sich, das Fenster zu schließen.

„Schade, gerade war es noch so schön ... Typisches Aprilwetter, man kann dem Frieden nicht trauen.“

„Allerdings“, antwortete Isidor, der Mühe hatte, dem Straßenverlauf zu folgen. Die tief hängenden Wolken schienen die Landschaft zu verschlucken.

Beim Anblick der weißen Körner musste Alexandra unvermittelt lachen. „Diese Graupel erinnern mich daran, dass Hermann kürzlich ziemlich unsanft auf dem Hintern gelandet ist.“

„Wie das?“

„Er hat sich schwungvoll in seinen Sitzsack fallen lassen, woraufhin der Bezug mit einem komischen Geräusch, irgendwas zwischen ‚Plop‘ und ‚Knarz‘, geplatzt ist. Er ist auf dem Boden gelandet, während sich überall um ihn herum diese Styroporperlen verteilten.“

„Sind diese Sitzsäcke nicht ziemlich robust?“

„Ja, das haben wir auch gedacht, aber dabei nicht mit Whisky gerechnet. Er hatte die Rückseite des Sessels heimlich als Kratzbaumersatz benutzt, und irgendwann war das Material so beschädigt, dass es dem Druck nicht mehr standhielt.“

Isidor grinste. „Hermann und Whisky sind nicht gerade die besten Freunde, oder? Ein Schelm, wer Böses dabei denkt.“

„Das habe ich mir auch überlegt. Die Kratzspuren waren eindeutig, und es gibt mir zu denken, dass sie sich nur auf der Rückseite des Sessels befanden. Geradezu heimtückisch. Zumal Whisky sonst nirgendwo im Haus an Möbeln kratzt. Wir wissen eben nicht wirklich, was sich unsere Haustiere so alles ausdenken. Ich möchte zwar nicht behaupten, dass es ein bewusstes Attentat auf Hermann war, würde es aber auch nicht ausschließen."

„Das würde für unsere Arbeit auch ganz neue Perspektiven aufwerfen", sagte Isidor grinsend.

„Ja. Vielleicht finden wir so manchen Mörder, wenn wir uns die Haustiere der Opfer mal genauer ansehen. Aber das sage ich Hermann nicht, solange er mit seinem geprellten Steißbein zu tun hat."

„Das würde ich Ihnen auch empfehlen."

Der Wagen schlingerte in einer Kurve.

„Ich glaube, Sie sollten sich, bis wir im Tal sind, lieber aufs Fahren konzentrieren, Isidor."

Isidor schwieg und blickte angestrengt nach vorn.

Alexandras Gedanken begannen wieder um den Fall zu kreisen. Sie stellte sich den Grillplatz vor und die Menschen, die sich dort aufhielten: Jugendliche, Paare und Familien. Um im Grünen grillen zu können, war solch ein Platz ideal. Was hatte der junge Mann dort gemacht? War er öfter dort gewesen, und wenn ja, mit wem? Trafen sich nur bestimmte Leute auf dem Platz? Wurde er das ganze Jahr über frequentiert? Die Grillsaison hatte noch nicht begonnen, oder doch? Einige dieser Fragen wollte sie der Freundin des Opfers stellen. Als sie die kurvige Straße hinter sich hatten, die Sicht wieder frei war und auch die Sonne wieder durch die Wolken blitzte, wandte sie sich an Isidor.

„Glauben Sie, Gitano war zufällig dort?"

„Schwer zu sagen. Aber spannender ist die Frage, wer sonst noch dort war."

„Allerdings. Wenn junge Leute grillen, tun sie das nicht alleine, sondern in einer Gruppe."

„Schon, aber es ist auch denkbar, dass er mit seiner Freundin dort war. Ich bin gespannt, was der Obduktionsbericht ergibt. Aus dem Mageninhalt können wir vielleicht schließen, ob es eine Grillparty gab. Und wenn die Freundin dabei war, erfahren wir von ihr, ob es noch andere mögliche Zeugen gibt. Aber wenn sie dabei gewesen wäre, hätten sie den Abend doch auch zusammen beendet ..."

„Stimmt! Vielleicht gab es Streit?"

„Das werden wir ja sehen. Hoffentlich ist diese Dame uns gegenüber gesprächiger als die Patelli-Familie."

„Was mir zu denken gibt, sind die Schleifspuren. Sie sehen aus, als wäre das Opfer betäubt worden. Die Spur war ganz regelmäßig. Erst an der Stelle, wo die Leiche lag, gab es Spuren eines Kampfes. Demnach war Gitano bei Bewusstsein, als er gewürgt wurde, und hat noch versucht, sich zu wehren oder zu entkommen."

„Was ihm wegen der gefesselten Hände aber nicht möglich war", ergänzte Isidor.

„Richtig. Aber warum betäubt man sein Opfer, schleppt es ein Stück weiter, wartet, bis es wieder zu Bewusstsein kommt, um es dann zu erwürgen?"

„Vielleicht, weil man etwas von ihm erfahren will oder, schlimmer, weil man sich Zeit lassen und das Ganze auskosten will", entgegnete Isidor.

„Möglich ist auch, dass beides zusammenkam. Jemand wollte etwas erfahren und sich im Anschluss dafür rächen."

„Hm ... Denken Sie an Sadismus? Denken Sie, dass die Tat geplant war?"

„Möglich. Aber nicht zwingend. Wir müssen vorsichtig sein. Zu viel Spekulation bringt uns davon ab, den Spuren konsequent nachzugehen. Aber nach einer spontanen Tat sieht das für mich nicht aus." Alexandra notierte sich Stichworte. „Wir werden bezüglich der Würgemale noch Genaueres von Dr. Helmer erfahren. Ich tippe auf einen großen, kräftigen Mann als Täter."

Mittlerweile hatten sie das Kommissariatsgebäude erreicht. Heinrich Königs Wagen, ein schwarzer Toyota-Geländewagen mit dicken Stoßstangen, stand auf seinem Platz. Isidors Vorgänger hatte es sich damals, als König den Wagen erworben hatte, nicht verkneifen können, zu bemerken, dass das einzige Abenteuer, das er damit erleben würde, die Jagd nach einem Kopfsalat auf dem Bauernmarkt wäre. Das war König zugetragen worden, und obwohl Alexandra auch mit diesem Kollegen gut zusammengearbeitet hatte, war er nicht ins Kommissariat übernommen worden, als eine Stelle frei geworden war.

„Unser Boss wird schon wieder mit den Hufen scharren", feixte Isidor.

„Er hat ja auch nicht so eine lange Anfahrt wie wir. Würde ich in Tiengen wohnen, käme ich mit meiner Zeit auch besser klar."

„Aber Chefin, Sie werden doch jetzt unserem schönen Schwarzwalddörfchen nicht abtrünnig werden. Denken Sie an die gute Luft und die schöne Aussicht. Ganz abgesehen von unseren geistreichen Unterhaltungen auf den Fahrten."

„Schon gut, Isidor, keine Angst. Dass wir beide in Todtmoos wohnen, schätze ich durchaus. Aber König liegt sicher manches Mal noch im Bett, wenn wir schon im Auto sitzen, gerade im Winter, bei diesen katastrophalen Straßenverhältnissen."

„Wenn man vom Teufel spricht", murmelte Isidor leise, als er sah, dass der Chef ihnen auf dem Gang entgegenkam.

„Wo bleiben Sie denn?", begrüßte er sie nervös.

„Guten Morgen", antwortete Alexandra bewusst ruhig.

„Ja, guten Morgen. Was haben Sie?", fragte er, als könnten ihm Isidor und Alexandra über Nacht die Lösung des Falles präsentieren.

„Chef, was sollen wir haben? Zuletzt haben wir uns gestern Abend um 21 Uhr gesprochen." Alexandra war verärgert. Sie kannte König schon lange, aber an seine Art, eigene Ungeduld und Spannung auf alle Mitarbeiter zu übertragen, konnte sie sich nicht gewöhnen.

König schien ihren Ärger nicht zu bemerken. „Wir treffen uns in einer Viertelstunde zur Besprechung im großen Raum", erwiderte er und hastete weiter.

„Nanu, wohin will er jetzt?", fragte Isidor.

„Keine Ahnung, vermutlich muss er sich erleichtern."

„Klar, der Stress vor der großen Besprechung, das ist für ihn fast so schlimm wie eine Pressekonferenz."

„Aber nur fast", murmelte Alexandra. Sie kannten Königs Scheu vor der Presse zur Genüge. Es machte ihnen die Arbeit nicht leichter, dass ihr Chef den forschen Fragen der Journalisten zuweilen auf den Leim ging und mehr Details preisgab, als es den Ermittlungen dienlich war. Das lag auch an seiner Eitelkeit. Obwohl man ihn ohne Weiteres als gut aussehenden Mann bezeichnen konnte, hatte er Probleme mit seiner geringen Größe. Zu den meisten Kollegen musste er aufschauen. Wenn er Alexandra gegenüberstand, befanden sie sich im wahrsten Sinne des Wortes auf Augenhöhe – allerdings nur, wenn sie keine hohen Schuhe trug. Alexandra hatte schon des Öfteren festgestellt, dass König sehr darauf bedacht war, auf Fotos eine gute Figur zu machen, und darunter litt seine Konzentration. Mehr als einmal hatte sie ihm schon den Kragen gerettet, indem sie ihm Daten und Fakten zuflüsterte, die er vor lauter Aufregung nicht parat hatte. Insbesondere die Namen der Opfer konnte er sich offenbar schlecht merken. Dennoch war er ein guter Chef. Im Allgemeinen ließ er ihnen freie Hand und unterstützte sie auch dann, wenn er selbst nicht nachvollziehen konnte, warum sie einer Spur weiter nachgingen. Alexandras Aufklärungsquote war überdurchschnittlich, und König stand voll und ganz hinter ihr.

Isidor wollte sich vor der Besprechung Notizen machen. Er murmelte, den Mund voller Nüsse, etwas, das sich anhörte wie „Bis gleich" und bog ins Großraumbüro ab.

Alexandra zog den Raum vor, den sie auch am Vortag aufgesucht hatte, um in Ruhe ihren Bericht schreiben zu können. Schnell sortierte sie die Unterlagen auf ihrem Schreibtisch. Den nicht ganz fertig gewordenen Bericht vom Mord im Pfarrhaus räumte sie energisch beiseite. Das musste warten. Es gab Tage, die sich besser für solchen Schreibkram eigneten. Sie goss ein wenig Wasser in die spitzen Blattkelche ihrer Tulpen und bereitete sich gedanklich auf die Besprechung vor.

Sitzung 2

Es ist halb vier nachts, und ich mache „Therapie". Normalerweise liege ich um diese Zeit im Bett wie die meisten Menschen, aber heute bin ich zu aufgekratzt, um schlafen zu können. Ich bin, um ehrlich zu sein – und das muss man ja –, geradezu euphorisch. In meinen Adern pulsiert das pure Leben, reine Kraft. Vor einer Viertelstunde bin ich nach Hause gekommen. Zugegeben, das ist eine merkwürdige Uhrzeit für eine Therapiestunde. Da ich aber nun mal beschlossen habe, diese schriftliche Selbsttherapie zu machen, kann ich auch den Zeitpunkt dafür selbst bestimmen. Das ist ein weiterer Vorteil meiner Methode, und mich reizt die Idee, meine Geschichte schonungslos offen aufzuschreiben. Ich möchte mich in dieser Hinsicht nicht als Meister bezeichnen, wenngleich ich mir schriftstellerisches Talent nicht absprechen würde.

Kurz: Heute Nacht ist ein guter Zeitpunkt, um mit meinen Aufzeichnungen fortzufahren. Nur frage ich mich: Womit fange ich am besten an? Meinen Start ins Leben habe ich bereits beschrieben. Vielleicht fahre ich mit den Ereignissen des heutigen Tages fort und damit, wie sehr ich es liebe, auf die Jagd zu gehen! Allerdings sind es keine Tiere, die ich jage. Ich jage Menschen. Das ist in Deutschland viel schwieriger als in den Entwicklungsländern, die ich beruflich bereist habe. Aber ich bin flexibel und passe mich den jeweiligen Umständen an, um meine Ziele zu erreichen. Zugegebenermaßen fordert es mich heraus, dass hierzulande der richtige Augenblick zum Zuschlagen sorgfältiger und genauer geplant werden muss.

Den jungen Mann habe ich über vier Wochen fast ununterbrochen beobachtet. Man erfasst die Bewegungsmuster eines Objekts recht schnell. Dann kommt es darauf an, den passenden Moment zu erkennen und entsprechend zu nutzen. Ehrlich gesagt, habe ich mir diesen Jungen nicht ausgesucht, es war sozusagen reiner Zufall. Bei unserer ersten Begegnung befand ich mich gerade auf dem Heimweg. Wegen einer Baustelle musste ich eine andere Strecke fahren als sonst. An einer Ampelkreuzung war ich gezwungen anzuhalten. Dabei entdeckte ich ihn. Er war mit seinem Roller unterwegs. Wenn er den Zwangsstopp nicht genutzt hätte, um seinen Helm abzunehmen, wäre er mir gar nicht aufgefallen. Vielleicht war ihm zu warm, oder es juckte ihn, jedenfalls schüttelte er heftig den Kopf. Diese Bewegung veranlasste mich, zu ihm hinüberzusehen. Die dunklen Locken um das schmale Gesicht erregten sofort meine Aufmerksamkeit. Ich starrte ihn durch die Windschutzscheibe an. Er bemerkte es nicht. Im nächsten Augenblick setzte er seinen Helm wieder auf und konzentrierte sich auf die Ampel.

Diese wenigen Sekunden hatten genügt, um den altvertrauten Drang in mir auszulösen. Ich musste diesen Jungen haben. Kurzerhand änderte ich meine Pläne und folgte ihm unauffällig. Ich hatte Glück: Er fuhr schnurstracks nach Hause. Als er den Roller abgestellt hatte und in dem schäbigen Haus verschwunden war, studierte ich die Namen auf den Klingelschildern. Es irritierte mich, dass offensichtlich alle Bewohner des Hauses gleich hießen, aber das spielte keine Rolle, denn kurz darauf sah ich das Licht in einem der Zimmer angehen. Damit wusste ich, dass er im zweiten Obergeschoss wohnte. Als ich an diesem Abend nach Hause kam, war ich in bester Stimmung. Ich hatte ein neues Projekt.

Kommissariat

Heinrich König hatte schon vor Jahren veranlasst, dass alle irgendwie an den Ermittlungen beteiligten Personen zur Besprechung kamen, vom Gerichtsmediziner bis zum Hundestaffelführer, vom Streifenbeamten bis zur Spurensicherung. Die Erfahrung hatte gezeigt, dass auf diese Weise die besten Ergebnisse erzielt wurden. Von Anfang an sollten sich alle Kräfte auf dem gleichen Informationsstand befinden.

Als Alexandra eintrat, befanden sich schon etliche Kollegen im Raum. Dr. Helmer neigte den Kopf zu einem angedeuteten Gruß, der von einem dünnen Grinsen begleitet wurde. Alexandra musste sogleich an Isidors gestrige Bemerkung denken. Sie wandte den Blick ab, nickte in die Runde und schenkte sich eine Tasse Kaffee ein. Die bereitstehenden Laugenbrezeln waren dick mit Butter bestrichen und rochen verführerisch. Dies war ein weiteres Erfolgsrezept ihres Chefs: Er sorgte bei den Besprechungen für das leibliche Wohl seines Teams. Alexandra wusste, dass er die Kosten aus eigener Tasche bestritt, und engagierte sich beim Sammeln für sein Geburtstagsgeschenk entsprechend.

Kurz bevor der Chef die Tür schloss, um das Meeting zu eröffnen, hastete Isidor herein. Umständlich kramte er eine Thermoskanne aus seinem Rucksack und goss sich einen bräunlichen Sud in den als Tasse verwendbaren Deckel. Alexandra rümpfte die Nase. Das Getränk verströmte einen silageartigen Geruch. Kriminaloberrat König begann unterdessen mit der Zusammenfassung der Fakten, die im Fall „Grillplatz“ vorlagen. Anschließend gab er Dr. Helmer das Wort. Der Mediziner trat selbstsicher vor die Wand, an der die von Reinhold Schneider entwickelten Beweisfotos hingen.

„Die Obduktion hat meine Vermutung bestätigt. Der oder die Täter haben das Opfer hier“, er zeigte auf das Bild mit den Spuren im Gras, „zunächst mit Chloroform betäubt und den leblosen Körper dann nach dort“, er deutete auf den Fundort der Leiche, „verschleppt. Die Tatsache, dass der Leichnam gefesselt war“, jetzt zeigte er auf ein weiteres Foto, „lässt darauf schließen, dass das Opfer zum Zeitpunkt seines Todes wieder bei Bewusstsein war, was auch die Kampfspuren im Bereich der Beine deutlich belegen. Schauen Sie, hier ist der Boden von seinen Absätzen regelrecht aufgeharkt, und frische Erde klebt an den Schuhsohlen.“

Alexandra schob den Teller mit der Brezel von sich.

„Todesursache ist zweifellos die Sauerstoffunterversorgung durch den mit großer Gewalt ausgeübten Druck auf den Hals. Die enorme Gewaltanwendung hat zu einer Kehlkopfquetschung geführt, und das Zungenbein ist gebrochen. Bereits bei der Betäubung des Opfers wurde entsprechender Druck ausgeübt, wie Sie an diesen Stellen sehen.“ Er deutete auf mehrere Fotos, die dunkle Flecken im Gesicht der Leiche sowie Würgemale am Hals und die durch die Kabelbinder verursachten Einschnitte an den Unterarmen dokumentierten.

„Der Todeszeitpunkt war ein Uhr nachts, plus/minus eine halbe Stunde. Der Mageninhalt liefert keine verwertbaren Ergebnisse. Die letzte Mahlzeit lag etliche Stunden zurück." Dr. Helmer hielt inne, um sich der Aufmerksamkeit seiner Zuhörer zu versichern. Dann richtete er seinen stechenden Blick auf Heinrich König.

„Wir haben keinerlei Hinweise auf Alkohol oder Drogen gefunden. Der junge Mann erfreute sich bester Gesundheit. Er war groß und muskulös, was heißt, dass er vermutlich nicht leicht zu überwältigen war."

Isidor grinste. Ihm war klar, was der Doktor damit andeuten wollte. Ein derart kleiner Mann wie König hätte es nicht fertiggebracht, Gitano Patelli zu bezwingen. Dr. Helmer war beinahe so groß wie Isidor, wirkte durch seine schiefe Nase und die unvorteilhaft abstehenden Ohren aber seltsam entstellt. Sein stechender Blick gab ihm etwas geradezu Gespenstisches. Im Gegensatz zu Isidor hielt Helmer sich aber stets auffallend gerade und brachte damit seine volle Größe zur Geltung. Vielleicht hing es auch mit Helmers Tätigkeit als Pathologe zusammen, dass Isidor sich immer irgendwie an Dr. Frankenstein erinnert fühlte.

Alexandra schien das Duell, das zwischen Helmer und König lief, ebenfalls wahrgenommen zu haben, denn sie flüsterte Isidor zu: „Dr. Helmer hat sich wohl immer noch nicht damit abgefunden, dass die Besprechung nicht im Seziersaal stattfindet. Übrigens glaube ich, Sie haben, was den Tisch betrifft, nicht ganz recht. Dr. Helmer braucht gar keinen Tisch, er seziert die Menschen allein mit seinem Blick."

Isidor nickte unmerklich. Er liebte diese kleinen Heimlichkeiten mit seiner Chefin. Nicht zuletzt solche übereinstimmenden Beobachtungen bildeten das Fundament ihrer guten Zusammenarbeit. Tatsächlich waren einige lautstarke Diskussionen zwischen König und Helmer notwendig gewesen, bis Letzterer akzeptierte, dass er seine Obduktionsergebnisse in einem ‚neutraleren Umfeld' erläutern musste. Der Doktor, der von seiner bisherigen Stelle anderes gewohnt war, war auf diese Weise um das Vergnügen gebracht worden, sich von den oftmals übel zugerichteten Leichen demonstrativ unbeeindruckt zu zeigen und sich am Entsetzen der dienstjüngeren Kollegen zu weiden. Dr. Helmer besetzte die Stelle des Gerichtsmediziners erst seit einem Vierteljahr. Man wusste bisher kaum etwas Persönliches von ihm, außer dass er wegen einer Erbschaft wieder nach Waldshut gezogen war.

Als Nächstes berichtete Ludwig Knöpfle, der Leiter der Spurensicherung, über die bisherigen Erkenntnisse aus der Auswertung der zusammengetragenen Spuren. Knöpfle war ein ruhiger, freundlicher Mann, der sich für die technischen Möglichkeiten seines Berufs begeisterte, leidenschaftlich gerne Weiterbildungen besuchte und dem Team dann sein gesammeltes Wissen vermittelt. Nie ging ihm die Geduld mit den Kollegen aus. Isidor vermutete, dass er diese Fähigkeit zu Hause erworben hatte, denn er war Vater von sage und schreibe sechs Kindern. Leider hatte er noch nichts Vielversprechendes zu berichten. Da der Grillplatz öffentlich zugänglich war und stark genutzt wurde, wimmelte es von Spuren jeder Art, was die Suche nach einer verwertbaren und tatrelevanten Spur natürlich umso schwieriger machte. Knöpfle hob einen Beutel, in dem sich einzeln verpackte Zigarettenkippen befanden.

„Davon haben wir über vierhundert gefunden, und möglicherweise stammt keine einzige davon vom Täter. Aber wir können bereits bestätigen, dass es sich bei der am Grillplatz gefundenen schwarzen Vespa, wie vermutet, um das Fahrzeug des Opfers handelt.“ Er hielt eine Fotografie des Zweirads hoch.

Alexandra schätzte Knöpfles Vorgehensweise. Sie wusste, dass seine Mühlen langsam, aber sicher mahlten. Herausforderungen, die andere Kollegen aufstöhnen ließen, schienen ihn zu beflügeln. Gerade beschrieb er das Verfahren, mit dem sich die Fahrzeuge, die in der Tatnacht auf der B34 unterwegs gewesen waren, erfassen und auswerten ließen. Er schien entschlossen, die berühmte Nadel im Heuhaufen zu finden. Nach seinem Bericht setzte er sich wieder zu seinem Team und nickte Alexandra aufmunternd zu.

Mit einem Ruck stand sie auf und übernahm.

„Isidor und ich waren gestern in Laufenburg, am Wohnort des Opfers. Wir haben seinen Eltern und etlichen anderen anwesenden Familienangehörigen die Todesnachricht überbracht. Der einzige Vorteil dieser Situation war, dass wir etliche Alibis gleich an Ort und Stelle abgleichen konnten. Mehrere dieser Alibis deckten sich. Die beiden Frauen, die die Leiche gefunden haben, sind Patellis Cousinen. Der Kontakt zwischen Patelli und ihnen war anscheinend flüchtig. Ihre Aussage liegt in Form eines Protokolls vor. Es erscheint uns glaubwürdig, dass sie den Fund zufällig gemacht haben. Unser Versuch, einen ersten Einblick in Patellis Lebensumstände zu bekommen, gestaltete sich schwierig. Als wir fragten, ob wir uns in seinem Zimmer umsehen könnten, führte das beinahe zu einem Tumult. Wie Sie wissen, ermitteln wir im Milieu der Sinti. Die Bereitschaft dieser Leute zur Kooperation mit uns ist, gelinde gesagt, gering. Wir konnten lediglich die Adresse seiner Freundin in Erfahrung bringen. Von ihr erhoffen wir uns Informationen über die Kontakte, über die der Ermordete verfügte. Wenn ich Dr. Helmers Ausführungen richtig interpretiere, suchen wir nach mindestens einem großen und kräftigen Mann."

Der Gerichtsmediziner nickte herablassend und ergriff das Wort: „Sowohl die Würgemale deuten darauf hin, dass große Männerhände am Werk gewesen sind, als auch die Druckstellen im Gesicht des Toten, die durch Aufdrücken eines chloroformhaltigen Baumwolltuchs entstanden sind. Die Spanne zwischen dem deutlich sichtbaren Abdruck eines Handballens auf der linken Wange bis zu den Abdrücken von Fingerspitzen auf der rechten ist enorm groß. Sie suchen außerdem nach einem Linkshänder, was diesen Spuren und der Art, wie die Kabelbinder angebracht waren, zu entnehmen ist."

Alexandra vergewisserte sich mit einem Seitenblick, ob Isidor diese Information registrierte. Dann sprach sie das letzte Stichwort ihrer Aufzeichnungen an: „Interessant für uns wäre zu wissen, ob von der Kleidung des Opfers oder von seinen persönlichen Sachen etwas fehlt. Die Familie konnte uns keine Auskunft darüber geben, wie Gitano an diesem Tag gekleidet war. Auch deshalb fahren wir im Anschluss an die Besprechung zu seiner Freundin, einer Frau Reinhardt. Zuvor hoffen wir die Identifizierung abschließen zu können. Zwei Brüder von Herrn Patelli wollen ihn sehen – vorausgesetzt, das passt für Sie", fügte sie, an den Gerichtsmediziner gewandt, hinzu.

„Mir passt es besser am Nachmittag. Sofern bis dahin keine neue Leiche ankommt", antwortete Dr. Helmer prompt.

Isidor murmelte: „Typisch."

Alexandra nickte Helmer nur kurz zu und sagte dann laut zu Isidor: „Gut, dann machen wir uns an die Arbeit."

Heinrich König erhob sich. „In einer halben Stunde findet die Pressekonferenz statt. Ich würde gerne zunächst von der Veröffentlichung eines Fotos des Getöteten absehen, oder hält das jemand von Ihnen für nötig?" Niemand meldete sich. „Bitte kommunizieren Sie neue Erkenntnisse entsprechend unseren Richtlinien. Ich teile Ihnen unseren nächsten Besprechungstermin dann kurzfristig schriftlich mit."

Der Raum leerte sich. Jeder wusste, was er zu tun hatte, und begab sich an seinen Arbeitsplatz. Alexandra, Isidor und Heinrich König verließen den Saal als Letzte.

„Was ist Ihre Einschätzung, Frau Rau?“, fragte König. „Benötigen wir weitere Kräfte? Vielleicht“, er zwinkerte, „Ihren Mann als Profiler?“

Alexandra zog es vor, nicht auf diese Vertraulichkeit einzugehen. „Es ist zu früh, um Ihnen diese Frage zu beantworten. Wir müssen mehr über den jungen Mann und sein Umfeld erfahren. Seine Familie war bisher nicht wirklich hilfreich.“

„Wie heißt die Freundin genau?“

„Carmen Reinhardt.“

„Reinhardt? Das ist doch auch ein typischer Sinti-Name. Das klingt mir nicht danach, als würden Sie dort auf größere Kooperationsbereitschaft stoßen.“ Er zog vielsagend die Brauen hoch.

Alexandra nickte. „Richtig, Chef. Aber wir müssen es versuchen.“

Isidor warf ein, dass auch eine Tat ohne jeglichen Beziehungshintergrund denkbar sei. „Und wenn er nur zur falschen Zeit am falschen Ort war?“

„Dann haben wir es noch schwerer“, antworteten Alexandra und Heinrich König wie aus einem Mund.

Mit einem gut gemeinten „Na dann: viel Glück“ verabschiedete sich der Chef.

Die Luft war erstaunlich mild, als sie in den Hof hinaustraten. Die Sonne schien auf den von frischen Pfützen übersäten Parkplatz, und die Wasserperlen, die sich auf dem Lack ihres Dienstwagens versammelt hatten, glitzerten fröhlich um die Wette. Alexandra tippte die Adresse von Carmen Reinhardt in das Navigationsgerät.

„Vermutlich weiß sie es schon.“

„Ja, vermutlich“, pflichtete Isidor ihr bei. „Dann wird sie wohl zu Hause sein.“

„Fanden Sie es nicht auch merkwürdig, dass keiner von der Familie wusste, wo sie arbeitet?“

„So auskunftsfreudig, wie diese Familie war, würde ich davon ausgehen, dass sie es uns nur nicht sagen wollten.“

„Klar“, sagte Alexandra. „Aber ich möchte wirklich gern wissen, was sie von unserer Seite befürchten. Wir suchen nach dem Mörder ihres Angehörigen, da könnte man schon ein bisschen entgegenkommender sein.“

„Das ist vermutlich eine Vorsicht, die sich über die Jahrhunderte entwickelt hat. Als Minderheit waren die Sinti und Roma schon immer von verschiedenen Seiten bedroht.“

Isidor folgte den Anweisungen der Frauenstimme, die versprach, er habe sein Ziel bald erreicht. Vor einem schäbigen Mehrfamilienhaus in Bahnhofsnähe besetzte er einen der letzten freien Parkplätze.

„Also, dann.“ Alexandra strich sich die Haare zurück, stieg aus und musterte die bröckelnde Fassade des Gebäudes. Der Putz war in großen Stücken herausgebrochen. Am Sockel hatten sich richtiggehende Blasen gebildet. *Vermutlich feucht und schimmelig*, dachte sie und erschauerte bei der Vorstellung, in diesem Haus wohnen zu müssen. Das Klingelschild war schmutzig. Mehr ratend als lesend entschied sie sich für die dritte Klingel von oben. Keine Reaktion. Sie klingelte erneut, dieses Mal länger.

Während sie warteten, versuchte Isidor, dem Klingelschild seine Geheimnisse zu entlocken. Endlich hörten sie, wie sich über ihnen ein Fenster öffnete. Die schmale Silhouette einer jungen Frau erschien in dem verwitterten Holzrahmen. „Wer ist da?“, rief sie mit schleppender Stimme.

„Alexandra Rau und Isidor Rogg, bitte öffnen Sie.“ Alexandra hielt ihren Ausweis demonstrativ in der erhobenen Hand. Sie wollte nicht zu der jungen Frau hinaufrufen, dass sie vom Kommissariat kamen. Es musste ja nicht die ganze Nachbarschaft mitbekommen, dass sie da waren.

Wortlos verschwand die Gestalt im Inneren der Wohnung. Alexandra und Isidor blickten einander fragend an. Kurz darauf vernahmen sie erleichtert den Summton des Türöffners. Der Hauseingang war düster und kalt. An der Wand hingen zwölf beigefarben lackierte Blechbriefkästen, die teilweise offen standen. Andere waren ziemlich verbogen oder hatten gar keine Türen mehr. Es roch säuerlich und feucht. Zielstrebig gingen sie die ausgetretenen Kunststeinstufen hinauf, wobei Alexandra darauf achtete, das vor Schmutz starrende Geländer nicht zu berühren.

Im dritten Stock sahen sie sich um. Es standen keine Namen an den Klingelschildern. Isidor dachte nach, ordnete die zweite Tür links dann dem vorhin geöffneten Fenster zu und klopfte energisch an. Sie warteten eine geraume Weile, bis die Tür sich öffnete.

Vor ihnen stand das dünnste Mädchen, das Alexandra je gesehen hatte. Sie war so mager, dass sich ihre Hüftknochen deutlich unter dem Stoff der langen Bluse abzeichneten. Ihre nackten Beine wirkten wie Stecken. Den Angaben der Patellis zufolge war diese Frau Reinhardt angeblich zwanzig Jahre alt, doch sie wirkte kaum älter als zwölf.

Auch Isidor hatte es die Sprache verschlagen. Er starrte in das einst sicher schöne, jetzt aber fast geisterhaft wirkende Gesicht, das hauptsächlich aus Augen zu bestehen schien.

So sieht man aus, wenn man kurz davor ist, zu verhungern, dachte Alexandra, vergewisserte sich, dass sie es tatsächlich mit Carmen Reinhardt zu tun hatten, und bat darum, hereinkommen zu dürfen. Die junge Frau machte einen Schritt zur Seite, und die beiden Kommissare betraten die ganz in Schwarz gehaltene Wohnung. Im Grunde war es gar keine Wohnung, sondern ein großes Zimmer mit Kochnische. Um das zu erreichen, hatte man offenbar zwei Zimmer einer ehemals viel größeren Wohnung mit einem zusätzlichen Eingang zum Flur hin ausgestattet. Es war offensichtlich, dass hier so viele „Wohnungen" wie möglich geschaffen worden waren, um den Mietertrag des Hauses zu steigern.

In der ummauerten Ecke des Raums befand sich vermutlich die Toilette. Alexandra sah sich nach einer Sitzgelegenheit um. Sie registrierte die schwarz gestrichenen Wände, etliche schwarz lackierte Möbel und den schwarzen Teppich. Über der am Boden liegenden Matratze, die Sitzgelegenheit und Bett zugleich war, lag ein allem Anschein nach hastig darübergezogenes schwarzes Tuch.

Im Geiste formulierte Alexandra die Frage, die sie stellen wollte, von „Können wir uns setzen?" in „Wollen Sie sich nicht setzen?" um, doch Isidor kam ihr zuvor, indem er Carmen Reinhardt, die offensichtlich fror, fragte, ob sie sich nicht etwas überziehen wolle.

Sie reagierte nicht. Abwartend und mit vor der Brust verschränkten Armen stand sie vor ihnen, fast als wäre sie gar nicht wirklich anwesend.

„Frau Reinhardt, wir sind vom Kommissariat in Waldshut. Mein Name ist Alexandra Rau, und das ist mein Kollege, Isidor Rogg", wiederholte sie. „Wir haben ein paar Fragen an Sie." Sie machte eine Pause und blickte die junge Frau forschend an. Die rührte sich nicht.

„Frau Reinhardt", begann Alexandra erneut, „Sie wissen, warum wir hier sind?"

Bei dieser Frage krümmte sich die junge Frau wie unter Schmerzen zusammen. „Ja, Sie sind wegen Gitano hier. Es ist alles meine Schuld."

Sitzung 3

Ich hatte mir keine leichte Aufgabe ausgesucht, das kann ich ohne falsche Bescheidenheit sagen. Nach drei Tagen Observation stellte ich fest, dass es sich nicht um ein gewöhnliches Haus handelte. In diesem Haus wohnten so viele Leute wild durcheinander, dass ich sie kaum einer Etage, geschweige denn einer Wohnung zuordnen konnte.

Meine Pläne, mich zunächst im Zimmer meines Zielobjekts umzusehen, sobald ich sicher sein konnte, dass sich niemand in der Wohnung aufhielt, gab ich auf. In diesem Fall brachten mich die Kenntnisse nicht weiter, die ich mir damals als Aushilfe bei einem Schlüsseldienst angeeignet hatte. Dazu kam, dass dieser Junge einen alles andere als geregelten Tagesablauf hatte. Der einzig verlässliche Punkt war, neben seinem Zuhause, die Wohnung seiner Freundin in Waldshut. Zu ihr fuhr er fast ebenso oft wie zu einem kleinen Gartenbaubetrieb, bei dem er offenbar stundenweise aushalf. Da er keine regelmäßigen Verpflichtungen zu haben schien, musste ich oft mehrere Fahrten investieren, um seinen abgestellten Roller zu finden, wenn ich den Zeitpunkt verpasst hatte, zu dem er das Haus verließ. Das steigerte mein Jagdfieber. Inzwischen war ich perfekt vorbereitet. Im Kofferraum meines Wagens lagen alle nötigen Utensilien parat: Watte, Chloroform, Kabelbinder, alles gut versteckt unter meiner Sporttasche. Dazu ein Schutzanzug, um Spuren zu vermeiden. Ihn hatte ich zur Tarnung in eine Plastiktüte vom Baumarkt verpackt, in die ich noch ein paar Pinsel und eine Dose Lack legte. Man weiß nie, ob man in eine Verkehrskontrolle kommt und aufgefordert wird, seinen Kofferraum zu öffnen. Ich bin gerne auf alles gefasst.

Nachdem ich meine Frau beseitigt hatte, war es höchste Zeit, dass wieder Leben ins Haus kam. Und zwar ein Leben, das mir Genuss verschafft – anders als die blöde Alte, die mir mit ihrem Geplapper den letzten Nerv getötet hat. Marianne ... Ach ja, das hatte sich damals so ergeben. Ich würde sagen, sie ist mir passiert, wie das eben ist, wenn man jung und unerfahren ist. Sie wurde gleich beim ersten Mal schwanger und führte sich deshalb auf wie eine Furie. Ich habe sie hauptsächlich geheiratet, um meine Ruhe zu haben und weil man das schließlich so macht. Mein Vater war ganz begeistert von dieser blöden Kuh, von der er sich eine Schar von Enkeln versprach. Er ließ sich nicht lumpen und kaufte eine Wohnung für die kleine Familie. Ich bekam darin Erstickungsanfälle. Und Marianne klebte an mir wie ein Pilz am Baum. Ich ließ mir nichts anmerken, aber heimlich arbeitete ich an meiner Flucht. Als sich mir die Gelegenheit bot, auf Montage zu gehen, nutzte ich sie sofort. Marianne wollte das nicht. Ich hatte Glück, denn mein alter Herr, der sein unstetes Leben als Frachtkapitän in vollen Zügen genossen hatte, unterstützte sie nicht, und sie musste schließlich nachgeben. Vermutlich gab die Aussicht auf die hohen Schicht- und Auslandszuschläge den Ausschlag.

Damit war mein Leben wieder im Lot. Die Arbeit machte mir Spaß, und auf Baustellen mit lauter farbigen Halbdeppen braucht es nicht viel, um den Spezialisten zu geben. Bald hatte ich einen entsprechenden Ruf und konnte mir fast alles erlauben. Ich leistete mir die entsprechenden Unterkünfte, immer mit Swimmingpool und Personal. Es kostete ja fast nichts, wenn man in harter Währung verdiente. Die Einheimischen waren arme Schlucker, die sich darum rissen, bei mir arbeiten zu dürfen. So konnte ich mir die Jungs und Mädels nach Lust und Laune gefügig machen. Falls doch einer zickte, ließ sich das mit einer Geldspritze regeln. Übel wurde es für mich erst, als diese Idioten aus der Chefetage mich ausmusterten. Sie quatschten mir die Ohren voll von wegen Frührente und Fürsorgepflicht. Mir wird immer noch übel von all der Verlogenheit. In Wahrheit ging es darum, dass sie junge Ingenieure viel billiger verpflichten konnten.

Wie auch immer. Ab da blieb ich zu Hause. Zwar nicht mehr in der engen Wohnung – ich hatte mittlerweile ein stattliches frei stehendes Haus erworben –, aber ich musste Marianne wieder dauernd in meiner Nähe ertragen. Zum Glück waren wenigstens die Gören nicht mehr zu Hause. Sie sind, sobald sie konnten, ebenfalls ins Ausland abgehauen. Mich wundert das nicht, und sie melden sich auch nicht, seit es bei mir kein Geld mehr zu holen gibt.

Da ich jetzt zwangsläufig viel Zeit hatte, wollte ich mir einen lange gehegten Wunsch erfüllen und mir einen Hund zulegen. Ein italienischer Kollege hatte mir eines Tages seinen *Mastino Napoletano* gezeigt. Ich war fasziniert. Man sagt dieser Hunderasse nach, dass sie in direkter Linie von den römischen Kampfhunden abstammt, die damals in den Arenen gekämpft haben. Mein Traum war, zwei zu halten, einen im Garten und einen im Haus. Dazu wollte ich mir noch ein paar kleine Kläffer anschaffen, die den großen Hunden als Alarmgeber dienten, so machte das jedenfalls der Italiener, um seine einsam gelegene Villa zu sichern. Er hatte gesagt, das sei sicherer und zugleich wirksamer als jede Alarmanlage.

Marianne keifte los wie eine Verrückte, als ich die Viecher zu Hause auslud. Sie schrie, solche Ungeheuer wolle sie nicht im Haus haben und das komme nur über ihre Leiche infrage. Somit war ich gezwungen, einen dahingehenden Plan zu machen. Dafür nahm ich mir viel Zeit. Auf keinen Fall sollte man mir wegen ihres Verschwindens irgendetwas anhängen können. Jedes Detail wurde bedacht. Doch zunächst beruhigte ich Marianne und versprach, die Hunde wieder wegzubringen, sobald ich jemanden gefunden hätte, der sie aufnehmen würde.

Danach zeichnete ich ihre Tobsuchtsanfälle auf. Als ich genügend Material zusammenhatte, konnte ich das Original entbehren. Wie sie mich angestarrt hat, als meine Hände um ihren Hals lagen ... Der reine Genuss. Ich ließ mir Zeit. Und dann kam der fantastische Moment. Die Berührung mit dem Tod. In ihrem panischen Blick konnte ich den Übergang vom Leben zum Tod genau erkennen. Reine Magie. Ich war der Herr über Leben und Tod.

Von Marianne ist nichts übrig geblieben. Die Hunde müssen schließlich gefüttert werden. Sie packen locker ein Kilo Fleisch und Knochen am Tag. Gut, die Sache mit den Knochen war mühsam, aber man ist ja nicht umsonst Ingenieur. Jedenfalls war das Problem mit der Leiche und irgendwelchen DNA-Spuren damit todsicher (ha, ha) gelöst.

In der folgenden Zeit ließ ich hin und wieder ein Band mit Mariannes Gezeter laufen, zum Beispiel, wenn der Briefträger vor dem Haus zugange war. Erst als der letzte Rest von ihr verfüttert war, meldete ich sie als vermisst. Ich behauptete, sie sei von einem Feldbergausflug nicht zurückgekommen. Dort fand man dann auch ihren Wagen – ich bin mit dem Rad zurückgefahren –, doch von ihr gab es keine Spur. Wie auch?

Aber eigentlich wollte ich ja von dem Jungen erzählen, der Leben in mein Haus bringen sollte. Die kleine Einliegerwohnung im Parterre hatte ich eigens präpariert, um mir ein wenig Gesellschaft nach meinem Geschmack halten zu können.

Später mehr dazu. Nun muss ich los, ich habe Mutter versprochen, sie zum Kaffee abzuholen.

Etymologie

Alexandra bemühte sich, ihr Entsetzen über den Zustand des Mädchens zu verbergen. Sie sah ihrem Gegenüber in die Augen und sagte: „Es tut mir sehr leid, Frau Reinhardt." Damit meinte sie nicht allein den Tod von Gitano, sondern auch den erbärmlichen Zustand, in dem die junge Frau sich befand.

„Setzen Sie sich doch." Isidor zeigte auf die Matratze. „Und dann erzählen Sie uns, was Sie damit meinen, wenn Sie sagen, Sie wären schuld."

Die Mädchenfrau stand da wie angewurzelt. Isidor legte seine Hand auf ihre knochige Schulter und schob sie sanft zum Bett. Das half. Sie schlug die Decke zurück und setzte sich. Als sie die Knie beugte, traten die Knochen beängstigend spitz hervor. Nachdem sie die Decke umständlich über ihre knochigen Beine gezogen hatte, atmete Alexandra auf. Isidor setzte sich im Schneidersitz auf den Boden, öffnete seinen Rucksack und zog zwei Äpfel daraus hervor. Als habe sie ihn darum gebeten, reichte er ihr schweigend den einen und biss krachend in den anderen.

Carmen Reinhardt blickte einen Moment verwundert auf den Apfel, nach dem sie automatisch gegriffen hatte. Dann führte sie ihn langsam zum Mund. Alexandra trat ein paar Schritte zurück. Sie lehnte sich mit den Schultern gegen die Wand und beglückwünschte sich zu ihrem begabten Assistenten.

Isidor hatte seinen Apfel bis auf den kleinen braunen Stiel vertilgt, bevor das Mädchen den zweiten Bissen gegessen hatte. Ruhig zog er sein etymologisches Wörterbuch aus dem Rucksack und begann darin zu blättern.

„Da haben wir es", murmelte er. „Schuld, hier – siehst du?", fragte er, an Carmen Reinhardt gewandt. Alexandra registrierte, dass er zum Du übergegangen war.

„Ich habe hier ein etymologisches Wörterbuch. Die Etymologie ist mein Hobby. In dem Buch wird der Ursprung der Wörter erklärt. Ich habe es immer dabei. Manchmal versteht man etwas besser, wenn man den Hintergrund eines Wortes untersucht. Möchtest du, dass ich dir zeige, wie man es liest?"

Sie nickte.

„Okay. Hinter ‚*Schuld*' steht ‚Sf', das bedeutet, dass es ein weibliches Substantiv ist. *Die* Schuld. Schau, hier sind die Abkürzungen erklärt. Die meisten kenne ich schon auswendig, weil ich so oft nachgesehen habe. Da steht ‚std.', das heißt, das Wort gehört zum Standardwortschatz. In Klammern steht ‚8. Jh.', was bedeutet, dass das Wort im achten Jahrhundert erstmals vorkommt. Jetzt geht es weiter. Hier steht ‚mhd.', das ist die Abkürzung für ‚mittelhochdeutsch', da sagte man ‚schulde' oder ‚schult', und ‚ahd.' bedeutet ‚althochdeutsch', da hieß es 'sculd'." Er schob das Buch ein wenig näher zu ihr hin, damit sie besser sehen konnte. Erfreut stellte er fest, dass sie angestrengt auf seinen Zeigefinger starrte, der auf den klein gedruckten Text mit einem Wirrwarr von Zeichen und Kürzeln wies. Den Apfel aß sie mechanisch weiter. Er holte tief Luft.

„So ungefähr geht es noch ein Weilchen weiter", sagte er, als spräche er mit sich selbst. „Germanisch, altnordisch, altenglisch, altfriesisch ... Jetzt kommt ein Verweis auf das Wort ‚sollen'. Das sieht man an dem kleinen Pfeil hier. Wenn du möchtest, können wir gleich noch schauen, was es damit auf sich hat. Aber jetzt kommt es, pass auf." Er las vor: „Die Ausgangsbedeutung ist ‚schulden', sodass das Nomen ursprünglich ‚das Geschuldete' bedeutet."

Er sah sie wieder an. „Das ist interessant, findest du nicht? Schulden und das Geschuldete. Klingt, als ginge es um Geld."

Sie nickte erneut mit vor Anstrengung gerunzelter Stirn. Isidor war mit seiner Intervention zufrieden. Er wusste, dass er es geschafft hatte, den Kontakt zu ihr herzustellen. Jetzt musste er nur noch eine Brücke zum Opfer bauen. Zunächst blieb er bei der Etymologie. „Hier kommt noch eine Reihe von Literaturhinweisen, die sparen wir uns. Lass uns lieber mal sehen, was es mit dem Verweis auf ‚sollen' auf sich hat."

Er blätterte in dem dicken Buch und murmelte dabei: „Sollen, sollen, sole, solide, soll, da haben wir es: ‚sollen'. Du meine Güte, wieder eine ganze Litanei von Abkürzungen. Ich übersetze für dich: Sollen ist ein Verb in der Gegenwartsform. Es kommt auch aus dem achten Jahrhundert. Hier folgen jetzt die mittelhochdeutschen und althochdeutschen Formen und so weiter, und so weiter." Er atmete hörbar aus. „Und jetzt kommt der spannende Teil. Pass auf." Er las: „Die Ausgangsbedeutung ist ‚schulden'. Die Bedeutung ‚schulden' hält sich in der Kaufmannssprache noch lange; auf ihr beruht das kaufmännische *Soll* in der Buchhaltung. Jetzt kommt in Klammern: ‚Die ursprünglichen Bezeichnungen sind mittellateinisch debet dare – debet habere, aus dem ersten wird *Soll*, aus dem zweiten *Haben*.'" Er schaute die junge Frau fragend an. „Das kennst du bestimmt auch von deinem Kontoauszug, oder?" Er klopfte sich begeistert auf den Schenkel.

„Ich hab doch vorhin gesagt, ‚Schuld' klingt, als ginge es um Geld." Er machte eine Pause und gab sich den Anschein, als würde er konzentriert über etwas nachdenken. Dann sagte er unvermittelt: „Aber du hattest keine Schulden bei Gitano?" – die naiv gestellte Frage sollte offenbar dazu dienen, sie zum Reden zu bringen.

„Nein, natürlich nicht", sagte sie prompt.

„Aber du sagtest, es sei deine Schuld. Wie meinst du das denn?"

„Ich bin schuld, dass er gestern Nacht noch zu dem Grillplatz gefahren ist."

Isidor insistierte nicht. Er sah sie nur aufmerksam an und wartete. Carmen berichtete erst stockend, dann immer schneller und hektischer.

„Gitano und ich hatten Stress, weil er wollte, dass ich mehr esse. Gestern Abend hat er gesagt, dass er nicht über Nacht bleibt, wenn ich nicht noch mindestens ein Brot esse. Ich wollte nicht, dass er geht, und habe versucht, etwas zu essen, aber ich konnte nichts herunterbringen. Er hatte Angst, dass ich wieder in die Klinik muss. Er dachte, es kommt darauf an, dass mir etwas schmeckt. Vorgestern hat er mir ständig Vorschläge gemacht, was er alles für mich besorgen könnte. Er wollte unbedingt Pommes mit Ketchup aus der Kneipe holen. Ich hab gesagt, dass es nichts bringt. Er wurde wütend, und ich hatte Angst, dass wir noch mehr Streit bekommen, wenn er etwas holt und ich es dann nicht esse.

Gitano war so sauer, dass er sich angezogen hat, um nach Hause zu gehen. Ich hab gedacht, jetzt ist Schluss mit uns, hab Angst bekommen und gesagt, dass wir doch Würstchen grillen könnten, wenn unser Grillplatz nach der Winterpause wieder in Betrieb ist. Die machen dort im Winter den Rost weg, und Holz ist auch keins mehr da."

Isidor sah sich nach Alexandra um. Er hatte begriffen. Gitano war in der Nacht nur zum Grillplatz gefahren, um nachzusehen, ob man ihn schon wieder nutzen konnte. Alexandra nickte. Sie dachten beide dasselbe: Hatte Gitano seinen Mörder zufällig am Grillplatz getroffen, war er also tatsächlich im falschen Moment am falschen Ort gewesen? Oder war ihm jemand gefolgt?

Isidor wandte sich wieder Carmen Reinhardt zu. „Wann genau ist Gitano von hier weggegangen?"

„Ungefähr um zwölf."

Isidor überlegte. Es war unwahrscheinlich, dass er sich davor mit jemandem getroffen hatte. Aber es war besser, eine Frage zu viel als eine zu wenig zu stellen. „Glaubst du, er hat noch jemand von seinen Freunden getroffen oder ist vielleicht zusammen mit einem oder mehreren dahingefahren?", fragte er.

Augenblicklich nahm die junge Frau dieselbe abweisende Haltung an, die die Kommissare am Vortag bei der Familie Patelli kennengelernt hatten.

„Warum fragen Sie das?"

Alexandra merkte, dass sie ärgerlich wurde. Sie mischte sich ein. „Weil wir genau wissen müssen, was an dem Abend passiert ist, wenn wir den Schuldigen finden sollen."

„Ich glaub nicht, dass er noch jemand getroffen hat. Er sollte am nächsten Morgen in der Gärtnerei helfen."

Alexandra fragte in freundlicherem Ton: „Hatte Gitano denn viele Freunde?"

„Nein, nur ein paar. Er war immer mit mir zusammen oder mit seinen Brüdern. Seit ich mich von meiner Familie losgesagt habe, wollte er mich nicht alleine lassen."

„Du hast dich von deiner Familie losgesagt?" Isidor witterte ein Motiv.

„Ja, es gab Probleme ... Aber darüber kann ich nicht sprechen. Meine Krankheit hängt damit zusammen."

„Verstehe. Es hatte nichts mit Gitano zu tun."

„Nein, aber er hatte mit seiner Familie Stress wegen mir. Sie mochten mich nicht."

Das erklärt allerdings, dass sie nach dem Tod ihres Freundes alleine in ihrer Wohnung sitzt, dachte Alexandra. „Wie haben Sie von Gitanos Tod erfahren?", fragte sie.

„Eine seiner Cousinen – die, die ihn gefunden haben – wollte wissen, warum er in der Nacht nicht bei mir war. Ich glaube, Gitanos Mutter hat sie gebeten, mich zu fragen. Ich hab gefragt, warum sie das wissen will, und dann hat sie mir alles erzählt." Sie schluckte und begann zu weinen.

Isidor legte ihr die Hand auf die Schulter und wartete, bis sie ruhiger wurde. Dann sagte er: „Wir benötigen die Namen und Adressen von Gitanos Freunden. Bitte schreib sie hier für uns auf. Und wenn dir später noch jemand einfällt, musst du uns verständigen." Er legte seine Karte zusammen mit einem Block und einem Stift auf die Decke. Zögerlich griff das Mädchen danach und begann etwas darauf zu notieren.

„Frau Reinhardt, das ist jetzt ganz wichtig“, begann Alexandra. „Bitte überlegen Sie, ob Ihnen von Gitanos Freunden oder Bekannten jemand einfällt, der groß und kräftig ist und dazu Linkshänder.“

Ängstlich sah die junge Frau sie an und schüttelte dann traurig den Kopf.

„Das macht nichts“, sagte Alexandra schnell. „Ich habe noch eine andere Frage: Haben Sie gesehen, wie Gitano weggefahren ist?“

„Ja. Ich habe ihm noch nachgewinkt.“

„War da noch ein anderes Fahrzeug?“

Carmen Reinhardt konzentrierte sich. Sie gab sich sichtbar Mühe, sich den Moment vor ihr geistiges Auge zu holen. „Ich weiß nicht“, sagte sie langsam, „oder doch ... Ich glaub schon. Da ist ein Auto weggefahren. Aber darauf habe ich nicht besonders geachtet. Nur weil es schon spät und die Straße leer war, ist es mir aufgefallen.“

„Ist das Auto in die gleiche Richtung gefahren wie Gitano?“, fragte Isidor aufgeregt.

„Ja.“

„Konntest du den Typ oder die Farbe erkennen?“

„Nein, keine Ahnung. Es war ja dunkel.“

„Kannst du uns zeigen, wo der Wagen geparkt war?“

„Ja.“ Sie stand auf und ging zum Fenster. Isidor folgte ihr und ließ sich zeigen, wo das Fahrzeug gestanden hatte.

Alexandra rief unterdessen die Spurensicherung an. Die Kollegen sollten sich die Stelle vornehmen. Vielleicht gab es eine Überschneidung mit den am Grillplatz gesicherten Spuren. Während sie gemeinsam auf das Team warteten, fragte Alexandra Carmen Reinhardt, ob sie jemanden habe, der ihr in dieser schweren Zeit beistehen könne.

„Ich hatte nur Gitano“, kam die leise Antwort.

„Wir können jemand vorbeischicken, der erst mal bei dir bleibt, wenn du das möchtest“, sagte Isidor.

Sie nickte.

Es berührte Alexandra, dass es Isidor in dieser kurzen Zeit gelungen war, das Vertrauen der verstörten jungen Frau zu gewinnen. Sie wählte die Nummer Leitstelle. „Isidor, ich muss kurz ans Auto“, sagte sie. Sie wollte der Einsatzleitung ungestört die nötigen Informationen geben.

Kurze Zeit später traf das Team der Spurensicherung ein. Isidor ging hinaus und zeigte ihnen den Standort des Wagens. Die Kollegen machten ihm nicht viel Hoffnung. Jede Menge Trugspuren zu sammeln, ohne zu wissen, wonach man suchte, glich einer Sisyphusarbeit.

Als er in die Wohnung zurückkehrte, nahm er Alexandra zur Seite. „Wir sollten die Nachbarn befragen. Vielleicht hat noch jemand in dieser Nacht eine Beobachtung gemacht."

„Unbedingt. Wenn wir wenigstens einen Hinweis auf den Fahrzeugtyp bekommen könnten ..."

„Ja, und falls jemand den Wagen bemerkt hat, wäre es interessant zu wissen, ob er öfter hier gesehen wurde."

„Ich denke, wir sollten abwarten, bis jemand von der Seelsorge hier ist und sich um Frau Reinhardt kümmert."

„So lange könnte ich mir die Wohnungen hier im Block vornehmen. Wir dürfen keine Zeit verlieren. Das Gedächtnis der Leute wird nicht besser."

„Gut, Isidor. Ich bleibe bei Frau Reinhardt. Nehmen Sie den Plan zum Abhaken mit, damit die Kollegen bei der Nachbearbeitung wissen, wen Sie angetroffen haben und wen nicht. Vermutlich sind viele Hausbewohner bei der Arbeit. Apropos Arbeit – was machen Sie beruflich, Frau Reinhardt?"

„Ich habe eine Ausbildung als Altenpflegerin gemacht. Aber sie haben mich nicht übernommen, weil ich so oft krank war. Jetzt bin ich seit über einem Jahr arbeitslos."

„Danke", murmelte Alexandra und hakte im Geiste ihre Hypothese, der Wagen könne einem eifersüchtigen Arbeitskollege oder gar dem Chef gehört haben, ab.

„Du findest bestimmt bald wieder etwas, das ist doch ein Beruf mit Zukunft", sagte Isidor in dem Versuch, das Mädchen zu ermutigen. Dann holte er eine Tüte Nüsse aus seinem Rucksack und bot zuerst Alexandra und danach der jungen Frau davon an. Alexandra hatte keinen Appetit, aber sie wollte mit gutem Beispiel vorangehen. Also nahm sie sich gleich eine ganze Handvoll, und zu ihrem Erstaunen griff auch Carmen Reinhardt zu. Isidor legt die Tüte auf die Bettdecke. „Die lasse ich dir da. Ich muss jetzt an die Arbeit, um denjenigen zu finden, der wirklich schuld ist." Er suchte ihren Blick, um sich zu vergewissern, dass seine Botschaft bei ihr angekommen war, reichte ihr die Hand und verließ die Wohnung.

Etwa eine halbe Stunde später läutete es. Alexandra ging zum Fenster, um nachzusehen.

„Hallo? Wer ist da?", rief sie hinunter.

Eine stark übergewichtige Frau in den Sechzigern stand direkt vor der Tür. Eine zweite Person stand neben ihr, wurde aber fast gänzlich vom Vordach verdeckt.

„Edeltraud Schröger und Bettina Vögele", rief die Frau. „Wir möchten zu Frau Reinhardt."

„Kommen Sie doch bitte herauf. Dritter Stock, zweite Tür links." Sie ging zur Tür und betätigte den elektronischen Öffner. Sie war erleichtert, dass sie das Mädchen nicht allein zurücklassen mussten.

„Frau Reinhard, Sie bekommen Besuch", rief sie ins Zimmer. „Frau Schröger und Frau Vögele bleiben jetzt erst mal bei Ihnen."

Sie ging zur Tür zurück. Von den Frauen war noch nichts zu sehen, aber sie konnte schweres Atmen im Treppenhaus hören. Dann erschien eine hochgewachsene Dame im Türrahmen, und etwas später stand auch die korpulente Frau mit vor Anstrengung hochrotem Kopf vor Alexandra, die die beiden freundlich begrüßte und sich vorstellte, bevor sie auf das Bett zeigte.

„Das ist Ihr Schützling, Carmen Reinhardt. Ich muss mich jetzt verabschieden. Vielen Dank." Sie wandte sich an die junge Frau. „Frau Reinhardt, bitte melden Sie sich, wenn Ihnen noch etwas einfällt."

Dann nickte sie den drei Frauen zu und verließ die Wohnung. Sie hörte Isidors Stimme aus dem unteren Stockwerk. Dort fand sie ihn im Gespräch mit einem unrasierten, nur mit einem schmuddeligen Unterhemd und Shorts bekleideten Mann. Isidor verabschiedete sich gerade von ihm.

„Fehlanzeige", sagte er zu Alexandra, nachdem der Mann in seine Wohnung zurückgekehrt war und die Tür geschlossen hatte. „Ich habe wie immer von oben angefangen, mich durchzuklingeln. Lediglich in diesen drei Wohnungen habe ich Jemanden angetroffen." Er zeigte Alexandra den Vordruck, den sie in solchen Fällen verwendeten.

„Das müssen die Kollegen am Abend nacharbeiten", beschloss Alexandra. „Lassen Sie uns zu den Patellis fahren."

Als sie das Haus verließen, waren die Kollegen der Spurensicherung bereits abgefahren. Alexandra sank in das Polster ihres Dienstwagens. „Meine Güte, was für ein grässliches Haus. Diese schwarze Wohnung und das arme Mädchen."

„Unglaublich. Ich hatte Angst, dass sie uns unter der Hand verhungert", bestätigte Isidor.

„Ich auch. Mein Kompliment. Das haben Sie toll hingekriegt. Ich hätte nicht gedacht, dass sie etwas essen würde. Ich wäre ehrlich gesagt gar nicht auf die Idee gekommen, ihr etwas anzubieten." Sie lachte, bevor sie hinzufügte: „Und ich hätte auch nichts dabeigehabt."

„Tja, Chefin, da sehen Sie mal, für was so ein Rucksack gut ist."

„Ihre Idee mit der Etymologie – sagenhaft. Wer hätte gedacht, dass sie das interessant findet? Isidor, heute waren Sie Ihr Geld wieder einmal wert. Wussten Sie von der ursprünglichen Verbindung von Schuld und Geld, oder hat Sie das selbst überrascht?"

„Im Nachhinein ist es logisch, aber ich hatte darüber noch nie nachgedacht. Ein bisschen Glück gehört eben immer dazu, das wissen Sie selbst. Aber mir wäre auch etwas anderes eingefallen, wenn es nicht gepasst hätte. Die Hauptsache war, dass sie sich dafür interessiert hat."

„Damit konnte sie ein wenig Abstand gewinnen. Sie stand ja völlig unter Schock, die Arme."

„Ja, es sind immer die Falschen, die sich schuldig fühlen. Vermutlich ist Schuld sowieso das vorherrschende Gefühl im Leben dieses Mädchens."

„Wie meinen Sie das?"

„Sie hat doch angedeutet, dass ihre Magersucht etwas mit ihrer Familie zu tun hat, und gesagt, dass sie nicht darüber sprechen kann. Das klingt für mich nach sexuellem Missbrauch. Diese armen Menschen müssen neben allem anderen damit kämpfen, dass sie sich schuldig fühlen."

„Ja, leider ist das so. Dass sie nicht schuld sein konnte am Tod von Gitano, war von vornherein klar. Unsere Zielperson ist von ganz anderer Statur."

„Dann wollen wir mal sehen, ob wir heute mit den Patellis weiterkommen. Bisher haben wir außer dem Fahrzeug, das dem Jungen in der Nacht womöglich gefolgt ist, nichts vorzuweisen. Außerdem kann das genauso gut ein Zufall gewesen sein."

„Wenn wir nach der Identifizierung noch Zeit haben, fahren wir zu der Gärtnerei, in der Gitano gearbeitet hat."

„Und zwei Entlassungen aus der Psychiatrie sollten wir auch noch nachgehen."

„Stimmt! Gut, dass Sie daran denken."

Alexandra gähnte. Sie war müde, und der nächste Termin würde auch wieder anstrengend werden. Die Fahrt zur Familie Patelli dauerte mindestens zwanzig Minuten – *die Gelegenheit, mit einem Powernap den Kopf wieder frei zu bekommen*, dachte sie. Ein Glück, dass Isidor so gerne fuhr. Sie lehnte ihren Kopf an die Tür und schloss die Augen. Ihre inneren Ablagesysteme würden die soeben gewonnenen Informationen schon verarbeiten und zuordnen, darauf konnte sie sich verlassen.

Isidor wollte eigentlich noch etwas zum Thema Zufälligkeit sagen, doch nach einem kurzen Seitenblick zu Alexandra lachte er leise in sich hinein. Sie hatte sich eine ihrer Auszeiten genommen. Er achtete darauf, möglichst keine abrupten Fahrmanöver zu machen, um die Schlafende nicht zu stören. Doch als er das Haus der Patellis erreichte, bremste er so heftig, dass Alexandra aufschrak. Bevor sie ihn fragen konnte, was denn los sei, hatte er den Wagen bereits verlassen. Als sie ihm nachsah, erkannte sie den Grund.

Die beiden Patelli-Brüder waren mit einem jungen Mann zugange. Der eine drückte ihn gegen die Hauswand, und der zweite traktierte ihn mit Schlägen.

Isidor lief auf sie zu. „Halt, sofort aufhören! Was ist hier los?"

Augenblicklich ließen die beiden von ihrem Opfer ab.

„Nichts, Herr Kommissar", meinte der Ältere frech.

„Nur eine kleine Meinungsverschiedenheit", ergänzte sein Bruder.

Der Geprügelte rieb sich die schmerzende Flanke und wollte sich aus dem Staub machen, aber Isidor hielt ihn auf. „Sie bleiben hier. Ich benötige Ihre Personalien, und dann möchte ich wissen, worum es ging."

Alexandra trat hinzu. Es stellte sich heraus, dass der junge Mann ein weiterer Cousin von Gitano war. Er und sein Bruder waren in der Mordnacht mit ihm am Grillplatz gewesen. Gitano hatte gesehen, dass bei ihnen noch Licht brannte, und angehalten, um sich zu erkundigen, ob der Grillplatz schon wieder in Betrieb sei. Den Jungs war langweilig gewesen, deshalb hatten sie vorgeschlagen, gleich nachzusehen. Der Cousin schwor jedoch bei allen Heiligen, dass sie sich danach im besten Einvernehmen von Gitano getrennt hatten. Die Patelli-Brüder waren offenbar dabei gewesen, diese Aussage auf ihren Wahrheitsgehalt zu überprüfen.

Isidor war sauer. „Sie gehen nach Hause und halten sich zur Verfügung", blaffte er den Cousin an. „Und Sie mischen sich gefälligst nicht in unsere Arbeit ein", zischte er, an die Patelli-Brüder gewandt.

Gitanos Brüder sahen ihn abfällig an. Alexandra schaltete sich ein. „Gut, dass Sie herausgefunden haben, wer mit Gitano zusammen war. Wir werden dem nachgehen. Aber zunächst müssen wir die Leiche Ihres Bruders identifizieren."

Isidor forderte die Brüder auf, ihm nachzufahren. Alexandra setzte sich neben ihn ins Auto. „Der Cousin scheint ehrlich zu sein", sagte sie. „Immerhin hat er Gitanos Brüdern freiwillig erzählt, dass sie in der Nacht zusammen waren, und er ist weder groß noch Linkshänder. Insofern mache ich mir, auch was seinen Bruder angeht, nicht viel Hoffnung."

„Ist mir auch aufgefallen", knurrte Isidor, „aber die Art dieser Typen geht mir langsam auf den Geist."

„Kein einfaches Milieu."

In der Gerichtsmedizin wartete man bereits auf sie. Alexandra erledigte die Formalitäten. Dann begleiteten sie Gitanos Brüder in den ihnen zugewiesenen Raum. Der Tote lag, bis zum Hals mit einem Laken bedeckt, unter einer Plexiglashaube.

Alexandra und Isidor hielten sich diskret im Hintergrund und ließen den Geschwistern Zeit, den Anblick zu verarbeiten. Schon kurz darauf wandten sich die beiden kreidebleich zum Gehen.

Eigentlich erübrigte sich die Frage, dennoch musste Alexandra sie stellen. „Handelt es sich bei dem Toten um Ihren Bruder, Gitano Patelli?"

Der Ältere nickte, sprechen konnte er nicht.

Das Formular, das sie ihm zum Unterschreiben hinhielt, las er nicht. Alexandra deutete auf die richtige Stelle, reichte ihm den Stift und sah zu, wie er umständlich unterschrieb.

Sitzung 4

Endlich komme ich dazu, meine „Therapie" weiterzuführen. Meine Mutter hat mich die letzten Tage ganz schön auf Trab gehalten. Ich hatte mir zwar vorgenommen, jetzt, da ich mir meine Zeit einteilen kann, mehr Kontakt mit ihr zu pflegen, aber so intensiv wollte ich es nicht werden lassen. Mir ist nicht klar, wie sie es schafft, mich dauernd mit Beschlag zu belegen. Das geht ungefähr so: „Friedrich, Lieber, habe ich dir erzählt, dass ich an einen Ausflug zum Dom von St. Blasien denke?", oder „Ach, Friedrich, mein Lieber, ich sollte dringend zur Fußpflegerin, Chiropraktikerin, zu meiner alten Freundin Klara, Luise, Paula, ins Café Decker ..." und so weiter und so weiter. Sie fragt nie direkt, sondern äußert ihre Wünsche beiläufig.

Es ist wie früher. Sie frisst mich auf. Am liebsten wäre ihr, wenn ich Tag und Nacht abrufbereit um sie herumtanzte. Sozusagen stets zu Diensten. Und dabei komme ich ihr keinen Millimeter näher. Sie ist und bleibt eine undurchdringliche Wand aus kühler Starrheit, gepflegter Höflichkeit und unendlicher Langeweile. Ein Nein würde sie niemals akzeptieren, aber auch das spricht sie nicht aus, sondern lässt es mich spüren. Wenn sie zutiefst enttäuscht die Mundwinkel nach unten zieht und ihre schmalen Lippen noch fester zusammenpresst als gewöhnlich, weiß ich, dass sie meinen Unwillen wahrgenommen hat, noch bevor ich dazu gekommen bin, eine ablehnende Antwort zu formulieren.
Ich habe versucht, diesem Sog zu entkommen, indem ich zahlreiche Unternehmungen mit ihr vereinbart habe. Ich fahre regelmäßig mit ihr zu den Albert-Konzerten nach Freiburg, habe sie eingeladen, mich zu den Treffen der Lions zu begleiten – nachdem Marianne ja nicht mehr dabei ist –, und ich bringe sie jeden Mittwoch nach Lörrach zum Friseur. Aber das reicht nicht. Es reicht ihr nie. Ich werde den Druck nicht los. Wie ein Fluch lastet er auf mir. Immer habe ich das Gefühl, ich müsste unbedingt etwas wiedergutmachen. Unentwegt fühle ich mich ihr gegenüber schuldig, als hätte ich das schlimmste aller Verbrechen begangen. Aber ich erinnere mich beim besten Willen nicht daran, ihr jemals unrecht getan zu haben. Es muss mit meiner schrecklichen Geburt zusammenhängen. Vermutlich habe ich sie damit, dass ich auf die Welt wollte, auf ewig tödlich gekränkt.

Aber eigentlich wollte ich von dem bildschönen jungen Mann erzählen. Es ist mir allerdings ein wenig peinlich. Ich muss berichten, dass aus meinem ursprünglichen Plan nichts wurde. Vorgesehen hatte ich, dass er in meinem Haus wohnen sollte. In all den Stunden, in denen ich auf eine Gelegenheit wartete, ihn in meine Gewalt zu bringen, malte ich mir aus, wie gut wir uns verstehen würden. Während ich, Wagner-Opern hörend, im Wagen saß und seine Bewegungsmuster studierte, gab ich mich meinen Fantasien hin. Ich stellte mir seinen Geruch vor und wie sich seine Haut, sein dunkles Haar und sein junger Körper unter meinen Händen anfühlen würden. Und dann, nach all den Wochen, kam schließlich der Abend, der wie geschaffen war für meine Zwecke. Er kam aus dem Haus seiner Freundin, stieg auf seinen Roller und fuhr los, und ich war mir ziemlich sicher, dass er auf direktem Weg nach Hause wollte. Doch dann traf er sich mit zwei anderen jungen Männern, und die drei fuhren zu einem Grillplatz neben der B34. Die beiden anderen sind recht schnell wieder weitergefahren, aber er blieb sitzen und rauchte eine Zigarette. Es war fast Mitternacht, und ich hatte wirklich nicht damit gerechnet, dass der passende Zeitpunkt gekommen war. Die Gelegenheit, auf die ich die ganze Zeit gewartet hatte.

Weit und breit war keine andere Menschenseele zu sehen. Im Schutze der Dunkelheit würde ich ihn in aller Ruhe abtransportieren können. Mein Kofferraum bietet genügend Platz für eine Person. Und dann würde ich ihn sogleich in sein neues Quartier verfrachten.

Der Junge hatte seinen Roller auf dem Parkplatz abgestellt. Ich parkte den Jaguar daneben. Ich war nicht sicher, ob er mich bemerkte, aber machte mir auch keine Gedanken darüber. Falls er meinen Wagen wahrgenommen hatte, dachte er vermutlich, es handele sich um ein Liebespaar. Als ich mir den Maleranzug überzog, musste ich mich zur Ruhe zwingen. Das Jagdfieber hatte mich gepackt. Ich bereitete die Watte und das Chloroform vor und steckte die anderen Hilfsmittel in die Hosentaschen des Schutzanzugs. Dann näherte ich mich leise.

Er saß vor dem Grillrost auf einem der abgesägten Baumstämme. Ich hielt mich vorsichtig im Hintergrund, beobachtete das Gelände und wartete auf den richtigen Moment.

Und dann stand er auf und lief zum Waldrand, um sich zu erleichtern. Das war mein Signal. Leise schlich ich mich an. Ich konnte mich kaum konzentrieren, so erregt war ich bei der Vorstellung, dass dieser Körper bald mir gehören würde. Ich tränkte die Watte reichlich mit Chloroform. Danach musste es schnell gehen. Mein Auserwählter war noch damit beschäftigt, sein bestes Stück wieder einzupacken, als ich ihn von hinten packte und die getränkte Watte fest auf seinen Mund drückte. Er hatte keine Chance mehr, sich zur Wehr zu setzen. Wie ein Sack sank er in sich zusammen. Meine Hände bebten vor Verlangen, ihn zu berühren, aber ich hielt mich weiter eisern an meinen Plan.

Zuerst schaltete ich meine Stirnlampe ein und fesselte ihm die Hände mit den Kabelbindern. Dann begann ich, ihn in die Richtung zu schleppen, in der mein Wagen parkte. Das erwies sich um vieles mühsamer, als ich vermutet hatte. Der Junge war ganz schön schwer. Neben dem Radweg musste ich eine Pause einlegen. Kurz setzte ich mich neben ihn. Der Mond war hinter den Wolken hervorgekommen und legte einen silbernen Glanz auf die schwarzen Locken. Der Anblick machte mich rasend. Ich konnte meinen Blick nicht von ihm wenden.

Vermutlich habe ich mir zu lange Zeit gelassen. Jedenfalls erwachte er wider Erwarten aus seiner Betäubung. Er realisierte schnell, in welcher Lage er war, und begann um Hilfe zu rufen. Obwohl ich fast sicher war, dass ihn hier draußen niemand hören würde, wollte ich nicht, dass er schrie. Ich legte meine Hände um seinen Hals. Ich wollte ihm sagen, dass er ruhig bleiben sollte. Was dann geschah, entsprach nicht meinem Plan. Die Panik in seinem Blick spiegelte mir meine Überlegenheit. Ich konnte nicht anders, als immer weiter zuzudrücken. Dabei sah ich unverwandt in seine dunklen Augen, die trotz der Nachwirkungen des Chloroforms vor Leben nur strotzten. Er schien sich förmlich am Leben festzukrallen.

Das Machtgefühl, das mich durchströmte, war unbeschreiblich. Ich verharrte über ihm, ohne mich zu bewegen, um das Gefühl möglichst lange festzuhalten. Erst eine ganze Weile nachdem er aufgehört hatte, sich zu wehren, löste ich mich von ihm.

Dann die Ernüchterung. Ich hatte ihn kaputt gemacht. Das war ärgerlich, aber ich würde einen Ersatz finden. Jetzt konnte ich mir die Mühe sparen, seinen Körper in den Kofferraum zu wuchten. Ich ließ ihn an Ort und Stelle liegen. Dank meines Anzugs würde es garantiert keine Spuren geben.

Kim

Alexandra war frustriert, weil die Ermittlungen ins Stocken gerieten, obwohl das gesamte Team auf Hochtouren arbeitete. Langwierige und akribische Kleinarbeit war angesagt, um die Masse der gesammelten Spuren auszuwerten und abzugleichen. Es würde Tage dauern, bis alle potenziellen Zeugen befragt waren und der Verkehr auf der B34 überprüft worden war. Hinweise aus der Bevölkerung gab es zuhauf. Wie immer erschwerten ihnen Wichtigtuer, Besserwisser und Denunzianten die Arbeit.

Obwohl Alexandra hoffte, den Täter in Gitano Patellis Umfeld zu finden, ermittelten sie in alle Richtungen. Leider kamen sie auf keiner Ebene weiter. Die Patellis hielten eisern zusammen und ließen nichts nach außen dringen. Alexandra war schon fast bereit, sich einzugestehen, dass Gitano vermutlich doch ein Zufallsopfer war. Damit verringerten sich ihre Chancen, den Mörder zu finden, drastisch.

Trotz der warmen Frühlingstage war die Stimmung im ganzen Kommissariat trist. Einzig Isidor vertrat weiter zuversichtlich die Überzeugung, dass ihre Möglichkeiten noch lange nicht ausgeschöpft waren. Das war einerseits seiner Jugend zuzuschreiben und andererseits der Tatsache, dass er zum ersten Mal innerhalb einer Soko dieses Umfangs ermittelte. Dabei demonstrierte er einen Enthusiasmus, der seinesgleichen suchte. Kaum saß Alexandra morgens neben ihm im Wagen, begann er sich zum Beispiel für die Löwenzahnblüten zu begeistern, als wäre alles in bester Ordnung.

Tatsächlich leuchteten inzwischen ganze Wiesen in strahlendem Gelb, und Isidors Repertoire an Verwendungsmöglichkeiten für diese Pflanze schien unerschöpflich. Am Wochenende hatte er sich damit beschäftigt, Löwenzahnblüten zu pflücken und Wurzeln der jungen Pflanzen auszustechen. Insbesondere das Gelee, das man aus den Blüten kochen konnte, legte er ihr ans Herz, nicht ohne sie zuvor zur Verschwiegenheit zu verpflichten, da es sich dabei um ein Geheimrezept seiner Familie handele. Bis er ihr alle Varianten der Zubereitung von Salaten, Gemüsen und Suppen erläutert hatte, waren sie am Ziel, ohne dass Alexandra sich um ein Gesprächsthema hatte bemühen müssen.

Um diesen Tagen wenigstens irgendein Ergebnis abzuringen, erledigte sie all die bürokratischen Arbeiten, die sich auf ihrem Schreibtisch gestapelt hatten. Mehrmals täglich stand sie nachdenklich vor der Wand mit den Fotos von Gitano, dem Grillplatz und den Menschen in seinem Umfeld und hoffte auf eine überraschende Erkenntnis.

Zusammen mit ihrem Mann Hermann hatte sie ein Täterprofil erstellt, als klar gewesen war, dass sie es vermutlich nicht mit einer Beziehungstat zu tun hatten. Demnach suchten sie nach einem großen, kräftigen Mann, der intelligent genug war, keine Spuren am Tatort zu hinterlassen, und wahrscheinlich einen höheren Bildungsgrad aufwies. Wenn man davon ausging, dass er Gitano von Waldshut aus gefolgt war, lebte er vermutlich alleine und hatte viel Zeit, war also entweder arbeitslos oder Rentner. Falls er jedoch in der besagten Nacht nur zufällig zur selben Zeit wie Gitano am Grillplatz gewesen war, musste er über entsprechende Ortskenntnisse verfügen. All das waren zwar gute Anhaltspunkte, doch sie brachten sie nicht weiter, solange sie keinen Verdächtigen hatten, mit dem sie sie abgleichen konnten.

Mit anderen Worten: Momentan warteten sie auf Kommissar Zufall oder auf ein Wunder. Jedem außer Isidor war klar, dass es, wenn der Täter nicht auf irgendeine Art aktiv werden würde, nicht gut um die

Chancen stand, den Fall aufzuklären. Heinrich König erwog eine Ausstrahlung in *Aktenzeichen XY*.

Alexandra lief auch zu Hause herum wie ein Nervenbündel. Manchmal fing sie mehrere Arbeiten gleichzeitig an und vergaß, was sie vorgehabt hatte. Hermann kochte oft, um sie zu entlasten und mit ihren Lieblingsspeisen aufzumuntern. Seine Arbeitszeit konnte er frei einteilen und vieles von zu Hause aus erledigen. Allein den Weg zur Arbeit nicht täglich machen zu müssen war eine kolossale Erleichterung. Um seiner Frau ein bisschen Abstand zu ihrem beruflichen Stress zu verschaffen, schlug er ihr eines Abends vor, zusammen mit ihrem Freund, Pater Pirmin, ein Wochenende auf dem Schwanberg zu verbringen. Er meinte, es würde ihnen beiden guttun, sich mal mit etwas anderem zu befassen. Auch Alexandra wusste, dass man mit Abstand besser auf einen Fall schauen konnte, doch sie konnte sich gerade nicht vorstellen, sich auf ein Bibliodrama einzulassen. Sie erinnerte Hermann daran, wie anstrengend so ein Wochenende auf dem Schwanberg sein konnte. In der geschützten Atmosphäre des spirituellen Zentrums eine Szene aus der Bibel immer wieder neu und unter einem anderen Aspekt zu betrachten, bis man das Gefühl hatte, selbst mit dabei gewesen zu sein, war zwar eine durch und durch interessante Erfahrung, aber sie wollte sie lieber nach einem gelösten Fall machen. Auch an den besonderen Gottesdiensten des Frauenklosters wollte sie nicht teilnehmen, wenn ihre Gedanken doch nur ständig abschweiften, und das würden sie, dazu kannte sie sich zu gut.

Ihr war bewusst, dass nicht jeder Fall zu lösen war. Manchmal dauerte es Jahrzehnte, bis der entscheidende Hinweis kam oder ein neues technisches Verfahren zur Ergreifung des Täters führte, aber manchmal half auch die Zeit nicht. Dann holte der Alltag sie ein, es kamen neue Fälle, neue Herausforderungen, neue Täter. Im Fall Gitano Patelli deutete vieles darauf hin, dass es sich so entwickeln würde, aber sie war zu diesem Zeitpunkt noch nicht bereit, das zu akzeptieren. Ihre Eindrücke vom Tatort waren noch zu frisch. Vor allem die Spuren, die seine Füße im Todeskampf in die Erde gegraben hatten, ließen sie jedes Mal aufs Neue erschauern, wenn sie versuchte, sich ein Bild von den Vorgängen zu machen. Instinktiv spürte sie das – im wahrsten Sinne des Wortes – gewaltige Potenzial des Täters und ahnte, dass sie schon bald erneut mit ihm zu tun haben würde.

Trotzdem vermochte Hermans Vorschlag sie für eine Weile zu erheitern. Beim Rotwein tauschten sie Erinnerungen an ihren letzten gemeinsamen Aufenthalt in Schwanberg aus. Ein nicht unwesentlicher Faktor bei diesen Seminaren waren die anderen Teilnehmer. Hermann erinnerte sie an den hypernervösen Schiffsarzt Benjamin, der ihnen stotternd und abendfüllend von seinen Abenteuern auf Kreuzfahrtschiffen berichtet hatte. Seine Gestalt erschien vor ihrem geistigen Auge. Hochgewachsen, mit schmalen, hängenden Schultern und eingezogenem Kopf, wirkte er stets angespannt wie ein Raubtier kurz vor dem Angriff. „Es wäre mir lieber gewesen, wenn ich von den Methoden, die man als Bordarzt anwendet, und von den anderen Interna nicht so viel erfahren hätte", sagte Hermann lachend.

„Allerdings", pflichtete Alexandra ihm bei. „Ich hätte auch lieber nicht gewusst, dass Zähne an Bord mit Sekundenkleber repariert werden."

„Wenn es nur das wäre ...", lachte Hermann.

„Du denkst an die Überwachungskameras in den Kabinen der Passagiere?"

„Ja. Ich kann das immer noch nicht recht glauben und hoffe, dass der gute Mann, um sich interessant zu machen, übertrieben hat. Kameras in 50 Prozent der Passagierkabinen – das ist doch Wahnsinn. Wenn das herauskäme, gäbe es einen Riesenskandal."

Alexandra merkte, dass es sie reizte, dieser Sache auf den Grund zu gehen, trotz aller Anspannung, die der „Grillplatz-Mord" verursachte. „Wir müssten allein aus diesem Grund mal eine Kreuzfahrt machen", sagte sie und sah sich im Geiste schon das Schiff durchsuchen.

„Stimmt, aber dann würden wir auch zu den Leuten gehören, die aus allen möglichen anderen Gründen als um Urlaub zu machen an Bord sind."

„Du meinst seine Geschichte, dass man zum Sterben auf ein Kreuzfahrtschiff geht?"

„Das gehört zu den Geschichten, die ich mir noch am ehesten vorstellen kann." Hermann lehnte sich bequem in seinem Sessel zurück und beobachtete Alexandra mit halb geschlossenen Lidern. Endlich war es ihm gelungen, seine Frau abzulenken.

„Und erinnerst du dich an diese pietistisch erzogene Pastorentochter?", fragte Alexandra.

„Nur zu gut", antwortete er schmunzelnd.

Alexandra rief sich ihren ersten Aufenthalt noch einmal ins Gedächtnis. Ihre Gruppe hatte aus sechs Personen und zwei Leitern bestanden. Die Teilnehmer der Gruppe sollten sich zunächst kurz vorstellen und sich dann aus der vorgegebenen Bibelszene eine Person aussuchen, die sie in den beiden folgenden Tagen verkörpern wollten.

Alexandra fand die meisten Personen uninteressant, bis auf Jesus. Ohne weiter nachzudenken, entschied sie sich für ihn. Die meisten Rollen der Szene waren bereits besetzt, als Alexandra ihre Wahl nannte. Augenblicklich nahm sie wahr, dass einer der Teilnehmerinnen die Gesichtszüge entgleisten.

In der folgenden Übung mussten sie sich hinter einen leeren Stuhl stellen und im Namen der gewählten Figur über sich selbst sprechen.

Als Alexandra alias Jesus an der Reihe war, hörte sie sich sagen: „Alexandra und ich haben die gleichen Ziele." Das war für die Teilnehmerin, die ihr gegenüberstand, endgültig zu viel. Alexandra sah unverhohlene Feindseligkeit in ihrem Gesicht. Zunächst kümmerte sie das nicht, denn sie war damit beschäftigt, sich in das Spiel einzufinden und zu erspüren, was es mit ihr machte. Doch ihre Kontrahentin ließ keine Gelegenheit aus, Alexandra zu kritisieren und ihr zu widersprechen. Alexandra musste sich konzentrieren, um einen offenen Streit mit der Frau zu vermeiden. Im Laufe des Tages stellte sich dann heraus, dass es sich um eine mit 38 Jahren frühpensionierte Religionslehrerin handelte, die an ihren hohen Ansprüchen gescheitert war und daran, es ihren Schülern unbedingt recht machen zu wollen. Vor lauter Selbstzweifeln hatte sie irgendwann nicht mehr schlafen können und einen Burnout entwickelt.

In einer der nächsten Übungen war ausgerechnet sie Alexandras Partnerin. Erst nachdem sich die Paare gebildet hatten, erklärten die Gruppenleiter die Einzelheiten: Es ging darum, dass einer dem anderen, der passiv bleiben musste, ohne Worte seine Verachtung zeigen sollte. Dafür waren jeweils zehn Minuten angesetzt. Danach sollte es einen Erfahrungsaustausch mit der Gruppe geben. Alexandra rechnete mit dem Schlimmsten. Dennoch beschloss sie, die Übung mitzumachen, und ließ der Frau den Vortritt. Diese schien weniger Vorbehalte zu haben. Hoch aufgerichtet umkreiste sie Alexandra mit schweren Schritten und machte durch ihre Mimik und Gestik deutlich, dass etwas mit Alexandra nicht stimmte, dass sie nicht genügte. Alexandra nahm ein Gefühl wahr, das ihr nie zuvor begegnet war: Sie fühlte sich falsch. Nicht etwa, dass sie einen Fehler gemacht hatte, sondern dass sie als ganze Person ein Fehler war. Nach einigen Minuten legte ihr die Frau die Hand auf die Schulter und atmete dabei verächtlich aus. Die Hand lastete so schwer auf Alexandras Schulter, als sollte sie damit zu

Boden gedrückt werden. Als die zehn Minuten endlich um waren, fühlte Alexandra sich so nichtswürdig, dass sie darauf verzichtete, ihrerseits die aktive Rolle einzunehmen. Stattdessen fragte sie die Frau, in wessen Haut sie gerade eben geschlüpft sei. Erstaunlicherweise gab die Frau bereitwillig Auskunft. Sie war in die Rolle ihres Vaters geschlüpft, das sei der erste Impuls gewesen, der ihr zum Thema Verachtung eingefallen wäre. Sie erzählte, dass ihr Vater so mit ihr verfahren war, wenn er sich Sorgen um ihre Zukunft gemacht hatte. Das erklärte auch das merkwürdige Gewicht der Hand. Alexandra hatte gespürt, wie sich das angefühlt hatte, als der große, erwachsene Mann seinem Kind in dieser Art die Hand auf die Schulter gelegt hatte.

Alexandras Rollenspielpartnerin war in einer kleinstädtischen, bigotten Pastorenfamilie aufgewachsen. Mit seiner Erziehung hatte der Vater den Keim für ihren Hang zum Perfektionismus gelegt, der schließlich ihre Gesundheit ruiniert hatte. Alexandra war erschüttert. Sie hatte Einblick in eine ihr fremde Welt bekommen. Es war schrecklich, was Menschen ihren Kindern antaten, während sie überzeugt davon waren, es gut zu meinen. Ein wichtiges Ergebnis dieses Schwanberg-Wochenendes war für Alexandra die Erkenntnis, dass sie ihren Eltern dankbar sein konnte. Sie hatten immer an sie und ihre Fähigkeiten geglaubt. Nach der Übung hatte sie sich merkwürdigerweise mit dieser Frau verbunden gefühlt. Damals hatte sie zu Hermann gesagt: „Es ist hilfreich zu erfahren, was einem erspart geblieben ist."

Jetzt, da sie in ihrem Sessel saß, das Weinglas vor sich, während Whisky auf ihrem Schoß schnurrte, fragte sie sich, wie es der Frau wohl gerade ging. Ob sie von der Begegnung mit ihr auch profitiert hatte? Hermann hatte ebenfalls interessante spirituelle Erfahrungen gemacht. Auch für ihre Arbeit hatten sie nützliche Erkenntnisse gewonnen. Ihre Möglichkeiten, sich in verschiedene Situationen einzufühlen, waren auf spezielle Weise erweitert worden. Dennoch blieb Alexandra dabei, dass sie lieber mit freiem Kopf nach Schwanberg fahren würde, und Hermann äußerte Verständnis.

Der folgende Morgen verhieß nichts Gutes. In aller Herrgottsfrühe läutete Alexandras Telefon. Schlaftrunken griff sie nach dem Hörer, als der Alarm ihres Weckers losging. Mit der einen Hand versuchte sie, ihn abzuschalten, mit der anderen hielt sie das Telefon ans Ohr, konnte aber außer einem heiseren Krächzen nichts hören. Gereizt setzte sie sich im Bett auf. Gerade wollte sie harsch „Was soll der Unfug?“ sagen, als ihr klar wurde, dass es sich bei dem Anrufer um Isidor handelte, der sich krankmeldete. Er hatte der Tatsache, dass es im Schwarzwald um diese Jahreszeit nachts immer noch empfindlich kalt wurde, nicht Rechnung getragen und sich erkältet. Jetzt würde sie zehn Minuten länger brauchen, denn sie musste zu Isidors Wohnung fahren, um den Dienstwagen abzuholen. Da sie abends schlecht ins Bett kam, aber viel Schlaf benötigte, war ihre Zeit morgens immer knapp bemessen. Isidors Ausfall war ärgerlich, und genauso ärgerlich war, dass sie die lange Fahrt zum Kommissariat alleine machen musste, wie früher. *Wie schnell man sich an etwas gewöhnen kann,* dachte sie. Verdrossen murmelte sie auf seine Frage, ob er herunterkommen musste, wenn sie den Wagen abholte: „Nein danke, ich habe einen Autoschlüssel, gute Besserung!“ Dann stand sie seufzend auf.

Eine Dreiviertelstunde später verließ sie das Haus mit einem Müsliriegel und einem Thermobecher voll Kaffee, den sie früher oft benutzt hatte, der aber in letzter Zeit nur noch zum Einsatz kam, wenn sie mit Hermann verreiste und sie frühmorgens am Flughafen sein mussten. Als sie im Kommissariat ankam, hatte sich ihre Laune nicht gebessert. Der Tag war trüb, der Verkehr zäh, und der Kaffee hatte ihr nicht geschmeckt. Sie ging zunächst ins Gemeinschaftsbüro, um sich zu vergewissern, dass es keine neuen Erkenntnisse gab, Anwesenheit zu demonstrieren und Isidor zu entschuldigen. Anschließend verzog sie sich in das kleine Büro. Kaum hatte sie die Tür zugezogen und sich in ihre Unterlagen vertieft, hörte sie Lärm. Ein Hund kläffte ununterbrochen, dazu kamen aufgeregten Stimmen.

Alexandra ging, neugierig geworden, ins Gemeinschaftsbüro.

Bei dem Hund handelte es sich um einen Chihuahua, der auf dem Arm einer asiatisch aussehenden Frau saß. Die Frau war außer sich und verlangte, sofort den Chef zu sprechen. Neben ihr stand ein schlanker Mann mit eingefallenen Wangen.

Roland Tröndle, ein älterer Kollege, der sich an Fastnacht gerne in Frauenkleidern zeigte und im Kommissariat als „Mädchen für alles“ fungierte, versuchte, die Frau zu beruhigen. Von seinen Gesten fühlte der Hund sich offenbar bedroht und schnappte nach Tröndles Hand.

Alexandra schritt ein. „Was ist denn hier los?“

Tröndle war sichtlich erleichtert und ergriff seine Chance, sich das Problem vom Hals zu schaffen. „Chefin, gut, dass Sie da sind!“ Er wandte sich an das Paar: „Bitte sehr, das ist Frau Rau, unsere Chefin.“

Die Asiatin musterte sie mit einem kritischen Blick aus dunklen Augen. Offenbar erschien Alexandra ihr nach eingehender Prüfung kompetent genug, jedenfalls sprudelte sie mit starkem Akzent los: „Ich bin Frau Cho, und das ist mein Mann. Unsere Tochter ist verschwunden, und keiner will uns helfen."

Alexandra spürte, in welcher Not sich die Frau befand. Der Mann neben ihr war genauso verzweifelt, bei ihm äußerte es sich jedoch in Erstarrung.

„Wir helfen Ihnen", antwortete sie freundlich. „Bitte folgen Sie mir."

Um die Kollegen vor dem Lärm, den das Tier immer noch machte, zu schützen, ging sie voraus ins Vernehmungszimmer. „Hier sind wir ungestört", sagte sie, „bitte nehmen Sie Platz, ich bin gleich bei Ihnen."

Erneut ärgerte sie sich darüber, dass Isidor nicht da war. Sie bat die neue Kommissaranwärterin Yvonne, statt seiner am Gespräch teilzunehmen. Als sie den Raum betraten, in dem es nach Frittierfett roch, registrierte Alexandra die klebrigen Haare des Mannes. Der aufdringliche Geruch ging von ihm aus. Vorhin im großen Raum war es ihr nicht aufgefallen. Wenigstens war der Hund jetzt still. Er hatte seine Schnauze unter dem Arm der Frau vergraben. Alexandra setzte sich dem Paar gegenüber.

„Frau Cho, erzählen Sie uns, was passiert ist."

Frau Cho ließ sich nicht zweimal bitten. In holprigem Deutsch trug sie vor, dass ihre Tochter nicht nach Hause gekommen sei. Sie sei deshalb gestern Nacht auf dem Polizeirevier in Waldshut gewesen, um sie als vermisst zu melden, aber der Beamte dort habe sie unverrichteter Dinge wieder nach Hause geschickt. Eine 22-jährige Frau, die nach einem Discobesuch nicht nach Hause komme, sei kein Grund, eine Vermisstenmeldung aufzunehmen, schon gar nicht mitten in der Nacht, hatte der Beamte Frau Cho achselzuckend wissen lassen.

Kim Za Cho war nicht, wie vereinbart, um zwei Uhr aus dem Tamal-Klub zurückgekehrt. Laut der Aussage ihrer Mutter war so etwas noch nie vorgekommen. Kim sei ausgesprochen zuverlässig, wiederholte Frau Cho immer wieder. Selbst wenn sie sich nur um wenige Minuten verspäte, melde sie sich telefonisch bei den Eltern. Da ihre Mutter erst richtig schlafen konnte, wenn alle Kinder im Haus waren, hatte sie auf Kims Rückkehr gewartet. Als auch um 2.30 Uhr weder Kim noch ein Anruf von ihr gekommen war, hatte für sie festgestanden, dass etwas Schlimmes geschehen sein musste.

Frau Cho erklärte aufgeregt, dass es in ihrer Familie üblich sei, Kontakt miteinander zu halten. Sie seien Pächter der Gaststätte am Bahnhof und führten sie seit einigen Jahren als Familienbetrieb. Kim und ihre Schwester wechselten sich im Service ab, die beiden Brüder hülfen dem Vater in der Küche, und sie selbst kümmere sich um den Ausschank und die Einkäufe. Eine unverheiratete Schwester des Vaters, die mit ihnen in der Wohnung über der Gaststätte lebe, helfe ebenfalls und ermögliche dadurch den anderen Familienangehörigen jeweils einen freien Tag. Fremde Angestellte gebe es nicht, und jeder wisse, wie sehr man aufeinander angewiesen sei.

Alexandra leuchtete das ein. Sie versuchte, sich ein Bild von dieser Familie zu machen, um beurteilen zu können, ob die junge Frau womöglich nur ausgebüxt war oder ob es Anhaltspunkte für ein Verbrechen gab. Die Mimik des Paares war ihr fremd und insofern schwer einzuschätzen. Vor allem die Blicke aus den dunklen, ungewöhnlich geschnittenen Augen der beiden waren für Alexandra schwer durchschaubar. Der Vater sagte nicht viel, was hauptsächlich daran lag, dass er kaum Deutsch sprach. Als Alexandra ihn auf Englisch ansprach, wiederholte er haargenau die Geschichte seiner Frau. Alexandra vergewisserte sich noch einmal, dass Kim nicht zu einem Freund oder einer Freundin gegangen sein konnte. Es gab zwar einen Freund, einen gewissen Yang Nam Ho, aber dieser hielt sich seit Monaten in Japan auf, um seine Kenntnisse der asiatischen Kochkunst zu vervollständigen. Und die Freundin, mit der Kim sich zum Tanzen im Tamal getroffen hatte, war laut Frau Cho wohlbehalten bei ihrer Familie angekommen. Sie hatte Kim nach ein Uhr nicht mehr auf der Tanzfläche gesehen und war davon ausgegangen, dass sie nach Hause gegangen war.

Yvonne hatte bislang nur zugehört. Jetzt stellte sie eine Frage, die sie beschäftigte: „Wie ist Kim denn eigentlich zu diesem Klub gekommen? Und vor allem: Wie sollte sie von dort zurückkommen? Immerhin liegen vier Kilometer zwischen Ihrem Restaurant und dem Tamal."

Frau Cho schien sich über diese Frage richtiggehend zu wundern. „Mit Fahrrad!", sagte sie rigoros, als gäbe es gar keine andere Möglichkeit.

Alexandra hatte sich unterdessen entschieden, unverzüglich zu handeln. Sie stand auf. „Frau Cho, ich möchte mir das Zimmer Ihrer Tochter ansehen. Und wir benötigen Fotos von ihr. Ich schlage vor, dass ich Sie in Ihre Wohnung begleite. Danach kommen wir hierher zurück und erledigen die entsprechenden Formalitäten."

Frau Cho begann vor Erleichterung zu weinen. Anscheinend hatte sie nicht mehr damit gerechnet, dass jemand bereit war, ihr zu glauben und zu helfen. Sie presste eine Hand vor ihre Augen, stand aber sofort auf, um keine Zeit zu verlieren. Der kleine Hund begann wieder zu kläffen. Kims Mutter sagte mit erstickter Stimme: „Das ist Mr. Lee. Er gehört Kim."

„Vielleicht kann er uns helfen", überlegte Alexandra laut. Dann sagte sie: „Warten Sie bitte hier, wir holen Sie gleich ab."

Sie gab Yvonne ein Zeichen, ihr zu folgen. „Isidor ist leider nicht da – wollen Sie mich zum Außeneinsatz begleiten?"

Yvonne schien begeistert. „Gerne!"

„Also los. Wir holen zuerst unsere Waffen. Und nehmen Sie bitte eine Kamera mit."

Alexandra meldete sich bei Roland Tröndle ab und begleitete die Chos nach unten zu ihrem Wagen.

Sie würde mit Yvonne fahren. Sie brauchte einen Moment Ruhe, um sich die Details zu vergegenwärtigen. Vor allem wollte sie das lästige Gebell des kleinen Hundes aus den Ohren haben. Als sie auf der Fahrerseite des Dienstwagens einstieg, vermisste sie Isidor. Er hätte sie chauffiert, und sie hätte so lange die Augen schließen können. Das war mit Yvonne leider nicht möglich. Dazu kannten sie sich nicht gut genug.

Als sie den Wagen nach Herrn Chos Anweisungen auf dem für die Familie reservierten Parkplatz abgestellt hatten und die Gaststätte durch den Hintereingang betraten, erkannte Alexandra den Geruch nach Frittierfett wieder. Frau Cho war vorausgeeilt und öffnete die Tür zu ihrer Privatwohnung.

Ein wenig hatten sie wohl alle gehofft, sie würden Kim unversehrt in der Wohnung antreffen. Alexandra fiel auf, dass die Mutter sich suchend umblickte, nachdem sie aufgeschlossen und den Hund abgesetzt hatte. Doch die riesige, blitzsaubere Wohnung war leer. Mr. Lee fiepte kläglich und lief schnüffelnd im Flur auf und ab. In der Wohnung roch es nach Yasmin. An einer schwarz lackierten Holzgarderobe hingen zwei Kleidungsstücke, die sicher nicht zum Outfit einer 22-Jährigen gehörten. Die Wohnung befand sich über der Gaststätte. Das Wohnzimmer war mit schweren, intarsienverzierten Möbeln eingerichtet, wie man sie aus chinesischen Restaurants kennt. Gleich mehrere Vitrinen beinhalteten Porzellan und Gläser. In der einen Hälfte des Raums standen sechs aufwendig mit Schnitzereien verzierte Stühle um einen runden Tisch mit einer Vase. Üppige, mit Goldfäden bestickte

Wandbehänge in geschnitzten Rahmen und Tuschezeichnungen von reiherartigen Vögeln in verschiedenen Formationen zierten die Wände. Weiter links gruppierten sich ein knallrotes Sofa und zwei ebensolche Sessel um einen verchromten Couchtisch mit einer schwarzen Glasplatte. An der ihm gegenüberliegenden Wand hing ein Flachbildschirm.

Frau Cho ging mit den Beamtinnen durch alle Räume, als müsse sie beweisen, dass ihre Familie nichts zu verbergen hatte. Jedes der vier Kinder hatte ein eigenes Zimmer, dazu kamen die Schlafzimmer der Eltern und der Tante. Vor einer Tür blieb die verzweifelte Mutter stehen. „Das Zimmer von Kim", sagte sie leise und senkte den Kopf.

Alexandra verstand sofort, dass die Frau es nicht fertigbrachte, diese Tür zu öffnen. Sie drückte deshalb selbst die Klinke nach unten. Das Zimmer des Mädchens war perfekt aufgeräumt, allerdings nicht im selben Stil eingerichtet wie der Rest der Wohnung. Das ordentlich gemachte Bett und der Schreibtisch waren aus Fichtenholz. Vor dem Schreibtisch stand ein Metallstuhl, der mit einem rosafarbenen Kissen gepolstert war. Über der Lehne hing eine Jeansjacke, als warte sie auf ihre Besitzerin. Einen Kleiderschrank im klassischen Sinne gab es nicht. Zwei leichte Schiebetüren, die mit hauchzartem Stoff bespannt waren und einen Teil des Zimmers abteilten, übernahmen diese Funktion. Das Kirschblütenmuster des Stoffs war das einzige Zugeständnis an Kims asiatische Herkunft. Dahinter war ihre Kleidung in Regalen und geflochtenen Körben sorgfältig verstaut. Neben dem Bett gab es ein Nachtschränkchen, das Kosmetika beherbergte. Darunter lag ein Tagebuch. Alexandra blätterte darin und legte es auf den Schreibtisch. Sie würde es zusammen mit dem Laptop mitnehmen müssen. An der Wand hingen neben verschiedenen privaten Fotografien Poster von Stars. Alexandra war zu alt, um die abgebildeten Personen zu erkennen, aber Yvonne nickte interessiert. Die meisten Fotos zeigten Kim zusammen mit ihrer Schwester oder mit einem Jungen. Den eindeutigen Posen entnahm Alexandra, dass es sich dabei um ihren Freund handeln musste. Die beiden sahen glücklich aus.

Sie trat näher und betrachtete eine der Aufnahmen genauer. Kim war eine Schönheit. Für ihr jugendliches Alter hatte sie ein bemerkenswert ausdrucksstarkes Gesicht. Mit selbstsicherem Blick schaute sie unter schön geschwungenen Brauen in die Kamera. Ihr langes Haar floss ihr über die Schultern und glänzte in der Sonne. Sie war fast genauso groß wie ihr Freund. *Das wird sie von ihrem Vater geerbt haben,* dachte Alexandra. Die makellosen Beine der jungen Frau steckten in kurzschaftigen Stiefeletten, was zusammen mit den knappen Shorts sexy wirkte. Der junge Mann hatte den Arm um ihre Hüfte gelegt, als wüsste er genau, dass er gut auf seine schöne Freundin aufpassen musste. Alexandra hatte den Namen des jungen Mannes vergessen und nahm sich vor, die Mutter danach zu fragen. Auch die aktuelle Kleidung der Vermissten war wichtig.

Alexandra warf einen Blick auf ihre Uhr. Das Mädchen war seit genau zehn Stunden überfällig. Eigentlich war es zu früh, um eine Fahndung herauszugeben. Sie schaute sich nach Yvonne um, die sich mit dem Inhalt einer Schublade beschäftigte. „Fertig?"

„Ja", antwortete Yvonne erleichtert. Offenbar wusste sie nicht, wonach genau sie suchen sollte.

Alexandra musste unwillkürlich lächeln. Dass es hauptsächlich darum ging, die Atmosphäre eines Raumes zu erfassen, musste die Kollegin noch lernen. Alexandra versiegelte das Zimmer, indem sie ein Klebeetikett an Tür und Rahmen anbrachte.

Kims Eltern saßen beieinander in der geräumigen Küche. Alexandra legte die konfiszierten Sachen neben die Teetassen, die Frau Cho für sie bereitgestellt hatte, und begann, die Bescheinigung dafür auszustellen. Normalerweise erledigte das Isidor. Yvonne trank Tee. Als Alexandra die Gegenstände aufgelistet hatte, wandte sie sich an die Mutter: „Frau Cho, bitte quittieren Sie mir hier, was wir zur Untersuchung mitnehmen müssen." Die Frau unterschrieb, ohne hinzusehen. „Wissen Sie, welche Kleidung Kim zuletzt getragen hat?"

„Moment." Frau Cho holte ein Foto aus ihrer Geldbörse, auf dem Kim abgebildet war. Alexandra griff danach. Sie musste an sich halten, um nicht zu verraten, dass sie dieses Outfit für waffenscheinverdächtig hielt. Yvonne schluckte hörbar.

„Das muss ich mitnehmen", sagte Alexandra schnell und um sich daran zu hindern, die Aufnahme weiter anzustarren. „Sie dürfen das Zimmer von Kim vorläufig nicht betreten. Ich habe es versiegelt. Unserer Erfahrung nach ist es besser, wenn Sie die Türe abschließen, damit Sie das Siegel nicht aus Versehen beschädigen. Ich habe den Schlüssel von außen ins Schloss gesteckt. Bitte informieren Sie die anderen Mitglieder Ihrer Familie darüber. Haben Sie das verstanden?"

Frau Cho nickte.

Yvonne räusperte sich. „Wo sind die Geschwister von Kim?"

Das Paar starrte sie verständnislos an.

„Restaurant, Arbeit", antwortete die Mutter.

„Ach ja, klar." Yvonne errötete.

So falsch ist die Frage nicht, dachte Alexandra. *Wir werden mit den Geschwistern sprechen müssen.* Aber sie behielt ihre Gedanken für sich. Das hatte Zeit, bis sie im Wagen waren.

„Wir werden alles Nötige in die Wege leiten. Einer von Ihnen muss uns für das Protokoll zum Kommissariat begleiten."

Die beiden standen synchron auf, als wären sie eine Person.

„Dann beide. Wir fahren Ihnen voraus. Ich möchte zuvor nur noch einen Blick in den Gastraum Ihres Lokals werfen."

Vom Treppenhaus aus betraten sie die Lagerräume des Restaurants. Dosen und Gläser stapelten sich auf Regalen über Säcken mit Reis und Bohnen. Eine schmale Tür führte zum Thekenbereich, der mit vielerlei Flaschen und Gläsern, einer altmodischen Kasse und einer Kaffeemaschine ausgestattet war. Die Gaststube war gut besucht.

Alexandra musterte das bunt gemischte Publikum. Die bildhübsche Schwester von Kim eilte flink mit Speisen und Getränken von Tisch zu Tisch. Alexandra stöhnte innerlich auf. Hier konnte jeder das Mädchen in aller Ruhe beobachtet und ausgesucht haben.

Sitzung 5

Soeben habe ich die Regionalnachrichten gesehen. Die Sache mit dem Jungen hat Staub aufgewirbelt, aber die können mir nichts. Kriegen lassen sich nur die Blöden, hat mein Vater immer gesagt. Es wurde sage und schreibe eine 38-köpfige Sonderkommission zur Ergreifung des Täters eingesetzt. Was für ein Aufwand ...

Ein gewisser Heinrich König ist der Chef von dem Haufen, er scheint sich für ganz wichtig zu halten. Hat seine Visage in die Kamera gehalten wie ein Gockel und gequatscht, als hätte er die Weisheit mit Löffeln gefressen. Dabei hat er nicht die leiseste Ahnung. Die Ermittlungen leitet eine Frau. Von der haben sie nur ein Foto gebracht. Sie sieht aus wie meine Mutter früher. Nur der forsche Blick passt nicht. Meine Mutter schaut nicht so klar, vielmehr so, als hätte sie den Blick nach innen und auf sich selbst gerichtet. Apropos Mutter: Man soll ja in einer Psychotherapie seine Kindheit aufarbeiten ...

Tja, alle reden heute immerzu von der Kindheit. Ich glaube, so etwas hatte ich gar nicht. Jedenfalls kann ich mich nicht daran erinnern. Ich vermute, in Psychokreisen nennt man das Verdrängung. Und ich muss gestehen, derartige Erinnerungen sind für mich tatsächlich nicht besonders erstrebenswert. Was mir auf Anhieb dazu einfällt? Hauptsächlich die Abreibungen, die mir meine Mutter mit dem Stock verpasst hat. Wie es jeweils dazu kam, kann ich nicht erklären. Ich kann mich jedenfalls nicht an ein einziges Vergehen meinerseits erinnern, das diese Schläge gerechtfertigt hätte. Solange ich denken kann, war ich bemüht, brav, leise und rücksichtsvoll zu sein. Der Rhythmus, dem diese Folter unterlag, gehorchte Gesetzen, die für mich nicht nachvollziehbar waren. Aber den Stock, mit dem sie zugeschlagen hat, kann ich ganz genau beschreiben: Es war der Kinderspazierstock, den mir mein Großvater geschenkt hatte. Wenn er uns besuchen kam, bewunderte ich immer seinen Spazierstock, der am oberen Ende einen dicken, mit Silber verzierten Knauf hatte. Eines Tages brachte er extra für mich diesen kleinen Stock mit. Wenn er gewusst hätte, was er mir damit antat, hätte er wahrscheinlich darauf verzichtet. Die Striemen, die das dünne, aber harte Teil auf meinem Allerwertesten hinterließ, schmerzten höllisch. Mutters Spezialität war, mich den Stock, wenn es so weit war, selbst hervorholen zu lassen.

Wenn ich heute daran denke, kann ich mich nur wundern, dass ich nicht abgehauen bin und mich verkrochen habe, sondern brav wie ein Hund auf ihr „Hol das Stöckchen" gehört habe. Der Stock hatte einen festen Platz. Er stand hinter der Wohnzimmervitrine. Meine Aufgabe war, ihn zu holen, ihr zu reichen und nach vollzogener Prozedur wieder zu versorgen. Es gab Gelegenheiten, da wusste ich, was mich erwartet, bevor sie mich nach ihm schickte. Ich konnte an ihrem Blick erkennen, wann es wieder so weit war. Manchmal kam der Befehl aber auch wie aus heiterem Himmel. Vielleicht hätte ich den Stock verschwinden lassen sollen, aber dann wäre ihr sicher etwas anderes eingefallen, und wie ich sie kenne, etwas noch viel Schlimmeres. Eigentlich müsste ich sie schon allein dafür hassen, aber das ist mir nicht möglich. Mein Inneres ist zu stumpf, um ein derartiges Gefühl aufkommen zu lassen. Genug für heute.

Ungelöst

Isidor fiel die ganze Woche aus. Ihm war Bettruhe verordnet worden. Er hatte Fieber und brachte kaum einen Ton aus seinem vereiterten Hals. Alexandra hielt ihn auf dem Laufenden, wobei ihre Telefonate seiner Einsilbigkeit wegen kurz ausfielen. Es war zwischen ihnen üblich, dass sie einander bei Abwesenheit über das Wichtigste informierten. Alexandra konnte ihm das verschwundene Mädchen nicht ersparen und hörte an seinem schneller werdenden Atem, dass er sich ärgerte, gerade jetzt krank geworden zu sein. Den Stress, der auf ihr lastete, verschwieg sie ihm aus Rücksicht auf seine Gesundheit.

Im Kommissariat war die Hölle los. Der Chef stand unter Druck wegen des Grillplatz-Mordes. Er ertrug es nicht, dass Leichen in seinem Zuständigkeitsbereich gefunden wurden, ohne dass er den Verantwortlichen dafür präsentieren konnte. Seine Pläne, mit einem Beitrag in der *XY*-Sendung an die Öffentlichkeit zu gehen, verdichteten sich. Von Kim Za Cho gab es weder eine Spur noch ein Lebenszeichen, und ihre Mutter hatte es sich zu allem Übel zur Gewohnheit gemacht, jeden Morgen persönlich im Kommissariat nachzufragen. Das war schlimm genug. Dazu kam Mr. Lee. Den Minihund brachte sie immer mit, und er tat sein Bestes, um unmissverständlich kundzutun, was er vom Verschwinden seines Frauchens hielt. Alle wunderten sich, wie der kleine Kerl es fertigbrachte, dermaßen laut zu bellen. Isidor hatte ihr erzählt, dass die Menschen früherer Jahrhunderte sich ursprünglich wegen ihrer Flöhe einen Schoßhund gehalten hatten. Weil Hunde eine höhere Körpertemperatur haben, was den Flöhen gefiel, hatten die Parasiten den Wirt gewechselt. Daran musste sie immer denken, wenn sie den kleinen Kläffer sah.

Meist erklärte Alexandra Frau Cho geduldig die Fahndungsmaßnahmen. Sie versicherte ihr, dass alles getan wurde, was im Rahmen ihrer Möglichkeiten lag. Kims Foto lag allen Dienststellen vor. Die Suche nach ihrem Fahrrad lief. Zeugen aus der Diskothek wurden vernommen und ihre Aussagen miteinander abgeglichen. Die Frau sog Alexandras Worte in sich auf wie ein Schwamm. Sie brachte bei ihren Besuchen auch immer eine Plastiktüte mit, die den Geruch nach asiatischen Speisen verströmte, und stellte sie mit einem Räuspern auf den Schreibtisch der Kommissarin. Wenn Alexandra sie bat, die Tüte beim Verlassen des Kommissariats wieder mitzunehmen, entgegnete sie, sie habe keine Plastiktüte dabeigehabt. Alexandra blieb nichts anderes übrig, als sie schweren Herzens in den Müll zu werfen. Jeden Tag dasselbe. Eines Tages wurde sie in der Mittagspause zufällig Zeuge, wie Roland Tröndle die Tüte wieder herausholte und sich genüsslich über ihren Inhalt hermachte. Ab diesem Zeitpunkt achtete sie darauf, den Inhalt der Tüte möglichst gerade in den Müllbehälter zu legen. Sie gönnte ihrem beleibten Kollegen den kostenlosen Snack – sozusagen als Entschädigung für die Lärmbelästigung.

Alexandra machte Überstunden ohne Ende. Sie war mehrfach mit Yvonne bis spät in die Nacht im Tamal gewesen, um doch noch einen Zeugen zu finden, der etwas beobachtet hatte, aber es war wie verhext. Viele erinnerten sich zwar an die auffallend hübsche junge Frau, aber zu ihrem Verschwinden konnte niemand etwas sagen. Es ließ sich nicht einmal genau feststellen, wann Kim den Klub verlassen hatte. Yvonnes Anwesenheit war im Augenblick das einzig erfreuliche Element in ihrem Arbeitsalltag. Die Kommissaranwärterin war engagiert bei der Sache und entwickelte Eigeninitiative, wenn es um Recherchen und die Auswertung der Daten ging. Und sie fuhr inzwischen den Dienstwagen.

An diesem Nachmittag hatte Alexandra sich in ihr kleines Büro zurückgezogen, um die Aussagen der Chos abermals durchzulesen. Obwohl die ganze Familie gesprächig und auskunftswillig war – ganz im Gegensatz zu den Patellis –, blieb bei Alexandra der Eindruck zurück, dass sie die Kultur dieser Familie nicht verstand. Einerseits waren sie verbindlich, andererseits spürte sie bei ihnen eine Reserviertheit im Umgang mit ihr, die sie nicht einordnen konnte. Sie erinnerte sich daran, gelesen zu haben, dass man als Europäer die asiatische Mentalität niemals durchschauen konnte. Im Grunde schien sich bei den Chos alles innerhalb der Familie abzuspielen. Als einzigen Außenstehenden, der mit der Familie in Verbindung stand, konnte Alexandra Kims Freund ausmachen, aber der befand sich seit einem halben Jahr in Japan. Er sollte nach seiner Rückkehr in die Familie einheiraten und die Speisekarte mit einem Sushi-Angebot erweitern. Als Verdächtiger oder Zeuge schied er also aus. Die Schwester schien sich neben dem Servieren ausschließlich auf ihr Hobby, das Anfertigen von Tuschezeichnungen, zu konzentrieren. Sie hatte keinen Freund und offenbar auch keine engeren Freundinnen.

Ähnlich verhielt es sich mit den Brüdern. Sie schmissen die Küche des Restaurants, und zum Ausgleich machten sie Kampfsport. Darüber hinaus pflegten sie keine Kontakte. Im Gespräch mit ihr verhielten sich die beiden auffallend höflich. Sie waren extrem schlank und groß gewachsen wie ihr Vater.

Im Grunde lebte die Familie in Deutschland wie auf einer einsamen Insel.

Alexandra hängte das Foto von Kim neben die Bilder von Gitano und stand grübelnd davor. Beide waren blutjung, außergewöhnlich attraktiv und stammten aus Einwanderer- beziehungsweise Minderheitenfamilien. Der eine war brutal ermordet worden, die andere spurlos verschwunden. In beiden Fällen gab es keine Spuren. Keine Spuren, keine Hinweise, noch nicht einmal einen Verdacht.

Als Isidor zurückkam, arbeitete er sich sofort in den Fall Kim Cho ein. Er vermutete, dass die Chos Opfer des organisierten Verbrechens geworden waren. Womöglich hatte eine asiatische Mafiabande Schutzgeld verlangt, und der Vater hatte nicht gezahlt. Dann war Kim entführt worden, um die Familie zu terrorisieren und doch noch zur Zahlung zu bewegen. Alexandra hatte auch kurz an diese Möglichkeit gedacht, sah aber nach allem, was sie beobachtet hatte, insbesondere nach ihren Gesprächen mit der Familie, keinerlei Anhaltspunkte, die dafür gesprochen hätten. Sie warnte Isidor davor, sich in diese Idee zu verrennen und ermahnte ihn, für alles offen zu bleiben.

„Aber das ist es ja gerade!“, erwiderte Isidor. „Die Familie darf sich auf keinen Fall etwas anmerken lassen, wenn dem so ist.“

Tagelang wälzte er die Ordner mit der Buchhaltung der Gaststätte, checkte die Konten der Chos und stellte entsprechende Fragen. Seine Besuche bei der Familie schienen ihn zu beflügeln, und Alexandra hatte den Verdacht, dass dies nicht zuletzt an der hübschen Schwester von Kim lag. Sie hätte jede Wette darauf abgeschlossen, dass er sich an ihr die Zähne ausbeißen würde, aber sie erwähnte nichts dergleichen. Der gute Isidor hatte eine Vorliebe für Frauen, die unerreichbar waren.

Die Zeit verstrich, und die Aussichten auf eine Lösung der beiden Fälle schwanden. Alexandras Jahresurlaub stand bevor, und wenn sich nicht noch eine ganz heiße Spur ergab, würde sie ihn auch nehmen. Sie wollte mit Hermann zwei Wochen in den Pyrenäen wandern und danach ein Wochenende auf dem Schwanberg verbringen. Gitanos grausames Ende ging ihr noch immer unter die Haut, aber je größer der zeitliche Abstand wurde, desto ruhiger wurde sie innerlich. Das Verschwinden von Kim war ihr nicht ganz so nahegegangen, weil sie insgeheim hoffte, dass das Mädchen einfach nur weggelaufen war, um aus diesem straffen Familienverband auszubrechen.

Eine Woche vor ihrem Urlaubsbeginn erreichte sie die Nachricht, dass Gitanos Freundin verstorben war. Carmen Reinhardt war verhungert. Jedenfalls drückte Isidor es so aus, als er in Alexandras Büro stürzte, ohne ein „Herein“ abzuwarten. Tatsächlich war das Mädchen an ihrer Magersucht gestorben. Sie hatte die letzten Tage ihres kurzen Lebens im Krankenhaus verbracht, aber die Hilfe kam offenbar zu spät. Isidor kämpfte mit den Tränen. Er stand vor der Wand mit Gitanos Foto und sagte: „Hoffentlich sind sie jetzt wieder zusammen.“

Alexandra nickte. „Das ist das Wenigste, was wir ihnen wünschen können.“

„Das geht auch auf das Konto von Gitanos Mörder. Ich bin sicher, wenn er sich weiter um sie hätte kümmern können, wäre das nicht passiert.“

„Vermutlich haben Sie recht, Isidor, aber beweisen können wir das nicht.“

Alexandra versuchte, den Kopf freizubekommen, und konzentrierte sich darauf, ihren Koffer zu packen. Hermann begann damit meist schon ein paar Tage vor der Abreise, aber sie wartete immer bis zuletzt. Es wäre schließlich nicht das erste Mal, dass sie ihren Urlaub in letzter Minute verschieben musste. Wenn sie zu früh anfing zu packen, vergaß sie zu viel. Gerade die Dinge, die sie täglich brauchte, gerieten ihr schnell aus dem Blick.

Am Tag der Abreise zuckte Alexandra jedes Mal zusammen, wenn das Telefon läutete, auch wenn es meistens Hermanns Mutter war, die sich während ihrer Abwesenheit um das Haus kümmern sollte. Alexandra musste sich zusammennehmen, um freundlich zu ihrer Schwiegermutter zu sein. Sie hatten alles, worauf zu achten war, bei einem gemeinsamen Essen mit ihr besprochen und vereinbart, dass ein Zettel mit Informationen bezüglich Whiskys Futter und ähnlicher Dinge bereitliegen würde. Trotzdem rief diese überfürsorgliche Person jetzt zum dritten Mal an, als traue sie ihnen nicht zu, die nötigen Informationen aufzuschreiben.

„Ja, Gertrud, die Adresse der Tierarztpraxis liegt bereit“, antwortete Alexandra, um einen freundlichen Ton bemüht. Schließlich musste sie dankbar sein, dass Gertrud sich bereit erklärt hatte, den Kater zu verpflegen, obwohl sie keinen Hehl daraus machte, dass sie Katzen nicht mochte. „Ja, ja, mach dir keine Sorgen, wir sind ja nicht aus der Welt. Natürlich haben wir alle Telefonnummern für dich aufgeschrieben ...“

Entnervt legte Alexandra auf. Über der Störung hatte sie vergessen, was sie gerade hatte erledigen wollen. *Ach ja, im Keller noch eine Extra-Wasserschüssel für Whisky bereitstellen.*

Als sie die Haustür gegen 14 Uhr endlich abschlossen und das Gepäck in den Wagen luden, fühlte sich Alexandra so müde, als wäre es mitten in der Nacht. *Das fängt ja gut an,* dachte sie bitter. *Ich könnte mich geradewegs ins Bett legen. Und in dem Zustand soll ich wandern ...* Sie überschlug die Zeit, die sie für die erste Etappe ihrer Anreise benötigen würden. Fast sechs Stunden. Sie wünschte sich, bereits am Ziel zu sein.

Ihr Handy läutete. Sie benötigte eine Weile, um es aus der Tasche zu kramen. Ohne auf das Display zu sehen, nahm sie das Gespräch an, innerlich bereit für eine weitere „Ja, ja, Gertrud“-Runde. Aber es war Isidor, der sie mit einem munteren „Hallo Chefin, Einsatz!“ begrüßte.

Alexandra sah ihren Urlaub wie eine Seifenblase platzen. „Das ist nicht Ihr Ernst“, sagte sie tonlos, aber Isidor wollte sich nur den Spaß gönnen, ihr einen Schrecken einzujagen. Er wusste, dass sie mit dem Schlimmsten rechnete, wenn er sich in der letzten Minute vor ihrer Reise meldete.

„Scherz! Keine Panik, Chefin, ich halte die Stellung“, sagte er lachend.

Na warte nur, wenn ich zurück bin, kannst du was erleben, dachte sie und legte auf. Sie nickte Hermann zu, der sie besorgt beobachtete, dann fuhren sie endlich ab.

Sie verbrachten einen herrlichen Urlaub in den Bergen. Alexandra tankte sowohl beim Wandern als auch im Seminar auf dem Schwanberg so viel Energie, dass sie es nach ihrer Rückkehr kaum erwarten konnte, wieder an ihrem Schreibtisch im Kommissariat zu sitzen. Auch mit dem Wetter hatten sie Glück gehabt. Weder allzu große Hitze noch Regengüsse hatten ihnen die Wanderfreude genommen, und so hatten sie, in eine angeregte Unterhaltung vertieft oder einvernehmlich schweigend, die geplanten Etappen in der berechneten Zeit zurückgelegt.

Inzwischen waren die Hotzenwälder Bauern dabei, das Heu einzubringen. Wenn Alexandra mit Isidor zum Dienst fuhr, mussten sie oft eine Weile hinter einem Traktor herfahren. Frühmorgens hing meist ein Mähwerk an den Traktoren, spät am Nachmittag, wenn sie miteinander auf dem Heimweg waren, bestanden die Anhänger aus großen, spinnenartigen Maschinen oder aus vollbeladenen Wagen. Isidor murmelte: „Die Traktoren werden auch immer größer." Und Alexandra stimmte ihm zu.

Hermann und sie waren am Wochenende zuvor zu einem Grillfest bei Isidors Familie eingeladen gewesen. Zum Hof der Roggs in Herrischried gehörte ein idyllisch gelegener Teich. Jedes Jahr im Frühsommer wurde dort mit der ganzen Familie und guten Freunden gefeiert, bevor die Heuernte begann. Am Abend hatten sie im kleinen Kreis im Wohnzimmer der Familie beisammen gesessen. Jemand hatte die Rede auf den Brand gebracht, der den Hof in den Sechzigerjahren zerstört hatte. Alte Bilder zeigten die damaligen Arbeitsmaschinen. Kein Vergleich zu den heutigen. Sogar der Traktor des Großvaters aus den Siebzigerjahren wirkte wie ein Spielzeug, verglichen mit dem, der gerade vor ihnen herfuhr, und den Fahrzeugen und Maschinen, die aktuell in der Scheune der Roggs standen.

Isidor nahm das Tischgespräch vom Samstagabend wieder auf. „Damals haben alle Verwandten beim Heuen mitgeholfen. Meine Mutter hat mit einem großen Rechen das Heu von den Hängen und aus den Ecken geholt, die von den Maschinen nicht bearbeitet werden konnten. Ich durfte auch mitmachen. Für mich gab es einen kleinen Rechen, aber meist bin ich auf dem Traktor mitgefahren. Das ist heute längst vorbei. Die Zeit, dem bisschen Futter hinterherzulaufen, hat keiner mehr. Das wäre viel zu teuer. Was von den Maschinen nicht aufgenommen wird, bleibt liegen."

Alexandra öffnete das Wagenfenster. Die frische Luft duftete nach gemähtem Gras. Reihe für Reihe lagen die Halme hingestreckt in geraden Linien auf den Feldern.

„Es ist schön, dass Sie solche Erinnerungen haben, Isidor. Auf dem Land zu leben ist heutzutage Luxus."

„Das hat sich auch verändert. Damals wurde man als Hinterwäldler belächelt, wenn man gesagt hat, dass man im Hotzenwald lebt.

„Ach, das wollte ich Sie schon lange fragen: Woher kommt eigentlich dieser Name?"

„Dafür kursieren zwei mögliche Erklärungen. Nummer eins ist, dass das Wort von ‚housen' kommt und sich auf die Hosen der Tracht bezieht, die aus einem rauen Stoff gemacht wurden, ähnlich dem Loden. Nummer zwei: Es kommt von ‚Houz' und bezeichnet den Bauern. Was feststeht, ist, dass die Hotzenwälder als äußerst eigenwillig und wehrhaft bekannt waren. Mit ihren Aufständen sind die Salpeterer damals dem Kloster in St. Blasien arg in die Quere gekommen. Sie wollten sich ihre Freiheit und ihre alten Rechte nicht nehmen lassen."

„Und was sind Salpeterer?"

„Das waren die Leute, die den Salpeter von den Stallwänden gekratzt und verkauft haben."

Alexandra schaute Isidor fragend an. „Salpeter?"

„Vom Urin der Tiere bildete sich Salpetersäure an den Wänden, und die wurde zur Herstellung von Schießpulver gebraucht."

„Das wird ja immer schöner ..."

„Die Gegend hier ist rau. Früher waren die Winter noch härter, man konnte nicht viel anbauen, und die Leute waren auf alles angewiesen, was Geld brachte. Lange Zeit wurde auf den Höfen auch gewebt, aber mit der Industrialisierung ging diese Einnahmequelle verloren."

„Das ist interessant. Jetzt überrascht mich Ihre Eigenwilligkeit weniger", sagte Alexandra grinsend und dachte an die recht ungewöhnlichen Gewohnheiten ihres Assistenten.

Als sie im Kommissariat ankamen, begaben sie sich sofort in den Besprechungsraum, denn Heinrich König hatte ein Meeting angesetzt. Es ging um die Frage, welche Informationen in der *XY*-Sendung an die Öffentlichkeit gelangen sollten. Entschieden war bereits, dass beide Fälle, der des ermordeten Gitano und der der verschwundenen Kim, in die Sendung kamen. Alexandra würde die offizielle Ansprechpartnerin im Studio sein, und Isidor und Yvonne sollten sie begleiten, um die hoffentlich zahlreichen Anrufe der Zuschauer entgegenzunehmen. Manchmal gingen nach der Sendung bis zu tausend Anrufe zu einem Fall ein. Obwohl sie alle darauf hinfieberten, waren sie sich darüber im Klaren, was für einen enormen Aufwand es bedeuten würde, diesen Hinweisen nachzugehen. Zumal die Anrufe sich häuften, die aus reiner Bosheit jemanden als verdächtig meldeten. Die Betroffenen, harmlose Bürger, fielen aus allen Wolken, wenn plötzlich die Kripo bei ihnen zu Hause auftauchte. Um die Spreu vom Weizen zu trennen, benötigte man Zeit und Ressourcen. Beides war begrenzt. Das Budget der Polizei war in den letzten Jahren nicht gerade bevorzugt behandelt worden.

Die Vorbereitung auf die Sendung bedeutete eine zusätzliche Anstrengung für das Ermittlerteam. Gemeinsam mit den Fernsehleuten wurden die entsprechenden Szenen an den Originalschauplätzen gedreht. Gitanos Weg mit dem Roller von der Wohnung seiner Freundin bis zum Grillplatz wurde ebenso nachgestellt wie Kims Weg mit dem Fahrrad von ihrem Elternhaus zum Klub – und zurück, falls die junge Frau, wie sie vermuteten, jeweils dieselbe Strecke gefahren war.

Ein wichtiger Gegenstand, nach dem sie immer noch suchten, war Kims Fahrrad. Es blieb genauso verschwunden wie Kim selbst. Ein Foto des Rades würde in der Sendung gezeigt werden. Die regionalen Tageszeitungen hatten es bereits mehrfach veröffentlicht. Gerade Gegenstände aus dem Besitz von Vermissten oder Kleidungsstücke, die sie zuletzt getragen hatten, waren erfahrungsgemäß wichtige Faktoren bei der Aufklärung von Verbrechen.

Um die letzten Stunden der Betroffenen so exakt wie möglich schildern zu können, ohne zugleich Täterwissen preiszugeben, wurden die Kommissare in die Vorbereitung der Filmaufnahmen eingebunden. Alexandra kannte diese Arbeit; für Isidor und Yvonne stellte sie eine neue Erfahrung dar.

König hatte veranlasst, dass alle regionalen und auch zwei überregionale Zeitungen auf den Ausstrahlungstermin der Fernsehsendung hinwiesen. Das Meeting an diesem Morgen diente in erster Linie der Ausarbeitung des genauen Wortlautes, den Alexandra benutzen sollte. Der Chef schlug vor, sich dabei genau an Hermanns Vorgabe zu halten. Der Profiler hatte empfohlen, ganz beiläufig zu erwähnen, dass die Kripo den Täter für einen biederen Allerweltstypen hielt, der sich verzweifelt danach sehnte, durch eine außergewöhnliche Tat wahrgenommen zu werden. Das barg allerdings das Risiko, dass der Täter sich zu einer neuen Gewalttat provoziert fühlen würde. Hermann hatte dennoch dafür plädiert, unter anderem, weil er wusste, dass eine narzisstisch gestörte Persönlichkeit schon bei geringen Anlässen nach einem Ventil suchte – da genügte bereits eine unfreundliche Verkäuferin oder ein verspäteter Zug. Er hatte argumentiert, dass der Täter früher oder später sowieso seine aufgestauten Emotionen und seine geringe Frustrationstoleranz ausagieren würde. Nun hofften sie, dass ihm unter dem Einfluss der Provokation Fehler unterliefen.

Am Tag der Sendung war Alexandra besorgt und aufgeregt. In Kims Fall stand die Taktik der Ermittler unter dem Motto „Verunsicherung". Hier sollte Alexandra andeuten, dass etliche Zeugenhinweise vorlagen, was schlicht und ergreifend gelogen war. Diese Vorgehensweise sollte in erster Linie dem Schutz der jungen Frau dienen, falls sie noch am Leben war. Ein Entführer würde sich bewusst sein, dass der Straftatbestand der Freiheitsberaubung bei Weitem nicht so schwer wog wie ein Tötungsdelikt.

Sie hatte Lampenfieber. Besonders die letzten Minuten vor ihrem Auftritt, die sie in der Maske des Aufnahmestudios verbrachte, setzten ihr zu. Ihr Spiegelbild war ihr fremd. Die für ihr Make-up verantwortliche Frau redete beruhigend auf sie ein wie auf einen störrischen Esel, während sie Alexandras Nase beflissen mit weiteren Schichten einer braunen Pampe versah. Im harten Licht des Studios sehe das ganz natürlich aus, und überhaupt, sie sei doch eine außerordentlich attraktive Person ... Die Frau meinte es gut, aber das machte Alexandra nur noch nervöser. *Nächstes Mal soll König das selbst machen*, dachte sie verärgert.

Die Signallampe leuchtete auf, und sie betrat, wie verabredet, das Studio. Die Aufnahme dauerte jeweils vier Minuten. Sie meisterte beide Fallvorstellungen souverän und war mit ihrem Auftritt zufrieden, als sie gemeinsam mit ihren Kollegen die Aufzeichnung ansah, während in der Sendung der vorbereitete Trailer zum Fall Gitano Patelli lief. Gespannt erwarteten sie die Zuschauerreaktionen.

Die Sendung war das letzte Mittel, um einen Hinweis aus der Bevölkerung zu erhalten. Sie hofften alle, damit endlich Bewegung in die spurenschwachen Fälle zu bringen. Bei manchen Menschen schien das Erinnerungsvermögen regelrecht Flügel zu bekommen, wenn das Fernsehen involviert war und eine entsprechende Belohnung für die Ergreifung der Täter ausgesetzt wurde. Heinrich König hatte, als er noch leitender Kommissar war, den Fall einer ermordeten Tramperin, an dem er sich fast die Zähne ausgebissen hatte, auf diese Art lösen können. Seither gab es für ihn keine bessere Alternative, wenn ein Fall in einer Sackgasse steckte.

Alexandra erzählte den beiden dienstjüngeren Kollegen von dem damaligen Fall, und sie unterhielten sich eine Weile darüber. Dann schwiegen sie, jeder mit seinen Gedanken beschäftigt, in Erwartung dessen, was die Zuschaueranrufe offenbaren würden. Die Stille im Raum war unerträglich. Keines der Telefone läutete. Mit zusammengebissenen Zähnen beobachtete Alexandra die Zeiger der Uhr. In wenigen Minuten musste sie Zwischenergebnisse präsentieren. Da, endlich! Yvonnes Apparat blinkte. Aufgeregt zog sie sich den Kopfhörer auf und nahm das Gespräch an. Eine schneidend klingende Männerstimme drang in ihre Ohren: „Das muss euch doch nicht wundern, so wie die Schlampe rumläuft!“ Peng. Aufgelegt.

Yvonne war erschrocken und enttäuscht zugleich. Sie deutete den sie gespannt anblickenden Kollegen mit einem leichten Kopfschütteln an, dass es sich um eine Fehlanzeige handelte. Sie konnte sich ein gemurmeltes „Arschloch“ nicht verkneifen.

Etliche Minuten verstrichen, bis das Lämpchen an Isidors Apparat blinkte. Er hatte den Kopfhörer bereits auf. Hoch konzentriert drückte er die Taste, um das Gespräch entgegenzunehmen. Im nächsten Augenblick glaubte er seinen Ohren nicht zu trauen. Ein einziges Wort wurde ihm entgegengeschleudert: „Fotze!“

Der Anrufer hatte sofort wieder aufgelegt und das war auch gut, denn Isidor war sprachlos. So hatte ihn bisher noch nie jemand genannt. Er hoffte, dass dieser Anruf sich zurückverfolgen ließ, dann würde er sich mit diesem Herrn beschäftigen. Ihre Möglichkeiten, Anrufer zurückzuverfolgen, waren viel besser, als diese feigen Kerle es sich vorstellen konnten. Er warf einen Blick zu seinen Kolleginnen hinüber. Davon würde er ihnen erst nach dem Dienst berichten.

Jetzt blinkten alle drei Apparate gleichzeitig. Die Kommissare waren bis zum Ende des Zeitfensters ununterbrochen im Gespräch. Zwischendurch wurde Alexandra live in die Sendung geschaltet. Sie berichtete, wie abgesprochen, dass sich in beiden Fällen etliche Hinweise ergeben hätten. Tatsächlich hatten sich noch einige Besucher des Tamal gemeldet, die Kim an dem entsprechenden Abend dort gesehen haben wollten. Auch zum Fall Gitano gab es Anrufe. Die meisten kamen von den Nachbarn seiner Freundin. Etwas wirklich Bedeutsames war nicht dabei, aber Alexandra konnte das hinter ihrer professionellen Mimik verbergen. Hermann kommentierte ihren Auftritt mit „Gut gemacht, Pokerface.“

Sitzung 6

Wo war ich stehen geblieben? Bei Mutter! Mutter hat sich nicht geändert. Wenn ich mit ihr spreche, ist es, als würde ich gegen eine Wand reden. Sie reagiert nicht auf das, was ich sage. Sie nimmt es einfach nicht auf, wie andere Menschen. Die einzige Resonanz ist ein von einem infantilen Blick begleitetes „So?“ oder ein dahingemurmeltes „Ach ja?“. Das war schon immer so. Solange ich denken kann, war sie auf eine gespenstische Art abwesend. Die einzige

Möglichkeit, ihre Aufmerksamkeit zu gewinnen, war, ihr Komplimente zu machen. Wenn ich ihr zum Beispiel sagte, wie schön sie aussähe, gab sie mir zwar auch keine Antwort, aber ihre Mimik signalisierte mir, dass sie mich wenigstens gehört hatte. Manchmal gelang es mir auf diese Weise sogar, sie milder zu stimmen, wenn ich an ihren verkniffenen Lippen erkannte, dass die nächste Prügelrunde bevorstand.

Als Kind hatte ich stets brav zu sein, aufs Wort zu gehorchen und den Ablauf ihres Alltags nicht mit eigenen Impulsen oder einer ihre Ruhe störenden Aktion durcheinanderzubringen. Ihr eine Frage zu stellen kam einem Sakrileg gleich. Sie hätte, um sie zu beantworten, ja ihre Gedanken von dem, was sie offensichtlich viel mehr interessierte, abziehen müssen ...

Heute denke ich manchmal, dass sie befürchtet, fremdbestimmt zu werden, wenn sie sich auf jemanden einlässt. Allein die Idee, sie anzusprechen, erstickte sie mit einem einzigen eisigen Blick bereits im Keim. Diese Unberührbarkeit macht mich bis heute verrückt. Ich kämpfe mit allem, was mir möglich ist, dagegen an, wieder und wieder, aber sie bleibt starr wie eine Säule. Was bleibt mir also übrig? Immerhin reagiert sie leidlich, wenn ich ihr schmeichle. Darin habe ich es mittlerweile zur Höchstform gebracht. Alle erdenklichen Spielarten der Speichelleckerei sind mir geläufig. Ich lobe ihre vollen Haare und die gelungene Frisur, obwohl es mich bis heute ärgert, dass sie sich immer mit dem Hinweis darauf meiner Umarmung entzog. Ich preise ihre faltenfreie Haut und ihren Teint, dabei hasse ich ihre aalglatte Visage, die sich keinerlei Regung anmerken lässt. Ich bin der ewige Bewunderer ihrer Kleider, die mich in ihrer Steifheit an die Kostüme der Queen erinnern. Natürlich versäume ich auch nie, ihre eleganten Schuhe zu erwähnen oder den teuren Schmuck, der Vaters schlechtem Gewissen entsprungen ist. Komplimente mache ich ihr auch für ihre aufrechte Haltung, dabei bewegt sie sich so, als hätte sie einen Stock im Arsch. Ich bejuble ihre Gesundheit, während ich mich frage, wie alt sie noch werden will, lobe ihre Disziplin, mit der sie sich auch die kleinsten Freuden versagt, und was mir sonst noch einfällt. Ich öffne ihr die Türen mit formvollendeter Höflichkeit, helfe ihr in den Mantel, schiebe ihr den Stuhl unter den Hintern und lasse das Personal der besten Restaurants an ihren Extrawünschen verzweifeln, auf deren Einhaltung ich strikt bestehe, was mich eine ganze Stange an Trinkgeldern kostet. Und was bringt mir der ganze Aufwand ein? Werde ich einmal, ein einziges Mal nur, von ihr wahrgenommen? Sieht sie mich einmal als den Menschen, der ich bin? Die Antwort ist ein klares Nein. Sollte ich etwas anderes sagen, müsste ich lügen.

Ich habe das Theater so satt! Mir ist übel, ich glaube, ich muss mich übergeben. Eigentlich wollte ich noch erzählen, dass ich mir gestern ein neues Spielzeug besorgt habe. Eine spontane Aktion, ganz gegen meine Gewohnheit. Aber jetzt muss ich erst mal an die frische Luft.

Marina

Alexandras Herz klopfte. Das Klingeln ihres Handys hatte sie jäh aus dem Schlaf gerissen. Es war fünf Uhr morgens. Man hatte eine weitere Leiche gefunden, am Rande eines Maisfeldes bei Öflingen. In Windeseile zog Alexandra sich an. Sie hatte Isidor angerufen und gebeten, sie in zwanzig Minuten abzuholen. Der Chef war im Urlaub, aber zum Glück würde er morgen sowieso zurückkommen, sie mussten ihn also nicht aus den Ferien holen. Alexandra gingen tausend Fragen durch den Kopf. War es Kim? Musste sie Frau Cho die furchtbare Nachricht überbringen?

Sie war blass, als sie zu Isidor in den Wagen stieg. Auch er war auffallend schweigsam. *Auch die Jugend ist also nicht unverwüstlich,* dachte Alexandra. Den größten Teil der Fahrt durch das Wehratal verbrachten sie schweigend. Als sie an der angegebenen Stelle am Rheinufer ankamen, war Alexandra übel. Sie war die kurvenreiche Strecke schon lange nicht mehr gefahren. Einen leichten Schwindel unterdrückend, zog sie ihren Schutzanzug über. Es war noch nie vorgekommen, dass sie ihn so kurz hintereinander benutzen musste. Isidor schien bei ähnlichen Überlegungen angelangt zu sein, denn er sagte missmutig: „Das ist jetzt wohl unsere neue Alltagskleidung."

„Bloß nicht", entgegnete sie niedergeschlagen. Neben ihrem Wagen hielt ein weiteres Fahrzeug. Es hatte sich so leise genähert, dass Alexandra richtiggehend erschrak, als Dr. Helmer ausstieg. Er hatte seinen Schutzanzug bereits an.

„Guten Morgen, Kollegen!", rief er zu ihnen hinüber und holte seine Tatorttasche aus dem Kofferraum. Alexandras Erschrecken war ihm nicht entgangen. Er schien sich darüber zu freuen.

„Elektrofahrzeuge hört man fast nicht – das hat nicht nur Vorteile. Ehe man sich versieht, wird man überfahren und weiß nicht mal, von was.“

Isidor nickte säuerlich und raunte Alexandra zu: „Bestens gelaunt heute, unser Doktor, kein Wunder, es gibt ja für ihn wieder was zu fleddern.“

Alexandra musste trotz der bevorstehenden Tatortinspektion lachen. „Guten Morgen, Dr. Helmer“, erwiderte sie freundlicher, als sie beabsichtigt hatte.

Der Gerichtsmediziner bezog ihre heitere Miene auf seine Person und seinen morbiden Charme und bedachte sie mit einem taxierenden Blick. „So früh auf den Beinen, Frau Kommissarin? Dann wollen wir mal sehen, was uns heute geboten wird.“ Er klang, als erwartete er etwas Erfreuliches.

Sie näherten sich zu dritt der abgesperrten Stelle, die zwischen dem Flussufer und einem Radweg lag. Zwei übernächtigt aussehende Streifenpolizisten hatten dort Stellung bezogen. Die beiden wirkten sichtlich schockiert. Sie standen mit dem Rücken zu dem abgesperrten Bereich. Der Mann war bleich, und seine junge Kollegin sah regelrecht grün aus. Es roch nach frisch Erbrochenem. Alexandra schluckte. Ein paar Meter weiter saß ein junger Mann im Gras und starrte aus glasigen Augen vor sich hin. Der Beamte öffnete die Absperrung, damit sie hindurchgehen konnten. Alexandra fragte, auf den sitzenden Mann deutend: „Hat er die Leiche gefunden?“

„Ja, er war die ganze Nacht bei seinen Kumpels zum Zocken. Um wieder einen klaren Kopf zu bekommen, wollte er zu Fuß nach Hause laufen. Er wohnt in Wehr. Jetzt ist er völlig fertig.“

„Wir bringen ihn heim, wenn wir seine Aussage haben. Das ist eine gute Gelegenheit, ihn zu überprüfen.“

„Okay!“ Der Beamte hatte verstanden. Er würde den jungen Mann im Auge behalten, bis die Kommissare am Tatort fertig waren.

Ein Maisfeld grenzte direkt an den Radweg. Der Mais stand für die Jahreszeit ungewöhnlich hoch. Isidor schimpfte lauthals etwas über „kriminelle Experimente mit der Natur“.

Aus den dicht stehenden Stauden ragte ein zierlicher Fuß, der in einer verdreckten Ledersandalette steckte. Die grellrot lackierten Nägel ließen darauf schließen, dass es sich bei der Leiche um eine junge Frau handelte. Ohne sich nach Isidor umzudrehen, wusste Alexandra, dass er dasselbe dachte wie sie: *Kim!* Der Gedanke an Frau Cho schnürte ihr die Kehle zu. Sie sah die kleine Frau vor sich, wie sie tapfer mit ihrer Plastiktüte im Kommissariat stand.

Dr. Helmer hatte unterdessen begonnen, Aufnahmen von der Toten zu machen. Der Fotograf schien sich ebenfalls im Urlaub zu befinden. Nach einigen Minuten waren die Spuren so weit gesichert, dass Helmer sich der Toten nähern konnte. Er drückte die Maispflanzen zur Seite. Was er zu sehen bekam, entlockte ihm einen scharfen Pfiff durch die Zähne.

Alexandra atmete tief durch und nahm sich fest vor, nur die Fakten zu registrieren. Die emotionale Verarbeitung dessen, was sich hier abgespielt hatte, verschob sie auf einen späteren Zeitpunkt. Jetzt galt es, das Wichtigste zu klären. Sie gab sich einen Ruck und zwang sich hinzusehen. Augenblicklich fühlte sie sich trotz des grausamen Anblicks leichter. Die weit aufgerissenen Augen der Toten waren nicht die von Kim. Isidor murmelte neben ihr: „Wer ist das?"

Alexandra zuckte stumm mit den Schultern.

„Eindeutig erdrosselt", konstatierte Helmer. „Ich würde sagen, es scheint sich um die gleiche Handschrift zu handeln wie bei dem Mord auf dem Grillplatz. Schauen Sie mal, wie der Hals zugerichtet ist." Er schob das Haar der Frau zur Seite. „Die Spuren am Boden dort hinten im Feld sprechen eine eigene Sprache." Er wies mit dem Zeigefinger tiefer in das Maisfeld hinein. Dort waren Pflanzen auf einer Fläche von etwa vier Quadratmetern umgeknickt und teilweise ausgerissen. Alexandra sah die Furchen, dort, wo die junge Frau in ihrer Agonie ihre Fersen tief in die Erde gerammt hatte. An ihren Sohlen klebte schwarze Erde in dicken Klumpen.

„Sie ist da hinten ermordet worden?" Isidor sah Dr. Helmer fragend an.

„So sieht es aus. Er hat sie dann hierhergezogen, dichter an den Weg. Das erklärt auch ihre Haltung. Sehen Sie, ihre Arme sind lang nach hinten über den Kopf gestreckt."

„Ja", sagte Alexandra tonlos. Sie hatte das sichere Gefühl, dass der Täter eine Absicht damit verband.

„Wo bleibt eigentlich unser Herr Knöpfle?", fragte Helmer gereizt. „Ich mach doch nicht alles alleine. Ich habe schon die Fotos am Bein, aber wenn ihr mich fragt ..." Er blickte auf, um sich zu vergewissern, dass Alexandra ihn ansah. „Wenn ihr mich fragt, hat unser Mörder sich dort hinten im Schutz des Feldes in aller Ruhe mit seinem Opfer vergnügt und sie danach an diese Stelle gebracht, um uns sein Werk zu präsentieren."

Alexandra nickte. Sie waren sich einig. Trotzdem hatte sie Fragen. „Sie erkennen die gleiche Handschrift, sagen Sie – aber diesmal ist es eine Frau, und gefesselt ist sie auch nicht.“

„Das ist bei Frauen nicht immer nötig, die wehren sich nicht so wirkungsvoll wie Männer. Obwohl ... Ihre Fingernägel sind fast alle abgebrochen. Ich bin gespannt, was wir darunter finden.“

„Das Geschlecht scheint für den Täter wohl keine Rolle zu spielen“, schaltete Isidor sich ein.

Alexandras Befürchtungen, es mit einem Täter zu tun zu haben, der aus reiner Lust mordete, verstärkten sich. *Er wählt sie zufällig aus. Er achtet lediglich darauf, dass seine Opfer jung und attraktiv sind.*

„Isidor, was fällt Ihnen auf?“, fragte sie. Spontane Einfälle konnten oft wertvoll sein.

„Dass alle drei nicht europäisch aussehen. Schauen Sie, Chefin, das Mädchen hat eine schöne, milchkaffeebraune Haut. Unser Würger steht offenbar nicht auf Schweinchenrosa.“

„Isidor!“ Alexandra war erschüttert von seiner Ausdrucksweise.

„Stimmt doch, oder? Und auf Falten steht er auch nicht.“ Isidor grinste. Sie antwortete nicht. Aber Isidor hatte recht. Diesen Aspekt hatte sie noch nicht bedacht.

Hoffentlich ist das nicht die Reaktion auf die XY-*Sendung,* überlegte sie und sah Dr. Helmer zu, der Spuren vom Körper der Leiche sicherte. Plötzlich strich der Mediziner geradezu zärtlich über die Wange des toten Mädchens, gerade als lebte sie oder als hätte er sie persönlich gekannt.

Alexandra räusperte sich. „Dr. Helmer, es wird Sie nicht überraschen: Wir benötigen schnellstens den ungefähren Todeszeitpunkt“, sagte sie rasch, um das merkwürdige Gefühl, das die seltsame Geste des Arztes in ihr ausgelöst hatte, mit Zynismus zu vertreiben.

„Geben Sie mir noch ein paar Minuten, dann bekommen Sie alles, was Sie brauchen“, antwortete Helmer, während er nach dem Thermometer griff.

Isidor wandte sich ab.

„Guten Morgen.“ Atemlos tauchte Ludwig Knöpfle hinter ihnen auf. „Meine Karre ist nicht angesprungen“, entschuldigte er sich. „Ich glaube, der Marder, dieses Drecksvieh, war wieder dran. Musste mir den Wagen von meinem Bruder leihen und den ganzen Kram, den wir mit uns rumschleppen müssen, umladen.“ Er stellte ächzend seine Koffer ab.

Alexandra schaute in die gebrochenen Augen der jungen Frau. *Welche Angst muss sie gehabt haben. Wer hat ihr das angetan?*

Isidor stand mit geballten Fäusten da. „Ein bildhübsches Mädchen. Wer tut so etwas Krankes?"

„Sie sagen es, Isidor. Ein Kranker tut so etwas. Und noch dazu vermutlich in Serie. Es sieht so aus, als hätten wir jetzt genau den Super-GAU, vor dem König sich immer gefürchtet hat."

Motorengeräusch durchbrach die Stille. Alexandra beobachtete, wie sich der Leichenwagen ihrem Standort näherte. Bestatter Gruber aus Wehr und sein Sohn stiegen aus. Sie grüßten und luden die Zinkwanne aus dem Fahrzeug. Alexandra nickte den beiden zu. Sie kannte den schon recht betagten Bestatter. Er hatte ihre Großmutter eingesargt. Die Bestattungsunternehmen der Gegend hatten sich kürzlich eine Schlammschlacht geliefert, weil die Polizei die Aufträge zum Abtransport von Verunglückten und Gewaltopfern ihrer Meinung nach ungerecht verteilte. Die Pressestelle dementierte das. Man rief den Bestatter, der die kürzeste Anfahrt hatte.

Alexandra hatte sich nie darum gekümmert. Jetzt erinnerte sie sich daran und achtete darauf. Es passte, dass in diesem Fall die Firma aus Wehr kam. Die Bestatter argumentierten aber, dass Verkehrs- oder Gewaltopfer nicht in die Gemeinden gehörten, in deren Nähe sich die Todesfälle ereignet hatten, und verlangten ein rollierendes System. Das war ebenfalls einleuchtend.

Dr. Helmer richtete sich auf. „Frau Kommissarin, ich schätze den Todeszeitpunkt auf 23 bis 24 Uhr." Er zog sich die Handschuhe aus und winkte den Bestattern. Dann wandte er sich an Ludwig Knöpfle.

„Ich nehme sie mit, dann hast du hier Platz zum Arbeiten." Und an Alexandra gewandt fügte er hinzu: „Ein Foto bekommen Sie gleich, alles Weitere später. Vielleicht bis zum Abend, spätestens morgen früh haben Sie den ganzen Obduktionsbericht auf dem Tisch. Ach, was ich noch sagen wollte: Anders als auf dem Grillplatz habe ich hier keine Spuren von Chloroform gefunden. Wenn wir es mit demselben Täter zu tun haben, wofür der stärkere Abdruck der linken Hand am Hals des Mädchens spricht, wäre eine Erklärung, dass er mit einer Frau leichteres Spiel hatte. Vielleicht macht es ihm Freude, wenn sie sich wehrt."

„Das gebe ich an Hermann weiter. Danke, Dr. Helmer, und bis später." Alexandra schluckte. Sie war froh, sich von Helmer verabschieden zu können. Suchend kramte sie in ihrer Tasche und vermied damit, ihm die Hand reichen zu müssen.

Als er weg war, winkte sie ihrem Kollegen. „Kommen Sie, Isidor, wir haben einen Berg Arbeit vor uns. Zuerst schauen wir uns den Typen an, der sie gefunden hat. Bis der Chef aus dem Urlaub kommt, sollten wir wenigstens mit erledigter Routinearbeit glänzen können. Ich bin sicher, dass er ungenießbar sein wird."

„Davon ist auszugehen." Isidor schlug eine neue Seite in seinem Block auf.

„Und ich muss bald was in den Magen bekommen, ich bin schon ganz zittrig. Was halten Sie vom Café Schmidt in Wehr? Wenn wir den jungen Mann heimfahren, liegt das auf dem Rückweg. Dort gibt es ausgezeichnete Flammende Herzen. Sobald ich eine Butterbrezel und so eine Kalorienbombe verspeist habe, gehen wir an die Routineaufgaben. Als Erstes gleichen wir das Foto der Toten mit den aktuellen Vermisstenmeldungen ab. Und ich bereite die Pressemeldung vor, falls wir doch auf diesem Weg herausfinden müssen, wer sie ist."

„Jawohl, Chefin." Isidor beschleunigte seinen Schritt. Auf dem Weg zu dem wartenden Zeugen schälten sie sich aus den Schutzanzügen. In normaler Kleidung würden sie auf den jungen Mann bestimmt menschlicher wirken.

Alexandra beugte sich zu dem Mann hinunter, der wie gebannt auf das blau blinkende Licht des Streifenwagens starrte, und stellte sich und Isidor vor. „Und Sie sind?", fragte sie freundlich, als sie in seine entsetzten Augen blickte.

„Markus Berger."

„Okay, Herr Berger, Sie haben also die Leiche gefunden. Wie ist das abgelaufen?"

Der junge Mann atmete keuchend aus. „Abgelaufen? Abgelaufen ist gar nix. Ich wollte nach Hause. Da läuft man friedlich vor sich hin, und dann so was ... Ich hab zuerst gedacht, ich träume. Verstehen Sie? Ich war so scheißmüde, dass ich dachte, ich wäre im Gehen eingeschlafen."

„Und dann?"

„Dann kam es mir komisch vor. Ich bin zurückgegangen und hab noch mal hingesehen. Den Rest kennen Sie."

„Sie meinen, dass Sie den Notruf gewählt haben?"

„Ja."

„Haben Sie noch irgendjemand anderen in der Nähe gesehen?"

„Nein."

„Vielleicht haben Sie etwas gehört?"

„Nein."

Alexandra merkte, dass sie sich ihre Fragen sparen konnte. Wenn der Tod etwa um Mitternacht eingetreten war, war es höchst unwahrscheinlich, dass Berger den Mörder morgens um halb fünf noch getroffen hatte. Außerdem war der arme Kerl wirklich platt. Die schlaflose Nacht stand ihm so deutlich ins Gesicht geschrieben wie das Entsetzen über seinen Fund.

Als ihr Zeuge merkte, dass sie sich abwendete, riss er sich zusammen. „Ähm, der Beamte hat gesagt, Sie schreiben mir was auf für meinen Chef? Der flippt sicher aus, weil ich nicht zur Arbeit erschienen bin."

„Keine Sorge, das machen wir. Sie nickte Isidor zu, damit er das erledigte. „Kommen Sie, wir fahren Sie nach Hause, Ihre Daten nehmen wir unterwegs auf."

Der junge Mann stand auf und setzte sich humpelnd in Bewegung. Offensichtlich war ihm ein Bein eingeschlafen. Als sie ihn bei der angegebenen Adresse abgesetzt hatten, war es kurz nach sieben. Sie gähnte. „Wenn ich jetzt nicht sofort was zu essen bekomme, falle ich um."

„Wir sind so gut wie da, Chefin. Halten Sie durch", scherzte Isidor, der ebenso erleichtert war wie sie, dass es sich bei der Toten nicht um Kim handelte.

Das Café hatte soeben aufgemacht. Außer ihnen befanden sich eine müde Verkäuferin und ein Arbeiter in blauer Latzhose im Laden. Der Mann stand an der Theke und las die Bildzeitung. Alexandra bestellte sich eine Brezel und das ersehnte Mürbeteiggebäckstück, dazu einen großen Kaffee. Isidor entschied sich für ein Vollkornbrötchen mit Käse und grünen Tee. Sie hatten fast aufgegessen, als Alexandra das Gespräch wieder aufnahm. „Nachher telefoniere ich mit Hermann. Er muss diese Informationen schnellstmöglich haben."

„Auf jeden Fall. Und sagen Sie ihm auch unbedingt, was mir zur Hautfarbe der Opfer aufgefallen ist. Das sagt bestimmt etwas über den Kerl aus. Vielleicht ist er selbst ein dunkler Typ?"

„Möglich, aber das zu beurteilen sollten wir Hermann überlassen."

Nachdem sie bezahlt hatten, ging Isidor zur Toilette. Während Alexandra auf ihn wartete, setzte sich ein junges Paar mit einem zweijährigen Mädchen an den Nebentisch. Sie wären ihr nicht aufgefallen, wenn sie sich nicht auf Englisch unterhalten hätten. In einer Kleinstadt wie Wehr waren englisch sprechende Gäste ungewöhnlich. Die Mutter der Kleinen stand an der Theke und suchte die Speisen aus, während der Vater das Kind auf dem Schoß hielt. Die Kleine hatte dunkles Haar, in das eine rote Schleife gebunden war. Sie strahlte ihren Vater an. Alexandra konnte nicht weghören. Offensichtlich machte der Vater Sprachübungen mit ihr. Er hielt das Mädchen so, dass es ihm ins Gesicht schauen konnte, und redete beschwörend auf es ein: „Say: I love you, Daddy.“ *Aha,* dachte Alexandra, *Amerikaner.*

Das Kind gab keinen Laut von sich, woraufhin der Mann seine Bemühungen verstärkte. In hypnotischem Tonfall wiederholte er: „Say: I looove you, Daddy.“

Das Kind schwieg weiterhin, der Vater drängte. Alexandra ärgerte sich. Was sollte das? Das Kind wusste doch gar nicht, was das bedeutete, und es wollte offensichtlich nicht nachplappern, was der Vater vorgab. Die Ärmchen in Richtung ihrer Mutter ausstreckend, signalisierte die Kleine, dass sie wegwollte. Dem Mann ging es vermutlich darum, sein Kind bei Freunden oder Verwandten vorzuführen, oder der arme Wicht hatte es nötig, dass das Mädchen ihm nachplapperte, es liebe ihn. *Meine Güte, die Leute können mit ihren Kindern machen, was sie wollen. Und die schlimmsten Auswüchse landen dann in unseren Akten. Schrecklich.* Sie dachte an ihren Vater. So etwas mit ihr zu veranstalten wäre ihm nie in den Sinn gekommen. Er hatte immer großen Wert darauf gelegt, die Würde anderer zu wahren. Alexandra hatte von ihm jede erdenkliche Unterstützung erhalten, um ihre eigenen Ansichten und ihre Persönlichkeit zu entwickeln.

Zum Glück erschien Isidor wieder auf der Bildfläche, bevor der Vater seine Dressurversuche steigern konnte. Die Pause war beendet. Sie fuhren ins Kommissariat.

Frau Cho sprang wie eine Feder von ihrem Stuhl, als sie die Kommissare den Gang entlangkommen sah. Alexandra begrüßte sie geradezu überschwänglich. Noch bevor ihr die übliche Frage gestellt werden konnte, sagte sie: „Liebe Frau Cho, wir machen unsere Arbeit, ganz bestimmt, Sie brauchen keine Sorge zu haben. Es ist wirklich nicht notwendig, dass Sie jeden Tag vorbeikommen. Sehen Sie, heute mussten Sie wieder so lange hier sitzen. Ich habe oft Termine außerhalb des Kommissariats.“ Sie wartete kurz, in der Hoffnung, dass die hartnäckige Frau Cho Verständnis äußerte. Als dies nicht der Fall war, fuhr sie fort: „Ich muss Ihnen ehrlich sagen, dass ich froh bin, wenn wir keine schlechten Nachrichten für Sie haben.“

Frau Cho wirkte kurz irritiert. Dann stellte sie die obligatorische Plastiktüte ab, sagte leise „Danke“ und ging. Alexandra seufzte, legte die Tüte in den Mülleimer, wie immer darauf achtend, dass ihr Inhalt nicht in Schieflage geriet, nahm ihren Notizblock aus der Tasche und machte sich auf den Weg in ihr kleines Büro, um in Ruhe arbeiten zu können.

Hermann hatte ihr am Telefon versprochen, am späten Nachmittag vorbeizukommen. Sie freute sich darauf, mit ihm zusammen nach Hause zu fahren. Er befürchtete inzwischen ebenfalls, dass sie es mit einem Serientäter zu tun hatten. Dr. Helmer hatte die Tatortfotos auf ihrem System freigeschaltet. Er dachte mit, das musste sie ihm lassen. Neben den Aufnahmen, die das gesamte Ausmaß der ausgeübten Gewalt zeigten, hatte er auch ein Foto angehängt, das sich für die Zeitung eignete. Darauf sah die junge Frau beinahe lebendig aus. Das hatte er gut hinbekommen. Dennoch fühlte sie sich in Helmers Nähe immer unbehaglich, ohne dass sie hätte benennen können, was sie irritierte. Aber das war ja jetzt auch nicht ihre Aufgabe. Sie musste die Ergebnisse der Kollegen checken, die die Hinweise aus der *XY*-Sendung bearbeitet hatten.

Es gab 80 Anrufe. Darunter waren die üblichen Wichtigtuer, Spaßvögel und Idioten. Ansonsten gab es kaum Hinweise, die diese Bezeichnung verdient hätten. Ein Anrufer wollte Kim in Hamburg auf der Reeperbahn gesehen haben, ein anderer war sich sicher, sie sei in Köln am Bahnhof gewesen. Isidor hatte die Kollegen vor Ort verständigt. Bei mehreren Anrufern handelte es sich um Gäste des Restaurants, die Kim mit ihrer Schwester verwechselt und sich darüber beschwert hatten, dass ihr Foto in der Sendung gezeigt wurde, obwohl sie wohlauf sei und in der Gaststätte bediene. Zu Gitano gab es eine Menge fremdenfeindlicher Kommentare von Nachbarn, die sich über den Lärm seines Rollers geärgert hatten. Sonst hatte offenbar niemand irgendetwas beobachtet. Carmen Reinhardts Wohnung lag in Bahnhofsnähe. In dieser Gegend war es an der Tagesordnung, dass unbekannte Fahrzeuge vor den Häusern parkten.

Die *XY*-Sendung lag inzwischen drei Tage zurück. Erfahrungsgemäß gingen die meisten Zuschauerhinweise unmittelbar nach der Sendung ein. Wenn nicht noch ein Wunder geschah, sah es schlecht aus für die Ermittlungen. Sie waren keinen Schritt weitergekommen, und der Doktor hatte eine weitere Leiche in Keller. Alexandra musste trotz der Misere lächeln. Ob der Spruch über Leichen im Keller aus der Pathologie stammte? Augenblicklich wurde sie wieder ernst. *Wenn wir nur nicht selbst eine Leiche im Keller haben.* Sie wurde das Gefühl nicht los, dass die Tote in Öflingen die Antwort auf die gezielte Provokation der SoKo war. Sie erinnerte sich an Hermanns Worte, dass der Täter, wenn er wieder töten wollte, dies sowieso tun würde. So sehr sie das beruhigt hatte, ein bitterer Geschmack blieb.

Sie nahm das Foto der unbekannten Toten und heftete es neben die Bilder von Kim und Gitano. Drei blutjunge, bildschöne Menschen. Leise regte sich in ihr die Hoffnung, der Fall Kim könnte trotz aller Gemeinsamkeiten einen anderen Hintergrund haben, aber im Grunde ihres Herzens wusste sie, dass das nicht der Fall war. *Aber warum gibt es dann keine Leiche? Haben wir sie nur noch nicht gefunden?* Verzagt setzte sie sich wieder. Es brachte nichts, immer wieder in den Akten zu blättern und zu grübeln. Sie beschloss, ins große Büro hinüberzugehen. Vielleicht war Isidor ja beim Abgleichen der Vermisstenanzeigen fündig geworden.

Sitzung 7

Verdammt, mein Spielzeug ist krepiert! Wir hätten viel Spaß zusammen haben können, aber diese Zicke hat sich benommen wie eine Verrückte. Dabei fing es gut an. Sie lag sozusagen am Weg. Ich war mit dem Van unterwegs, weil ich Gartenabfälle weggebracht hatte. Da ich nicht schlafen konnte, bin ich ein bisschen in der Gegend rumgefahren. Der Van stand ja noch draußen. Ich schätze es ungemein, nachts unterwegs zu sein, wenn sonst keine Menschenseele zugange ist. Dann fühle ich mich, als führe ich durch mein ganz persönliches Reich. Keiner stört. Heutzutage ist es leider so, dass überall, wo man hinkommt, schon andere herumlungern. Man muss Schlange stehen, als wäre man einer von vielen. Beim Einkaufen muss man endlose Wartezeiten in Kauf nehmen, wenn man bezahlen will. In den Fußgängerzonen der Städte bekommt man kaum ein Bein auf den Boden, weil es dort nur so wimmelt vor Volk. Einheimische, Touristen, Ausländer – alle durcheinander. Schreiende Gören, frustrierte Tussen, dazwischen die Anzugträger, Angeber und Aufschneider. Ekelhaft. Sie rempeln einen an, quaken einem ins Ohr und stinken, dass es Gott erbarmt. Gelobt sei die Nacht. Aber ich schweife ab.

Während ich also vor mich hin fahre und die Ruhe genieße, komme ich an eine Ampel. Da hält wie aus dem Nichts diese Kleine neben mir.

Weit und breit ist kein Mensch zu sehen, und plötzlich steht sie neben mir. Zuerst sah ich die nackten Beine – das heißt, ganz nackt waren sie nicht. Die Füße steckten in knöchelhohen Fellstiefeln, an den Beinen hatte sie Strümpfe aus einem glänzenden Material. Diese Beine reichten bis zum Himmel. Dazu trug sie ein ganz kurzes schwarzes Röckchen, das am Saum mit Fell besetzt war. Es sah aus, als wäre es ihr eigener Pelz. Was für eine Erscheinung! Wie ein Filmstar … Ich war so perplex, dass ich ein paar Atemzüge gebraucht habe, bis ich mir den Rest ansehen konnte. Die Haare reichten ihr bis zum Arsch, daran habe ich mich hochgearbeitet. Unter der roten Bluse zeichnete sich die ganze Pracht ab. Und dann sah ich ihr Gesicht. Ein Wunder der Schöpfung. Stirn, Nase, Mund, alles in den richtigen Proportionen. Ich fragte mich, wer so eine Delikatesse nachts alleine herumirren lässt? Sie wartete auf das Lichtsignal und würdigte mich keines Blickes.

Mir war klar, dass ich sie haben musste. Sofort. Noch bevor die Ampel auf Grün sprang, war sicher, dass ich keinen Tag länger auf sie warten würde. Ich checkte die Lage. Dass ich mit dem Van unterwegs war, passte perfekt. Mein Jagdequipment lag in beiden Fahrzeugen immer bercit, und der Van bot mir darüber hinaus genügend Platz, mich gleich mit ihr zu vergnügen. Sogar das Fahrrad konnte ich darin verstauen, damit es nicht herrenlos auf der Straße zurückblieb und für Aufsehen sorgte.

Als die Ampel umsprang, bewegte sie ihre knackigen Schenkel. Mir schoss die Hitze in die Lenden. Mit dem Rad machte sie kein Tempo. Ich hielt wiederholt am Straßenrand, um sie nicht überholen zu müssen. Dann ergab sich die Gelegenheit: Die nächste Ampel zeigte Rot. Obwohl die Kreuzung leer war, hielt sie an. Ich gab Gas und brachte sie mit einem gezielten Schubser meiner Stoßstange zu Fall. Als ich ausstieg, glaubte sie wirklich, ich wolle ihr helfen, aufzustehen. Ich handelte flink. Das in meiner Hand verborgene Tuch mit dem Chloroform tat seinen Dienst, und gleich darauf lag sie im Van. Das Fahrrad lud ich ebenfalls ein, rasch und ohne meine Umgebung aus dem Auge zu lassen. Hätte sich plötzlich ein Beobachter eingestellt, hätte ich behauptet, das Mädchen sei durch den Sturz ohnmächtig geworden, und ich wolle sie in die Klinik bringen. Doch wir waren allein.

Ich fuhr mit meiner Fracht los und überlegte, wo ich anhalten konnte. Bevor ich sie mit nach Hause nahm, würden wir einen kleinen Ausflug an den Rhein machen. Am Rhein ist es so schön. Wenn sich der Mond im Fluss spiegelt, nimmt man nicht wahr, mit welcher Macht das Wasser fließt. Es geht eine immense Energie von diesem Strom aus. Kein Wunder, dass er seit Urzeiten besungen wird. Ich parkte den Van und machte mich bereit für das Vergnügen. Im Nachhinein gesehen war diese Nacht das Beste, was ich mit ihr erlebt habe. Wie sie so dalag in ihrer Unschuld, war ich sogar einen Moment versucht, sie wieder zurückzubringen. Aber dann dachte ich daran, was mir Vater über diese Schlampen beigebracht hatte. Man musste immer damit rechnen, dass sie einem die Syphilis oder Schlimmeres anhängten. Von wegen Unschuld.

Zwei, drei kräftige Griffe, und sie war nackt. Ich ließ mir Zeit. Fasste alles an, roch und leckte, wo ich wollte. Was für ein Fest! Als ich fertig war, ging es nach Hause. Es war immer noch dunkel. Auf der Rheinbrücke hielt ich kurz, um das Rad im Fluss zu entsorgen. Ich fuhr bis zur Mitte der Brücke, sah mich nach allen Seiten um, und schwupp war es im Rhein verschwunden. Als ich zum Van zurückging, freute ich mich auf eine vielversprechende Zukunft. Und jetzt das!

Ich legte die Kleine in ihrer zukünftigen Wohnung ab und ging schlafen. Als ich am nächsten Morgen ein bisschen Spaß wollte, war sie von oben bis unten vollgekotzt. Mir ist alles vergangen. Gegen Mittag wurde mir klar, dass sie das absichtlich gemacht hatte. Ich sah mir die Bänder der Überwachungskamera an, und tatsächlich: Sie wachte auf und kotzte sich die Seele aus dem Leib. Das kommt vor bei Chloroform, dagegen hätte ich auch nichts einzuwenden gehabt. Aber nach einer Weile schien sie verstanden zu haben, wo sie gelandet war. Man konnte sehen, dass sie begriff, wozu sie festgehalten wurde. Sie versuchte, sich ihre Muschi mit dem Laken abzuwischen, und dann fing sie an, sich mit der Kotze einzureiben. Überall. Danach saß sie da und flennte. Das war unerträglich. Wer will denn einer Tusse beim Flennen zusehen? Ich wurde wütend. Das würde ein Ende haben.

Ich zog einen Schutzanzug an und griff mir die Atemmaske. Dann ging ich zu ihr. Als ich die Tür öffnete und auf sie zuging, fing sie an zu kreischen wie eine Irre. Ich musste hart zuschlagen, um mir Gehör zu verschaffen. Dann gab ich ihr zu verstehen, dass sie ihre versifften Klamotten in den Müllsack werfen und sich waschen sollte. Das Ausziehen hat sie noch einigermaßen hingekriegt, aber danach stand sie in der Dusche wie ein Bock. Sie rührte sich nicht. Alles Drohen half nichts, deshalb habe ich ihr noch eine gescheuert. Sie knallte mit dem Schädel gegen die Wand. Damit war die Diskussion beendet. Ich brachte sie sauber zurück in ihr Zimmer. Sie sollte gefälligst die Sauerei, die sie angerichtet hatte, aufwischen. Dabei stellte sie sich so dämlich an, dass ich ein weiteres Mal zuschlagen musste. Bis alles in Ordnung war, war mir die Lust vergangen. Ich nahm den Sack mit den stinkenden Abfällen und ging raus, um ihn zu entsorgen. Außerdem war ich mit Mutter verabredet.

Als ich zurückkam, dachte ich, jetzt gönne ich mir die Freude. Da hatte sich diese Schlampe beschissen. Das muss man sich vorstellen. Bescheißt sich von Kopf bis Fuß! Das war die Höhe. Ich bin gegangen. Dachte mir, die muss ein paar Tage Zeit haben, um zu kapieren, wer hier das Sagen hat. Jedes Mal, wenn ich die Kamera einschaltete, um nach ihr zu sehen, saß sie da und flennte. Kann ein Mensch so viel flennen? Oder sie pennte. Wenn ich runtergegangen bin, um ihr was zu trinken zu bringen, fing sie an zu schreien. Ich hab mir noch einen Versuch gegeben, sie sauber und gefügig zu machen. Sie hat sich angestellt, als wäre ich der Leibhaftige selbst. Auch mit Schlägen konnte ich nichts erreichen.

Schließlich ist mir die Geduld ausgegangen, und ich habe zugedrückt, aber auch den Spaß hat sie mir nicht gegönnt. Sie stellte sich tot, machte sich steif und schloss die Augen. Dann machte sie keinen Muckser mehr, zuckte nur noch ein bisschen, die dämliche Kuh. Mein Vater hat immer gesagt: „Es ist nur für die, die wollen." Sie wollte offensichtlich nicht. Als ich später nachsah, war sie kalt.

Hundefutter!

So ein Ärger! Aber das ist gar nichts im Vergleich dazu, wie mich diese Polizeischlampe geärgert hat.

Dr. Helmer

Hermann kam am Nachmittag. Er sah sich die Tatortfotos genauestens an. Danach setzten sie sich mit Ludwig Knöpfle und Isidor zusammen. Knöpfle hatte Verbindung mit anderen Labors aufgenommen, die Menge der Analysen wäre sonst nicht zu bewältigen gewesen.

In Anbetracht des dunklen Teints der Toten hielten sie es für ratsam, mit dem Staatsschutz zu kooperieren. Alexandra hatte schon bei

Gitano und Kim auch an einen möglichen rechtsradikalen Hintergrund gedacht und die entsprechenden Schritte in die Wege geleitet. Alle waren sich einig: Es machte keinen Sinn, am Täterprofil zu arbeiten, bevor der Autopsiebericht da war. Sie beschlossen, für den folgenden Tag ein Meeting zu organisieren. Wenn König um acht Uhr zum Dienst käme, wäre ein Besprechungsbeginn um zehn Uhr passend. Damit bliebe ihm genügend Zeit, sich einzuarbeiten, und sie konnten ihrem Chef den gewohnten Ablauf bieten. Wäre er nicht im Urlaub gewesen, hätte er genauso geplant. Sogar an die Brezeln dachten sie. Yvonne würde sie besorgen und sich auch um den Kaffee kümmern. Alexandra überlegte, ob sie Heinrich König schon am Abend anrufen und vorbereiten sollte, aber sie entschied sich dagegen. Es hätte außer Aufregung nichts gebracht. König sollte noch mal ruhig schlafen, bevor er weiteren Druck bekam. Sie verschickte die Mail bezüglich des Meetings an das Team. Sonst gab es keine neuen Nachrichten. Isidor hatte beim Abgleich des Fotos mit der Vermisstendatei keinen Treffer erzielt. Morgen würden sie zusammen das weitere Vorgehen besprechen. Nachdenklich schaltete sie ihren Computer aus. Hermann wartete schon an der Tür.

„Ich sag Isidor nur noch schnell Tschüss, er muss mich ja morgen früh wieder mitnehmen."

Ihr Mann lächelte ihr zu. Es war schön, wieder mal mit ihm in Waldshut auszugehen. Isidor war von der Tatsache, dass er alleine nach Hause fahren musste, nicht begeistert. Er hatte seinen PC ebenfalls gerade heruntergefahren.

Obwohl es im Moment nichts gab, was sie noch hätten tun können, konnte Alexandra den Abend nicht wirklich genießen. Ihre Gedanken schweiften immer wieder ab. Hatten sie wirklich an alles gedacht? Sie wäre gerne noch ein wenig länger in dem gemütlichen Lokal geblieben, doch der Tag war anstrengend gewesen, und am nächsten Morgen wollte sie rechtzeitig, möglichst vor König, im Kommissariat sein. Auf der Heimfahrt fielen ihr die Augen zu. Seit dem Anruf am vergangenen Morgen waren 17 Stunden vergangen. Hermann musste sie wecken, nachdem er den Wagen geparkt hatte. Normalerweise wurde sie spätestens beim Anhalten wach, aber heute forderte der Tag seinen Tribut. Nach einer Katzenwäsche verzog sie sich ins Bett. Hermann sagte, er wolle den Tag noch mit einem Glas Wein ausklingen lassen. Sie wusste, dass er jetzt seine Gedanken ordnen und das Täterprofil unter den neuen Gesichtspunkten betrachten würde.

Am nächsten Morgen konnte sich Alexandra nicht mehr daran erinnern, wie sie ins Bett gekommen war. *So was passiert anderen Leuten, wenn sie zu viel getrunken haben,* dachte sie. *Ich bringe es mit Arbeiten dahin.* Mit noch halb geschlossenen Augen tappte sie ins Badezimmer. Der heiße Strahl der Dusche holte sie ins Leben zurück. Sie griff nach dem Duschgel. *So viel Energie, wie ich heute brauche, bekommt ihr gar nicht in diese Flasche,* dachte sie, als ihr das reißerisch gestaltete Etikett der Flüssigseife erneut auffiel. Ihre nächsten Gedanken galten der Toten vom Vortag. Und König. Hoffentlich hatte er sich im Urlaub gut erholt. Er würde seine Nerven brauchen. Und hoffentlich gab es mittlerweile eine Vermisstenanzeige, damit sie nicht darauf angewiesen waren, die Identität der Toten mithilfe der Presse zu ermitteln. Sie wollte möglichst keine Zeit verlieren.

Whisky kam ins Bad und strich ihr maunzend um die Beine. Er hatte gestern keine Streicheleinheiten bekommen und wollte sich das nicht bieten lassen. Als sie ihn kurz hochnahm, schnurrte er lauter als Hermanns Rasierapparat. Sie trug ihn in die Küche und setzte ihn vor seinem Napf ab. „So, du alter Schmuser, jetzt gibt es was zu naschen, und heute Abend darfst du wieder bei mir sitzen", versprach sie ihm und kraulte ihn einen Moment im Nacken. Das musste genügen.

Hermann kam in die Küche. „Und was ist mit mir?"

„Du musst bis zum Wochenende warten", lachte sie und hoffte, dass es überhaupt ein Wochenende für sie geben würde.

Als sie das Haus verließ, regnete es in Strömen. Nur gut, dass es am Vortag trocken gewesen war. Knöpfle hasste es, wenn er an verregneten Orten Spuren sichern musste. Zumal der Regen vieles verwischen konnte.

Als Alexandra einstieg, merkte sie sofort, dass Isidor schlechter Stimmung war. Mit finsterer Miene blickte er durch die verregnete Windschutzscheibe.

„Morgen, Isidor. Ist alles in Ordnung?"

„Morgen! Wie man es nimmt ..."

„Aha, und wie nehmen Sie es?"

„Ehrlich gesagt, habe ich mir das anders vorgestellt. Es kann doch nicht sein, dass da draußen einer rumrennt und nach Belieben junge Menschen erwürgt oder entführt."

„Stimmt."

„Und was machen wir dagegen? Langweilige Polizeiarbeit! Wir fragen, recherchieren, gleichen ab, fragen weiter, analysieren Spuren und so weiter. Aber das bringt alles nichts. Der Typ, dieser psychopathische Würger, verarscht uns! Wir haben inzwischen Berge von Akten angelegt. Ich träume nachts davon, dass ich in alten Fällen wühle, um nach Gemeinsamkeiten zu suchen."

„Das geht mir genauso. Manchmal weiß ich nicht, ob ich eine Akte schon gelesen habe oder es mir nur einbilde, wenn sich beispielsweise die Autopsieberichte ähneln oder Grausamkeiten sich wiederholen. Dennoch müssen wir mit dem arbeiten, was wir haben. Leider geht es bei uns nicht zu wie im Fernsehkrimi. Da gibt es meist einen überschaubaren Kreis von Verdächtigen, alle haben ein Motiv, und die schlauen Kommissare überlisten den Täter in anderthalb Stunden. Toll, super, aber das ist nicht die Realität. Sie wissen doch, dass wir uns teilweise Jahre gedulden müssen, bis wir den entsprechenden Hinweis bekommen, Isidor. Und manchmal finden wir das fehlende Puzzleteil nie."

„Jetzt legt er uns die Leiche schon auf den Weg, weil er denkt, wir sind zu blöd, seine Opfer zu finden!"

„Sie denken an Kim und daran, dass wir sie nicht gefunden haben."

„Ja. Ich war gestern Abend bei den Chos im Restaurant. Sie waren ja beschäftigt, da dachte ich mir, ich geh mal dort essen."

Alexandra horchte auf. „Und wie war es?"

„Das Essen war gut."

„Das habe ich nicht gemeint."

„Es war schlimm. Sie dachten, ich wäre gekommen, weil wir etwas herausgefunden haben. Ich hab das erst nicht gemerkt, sonst hätte ich das gleich klargestellt. Als ich gegessen hatte, ist der Vater zu mir gekommen und hat gesagt, er sei stark genug, um die Wahrheit zu hören."

Alexandra warf Isidor einen bedauernden Blick zu. Er hatte Lehrgeld bezahlt. Obwohl die Chos ein öffentliches Restaurant führten, hätte ihm klar sein müssen, dass die Familie in ihrer speziellen Situation sein Erscheinen nur im Zusammenhang mit der vermissten Tochter und Schwester sehen konnte. Sie wusste das, und er hätte es auch wissen müssen. Vermutlich war er nicht so auf der Höhe wie sonst. Es war ja auch ein harter Tag gewesen, er hatte den Heimweg ohne sie machen müssen und hatte Sehnsucht nach einer Partnerin.

„Oje, und dann?", fragte sie teilnahmsvoll.

„Dann habe ich gesagt, dass ich nur zum Essen gekommen bin. Der Vater hat gar nichts mehr gesagt, und Li, Kims Schwester, fing an zu weinen."

Aha, dachte Alexandra, *daher weht der Wind.* Sie hatte ja kürzlich schon bemerkt, dass Isidor Gefallen an Li Cho gefunden hatte. Jetzt glaubte er, dass sie ihn für einen Versager hielt, weil er ihre Schwester bisher nicht gefunden hatte. Sie konnte ihm jetzt schlecht sagen, dass er ihrer Einschätzung nach auch unter anderen Umständen keine Chance bei dem Mädchen gehabt hätte. Sie hatte beobachtet, wie er Li angesehen hatte, und auch, dass sie ihn nicht so angesehen hatte.

„Es war ein schlimmer Abend für Sie. Und das nach dem harten Tag."

„Kann man wohl sagen."

„Ach, Isidor, kommen Sie schon. Sie wissen doch ganz genau, dass wir keine übernatürlichen Fähigkeiten haben. Wir können nur unsere Arbeit so gut wie möglich machen. Ich muss zugeben, dass ich bisher oft Glück hatte, aber das heißt nicht, dass man davon ausgehen kann, seine Fälle immer und zeitnah zu lösen."

Er knurrte.

„Außerdem ist noch nicht aller Tage Abend. Der psychopathische Würger, wie Sie ihn treffend bezeichnen, wird schon noch einen Fehler machen. Den machen die meisten früher oder später. Leider sind wir darauf angewiesen, das abzuwarten."

„Ach, Chefin ... Sie sind die Beste."

„Ich weiß, Isidor. Gleich nach Ihnen. Habe ich Sie nicht genügend gelobt in letzter Zeit? Sie wissen doch, wie ich die Zusammenarbeit mit Ihnen schätze."

„Doch, alles klar, Chefin. Ist schon gut. Sie haben recht, es ist viel gewesen gestern. Schon wieder ist so ein hübsches Mädchen tot. Wir müssen den Kerl kriegen."

„Das werden wir, Isidor."

Sie kamen vor Heinrich König im Kommissariat an. Das gab Isidor Gelegenheit, nach neuen Vermisstenmeldungen zu sehen, und Alexandra konnte ihre Unterlagen ordnen. Um Viertel nach acht klingelte Alexandras Telefon. Ihr Chef war am Apparat.

„Frau Rau, ich möchte Sie sprechen. Bitte kommen Sie in mein Büro."

„Komme." Alexandra wusste, dass es am besten war, sich kurz zu fassen, wenn König Stress hatte. Und wie er den hatte. Als sie seine Bürotür öffnete, spürte sie die Spannung sofort. Er saß mit rotem Kopf am Schreibtisch. Nachdem sie den Raum betreten hatte, stand er auf, um sie zu begrüßen. Noch während er ihre Hand umfasste, begann er sich Luft zu machen.

„Da haben wir den Salat! Was glauben Sie, was hier los ist, wenn bekannt wird, dass wir eine zweite Leiche haben? Seit der Tragödie mit dem Pfarrer reißen die Schlagzeilen doch gar nicht mehr ab, dauernd sind wir in den Medien. Wo gibt es das denn, dass innerhalb so kurzer Zeit vier Menschen erstochen oder erwürgt werden oder verschwinden? Die Pressegeier stürmen uns die Bude. Was ist das für eine Polizei, die dabei zuschaut?, wird man fragen."

Alexandra seufzte. Das war heute Morgen der Zweite, den sie auf den Teppich holen musste. Er atmete heftig. Dann fuhr er fort: „Auf jeden Fall werden wir ab jetzt jeden Tag ein Meeting haben. Ich will, dass sich die Energien bündeln. Ich möchte um vier Uhr von jedem Teamleiter hören, was seine Leute unternommen haben."

Alexandra hasste diesen sinnlosen Aktionismus. Deshalb würde keiner im Team mehr oder besser arbeiten, es war für sie alle nur eine zusätzliche Belastung. Aber König brauchte das offenbar, um seine Nerven zu beruhigen.

„Chef, es ist alles auf dem Weg", sagte sie mit fester Stimme. „Wir machen um zehn das Meeting, und dann stürzen wir uns in die Arbeit. Wir holen uns den Täter, keine Sorge."

„Ihr Wort in Gottes Ohr, Frau Rau. Ich verlasse mich darauf. Sie haben grünes Licht für alle Maßnahmen, die Sie für notwendig halten." Heinrich König wirkte jetzt gefasster. „Gibt es schon Informationen zur Identität der Ermordeten?", fragte er.

„Isidor checkt gerade die neuesten Vermisstenmeldungen. Entweder haben wir was bis zum Meeting oder müssen dann gemeinsam entscheiden, wie wir weiter vorgehen. Ich bin in jedem Fall vorbereitet."

„Gut, Frau Rau, gute Arbeit."

Alexandra lächelte ihren Chef an. „Bis gleich."

Sie verließ das Büro. Auf dem Gang atmete sie ein paarmal tief durch. *So, wenn sich jetzt alle besser fühlen, können wir weitermachen,* dachte sie verärgert. *Sorgt auch jemand dafür, dass ich mich besser fühle? Na ja, ich habe ja Hermann, zum Glück!* Sie erinnerte sich daran, dass sie ihm versprochen hatte anzurufen, um das Meeting zu bestätigen, nachdem sie mit König gesprochen hatte. Sie blickte auf die Uhr. *Acht Uhr dreißig, das passt,* dachte sie und ging ins Büro, um das Telefonat zu erledigen. Mit den Kollegen von der Sitte musste sie auch sprechen. Und den Kontakt zum Staatsschutz herstellen. Im Vorbeigehen sah sie, dass auch die anderen Kollegen sich auf das Meeting vorbereiteten. Ludwig Knöpfle hatte einen ganzen Stapel Unterlagen und Fotografien vor sich, die er in die passende Reihenfolge brachte. Sein Team bestand mittlerweile aus fast hundert Leuten. Roland suchte mit einem Team nach vergleichbaren Fällen, Isidor war mit den Vermisstenanzeigen zugange, und Yvonne, die alles koordinierte, kam just in diesem Moment mit zwei Tüten voller Brezeln herein. Dr. Helmer würde wie Hermann erst kurz vor zehn eintreffen. In seiner Abteilung brauchten sie wenigstens kein Personal aufzustocken. *Wo ist der Autopsiebericht?*, fragte sie sich. Auf ihrem Tisch lag nichts. Vermutlich würde Helmer ihn nachher selbst mitbringen. Sie wählte ihre private Telefonnummer.

„Rau", meldete sich Hermann nach dem ersten Rufzeichen.

„Ich bin's. Es bleibt dabei: Das Meeting findet um zehn statt."

„Danke, dann fahr ich gleich los. Gibt es was Neues? Wie ist König drauf?"

„Wie erwartet. Als er gemerkt hat, dass alles läuft, hat er sich wieder eingekriegt. Aber wir müssen jetzt jeden Tag zum Rapport."

„Oje. Du musst ihn bei Laune halten, sonst hat das ganze Team Stress."

„Mach ich, und du hältst mich bei Laune."

„Klar. Bis gleich."

Sie legte auf. Es klopfte.

Isidor trat ein, in der Hand eine angebissene Karotte. Er schüttelte den Kopf. Um sprechen zu können, musste er erst schlucken. „Fehlanzeige, Chefin. Ich habe alle Anzeigen durch. Bisher wird sie von keinem vermisst."

„Shit. Ich nehme den Entwurf für die Zeitung mit ins Meeting."

Er biss krachend in seine Möhre. Das sollte Zustimmung signalisieren.

„Sonst noch was, Isidor?"

Mit einem erneuten Kopfschütteln verließ er das Büro.

Alexandra holte die Papiere, die sie vorbereitet hatte. Dann blieb sie vor den Fotos der drei letzten Fälle stehen und hoffte auf eine Eingebung, aber es wollte sich keine einstellen. Sie wurde ärgerlich. *Verdammt, zeig dich!* Sie brauchten mehr Information. Hoffentlich hatten Dr. Helmer und Knöpfle etwas Brauchbares.

Der Chef eröffnete das Meeting mit wenigen Sätzen. Er lobte Alexandras Vorbereitungen und gab das Wort an Dr. Helmer.

„Meine Herrschaften!", begann dieser gewohnt jovial. „Die Todesursache ist wie bei unserem Grillplatz-Opfer eindeutig die Sauerstoffunterversorgung durch Druck auf den Hals. Auch hier hat die enorme Gewaltanwendung zu einer Kehlkopfquetschung geführt. Das Zungenbein ist gebrochen. Andere Verletzungen konnte ich nicht feststellen. Hinweise auf eine Vergewaltigung haben sich nicht ergeben. Die Frau wurde etwa um 23.30 Uhr getötet. Sie ist circa zwanzig Jahre jung und erfreute sich bis gestern bester Gesundheit. Alkohol- oder Drogenkonsum wurde nicht festgestellt. Und jetzt wird es spannend!" Er zeigte auf den Hals des Opfers. „Die Würgemale sind auf der rechten Seite des Halses markanter, daraus ist zu schließen, dass wir es auch hier mit einem Linkshänder zu tun haben. Allerdings gibt es Unterschiede im Modus Operandi. Dieses Opfer ist weder betäubt noch gefesselt worden. Das war aber vermutlich bei der zierlichen Statur der Frau auch nicht nötig, insbesondere, wenn man davon ausgeht, dass wir es, den Abdrücken am Hals nach zu urteilen, mit einem groß gewachsenen Täter zu tun haben. Haben Sie noch Fragen?" Er blickte erwartungsvoll in die Runde, aber es meldete sich niemand. Alexandra war enttäuscht. Das wussten sie doch schon alles. Sie tauschte einen Blick mit Isidor, der ihr gegenübersaß. Er zuckte verzagt mit den Schultern. Helmer setzte sich.

Heinrich König übernahm wieder. „Danke, Dr. Helmer. Präzise wie immer. Kommen wir zur Spurensicherung. Bitte, Ludwig."

Ludwig Knöpfle ging gesenkten Hauptes zu seinen Bildern. „Ich nehme es gleich vorweg, weil ich weiß, dass Sie darauf warten", begann er leise. „Am Opfer sind keine Fremdspuren gefunden worden. Das ist jedenfalls der Stand zum jetzigen Zeitpunkt. Ich habe dazu später noch etwas Bedeutsames anzumerken. Wir haben am Tatort auch keine nennenswerten Trugspuren entdeckt. Nicht eine einzige Kippe, kein Knopf, nichts."

Die Enttäuschung im Raum war deutlich zu spüren. Manche seufzten, andere rückten ihren Stuhl zurecht. Alexandra schenkte sich noch einen Kaffee ein.

„Aber was den Tathergang angeht, verraten die Spuren einiges. Hier", Knöpfle zeigte auf ein Foto, „sind die jungen Pflanzen auf einer Fläche von vier Quadratmetern umgeknickt, abgequetscht oder ausgerissen. An dieser Stelle wurde die Frau gewürgt, und ich vermute, das dauerte eine ganze Weile. Hätte der Täter sein Opfer nur ins Feld gezogen, um sie umzubringen, wäre der Boden nicht auf dieser Fläche beschädigt, und es wären nicht so viele Maisstauden betroffen. Gleiches gilt, wenn er sie bereits tot abgelegt hätte. Aus meiner Sicht ist der springende Punkt: Er hat die Frau post mortem aus dem Feld herausgezogen. Das ist im Zusammenhang mit den fehlenden Fremdspuren besonders interessant. Der Täter scheint zu wissen, dass er keine Spuren am Opfer hinterlässt, und kann es sich sogar leisten, das Opfer nach der Tat zurückzubringen und am Weg abzulegen."

Ludwig machte eine Pausc, um sich zu vergewissern, dass ihm die Kollegen gefolgt waren. Alexandra sah ihm an, dass er noch ein Ass im Ärmel hatte.

„Und nun komme ich auf die vorhin erwähnten Fremdspuren zurück. Sie sehen hier, dass fast alle Fingernägel der Frau abgebrochen sind, das heißt, sie hat sich gewehrt. Wir haben aber unter den Nägeln nichts gefunden, das darauf hindeutet. Somit lässt sich der Schluss ziehen: Der Täter hatte einen Schutzanzug an."

Ein Raunen ging durch die Reihen der Kollegen. Isidor war so aufgeregt, dass er Alexandra unter dem Tisch gegen das Bein trat. Sie warf ihm einen gespielt empörten Blick zu. Ihre Gedanken begannen zu rasen. Was hatte Ludwig Knöpfle gerade gesagt? Der Täter trug die gleichen Anzüge wie die Polizei? Das sollte aber nicht heißen, dass es einer von ihnen war. Oder doch?

Isidor schien ihre Gedanken gelesen zu haben. „Chefin, das ist ein Fass ohne Boden", flüsterte er ihr zu. „Solche Anzüge tragen alle möglichen Leute. Meine Freunde benutzen sie zum Beispiel bei Malerarbeiten. Sie werden von Privatleuten genauso gebraucht wie in der Industrie. Labors und Pharmaunternehmen arbeiten alle damit."

Ludwig Knöpfle fuhr fort, als hätte er Isidors Einwände gehört: „Natürlich sind diese Anzüge weit verbreitet, aber", er schaute in Hermanns Richtung, „es sagt dennoch etwas über den Täter aus: Er weiß, wie man Spuren vermeidet."

Hermann nickte. Er hatte sich Notizen gemacht und würde später in Ruhe darüber nachdenken.

Yvonne vergegenwärtigte sich das Gehörte. Sie ließ, wie sie es bei Alexandra gelernt hatte, vor ihrem geistigen Auge einen Film mit dem Titel „Mann im Schutzanzug erwürgt Mädchen" ablaufen. Dabei fiel ihr auf: Die Anzüge hatten zwar Kapuzen, aber das Gesicht war nicht bedeckt. „Wenn er einen Anzug trug, hätte sie ihm trotzdem das Gesicht zerkratzen können", warf sie ein.

„Ja, hätte sie, aber entweder ist es ihr nicht gelungen, oder er hatte auch etwas vor dem Gesicht. Da gibt es einiges an Möglichkeiten, ein Netz oder eine Maske und dergleichen. Letztlich ist für meine Abteilung die Tatsache relevant, dass sich unter den Nägeln nichts finden ließ, das verwertbar wäre. Bis auf ein paar Haare eines Hauskaninchens war nichts an ihr. Was darauf hindeutet, dass sie ein Haustier haben könnte, aber das bringt uns nicht weiter."

Dr. Helmer, der offensichtlich auch über ein inneres Filmvorführgerät verfügte, mischte sich ein: „Verehrte Kollegin, wenn Sie sich die Situation vor Augen führen, sollten Sie dabei die Größenverhältnisse der Akteure nicht ignorieren. Da es sich um einen großen Mann handelt, ist es für ihn ein Leichtes, sich die Hände einer derart kleinen Person aus dem Gesicht zu halten. Er braucht dazu nur seine Arme auszustrecken, dann reichen ihre Hände gerade einmal bis zur Höhe seiner Schultern. Dabei spielt es keine Rolle, ob der Vorgang im Stehen oder Liegen stattfindet."

Yvonne errötete. Ihr war klar, dass der Doktor recht hatte, er beschäftigte sich schließlich auch den ganzen Tag damit, Körperteile zu vermessen und zu wiegen, aber der herablassende Ton beschämte sie. Das war Alexandra nicht entgangen, und sie ärgerte sich darüber. Sie lächelte der Kollegin demonstrativ zu. Immerhin hatte sie mitgedacht und nachgefragt.

Heinrich König dankte dem Kollegen. Da es keine Fragen mehr gab, verlieh er seiner Hoffnung Ausdruck, dass sich vielleicht doch die eine oder andere, bis jetzt unauffällige Kleinigkeit zur Spur entwickeln könnte.

Alexandra bekam das Wort. Leider konnte sie noch nichts zu den Ermittlungen sagen, außer, dass man schnellstmöglich die Identität des Opfers ermitteln musste. Sie las den Text vor, den sie für die Zeitungen vorbereitet hatte, und zeigte den Kollegen die Fotografie des Opfers, die veröffentlicht werden sollte. Der Anblick der Getöteten schien die Kollegen sichtlich zu berühren. Das musste man diesem Helmer lassen, er hatte es fertiggebracht, die Aufnahme aussehen zu lassen, als erfreue sich die junge Frau bester Gesundheit. Geradezu beseelt wirkten ihre bernsteinfarbenen Augen. Vermutlich hatte er mit Licht gearbeitet und Feuchtigkeit in die Augen gegeben. *Wirklich begabt, der Doktor. Er hätte auch ein Bestattungsunternehmen betreiben können*, dachte Alexandra. *Das erzähle ich nachher Yvonne, dann hat sie wenigstens etwas zu lachen.* Es war ihr wichtig, dass ihre Leute Lust hatten, zu recherchieren und selbstständig zu denken. Dabei war es kontraproduktiv, sie von oben herab zu behandeln. *Wenn dieser Besserwisser das nächste Mal seinen belehrenden Ton anschlägt, werde ich entsprechend reagieren*, beschloss sie.

König hatte inzwischen das Bild samt dem Text abgesegnet und wollte es übernehmen, die entsprechenden Medien zur Veröffentlichung zu veranlassen. Er beendete das Meeting.

Dr. Helmer ging Richtung Tür und musste dabei an Alexandra vorbei.

„Wann bekomme ich den Bericht?“, fragte sie. Sie war unmittelbar vor ihm aufgestanden.

„Unverzüglich, liebe Kollegin, ich werde veranlassen, dass Sie ihn bekommen. Und jetzt entschuldigen Sie mich, ich habe noch dringende Aufgaben im Keller.“

„Aufgeblasener Heini“, murmelte Isidor.

Alexandra konnte sich nicht verkneifen zu flüstern: „Kann man wohl sagen. Als ob ihm seine Fälle noch weglaufen würden.“

Isidor brach in schallendes Gelächter aus, was ihm einen irritierten Blick von König einbrachte, der es überhaupt nicht lustig fand, dass sich jemand in Anbetracht der Lage erlaubte zu lachen.

„Kommen Sie, Isidor, wir machen uns an die Arbeit, bevor es Ärger gibt“, sagte Alexandra.

Hermann wartete in Alexandras Büro. „Lass uns einen Kaffee trinken gehen“, schlug er vor. „Ich muss bald wieder los. Auf den ersten Blick gibt es am Täterprofil nicht viel zu ändern oder zu ergänzen, außer, dass immer deutlicher wird, wie gefährlich dieser Mann ist.“

Alexandra war froh, das Kommissariat für einige Minuten verlassen und frische Luft schnappen zu können. Um die Ecke gab es ein Café, das im Sommer Plätze im Freien anbot. Sie tranken Espresso und genossen die Sonne. Alexandra spürte, wie sie sich entspannte. Augenblicklich fielen ihr ihre Sorgen wieder ein.

„Hermann, ich mache mir Vorwürfe. Du hast gesagt, dass der Täter ohnehin wieder tötet, wenn er das will, aber nachdem er uns das Mädchen praktisch auf dem Silbertablett serviert hat, verstärkt sich bei mir der Eindruck, dass er damit auf die *XY*-Sendung reagiert hat.“

„Ja, ich kann mir vorstellen, dass du so denkst, und der Täter könnte sich tatsächlich darauf berufen, dass wir ihn geärgert haben, aber es ist seine psychische Struktur, die ihn töten lässt. Die treibt ihn, und hätte es die Sendung nicht gegeben, würde er eine andere Erklärung anführen. Wenn wir davon ausgehen, dass er für den Mord an Gitano und das Verschwinden von Kim verantwortlich ist, wird klar, dass nicht wir der Grund sind, weshalb er tötet. Denn diese Verbrechen hat er ohne unsere Provokation verübt. Vielleicht wird sich eines Tages sein Friseur oder sein Zahnarzt schuldig fühlen, weil er ihn warten ließ, als er einen Termin hatte ... Verstehst du, was ich meine? Um narzisstische Wut auszulösen, genügt die sprichwörtliche Fliege an der Wand."

Alexandra nickte. *Was für* einen klugen Ehemann ich *habe.*

„Dieser Mann trägt die Verantwortung für seine Taten", fuhr Hermann fort. „Er findet zwar alle möglichen Gründe, mit denen er sein Handeln vor sich selbst rechtfertigt – ansonsten könnte er sich nicht ertragen –, aber das heißt nicht, dass wir dabei mitmachen."

„Sicher. Das ist mir im Grunde klar. Aber wenn ich an die Opfer denke - es sind ja fast noch Kinder ..."

„Ja. Glaub nicht, dass mir das nicht auch nahe geht."

Alexandra fiel ihr Gespräch mit Isidor wieder ein, und sie erzählte Hermann kurz davon, bis die Zeit drängte. Hermann winkte dem Kellner. Alexandra machte sich auf den Weg ins Kommissariat. Ihr war ein wenig leichter ums Herz.

Das durchdringende Kläffen von Mr. Lee empfing sie, als sie den Flur des Kommissariats betrat. Frau Cho stand vor ihrem Büro. Es war schon ihr zweiter Besuch an diesem Tag. Weil außer der Sekretärin alle Kollegen im Meeting waren, hatte sie die Tüte auf Alexandras Tisch gestellt und war gegangen, ohne den aktuellen Ermittlungsstand zu erfragen. Dann hatte ein Gast im Restaurant von dem Leichenfund berichtet, und sie war sofort wieder losgefahren, um selbst von der Kommissarin zu erfahren, was es damit auf sich hatte.

Alexandra beruhigte sie und nahm sich Zeit für die verzweifelte Mutter, die Höllenqualen litt und doch so mutig war, sich der schlimmsten aller Möglichkeiten zu stellen. Ohne Details über das Opfer preiszugeben, erklärte Alexandra, was passiert war und dass es sich bei der Toten nicht um Kim handelte. Sie musste es sogar schwören. Mit dem Versprechen, dass Frau Cho das Foto der Getöteten in der Zeitung am nächsten Morgen in der Zeitung zu sehen bekäme, schaffte sie es schließlich, die beiden wieder loszuwerden.

Den Rest des Nachmittags verbrachte sie mit dem Studium des Obduktionsberichts. Dann holte sie sich den Obduktionsbericht von Gitano, legte ihn daneben und verglich die Würgemale an Gitanos Hals mit denen am Hals der Frau. Woran erkannte Helmer so genau, dass der Täter Linkshänder war? Und wie schloss er aus den schwarzblauen Verfärbungen auf die Größe der Hände des Täters? Sie starrte die Bilder an. Es hatte sicher mit seiner Erfahrung zu tun, denn sie hätte nicht gewagt, aus dem, was die Bilder zeigten, solche Erkenntnisse zu ziehen.

Sie verfiel ins Grübeln.

Hermann ist auch der Ansicht, dass wir von dem Mädchen zu wenig wissen, dachte sie. Dr. Helmer konnte bestimmt sagen, ob sie noch Jungfrau war. Oder ob sie vielleicht schwanger war. Aber das hätte er doch sicher in den Bericht geschrieben. *Am besten ist es, wenn ich zu ihm runtergehe und es mir erklären lasse,* beschloss sie. *Er soll mir die Druckstellen an den Leichen zeigen.*

Der Gedanke, sich zu ihm in den Keller zu begeben, verursachte ihr Unbehagen. Sie massierte sich den schmerzenden Nacken. *Komm schon, das ist auch nicht schlimmer, als den Aktenkoller zu bekommen,* redete sie sich Mut zu. Der Keller, wie sie die Pathologie flapsig nannten, befand sich im Untergeschoss des Kommissariats. Sie konnte ja Isidor fragen, ob er mitkam. Sie sah auf die Uhr und erschrak. Sie hatte über den Akten die Zeit vergessen. Beinahe 19 Uhr! Wo war Isidor?

Sie ging ins große Büro hinüber. Sein Schreibtisch war leer. Lediglich Roland Tröndle saß dort und war damit beschäftigt, Listen zu überprüfen.

„Roland, wo ist Isidor?"

„Chefin, Sie sind noch hier? Er ist nach Hause gegangen. Wir dachten, Sie wären schon weg. Sind Sie nicht mit Ihrem Mann gefahren?"

„Was? Nein, Hermann musste woandershin. Und ich hab über den Akten die Zeit vergessen."

„So geht es mir auch immer."

Sie überlegte, ob sie ihn bitten sollte, mit ihr in den Keller zu gehen, verwarf den Gedanken aber wieder. Das war nicht sein Job, und möglicherweise würde der arrogante Doktor merken, dass sie sich nicht traute, alleine mit ihm in seinem unheimlichen Reich zu sein. Diesen Eindruck wollte sie ihm nicht gönnen, außerdem war Tröndle im Begriff, seine Jacke anzuziehen. Offensichtlich hatte ihn ihr Auftauchen an den Feierabend erinnert.

Sie seufzte. *Dann geh ich eben allein. Vielleicht ist Helmer ja auch schon weg.*

„Ist was, Chefin?" Roland Tröndle blickte sie besorgt an.

„Nein, nein. Schon gut. Ich habe sowieso noch etwas vor, und später nehme ich den Dienstwagen."

„Alles klar, schönen Abend."

„Ihnen auch."

Sie wandte sich um und lief den Gang hinunter zum Fahrstuhl. Mit zusammengebissenen Zähnen drückte sie den Knopf für das Untergeschoss.

Nicht nur, dass es im Keller deutlich kühler war, er *roch* auch irgendwie kühl. Interessiert überlegte sie, wie sich der Geruch wohl zusammensetzte. Sie nahm ein Gemisch aus Formalin und Putzmitteln wahr und irgendetwas anderes, das sich nicht identifizieren ließ. Roch es hier nach Angst oder gar nach Tod? Gut möglich. Mit diesen Überlegungen beschäftigt, horchte sie plötzlich auf. War das Klaviermusik? Unwillkürlich ging sie langsamer. Die Musik schien aus dem Sezierraum zu kommen.

Merkwürdig. Alexandra lief auf die entsprechende Tür zu. Eindeutig: Die Quelle der Musik lag dahinter.

Sie zögerte, als sie sah, dass die Tür nur angelehnt war. Außer der Musik war nichts zu hören. Keine Stimmen, keine Geräusche. Es schien, als wäre niemand da. War Dr. Helmer gegangen und hatte das Radio angelassen? *Aber es ist mir noch nie aufgefallen, dass er bei der Arbeit das Gerät an hat. Die Putzfirma? Hören die etwa Musik beim Arbeiten? Normalerweise unterhalten die sich doch so lautstark miteinander, dass man sich kaum konzentrieren kann. Komisch ...*

Sie drückte die Tür einen Spalt auf und spähte in den Raum. Überrascht zuckte sie zurück. Was war das denn? Auf einem der Seziertische lag der Körper einer Frau. Nackt. Alexandra benötigte einen Moment, um diesen Anblick zu verarbeiten. Dann spähte sie erneut hinein. Die ansonsten Unbekleidete trug ein komisches Gebilde aus Fell und Spitze auf dem Kopf, das auch den größten Teil ihres Gesichts bedeckte. Es erinnerte Alexandra an eine Katzenmaske, wie man sie an Fastnacht sah. Die Frau hatte sich auf den Rücken gelegt. Ihre Arme waren über den Kopf gestreckt, die Hände mit einem Schal zusammengebunden. Ihre Lippen waren rot geschminkt und glänzten feucht. Im selben Rot waren auch ihre Brustwarzen bemalt. Die vollen Brüste wurden von einem Gurt umschlossen, der sie achterförmig miteinander verband, sodass sie steil in die Höhe ragten. Der Anblick war gleichermaßen grotesk und erotisch. Alexandra konnte sich dem Sog, der davon ausging, nicht entziehen. Mit angehaltenem Atem starrte sie auf das Arrangement.

Die nächste Überraschung folgte, als Dr. Helmer am seitlichen Ende des Tisches auftauchte. Er trug grüne OP-Kleidung mitsamt Mundschutz und Handschuhen. Aus einem braunen Behälter träufelte er Flüssigkeit auf die nackten Brüste und die Scham der Frau. Alexandra presste ihre Handflächen gegen die Wand. Dummerweise hatte sie ihre Brille nicht mitgenommen. Sie konnte nicht erkennen, um was für eine Flüssigkeit es sich handelte. Mit den letzten Tropfen benetzte der Doktor die Zehen der Nackten. Alexandra holte tief Luft und schloss die Augen, als könne sie damit das Bild vertreiben, das sich ihr bot. Widerstreitende Gedanken schossen ihr durch den Kopf. *Ich sollte mich zurückziehen ... Was zum Teufel wird das hier?*

Ihre Neugier war stärker. Sie öffnete die Augen wieder und sah, wie Dr. Helmer Sekt in ein Glas goss. Er trank es mit wenigen Schlucken aus, während er sein Werk betrachtete. Als er das Glas abstellte und sich zur Seite drehte, kam Alexandra nicht umhin, die beachtliche Wölbung unter dem Bund seiner Hose zu registrieren. Sie fühlte Hitze in sich aufsteigen. Dr. Helmer schritt an das untere Ende des Tisches und begann, mit aufreizender Langsamkeit die mit rotem Lack bemalten Zehen der Frau abzulecken. Er schenkte sich Sekt nach, dann machte er sich über die Brüste der Frau her. Sie rührte sich nicht.

Alexandra atmete schneller. Endlich war Dr. Helmer mit seiner Behandlung der prallen Hügel fertig, gönnte sich noch einen Schluck Sekt zum Dessert und ging dann mit zwei großen Schritten ans Ende des Tisches. Er beugte sich hinunter und legte seine großen Hände um die im Vergleich winzig wirkenden Fußgelenke der Frau. Dann spreizte er mit einer schnellen Bewegung ihre Beine. In dieser Stellung verharrte er, während Alexandras Herz erschreckend schnell zu schlagen begann. *Wenn ich das Hermann erzähle ...*

Dr. Helmer zog den Körper der Frau ein Stück nach unten und brachte sich in Position. Dabei rutschte die Katzenmaske vom Gesicht der Frau. Alexandra erstarrte. Das war die Leiche aus dem Maisfeld! Abrupt wandte sie sich ab. Sie kämpfte mit einem Würgereiz. Mit einem halben Schritt drehte sie ihren Körper von der Tür weg und ließ sich mit dem Rücken gegen die Wand sinken. *Jesus* ... Ihr Herz raste. Unfassbar ... Ja, klar, die Nackte hatte sich nicht gerührt. Dr. Helmer schändete ... Sie würgte erneut. *Er schändet Leichen.* Wie nannte man das noch gleich? Nekrophilie? Was sollte sie jetzt tun? Reingehen und ihn in flagranti konfrontieren? Instinktiv griff sie nach ihrer Waffe, aber der Griff ging ins Leere. Es war nicht üblich, im Kommissariat Dienstwaffen zu tragen. Sie dachte angestrengt nach. Der Gerichtsmediziner würde bestimmt ausflippen, wenn er sie hier entdeckte. Sie zwang sich zur Ruhe, indem sie sich auf ihren Atem konzentrierte, wie sie es in der Fortbildung gelernt hatte. Das hatte ihr schon oft geholfen, sich in Stresssituationen zu sammeln. Im gleichen Maße, wie sich das Keuchen, das aus dem Sezierzimmer drang, steigerte, beruhigte sich ihr

Atem. Sie sah die Situation klarer. Sie musste etwas unternehmen. Und dann fiel ihr ein, was Ludwig Knöpfle am Morgen über den Täter gesagt hatte. Dass er einen Anzug getragen haben könnte, wie ihn auch die Polizei verwendete.

Konnte Dr. Helmer der Mörder sein? Der Gerichtsmediziner – ein Serientäter? Sie schwitzte. Unerbittlich kombinierte ihr Gehirn. *Dr. Helmer ist groß und kräftig, und er ist Linkshänder ... Ich muss ihn festnehmen.* Sie spürte, wie die Energie in ihren Körper zurückkehrte. *Ich gehe hoch und hole meine Waffe und die Handschellen.* Sie stieß sich von der Wand ab, um ihren Vorsatz in die Tat umzusetzen. Im selben Moment hörte sie Dr. Helmers Stimme.

„Chantal, du machst mir wirklich die beste Leiche." Alexandra fuhr herum und hörte, wie eine Frauenstimme antwortete: „Und du bist mein Frankenstein, Cherie."

Alexandra wagte einen Blick in den Raum.

Die Frau war noch immer nackt, aber sie saß jetzt auf dem Tisch und hielt wie Dr. Helmer ein Sektglas in der einen Hand, derweil sie mit der anderen nach dem 200-Euro-Schein griff, den er ihr reichte. „Nächste Woche? Selber Ort, selbe Zeit?", wollte sie wissen.

„Ich denke schon. Falls mir etwas dazwischenkommt, rufe ich dich an."

Alexandra hatte genug gehört. Und vor allem hatte sie genug gesehen. Leise zog sie sich von der Tür zurück und beeilte sich, den Fahrstuhl zu erreichen. Dann merkte sie, dass die Musik verstummt war. *Die hören mich, wenn ich den Lift hole ... Ich muss die Treppe nehmen.*

Sitzung 8

Ich muss zuerst etwas loswerden. Wie heißt das noch in psychologisch gebildeten Kreisen? Störungen haben Vorrang ...

Da freut man sich, dass man ins Fernsehen kommt, und dann das. Die hätten berichten müssen, wie genial organisiert ich bin. Keine Spuren, keine Fehler, keine Zeugen – sozusagen die Perfektion in Person. Aber was machen sie? Präsentieren eine aufgetakelte Tussi, die meint, sie wäre der Nabel der Welt. Ich habe meinen Augen nicht getraut, als ich sah, dass sie genauso aussieht wie meine Mutter. Und dann nennt mich diese dahergelaufene Kanaille einen Allerweltstypen. Ich, Friedrich von Stosch, ein Allerweltstyp! Das ist das Letzte. Die Schlampe hat sich aufgespielt, als wäre sie ein Hollywoodstar. Frau Kommissarin meint dies, Frau Kommissarin meint das. Die hat allen Ernstes so getan, als wüsste sie was, dabei weiß sie gar nix. Sie verdankt allein mir, dass sie ihre Visage überhaupt im Fernsehen zeigen durfte. Quatscht irgendwas daher von wegen Zeugen. Wer soll das denn gewesen sein? Da war keiner. Die glaubt wohl, sie kann mich verarschen, aber sie wird mich noch kennenlernen. Dann sprechen wir über den Allerweltstypen.

Alles geht schief. Ich habe den halben Tag geschuftet wie ein Blöder, um Hundefutter herzustellen, dazu nervt Mutter ständig. Die Frau macht mich verrückt. Allein ihre Stimme treibt mich in den Wahnsinn. So spricht doch kein Mensch. Ganz hoch und dünn, ohne jegliche Betonung, eine Art Singsang, wie er unter Geistlichen üblich ist, wenn sie im Hochamt den Wortgesang zelebrieren. Manchmal frage ich mich, ob sie sich für heilig hält. In die Kirche geht sie jedenfalls zweimal wöchentlich. Das passt zur Statistik, die ich kürzlich gelesen habe. Kirchgänger schlagen ihre Kinder doppelt so oft wie andere Eltern. Kürzlich hat sie in die endlose Leier ihrer Wünsche und Beschwerden eingeflochten, sie habe einen direkten Draht nach oben. Ich dachte zuerst, ich hätte mich verhört. Sie glaubt das wirklich, das wusste ich nach einem einzigen Blick in ihre Augen, die aussahen, als wären sie aus Glas. Abwesend. Kein Wunder, dass ich keinen Kontakt zu ihr bekomme. Ich hoffe nur, dass ich mich bald daran gewöhne, dass sie spinnt.

Wenn es mir nur endlich gelänge, das zu akzeptieren! Wenn es mir gelänge, mich innerlich von ihr zu lösen, hätte ich Ruhe. Das ist mein größter Wunsch. Und was mache ich stattdessen? Ich schleiche um sie herum wie ein räudiger Hund. Aber ich darf nicht ungeduldig sein, ich stehe ja erst am Anfang meiner Therapie. Das ist mitunter ein langer Prozess. Man darf sich da nichts vormachen. Das ist jedenfalls der Tenor aller psychoanalytisch orientierten Schulen, die sich, auch wenn sie sonst oft gegenteilige Ansichten vertreten, in diesem Punkt einig sind.

Heutzutage ist es ein Leichtes, sich übers Internet die nötigen Informationen zu besorgen. Mittlerweile darf ich mich als in diesen Dingen bewandert bezeichnen. Ich überlege mir inzwischen bei allerlei Gelegenheiten, was mein imaginärer Therapeut mich fragen oder wie er die Zusammenhänge beurteilen würde. Ich wünschte, ich hätte einen Bruder. Mit ihm hätte ich über diese Dinge sprechen können, aber Mutter hat ihn eiskalt umgebracht. Jetzt zum Beispiel sehe ich ganz deutlich, wie mein Therapeut fragend die Augenbrauen hebt. Ich habe mich übrigens nicht für die Variante entschieden, bei der sich der Therapeut hinter den Analysanden setzt. Ich brauche ein Gegenüber.

Umgebracht hat sie den armen Teufel, und dazu hat sie sich meinen Segen geben lassen. Ich kann mich noch genau erinnern, obwohl ich damals höchstens acht Jahre alt war. Sie nahm mich beiseite und sagte, dass ich bald ein Geschwisterchen bekommen würde. Damit konnte ich nichts anfangen, ich glaube, es war mir egal. Aber dann sagte sie, sie sei sich nicht sicher, ob das gut sei, denn es würde bedeuten, dass ich meine Spielsachen mit ihm teilen müsse, und sie könne sich denken, dass ich das nicht wolle. Ich begann mir vorzustellen, wie das wäre. Sie ließ mir Zeit. Als sie meinte, es sei wohl besser, alles so zu belassen wie bisher, gab ich ihr recht. Und das war das Aus für den kleinen Sack. Sie hat ihn eiskalt abgetrieben. So viel für heute zu ihrer Heiligkeit.

Und jetzt werde ich mich um diese arrogante Kommissarin kümmern. Mal sehen, was das für eine ist und wie man sie kleinkriegt.

Abgründe

Als Alexandra wieder in ihrem Büro saß, versuchte sie einzuordnen, was sie erlebt hatte. Sie fühlte sich immer noch wie benommen. Ihre Fragen bezüglich der toten Frau aus dem Maisfeld mussten warten. Denn obwohl sie sich geirrt hatte und Dr. Helmer sich nicht an einer Leiche vergangen hatte, blieben die anderen Punkte, die ihn verdächtig machten, relevant. Was war zu tun? Zunächst galt es, Helmers Alibi zu prüfen, und zwar in allen drei Fällen. Aber wie sollte sie das angehen? Direkt? *Ich muss mit Hermann sprechen,* dachte sie.

Auf einmal fühlte sie sich unendlich müde. Und sie hatte die Heimfahrt noch vor sich. Jetzt bedauerte sie erst recht, dass Isidor nicht mehr da war. Sie hätte jemanden zum Reden gehabt und vielleicht unterwegs noch ein paar Minuten bei einem Nickerchen entspannen können. Andererseits ... Wenn sie sich vorstellte, sie wäre zusammen mit Isidor in den Keller gegangen ... Wie peinlich. Obwohl es dann möglicherweise gar nicht so weit gekommen wäre. Vielleicht hätte Dr. Helmer sie gehört, weil sie sich im Flur unterhalten hätten, oder sie hätte vielleicht nur kurz in den Raum hineingesehen und Isidor dann bedeutet, lieber ein anderes Mal wiederzukommen. Oder ... Sie rief sich zur Ordnung. Das brachte sie nicht weiter. Entschlossen packte sie die Akten zusammen und machte sich auf den Weg. Hermann würde sich sicher schon fragen, wo sie blieb. Sobald sie im Wagen war, musste sie ihn anrufen. Sie kalkulierte, dass sie nicht vor 21 Uhr zu Hause sein würde.

Es läutete ein paarmal, bis er dranging. Sein „Rau“ klang distanzierter als sonst. Alexandra sagte ihm, dass sie aufgehalten worden war und deshalb gerade erst aus der Einfahrt des Kommissariats bog. Was passiert war, wollte sie ihm persönlich erzählen. Als er antwortete, sie solle sich Zeit lassen und vorsichtig fahren, Gertrud sei bei ihm, war ihr der Grund für seine Distanziertheit klar. Prompt hörte sie aus dem Hintergrund die Stimme ihrer Schwiegermutter, die sich wie immer einmischte. Sie sagte nur „So spät?“ und dehnte das „O“ entsprechend. Alexandra hätte es nicht beweisen können, aber sie hörte deutliche Kritik aus diesen Worten. Das war eine Spezialität ihrer Schwiegermutter. Sie kritisierte alles, aber auf eine Art, die schwer zu durchschauen und schon gar nicht zu beweisen war. Wenn sie sich trafen, kam von Gertrud meist „Hast du viel zu tun gerade?“, was heißen sollte: „Du siehst schlecht aus, bestimmt weil du zu viel arbeitest.“ Oder sie rief aus: „So viele Blumen!“, was man als eine fröhliche Botschaft der Anerkennung hätte deuten können, wenn man den Unterton überhörte, der keinen Zweifel daran ließ, dass sie mit Alexandras Liebe zu Tulpen nichts anfangen konnte. Unter dem Deckmantel der Hilfsbereitschaft machte sie sich manchmal ungebeten daran, Alexandras Wäsche zu bügeln und dann ungeniert selbst in die Schränke zu räumen – nicht ohne entsprechende Kommentare über ihre Garderobe abzugeben. „Die Qualität früher ...“ oder „ So was könnte ich nicht tragen ...“. Alexandra nahm es hin, obwohl sie es nicht mochte, dass jemand in ihrer Wäsche herumwühlte, noch dazu ungefragt, aber was sollte sie gegen ein „Ich meine es nur gut“ ausrichten?

Ihre Schwiegermutter besaß auch einen Hausschlüssel, von dem sie ungeniert Gebrauch machte. Alexandra wagte nicht, ihn ihr abzunehmen. Wegen Whisky, der seine Urlaubspflegerin inzwischen akzeptiert hatte, war es ihr wichtig, dass Gertrud ins Haus konnte.

Hermann war Gertruds einziges Kind. Sie lebte in Segeten in einer Ferienwohnung, die sie zusammen mit ihrem verstorbenen Mann als Kapitalanlage gekauft hatte. Für den Lebensabend, den sie nun allein verbringen musste, genügte das. Als ihr Mann gestorben war, hatte Gertrud gewollt, dass Hermann das Erbe seines Vaters sogleich in Besitz nahm. Doch er hatte ihr unmissverständlich klargemacht, dass er nicht mit ihr zusammen in seinem Elternhaus wohnen würde, trotz allem Verständnis, das er sonst für ihre Belange hatte. Da die alte Dame noch rüstig war und mit Vergnügen ihren Mercedes fuhr, waren 15 Kilometer Entfernung zwischen Todtmoos und Segeten eine akzeptable Distanz. Gertrud hatte ihren Sohn immer im Haushalt unterstützt, besonders zu der Zeit, als seine erste Frau krank gewesen war. Ihr Mann und Hermanns Frau waren im selben Jahr verstorben. Als Alexandra vor einigen Jahren bei Hermann eingezogen war und eine fremde Hilfe zum Putzen eingestellt hatte, hatte sich Gertrud von ihr abgeschoben gefühlt. Es war nie offen ausgesprochen worden, aber Alexandra hatte es deutlich gespürt. Bis heute machte Gertrud immer wieder entsprechende Bemerkungen, etwa, dass sie nie eine Fremde in ihr Haus lassen würde, und zweifelte die Sauberkeit und Zuverlässigkeit von Frau Tüten an. Dazu kam eine Geschichte, die Alexandra für sich behalten hatte: Als sie erst kurz mit Hermann zusammen gewesen war, hatte Gertrud sie gefragt, ob der Ohrring, den sie unter dem Bett ihres Sohnes gefunden habe, ihr gehöre. Alexandra hatte mit Nein geantwortet und erst später begriffen, dass es eine Botschaft an sie gewesen war: Sie sollte glauben, in Hermanns Bett würden sich noch andere Damen aufhalten. Als ihr die kleine Intrige bewusst geworden war, hatte sie darüber gelacht. Dennoch war sie sich ab diesem Tag über die Absicht ihrer zukünftigen Schwiegermutter im Klaren gewesen. Gertrud Rau wollte ihren ebenfalls verwitweten Sohn für sich haben. Hermann bekam von all dem nichts mit. Gertrud agierte geschickt, und Hermann war befangen – ihr Hermann, der bei anderen Gelegenheiten sogar die Flöhe husten hörte.

Alexandra schmunzelte, als sie in die Auffahrt einbog. Garantiert war Gertrud noch da, und bestimmt würde sie wieder eine Bemerkung über Alexandras Arbeit machen. Wenigstens hatten diese Erinnerungen sie jetzt eine Zeit lang von der scheußlichen Szene mit Dr. Helmer abgelenkt.

Kaum hatte sie die Haustüre aufgeschlossen, kam ihr Gertrud auch schon entgegen. „Ach, du Arme …“, lautete die Begrüßung. Whisky hatte sich verzogen. Normalerweise wartete er vor der Tür auf Alexandra, aber wenn Gertrud im Haus war, hielt er sich verborgen. Gertrud hatte sich des Öfteren darüber beschwert, dass er sich wie aus dem

Nichts an sie heranschlich, wenn sie ihn vertretungsweise fütterte. „Ich wollte ja schon längst gehen“, sagte ihre Schwiegermutter in entschuldigendem Ton, dabei war völlig klar, dass sie jede Minute ausnutzte, die sie mit Hermann alleine verbringen konnte. Als sie endlich ging, musste Alexandra sich beherrschen, um nicht hörbar aufzuatmen. Sie rührte einen Eiweißdrink an und ließ sich in ihren Sessel fallen. Ihr Mann goss sich ein Glas Wein ein und setzte sich ihr gegenüber.

„Gibt es etwas Neues?“, fragte er gespannt.

„Allerdings“, antwortete sie und begann, ihm die Szene aus dem Keller haarklein zu erzählen. Hermann hörte zu, ohne sie zu unterbrechen. Als sie geendet hatte, stand er auf, um ein Glas für sie zu holen. Sie wusste, dass er einen Moment benötigte, um das Gehörte einzuordnen. Whisky hatte es sich auf ihrem Schoß bequem gemacht und schnurrte lautstark. Erstmals an diesem Tag hatte Alexandra das Gefühl, sich entspannen zu können. Jetzt, da sie mit dem Helmer-Problem nicht mehr alleine war, erschien es ihr auch nicht mehr so grässlich.

Hermann kam zurück und schenkte ihr Wein ein. Er schwieg noch immer. Sie prosteten sich zu. Dann räusperte Hermann sich. „Das hätte ich dir gerne erspart“, war das Erste, was er sagte, und Alexandra spürte einmal mehr, was sie an ihm hatte.

„Danke.“

„Ich schlage vor, wir trennen die verschiedenen Baustellen voneinander.“

„Okay.“

„Erstens: Der gute Dr. Helmer lebt eine Sexualität mit einem nekrophilen Hintergrund aus.“

„Das kann man wohl sagen.“

„Zweitens: Er nutzt dafür die Räume der Pathologie.“

„Und wie er die nutzt ...“

„Drittens ist Dr. Helmer in den Kreis der Verdächtigen aufgenommen.“

„Ja.“

„Und zu viertens komme ich später.“

„Gut, zurück zu Punkt eins. Was sagst du dazu?“ Alexandra schaute ihren Mann erwartungsvoll an.

„Das ist ein Problem. Was wir über Nekrophilie wissen, beruht hauptsächlich auf zwei Studien. In der ICD-10 wird sie als krankhafte Störung geführt.“

„ICD-10?“

„Die ICD-10 ist eine internationale Klassifikation psychischer Störungen. Nekrophilie ist demnach mehr als eine Vorliebe. Sie ist vielmehr eine ernst zu nehmende Erkrankung, die das ganze Leben eines Menschen bestimmen kann."

„Aha ... Und was weiß man darüber?", fragte Alexandra, obwohl sie nicht sicher war, dass sie überhaupt mehr darüber wissen wollte.

Hermann sah sie mit einem prüfenden Blick an. Er schien sich Ähnliches zu fragen.

„Über die Ursachen weiß man so gut wie gar nichts", erklärte er trotzdem. „Einer der Experten ist der Meinung, dass sie sich zu einer Zeit entwickelt hat, als die Menschen noch viel häufiger jünger gestorben sind und die Sexualität viel unfreier war. Man kann sich die Situation bei Totenwachen vorstellen. Eine junge Verstorbene in der Obhut eines oder mehrerer sexuell frustrierter Männer ..."

Alexandra erschauerte. Sie nickte.

„Ein anderer Forscher vertritt die These, dass Nekrophilie dann auftreten kann, wenn es einem Angehörigen oder Liebhaber nicht gelingt, die verstorbene Person loszulassen."

Alexandra spürte, wie sich ihre Abscheu ein wenig legte. Dennoch war ihr das Thema suspekt und sie schwankte innerlich zwischen Ekel und Angst. „Das ist schrecklich", sagte sie.

„Und wieder andere sind der Meinung, dass sich diese Obsession aus der Berührung mit dem starren, kalten Körper einer Leiche entwickelt – oft bei Menschen, die beruflich mit Verstorbenen umgehen wie Ärzte und Bestatter."

Alexandra erschaudere erneut. „Du meinst, was unsereinen im Kontakt mit einem Verstorbenen Überwindung kostet, löst bei diesen Menschen lustvolle Gefühle aus?"

„Genau. Zumindest eine gewisse Faszination. Und das Problem ist – und damit wären wir wieder bei unserem Gerichtsmediziner –, dass diese fehlgeleitete Lust wie eine Droge nach Steigerung verlangt. Zuerst sind es nur Fantasien, die sich um Leichen drehen, doch dann entsteht der Wunsch nach Umsetzung durch Berührungen und dergleichen. Das will ich gar nicht weiter ausführen."

„Das musst du nicht, mir reicht es jetzt schon."

„Kann ich mir vorstellen. Das geht mir genauso. Aber noch mal zu Dr. Helmer: Er scheint einen Weg gefunden zu haben, seine Fantasien auszuleben, ohne sich strafbar zu machen. Nach unseren Gesetzen ist nur der unangemessene Umgang mit Toten strafbar."

„Ich weiß. So gesehen hast du recht. Dann müssen wir froh darüber sein, dass er sich diese Frau in den Sezierraum bestellt?"

„Ich vermute, ja. Aber ich denke darüber nach, ob es nicht auch aus anderen Gründen sinnvoll wäre, endlich Kameras in den Räumen der Gerichtsmedizin zu installieren."

„Du meinst, die Gerichtsmediziner sollten bei ihrer Arbeit überwacht werden?"

„Man könnte auch von ‚Dokumentation' ihrer Arbeit sprechen. Ich werde mich auf jeden Fall darüber informieren, wie das in anderen Instituten gehandhabt wird, auch länderübergreifend."

„Aber wenn wir Dr. Helmer diese Möglichkeit nehmen, was wird er dann machen?", gab sie zu bedenken.

„Das ist zwar eine gute Frage, aber die Antwort darauf ist dieselbe wie auf die Frage, ob die *XY*-Sendung den Täter provoziert haben könnte. Die Verantwortung bleibt beim Täter."

„Darüber habe ich noch einmal nachgedacht. Es ist sicher alles richtig, was du über Eigenverantwortlichkeit gesagt hast, wenn man davon ausgeht, dass man es mit einem gesunden Menschen zu tun hat. Doch bei dem Täter und bei Dr. Helmer – wenn Dr. Helmer nicht sogar unser Täter ist –, können wir aber davon nicht davon ausgehen. Und das bringt uns meiner Meinung nach in eine andere Verantwortung."

Hermann stand auf und küsste sie auf die Stirn. „Das hast du gut erkannt. Und die Verantwortung für unser Vorgehen in der Sendung übernehme ich voll und ganz. Aber ich erkläre meiner klugen Frau gerne, weshalb ich mich für dieses Vorgehen entschieden habe."

Alexandra lächelte ihn an und hielt ihm ihr leeres Glas zum Füllen hin. „Ich bin gespannt."

„Dafür habe ich mich entschieden, weil es mir als der schnellste Weg erschien, ihn zu kriegen und schlimmeres Unheil abzuwenden. Leider muss man manchmal zwischen Pest und Cholera wählen. Es gilt, den Blick auf das eigentliche Ziel zu richten und den nächsthöheren Wert im Auge zu haben."

„Verstehe. Was bei Dr. Helmer hieße – wieder vorausgesetzt, er ist nicht der Täter –, dass es das geringere Übel ist, ihn seine Leidenschaft weiter bei uns im Keller pflegen zu lassen, damit es nicht zu Schlimmerem kommt."

Hermann wiegte nachdenklich den Kopf. „Ja, möglicherweise ist das der bessere Weg, auch wenn ich gestehen muss, dass ich das nicht ohne Bauchschmerzen sage und, wie du schon sagtest, unter der Voraussetzung, dass er nicht der Täter ist."

„Damit hätten wir die Punkte eins und zwei durch. Kommen wir zu Punkt drei. Was ist mit meinem Verdacht?"

„Das ist ein heikles Problem. Allein die Vorstellung, der Gerichtsmediziner könnte unser Täter sein, treibt mir den Schweiß aus den Poren. Er hat alle Möglichkeiten, Beweise verschwinden zu lassen, falsche Spuren zu legen und den Todeszeitpunkt so festzulegen, dass er ein Alibi hat. Wer hat jemals nachgefragt, ob der im Obduktionsbericht angegebene Zeitpunkt stimmt?"

„Ja, und zu all dem kommt, dass ich damit einen Kollegen verdächtige. Eigentlich ist das eine Situation, die ich nur aus Fernsehkrimis kenne."

Tatsächlich konnte Alexandra immer gut abschalten, wenn sie sich einen TV-Krimi ansah. Während ihre virtuellen Kolleginnen und Kollegen sich in einen Fall verwickelten und verstrickten, konnte sie sich wohlig in ihrem Sessel rekeln und in vollen Zügen genießen, dass es nicht ihr Problem war. Die teilweise haarsträubend falsch dargestellte Polizeiarbeit, über die sich andere Kollegen fürchterlich ärgerten, amüsierte sie vielmehr und verschaffte ihr eine wohltuende Distanz zu ihrem Berufsalltag.

Hermann goss Wein nach. „Lass uns die Punkte zusammenfassen, die Dr. Helmer verdächtig machen, mal abgesehen von dem Irrtum, der dich zu diesem Verdacht gebracht hat."

„Ohne mein Erlebnis im Keller wäre ich nicht darauf gekommen, obwohl ich in Dr. Helmers Nähe immer schon ein merkwürdiges Gefühl hatte. Isidor ist er auch nicht geheuer."

„Das sind aber subjektive Eindrücke."

„Stimmt", gab Alexandra zu. „Letztendlich haben wir als Fakten nur die Vermutung von Ludwig, dass der Täter einen Schutzanzug getragen haben könnte, und die Statur von Dr. Helmer. Was erschwerend hinzukommt, ist die Tatsache, dass er Linkshänder ist."

„Das ist aber nicht viel, zumal er nur teilweise in unser Täterprofil passt – wobei ich nicht darauf bestehe, mit dem Profil hundertprozentig richtig zu liegen. Und dennoch: Bei seinem Arbeitspensum scheint er mir nicht der Typ zu sein, der viel Zeit hat. Er hat ja auch noch eine halbe Stelle in der Pathologie des Krankenhauses. Das fordert ihn sicher."

„Allerdings, zumal er auch Zeit für sein makabres Sexualleben braucht."

Alexandra überlegte noch einmal, wie sie auf ihren Verdacht gekommen war. Sie musste sich eingestehen, dass ihr Gefühl eine große Rolle dabei gespielt hatte, und die Szene im Keller hatte ihr Übriges getan. Sie sprach es offen aus: „Ich habe wirklich geglaubt, Helmer schändet die unbekannte Leiche. Und wenn ich mir überlege, was du über Nekrophilie gesagt hast, scheint mir, dass Dr. Helmer so eine Störung haben könnte. Er möchte ja, dass die Prostituierte eine Leiche spielt."

„Das ist richtig, aber dabei könnte es sich auch nur um eine – zugegeben krasse – sexuelle Fantasie handeln. Ohne wirklich mit dem Mann darüber gesprochen zu haben, kann ich das nicht zuverlässig beurteilen. Sollte Dr. Helmer tatsächlich nekrophil sein, würde er doch alles tun, um das zu vertuschen. Nicht nur, weil diese Störung extrem schambesetzt ist – es geht dabei ja auch um seine Existenz."

„Das ist mir klar, aber ich muss meinem Verdacht nachgehen. Ich kann das nicht einfach unter den Tisch fallen lassen. Korrekt vorzugehen heißt in diesem Fall, ihn nach seinem Alibi zu fragen wie jeden anderen Verdächtigen auch."

„Dabei musst du ja nicht unbedingt erwähnen, was du beobachtet hast. Denn damit würdest du ihn bloßstellen, und im Grunde hat er sich nichts zuschulden kommen lassen. Ich bleibe dabei, Alexandra: Unsere Vermutungen sind rein spekulativ und reichen nicht aus. Objektiv betrachtet, ist es zwar makaber, sich auf dem Seziertisch zu vergnügen, aber das ist nun mal sein Arbeitsplatz, wie es bei anderen der Schreibtisch ist, und die werden bekanntlich auch zweckentfremdet." Er grinste.

„Du meinst den Klassiker, Chef und Sekretärin im Büro?"

„Zum Beispiel."

Alexandra gähnte. Es war spät, und der Wein tat sein Übriges. „Ich muss darüber schlafen. Vermutlich hast du recht. Nur gut, dass ich morgen frei habe. Was war mit Punkt vier?"

Hermanns Grinsen vertiefte sich. „Das besprechen wir gleich morgen früh."

Sitzung 9

So, das hätten wir. Ich weiß, wo die Polizeischlampe wohnt. Es war kein Problem, das herauszubekommen. Man muss nur Geduld haben und gute Nerven. Meinen Köder haben sie auch gefunden. Die Kleine kam mir wie gerufen. Mann, hat die sich gewehrt, aber es hat ihr nichts genützt. Es macht mir Spaß, wenn sie Temperament zeigen. Ich glaube, sie war Italienerin. Unten am Rhein wohnen welche. Sie hat mich beschimpft wie ein Rohrspatz. Ich sitze ja oft dort. An dem Weg musst du nicht lange warten, bis ein Leckerbissen vorbeikommt.

Diese Scheißbullen werden sich an mir die Zähne ausbeißen, von wegen Allerweltstyp! Ich hätte gedacht, dass sich diese Polizeifuzzis besser schützen, von wegen Privatsphäre und so, aber klar, die müssen alle mal nach Hause. Als sie aus dem Kommissariat kam, bin ich ihr gefolgt. Ich hätte geschworen, dass sie in Waldshut wohnt, aber Pustekuchen, bis nach Todtmoos bin ich ihr nachgefahren. Dort leistet sich Frau Kommissarin ein frei stehendes Einfamilienhaus. Soviel ich beobachtet habe, lebt sie mit einem Kerl zusammen. Ich werde ein paar Wochen brauchen, bis ich den Rhythmus der beiden durchschaue, aber was soll's, ich habe ja Zeit, und die laufen mir nicht weg.

Nur Mutter muss ich mir mehr vom Hals halten. Ich brauche Abstand. Am besten erzähle ich ihr, dass ich wieder ein Projekt für meine Firma übernommen habe. Bei meiner Verabschiedung haben sie gesagt, sie würden sich im Notfall melden. Die glauben, ich durchschaue das nicht. Die Routinearbeiten sollen die jungen und billigen Typen machen, aber wenn es richtig klemmt, möchte man auf die erfahrenen zurückgreifen. Die können mich mal. Trotzdem, wenn ich sage, dass ich arbeite, lässt Mutter mich in Ruhe. Das hat sie auch bei meinem Alten immer respektiert. Wobei sie, wenn er auf See war, sowieso keinen Zugriff auf ihn hatte. Dafür war es ein ewiges Genöle, wenn er zu Hause war. Was sie von ihm wollte, weiß ich nicht mehr, aber an den Streit und das Geschrei kann ich mich gut erinnern. Sie mit ihrem Sauberkeitsfimmel und dem affektierten Getue – vor jedem Pups hatte sie Panik. Und er, der raue Seebär, dem es nicht robust genug zugehen konnte. Da lagen Welten dazwischen. Wenn es krachte, saß ich in meinem Zimmer und hielt mir die Ohren zu. Ich rechnete ständig damit, dass er sie alle machte, wenn es ihm zu viel wurde, und ich wusste, wenn er sie nur leidlich verdrosch, würde ich derjenige sein, der es büßen musste. Bei uns herrschte eine strenge Hackordnung. Der Alte hat sie fertiggemacht, und dann hat sie mich rangenommen. Ihm gegenüber konnte sie sich nicht viel erlauben, er brachte die Kohle nach Hause und verstand keinen Spaß. Wie er es von seinem Schiff gewohnt war, erwartete er, dass seine Befehle umgehend ausgeführt wurden. Manchmal bekam ich auch Dresche von ihm, aber dahinter steckte sie. Sie hetzte ihn gegen mich auf, beschwerte sich, dass ich nicht genügend lernen und ihr nicht gehorchen würde. Sie ließ mich stundenlang in der Garage auf ihn warten, nicht ohne mir anzudrohen, dass es was setzen würde, sobald er kam. Ich glaube, er wollte mich nicht schlagen. Wenn er den Gürtel aus der Hose zog, dann hauptsächlich, damit sie Ruhe gab. Damit machte sie uns beide zu Deppen und stellte klar, wer wirklich das Sagen hatte.

Nur einmal ist der Alte völlig ausgeflippt und hat wie ein Verrückter auf mich eingeschlagen. Ich glaube, weil ich ihn angelogen hatte. Beim Spielen mit den anderen Jungs habe ich mir manchmal seine Uniformmütze geholt. Das machte Eindruck. Dummerweise war mir die Mütze ins Wasser gefallen. Ich konnte sie nicht mehr erwischen. Als er sie suchte, fiel sein Verdacht gleich auf mich, aber ich stritt alles ab, weil ich höllische Angst hatte. Leider hat mich Hansjörg, dieser Volltrottel, verpetzt, weil er neidisch war. Als der Alte in mein Zimmer gestürzt kam, wusste ich sofort, was los war, aber es war zu spät, um abzuhauen. Ich dachte wirklich, er schlägt mich tot. Und das Verrückte ist: Ich hätte ausbüxen können, als er eine Pause machen musste, weil ihm die Luft ausging, aber ich bin liegen geblieben. Willig wie ein Hund habe ich die Schläge über mich ergehen lassen. Warum? Das ist eine gute Frage, Herr Therapeut. Ich vermute, das hat Mutter mir beigebracht.

Schluss für heute. Ich habe viel zu tun. Die Kommissarin ist fällig, und ein passendes neues Spielzeug für zu Hause muss ich auch bald auftreiben. Mir platzen sonst die Eier. Wie sagte mein Vater so treffend? „Ich muss auf den Entsafter."

Marina

Alexandra wurde vom leisen Klirren des Tabletts geweckt, das Hermann auf dem Nachttisch abstellte, und erblickte ein komplettes Frühstück mit Kaffee, Orangensaft und gekochten Eiern. Dazu gab es Brötchen, Butter, Marmelade, Wurst und Käse. Sogar an eine Blumenvase hatte er gedacht. Sie richtete sich auf und sah, dass es schon nach zehn war. Neben dem Wecker lag ihr Handy. *Untersteh dich, jetzt zu klingeln!*

„Lass mich noch schnell ins Bad gehen", sagte sie fröhlich und schlüpfte aus dem Bett. So ausgeschlafen hatte sie sich lang nicht gefühlt. Ein kritischer Blick auf ihr Spiegelbild bestätigte ihr diesen Eindruck. Die leichten Schatten, die sie in der letzten Zeit unter den Augen gehabt hatte, waren verschwunden. Eilig putzte sie sich die Zähne und fuhr sich durch die Haare. Zum Schluss tupfte sie sich noch einen Tropfen ihres Lieblingsparfums hinters Ohr und ging zurück ins Schlafzimmer.

Hermann saß im Bett und las Zeitung. Als er sie sah, legte er die Zeitung beiseite. „Ich dachte mir, während des Frühstücks könntest du mir die erotische Seite der Szene mit Dr. Helmer noch mal beschreiben. Womit wir auch schon bei Punkt vier wären."

„Erotisch ist in diesem Zusammenhang wirklich nicht der passende Begriff, Hermann. Ich würde das eher scheußlich nennen. Du kennst doch die Räume. Die Seziertische aus Edelstahl. Darauf werden Leichen zerstückelt, auch wenn es im Interesse der Kriminalistik oder der Wissenschaft geschieht. Wie soll da Erotik aufkommen?"

„Eben. Und darum ist es meine Aufgabe, darauf zu achten, dass du keinen Schaden genommen hast. Nicht, dass du am Ende eine Vermeidungsstrategie entwickelst." Er grinste frech.

Alexandra lachte laut heraus.

„So ist das also. Das Frühstück ist die Ouvertüre."

„Ja, ist es. Und jetzt gib zu, dass bei deinem Erlebnis die voyeuristische Komponente nicht ganz unwesentlich war."

Alexandra rückte das Kissen zurecht und schnitt ein Brötchen auf. Sie klappte es auf und bestrich die Hälften mit Butter. Da sie wusste, dass Hermann sie beobachtete, ließ sie sich viel Zeit.

„Den Honig hast du vergessen?", fragte sie neckisch.

„Ich dachte, den hole ich nach dem Frühstück."

„Einverstanden."

Nachdem sie gefrühstückt hatten, räumte Hermann das Geschirr auf dem Tablett zusammen und trug es hinaus. An der Tür drehte er sich grinsend um. „Nicht weglaufen! Ich bringe das nur nach unten, dann kommen wir zur Honigstudie. Du kannst dich schon mal in Position begeben."

Alexandra war gespannt auf das Spiel. Sie streifte ihr Shirt und ihren Slip ab. Dann fiel ihr etwas ein. Sie ging zum Schrank, in dem sie ihr Reisegepäck verstaut hatte, und griff in den kleinen Koffer, den sie für ihr Handgepäck nutzte. Auf Anhieb fand sie die Schlafbrille aus Seide, die sie immer im Flugzeug benutzte, wenn sie schlafen wollte.

Als Hermann zurückkam, lag sie nur mit der Maske bekleidet ausgestreckt auf dem Bett, die Arme mit ineinander verschränkten Händen über dem Kopf. Sogleich war Hermann über ihr und band ein Tuch oder einen Schal um ihre Handgelenke.

„So, meine Süße, damit du keine Dummheiten machst."

Sie kicherte. Hermann befestigte das Ende der Fessel am Rahmen des Bettes. Dann zog er ihren Körper nach unten, damit ihre Arme gestreckt waren.

Alexandra genoss die Situation. Sie war zur Untätigkeit gezwungen und hatte nichts anderes zu tun als zu genießen.

Hermann schaltete Musik ein. Leise perlten die Töne durch den Raum. Dann hörte sie den Korken knallen.

Mhm, Sekt. Sie leckte sich über die Lippen. Plötzlich spürte sie Hermanns Mund. Die kühle Köstlichkeit ergoss sich aus seinem Mund in den ihren. Sie erschrak ein wenig, dann schluckte sie das prickelnde Getränk. „Mehr!"

„Später!"

Sie fühlte, wie etwas Weiches über ihren Körper strich, mal hier und mal dort verharrend.

Was war das? Eine Feder?

Sie nahm abermals einen Schluck von Hermanns Lippen und rekelte sich wohlig. Sie erwartete den Honig. Doch dann schrie sie erschrocken auf. Hermann war mit etwas Eiskaltem die Spur der Feder nachgefahren. Nach dem Kältereiz wurden die behandelten Stellen ihrer Haut heiß. *Das war ein Eiswürfel, du meine Güte!* Kühle Tropfen rannen über ihre nackte Haut. Ihr Atem ging schneller, und sie hatte Durst. Sie hörte, wie Hermann das Glas auffüllte. Alexandra leckte sich die Lippen in Erwartung der prickelnden Kühle. Dann spürte sie, wie etwas Schweres auf sie hinuntertropfte. *Der Honig, endlich!*

Später saßen sie zusammen im Bett und lachten Tränen darüber, wie sie gestern im Flur der Gerichtsmedizin gelitten hatte. Alexandra fühlte sich wie befreit. Sie hatten noch das ganze Wochenende vor sich.

Über Dr. Helmer sprachen sie auch. Alexandra hatte beschlossen, ihn ohne Umschweife nach seinem Alibi zu fragen, aber ohne den Zwischenfall im Keller zu erwähnen. Sie würde Isidor informieren, ihm ihr Kellererlebnis aber zunächst auch verschweigen. Wenn sie den Doktor gemeinsam befragten, wäre wenigstens er unbefangen. So weit der Plan.

Als am Montagmorgen ihr Wecker klingelte, kämpfte sie gegen den Impuls, ihn abzuschalten und sich umzudrehen, so weit weg war sie davon, sich wieder in die Welt des Kommissariats zu begeben. Sie streckte ihren Arm nach Hermann aus, aber er war schon weg. Ihr fiel ein, dass er diese Woche einen Ausbildungskurs in Füssen leitete. Enttäuscht zog sie ihren Arm zurück. Seufzend streckte sie die Füße über die Bettkante.

Noch vor dem Duschen telefonierte sie mit Isidor. Er brauchte sie heute nicht abzuholen, denn sie musste ja den Dienstwagen ins Kommissariat zurückfahren. Isidor fand es schade, aber es ließ sich nicht ändern.

„Dann höre ich eben Radio auf der Fahrt“, sagte er.

„Das mache ich auch. Wir sehen uns im Kommissariat. Ich muss dringend etwas mit Ihnen besprechen. Heute Abend können Sie mich wieder mitnehmen.“

„Alles klar, Chefin. Bis gleich.“

Alexandra verließ das Haus in guter Stimmung. Sie hatte Whisky noch schnell eine Schale mit Futter hingestellt, weil Hermann nicht da war und sie nicht wusste, wann sie zurück sein würde. Sorgfältig schloss sie die Haustür ab und stieg in den Wagen.

Am Ortsausgang musste sie an der Ampel halten. Vor ihr stand ein blauer Fiat. Sie schaltete das Radio ein und wartete auf die Nachrichten. Als die Ampel auf Grün sprang, fuhr sie los, aber der Fiat vor ihr bremste nach wenigen Metern so plötzlich ab, dass Alexandra nicht mehr verhindern konnte, dass ihr Wagen seine Stoßstange touchierte.

Verdammt, was sollte das denn? Sie vergewisserte sich, dass kein Fahrzeug hinter ihr war, schaltete den Warnblinker ein und stieg aus.

Der Fahrer des Fiats war ebenfalls ausgestiegen und betrachtete seine Stoßstange. Alexandra taxierte ihn routiniert. Er war auffallend elegant gekleidet. Über einem blütenweißen Hemd trug er einen blauen Blazer, dessen goldfarbene Knöpfe in der Sonne blitzten. Die schwarze Bundfaltenhose sah teuer aus, genau wie seine perfekt geputzten Schuhe. Seine Kleidung passte nicht recht zu dem Kleinwagen. *Vielleicht der Wagen seiner Frau?* Alexandra war sauer. Was hatte dieser dämliche Kerl denn zu bremsen, wenn die Ampel Grün zeigte? Vor ihm war doch nichts. Sie riss sich zusammen. Wer auffuhr, hatte Schuld, so viel war ihr klar.

„Tut mir leid. Ist es schlimm?", sprach sie den Mann an, der sich zu seiner beschädigten Stoßstange hinuntergebeugt hatte.

Er richtete sich auf. Alexandra musste den Kopf in den Nacken legen, da er überdurchschnittlich groß war und direkt vor ihr stand. Sie trat einen Schritt zurück. Der Mann ließ sich nicht anmerken, was er dachte. Sein hageres Gesicht blieb ausdruckslos, während sich sein Blick in den ihren bohrte. Die stahlgrauen Augen unter den buschigen Brauen wirkten unnahbar und kalt. Es dauerte einen Tick zu lange, bis er antwortete.

„Nein, ich denke nicht, dass viel passiert ist. Müller ist mein Name. Klaus Müller."

Alexandra wollte ihn gerade fragen, warum er gebremst hatte, aber aus einem ihr unerklärlichen Grund unterließ sie es. Diesen Mann umgab etwas Bedrohliches.

„Mein Name ist Alexandra Rau", stellte sie sich vor.

Er schwieg.

Sie trat einen weiteren Schritt zurück und beugte sich ebenfalls zu den Stoßstangen hinunter. Sie spürte, dass der Mann sie musterte. Rasch richtete sie sich wieder auf. „Ich glaube, bei mir ist nur das Nummernschild verbogen, das kann man selbst richten."

Er zeigte auf den Punto. „Das ist ein Mietwagen, ich komme nicht von hier."

„Ach so!"

Klaus Müller sah ihr geradewegs in die Augen. Sein Blick war durchdringend, als suchte er nach etwas, das in ihrem Inneren verborgen lag. Sie empfand plötzlich ein starkes Unbehagen und den drängenden Wunsch, auf Abstand zu gehen. Er klang verbindlich, und dennoch wirkten seine Worte wie ein Befehl.

„Ich schlage vor, Sie geben mir Ihre Adresse und Telefonnummer", sagte er. „Wenn die Mietwagenfirma etwas zu beanstanden hat, kann sie sich direkt mit Ihnen in Verbindung setzen. Manchmal ist nach einer Kollision die Aufhängung der Stoßstange beschädigt, das muss man sich auf der Hebebühne ansehen, aber ich gehe davon aus, dass das nicht der Fall sein wird.“

Alexandra nickte. Sie ärgerte sich immer noch, aber es blieb ihr nichts anderes übrig, als sich auf diesen Vorschlag einzulassen. „Einen Moment bitte“, murmelte sie und war froh, zu ihrem Wagen zurückgehen zu können. Sie zog eine Visitenkarte aus dem Etui in ihrer Handtasche und schrieb, ihr Wagendach als Unterlage nutzend, zusätzlich ihre Privatnummer darauf, während etliche Fahrzeuge mit neugierig gaffenden Fahrern an ihnen vorbeifuhren. Genervt sah sie ihnen nach.

„So, Herr Müller, hier sind meine Daten.“

Der Mann griff hastig nach der Karte und überflog die Angaben. „Ach was, Sie sind von der Polizei?“ Ein spöttischer Zug breitete sich um seine Mundwinkel aus. „Die brauchen wir beide ja nicht. Auf Wiedersehen.“

Bevor Alexandra reagieren konnte, war er eingestiegen und hatte den Motor gestartet. Sie hatte ihn auch nach seinen Kontaktdaten fragen wollen, aber weil er gesagt hatte, der Wagen sei gemietet, ließ sie es sein. *Wäre ich doch mit Isidor gefahren ... So was Blödes ...* Sie würde ihn gleich nachher fragen, ob er ihr Nummernschild geradebiegen konnte, sonst hätte sie wegen des kleinen Schubsers auch noch einen Haufen Papierkram zu erledigen.

Als sie den Parkplatz des Kommissariats erreichte, hatte sie den Zwischenfall fast vergessen. Sie war in Gedanken wieder bei ihren drei ungelösten Fällen und Dr. Helmer. Noch im Wagen sitzend machte sie sich ein paar Notizen für das Gespräch mit Dr. Helmer. Gleich darauf parkte Isidor neben ihr.

„Mal wieder nur Zweiter!“, rief er gespielt schuldbewusst beim Aussteigen.

„Isidor, schön, dass Sie da sind. Bitte schauen Sie sich doch mal mein Nummernschild vorne an.“

„Was ist passiert?“, fragte er, als er sich zu dem Kennzeichen hinunterbeugte.

„Ach, nichts Besonderes. So ein Depp hat abgebremst, gleich nachdem er bei Grün losgefahren war.“

„Das ist die typische Methode der Versicherungsbetrüger. Sie lassen jemand auf ihre alte Karre auffahren und zocken dann die Versicherung ab.“

„Nee, das war keiner von denen, der fuhr einen Mietwagen. Mir ist nicht klar, warum er gebremst hat."

„Vor ihm war keiner?"

„Nein, das ist es ja."

„Komisch, vielleicht ist ihm etwas hinuntergefallen oder so."

„Kann sein. Ich habe ihn nicht gefragt, es hätte eh nichts genützt, und es war ja nicht schlimm. Kriegen Sie das hin?"

Isidor bearbeitete das Nummernschild mit beiden Händen. „Schon erledigt. Das war ein kleinerer Wagen, stimmt's? Der ist wohl unter Ihre Stoßstange gerutscht." Isidor rieb sich den Staub von den Händen.

„Ein Fiat Punto. Der Mann meinte, bei ihm sei nichts passiert. Ich habe stark gebremst. Nur ein wenig zu spät. Dann denken Sie auch, ich brauche keinen Bericht zu schreiben?"

„Nee, den können Sie sich sparen."

„Super, vielen Dank. Ich habe nämlich andere Sorgen, die ich mit Ihnen besprechen möchte. Kommen Sie doch bitte gleich mit in mein Büro."

„Ich geh mir nur schnell die Hände waschen."

Alexandra betrat das Gemeinschaftsbüro und begrüßte ihre Kollegen. Dann überprüfte sie die neuen Vermisstenanzeigen. Wenn sie nur endlich die Identität der jungen Frau klären und herausfinden könnten, wie sie zu dem Feld gekommen war ... Es lagen keine neuen Meldungen vor. Ratlos ging sie in ihr Büro. Als Isidor klopfte, stand sie grübelnd vor den Fotos der Opfer. „Kommen Sie rein und setzen Sie sich, Isidor." Sie wies auf den Stuhl, der ihrem gegenüberstand.

„Chefin, Sie sehen so düster aus. Was ist los?"

„Gute Frage, Isidor ... Jetzt hören Sie mir erst mal zu, und dann finden wir heraus, was los ist."

„Okay."

„Ich habe mir am Freitag überlegt, dass wir fast nichts von dem Mädchen im Maisfeld wissen. Dann sind mir ein paar Fragen eingefallen, die ich Dr. Helmer dazu stellen wollte. Zum Beispiel, wie er das macht, aus den Würgemalen auf die Statur des Täters zu schließen. Ich würde das nicht erkennen."

„Das ist sein Job."

„Weiß ich, trotzdem würde ich mir gern ein eigenes Bild machen. Und zu dem Mädchen habe ich auch noch Fragen. Ob sie zum Beispiel sexuelle Kontakte hatte, wurde nicht erwähnt. Das lässt sich meines Wissens feststellen."

„Gute Idee."

„Aber jetzt kommt das Problem: Ich bin dabei plötzlich auf die Idee gekommen, dass Dr. Helmer in unser Täterprofil passen könnte."

„Wie bitte?" Isidor sah sie entsetzt an.

„Es ist nur eine Vermutung. Aber überlegen Sie doch mal, Isidor. Wir kennen Dr. Helmer kaum. Er ist erst ein paar Monate bei uns. Und Sie haben doch auch gesagt, dass er komisch guckt."

„Ja, aber, Chefin …"

„Nein, warten Sie", unterbrach Alexandra ihn. „Ich erkläre Ihnen, was mich beunruhigt. Ich weiß, dass man keinen Kollegen verdächtigt, nur weil er komisch guckt. Aber erstens ist Dr. Helmer groß und kräftig. Zweitens ist er Linkshänder. Erinnern Sie sich, auf welcher Seite er immer steht, wenn er seine Fotos kommentiert? Und drittens wäre es für ihn besonders leicht, keine Spuren zu hinterlassen."

„Sie meinen, weil er auch einen Schutzanzug trägt?"

„Genau. Und weil er alle Möglichkeiten hätte, im Nachhinein Spuren zu verwischen oder ganz zu beseitigen."

Isidor stand auf und begann, in dem kleinen Raum auf- und abzugehen.

Alexandra ließ ihm Zeit. Dann fuhr sie fort: „Wenn der Gerichtsmediziner unser Mörder ist, hat er alle Fäden in der Hand. Wir können uns auch nicht mehr sicher sein, ob seine Angaben zu den Todeszeitpunkten stimmen."

Isidor blieb abrupt stehen. „Das heißt, wir müssen sein Alibi checken, richtig, Chefin?"

„Ja, Isidor, das heißt es. Und zwar mit einem Sicherheitszuschlag. Ich wollte nur vorher mit Ihnen sprechen und Ihre Meinung hören. Es kann sein, dass ich mich da in etwas verrenne. Aber was haben wir sonst? Drei offene Fälle innerhalb kürzester Zeit und absolut keinen Hinweis."

„Ja, verdammt. Aber was ist mit dem Profil? Was sagt Ihr Mann?"

„Das Profil passt nur teilweise, trotzdem meint auch Hermann, dass wir dem Verdacht nachgehen müssen."

„Sollen wir König einschalten?"

„Ich glaube, damit würden wir es nur schlimmer machen. Die beiden haben nicht gerade das beste Verhältnis. Wenn Dr. Helmer unschuldig ist, würde er König vielleicht eine gezielte Attacke unterstellen, und dann wäre das Verhältnis total futsch."

„Stimmt, aber ohne Rückendeckung einen Kollegen … Ich weiß nicht."

„Ich habe mich gefragt, ob wir zuerst recherchieren sollten, ohne mit Dr. Helmer zu sprechen, aber dann ist mir klar geworden, dass er erst recht sauer wäre, wenn herauskäme, dass wir ihm nachspioniert haben. Und wir haben keine Zeit für solche Spielchen."

„Das heißt?"

„Das heißt, dass wir ihn ganz klar und offen mit unseren Überlegungen konfrontieren. Punkt."

„Wann?"

„Heute. Ich schlage vor, wir gehen mit den Fragen, die ich sowieso noch habe, zu ihm und sprechen bei der Gelegenheit sein Alibi an."

Isidor holte hörbar Luft. „Also gut", sagte er dann. „Wenn er halbwegs kollegial ist, wird er Verständnis dafür haben. Wir können es ihm ja erklären. Er war ja selbst dabei, als Ludwig sagte, der Täter hätte vermutlich einen unserer Anzüge angehabt. Und wenn er wirklich ... Daran darf ich gar nicht denken."

Alexandra nickte. „Wir sollten es hinter uns bringen. Je früher der Verdacht vom Tisch ist, desto besser ist es für uns alle."

Es klopfte. Alexandra schrak auf, als hätte man sie bei etwas Verbotenem erwischt. „Herein!"

Yvonne öffnete schwungvoll die Tür. „Chefin, da draußen ist ein junger Mann, der glaubt, die Tote aus dem Maisfeld erkannt zu haben."

„Na endlich! Wo ist er?"

„Ich habe ihn ins Vernehmungszimmer zwei gesetzt. Die Akte habe ich gleich mitgebracht."

„Gut gemacht, Yvonne. Sie können sich hinter den Spiegel stellen und das Gespräch beobachten. Kommen Sie, Isidor, das geht vor. Sie können meinen Block mitnehmen."

Isidor griff nach dem Block und einem Stift. „Hoffentlich bringt uns das weiter."

Sie eilten im Laufschritt den Gang hinunter. Vor der Tür des Vernehmungsraums blieb Alexandra stehen und sah Isidor in die Augen. „Bereit?"

Er nickte.

Am Tisch saß ein verschüchterter junger Mann, der bei ihrem Eintreten sofort aufsprang, um ihnen die Hand zu reichen. Sie war schweißnass. Er nannte stotternd seinen Namen. „Rainer Braun."

Alexandra stellte sich und Isidor vor. Sie legte die Akte auf den Tisch und schlug sie auf. Yvonne hatte ein Blatt mit seinen Daten eingelegt. Rainer Braun, Hauptstraße 37, Wehr-Öflingen, Jahrgang 1995, Elektriker in Ausbildung, keine Vorstrafen. Alexandra forderte ihn betont freundlich auf, sich zu setzen. Der Junge war gerade mal so groß wie sie und schmal wie ein Handtuch. Das Breiteste an ihm waren seine abstehenden Ohren. Dazwischen befand sich ein sympathisches Gesicht mit wachen Augen.

„Herr Braun, Sie möchten eine Aussage machen. Ihre persönlichen Daten hat die Kollegin bereits aufgenommen. Jetzt erzählen Sie mal ...“

„Keine Ahnung, was Sie wissen wollen.“

„Wir wollen alles wissen, was Sie uns zu der jungen Frau sagen können, deren Bild Sie in der Zeitung gesehen haben. Wie sie heißt, woher Sie sie kennen, wann Sie sie das letzte Mal gesehen haben. Und das in aller Ruhe. Wir haben Zeit.“

Der junge Mann entspannte sich.

„Ich war am Donnerstag in einem Freiburger Studentenwohnheim. Mein Freund Max wohnt dort, er hatte Geburtstag, sonst wär ich wochentags nicht hingefahren. Die machen die besten Partys, und am Donnerstag hat man als Student ja schon Wochenende. Dort habe ich sie kennengelernt. Sie heißt Marina. Soviel ich weiß, wohnt sie auch im Studentenwohnheim. Sie ist Italienerin und macht gerade ein Auslandssemester in Freiburg. Ich bin mir nicht mehr sicher, ob sie mir erzählt hat, was sie studiert. Sie hat gesagt, dass sie aus Rom kommt, und das hat mich interessiert. Nach Rom will ich nämlich schon lange, aber es hat sich bisher nicht ergeben. Wie das halt so ist. Keine Ahnung. Wir haben uns unterhalten. Sie hat von Rom erzählt, dass ihr die vielen Touristen auf die Nerven gehen und so, und ich hab zugehört. Dann wollte sie wissen, woher ich komme. Ich hab ihr gesagt, dass ich aus der Provinz bin, das fand sie spannend. Sie wollte das Semester nutzen, um sich ganz Deutschland anzusehen, zuerst die nähere Umgebung. Als ich sagte, dass ich später noch heimfahren würde, weil ich am Freitag arbeiten muss, hat sie gefragt, ob ich sie übers Wochenende mitnehme. Sie wollte den Schwarzwald kennenlernen. Verstehen Sie? Das hat sie mich gefragt.“ Er schluckte und machte eine Pause.

Alexandra und Isidor tauschten einen Blick. Der Junge schwieg und scharrte nervös mit den Füßen. Schließlich beschloss Alexandra, nachzuhelfen. „Und was ist dann passiert?“, fragte sie.

Rainer Braun holte Luft. „Ja, was ist dann passiert? Ich habe sie mitgenommen. Auf der ganzen Fahrt haben wir gequatscht. Sie fand alles toll: die Nacht, den Vollmond. In meiner Bude haben wir noch einen Absacker genommen und dann ...“ Er blickte zu Boden.

Alexandra spürte, dass jetzt Isidors Part kam. Der schien der gleichen Meinung zu sein. „Und dann?“, hakte er nach und blickte den Jungen auffordernd an.

„Dann sind wir in die Kiste. Ich muss morgens um halb sechs aufstehen, da hatte ich nicht mehr viel Zeit, verstehen Sie? Auf einmal wurde sie sauer. Keine Ahnung. ‚Biste du nicht kooperative bei die Säx‘, hat sie gesagt. Dann ist sie unter die Dusche gegangen, hat sich angezogen, und weg war sie.“

„Wie, weg?“

„Sie wollte spazieren gehen oder so, keine Ahnung.“

Alexandra war sprachlos. „Und Sie haben sie einfach gehen lassen?“

„Was hätte ich denn machen sollen? Sie festhalten? Ich kannte sie doch gar nicht. Ich hab extra die Haustür über Nacht offen gelassen. Ich dachte mir, sie wird schon wiederkommen, wenn sie sich beruhigt hat.“

„Und? Ist sie wiedergekommen?“

„Nein, ich habe jedenfalls nichts gemerkt. Ich musste ja schlafen. Am Morgen bin ich auf die Arbeit gegangen.“

„Haben Sie sich gar keine Gedanken darüber gemacht, wo sie ist?“ Alexandra stellte insgeheim fest, dass sie froh war, keine Kinder zu haben.

„Doch, schon, aber wie gesagt, ich kannte sie ja nicht. Ich dachte mir, die ist vielleicht schon mit dem Nächsten unterwegs.“

„Einfach so?“

„Na, mit mir ist sie ja auch einfach so mitgegangen.“

„Stimmt.“ Isidor nickte. Es war nicht ihre Aufgabe, dem jungen Mann zu erklären, dass es etwas anderes war, ob ein Mädchen einvernehmlich mit ihm nach Hause ging oder ob es sich in einer fremden Gegend mitten in der Nacht bedrängt fühlte. Viel wichtiger war, endlich die Identität der jungen Frau herauszufinden. Sie konnten keine Zeit damit vergeuden, diesem Trottel irgendwas zu erklären.

Alexandra nahm das Originalfoto aus der Akte und legte es vor dem Zeugen auf den Tisch. „Das ist Marina?“

„Ja.“

„Marina und wie weiter?“

„Keine Ahnung.“

„Hatte sie denn keine persönlichen Sachen dabei, als sie mit Ihnen ging?“

„Nein, nur so eine kleine Tasche.“

„Und wo ist die?“

„Weiß ich nicht."

„Wir haben keine Tasche gefunden. Halten Sie es für möglich, dass die Tasche noch bei Ihnen in der Wohnung ist?"

„Keine Ahnung. Vielleicht ist sie unters Bett gerutscht."

Alexandra spürte ihren Ärger. *Wenn er noch einmal ‚Keine Ahnung' sagt, platzt mir der Kragen.* Sie zwang sich, ihre Stimme neutral klingen zu lassen. „Herr Braun, wir begleiten Sie jetzt in Ihre Wohnung, um das zu überprüfen. Vorher beantworten Sie aber bitte noch eine Frage: Warum melden Sie sich erst heute?"

„Weil ich erst heute das Foto gesehen habe. Ich war am Wochenende bei meinen Eltern, die haben die Zeitung."

Na, wenigstens hat er sich gemeldet, dachte Alexandra.

„Haben Sie Ihren Eltern davon erzählt?" Isidor war neugierig. Und seine Vermutung bestätigte sich.

„Deshalb bin ich ja hier", sagte Rainer Braun. „Meine Eltern haben gesagt, dass ich mich melden muss, wenn ich nicht einen Haufen Ärger haben will. Mein Chef hat mir extra heute Morgen freigegeben."

Aha, daher weht der Wind. „Gut, Herr Braun", sagte Alexandra. „Vielen Dank. Ihre Aussage wird noch protokolliert. Bitte kommen Sie morgen im Laufe des Tages vorbei, um die Abschrift zu unterschreiben. Ansonsten haben wir Ihre Daten, falls sich weitere Fragen ergeben."

„Ja", antwortete er.

Alexandra stand auf. „Dann lassen Sie uns gehen."

Doch der junge Mann blieb sitzen. Er fühlte sich offensichtlich nicht wohl in seiner Haut. Schüchtern wandte er sich an Isidor. „Was, ähm, was ist ihr denn passiert?"

„Das wissen wir noch nicht, aber so viel steht fest: Sie wurde ermordet. Und zwar in derselben Nacht, in der Sie mit ihr zusammen waren. Jetzt kommen Sie bitte mit. Wir müssen dringend die Identität der Frau klären. Wenn wir die Tasche bei Ihnen fänden, wäre das eine große Hilfe."

Mit hängendem Kopf trottete der junge Mann mit ihnen zum Wagen. Er war mit dem Bahnbus gekommen und froh darüber, dass sie ihn mitnahmen.

In seiner übel riechenden Dachwohnung lagen alle möglichen Kleidungsstücke, leere Flaschen, Chipsverpackungen und dergleichen mehr auf dem Boden herum. Möbel waren, von einem Schrank und dem Bett abgesehen, nicht vorhanden. Immerhin schien dem jungen Mann der Zustand seiner Wohnung peinlich zu sein.

„Wenn ich gewusst hätte, dass Sie kommen, hätte ich besser aufgeräumt“, murmelte er verlegen.“

Alexandra verkniff sich die Bemerkung, dass es schon eine große Erleichterung wäre, wenn er wenigstens das Fenster öffnete. Sie machte den Kaninchenkäfig in der linken Zimmerecke als Hauptquelle des Gestanks aus. Vermutlich wurde er nur sporadisch gereinigt.

Rainer Braun war ihrem Blick gefolgt und stammelte: „Das ist Lissie. Ich brauche sie zum Zaubern.“

Alexandra spürte, wie sich ihre Bronchien verkrampften. *Jetzt nicht schwächeln.* Sie lenkte ihre Aufmerksamkeit wieder auf das Chaos um sie herum und hielt Ausschau nach einer Frauenhandtasche.

Isidor erwies sich einmal mehr als diplomatisch hilfreich. Er watete mit drei großen Schritten durch den ganzen Krempel zum Dachfenster. „Das ist ein schöner Blick – darf ich?“, fragte er freundlich.

„Klar.“

Isidor öffnete das Fenster, und der Junge bückte sich, um den Boden unterm Bett abzusuchen. „Das muss sie sein.“ Er zog eine hellgraue Kipling-Tasche hervor.

Alexandra und Isidor stürzten sich darauf.

„Sie hatte also vor, zurückzukommen“, resümierte Rainer Braun.

„Es sieht zumindest danach aus“, bemerkte Isidor und konnte sich nicht verkneifen, anzufügen: „Vermutlich wollte sie warten, bis Sie schlafen.“

Der Junge antwortete nicht.

Alexandra öffnete rasch die Verschlüsse der Tasche. Sie wollte den Inhalt ausschütten, wusste jedoch nicht, wohin. Es gab in dem ganzen Raum keine freie Fläche, und vor dem ungemachten Bett ekelte sie sich. Routiniert begann sie, die einzelnen Fächer zu durchsuchen. Im Innenteil wurde sie fündig.

„Da haben wir aber Glück!“, rief sie aus und zog einen Personalausweis aus dem Futteral. „Marina Gelassi“, las sie vor. „Na also! Kommen Sie, Isidor, wir haben eine Menge Arbeit vor uns. Herr Braun, wir quittieren Ihnen die Beschlagnahmung der Tasche.“

Nachdem das erledigt war, verabschiedeten sie sich rasch. Kaum im Auto, rief Alexandra ihren Chef an. Er sollte sofort die römischen Kollegen kontaktieren.

Isidor schwieg und blickte starr vor sich auf die Straße. Alexandra wusste, was ihn bewegte. Schon wieder war ein hübsches Mädchen brutal ermordet worden. Und nicht nur das: Sie war von einem Heini abgeschleppt worden, der sich nicht die Spur eines Gedankens darüber machte, während er, Isidor, sich verzweifelt nach einer Partnerin sehnte und sich ausmalte, wie er sie auf Händen tragen würde.

„Wenigstens wissen wir jetzt, wer das Opfer ist“, sagte Alexandra in dem Versuch, mit ihm ins Gespräch zu kommen. Aber Isidor schwieg verbissen. *Ich sollte froh sein, wenn er mal nicht wie ein Huhn gackert*, dachte sie, aber wenn er eisern schwieg, war ihr unbehaglich zumute. Sie wagte einen zweiten Versuch. „Kein Wunder, dass sich nichts getan hat.“

Der Kommentar zeigte die gewünschte Wirkung.

„Klar, weil sie aus Italien kommt. Das arme Mädchen. Und sie lässt ihre Handtasche bei diesem Deppen liegen, wahrscheinlich, weil sie es aus Rom gewohnt ist, dass man beklaut wird. Dass man bei uns im Schwarzwald mir nichts, dir nichts ermordet wird, konnte sie schließlich nicht wissen.“

Offenbar fühlte Isidor sich auch in seinem Heimatstolz verletzt.

„Nun machen Sie mal einen Punkt“, sagte Alexandra. „Man wird im Schwarzwald nicht mehr oder weniger schnell ermordet als irgendwo anders.“

„Ach was, Chefin. Schauen Sie sich doch die letzten Monate an: Gitano liegt tot auf dem Grillplatz, Kim ist wie vom Erdboden verschluckt, und das italienische Mädchen ... Statt fröhlich zu studieren und den Schwarzwald zu erkunden, liegt sie jetzt im Keller von diesem Frankenstein, der noch dazu selbst verdächtig ist.“

„Stimmt, Isidor. Gut, dass Sie mich daran erinnern. Sobald wir im Präsidium sind und die Tasche abgegeben haben, gehen wir in den Keller. Ich habe das Gefühl, wir sind gerade in der richtigen Stimmung dazu.“

„Gut möglich“, entgegnete er eisig.

Im Keller erfuhren sie von Dr. Helmers Assistenten, dass der Gerichtsmediziner auf einem Lehrgang war. Alexandra ließ sich nichts anmerken. „Dann muss es eben bis morgen warten“, sagte sie freundlich.

„Mist“, fluchte Isidor draußen auf dem Flur.

Sitzung 10

Die Weichen sind gestellt. Ab sofort läuft, was ich will. Bevor ich mich weiter mit meinem Innenleben befasse, möchte ich nicht versäumen, mich für die Präzision zu loben, mit der ich meine Pläne umgesetzt habe. Geradezu generalstabsmäßig habe ich das geplant und durchgezogen. Diese Schnepfe von Kommissarin war perplex. Fährt auf, als hätte ich sie am Faden gezogen, und gibt ihre privaten Daten raus, bevor ich überhaupt danach gefragt habe. Besonders auf die Telefonnummer war ich scharf. Das wird ein Spaß, wenn sie künftig ihre schönen Träume für mich unterbrechen muss. Sie hat garantiert nichts gemerkt.

Ich habe natürlich unverzüglich gehandelt. In ihrem Haus war keiner. Sie haben offenbar eine Katze, das Futter stand in der Küche, aber das Vieh hat sich nicht blicken lassen. Das brachte mich auf eine Idee. Ich hatte gerade ein verwahrlostes Exemplar dieser Gattung in die Mülltonne geworfen, nachdem meine Hunde ihren Spaß damit gehabt hatten. Das könnte ich doch als Gastgeschenk mitbringen. Ich wollte sowieso noch mal zurück und ein paar Sachen von zu Hause holen, um sie bei der Schlampe zu installieren. Je länger ich vor Ort war, desto mehr Ideen kamen mir, wie ich einerseits Kontrolle über die Vorgänge im Haus bekommen und sie andererseits auf Trab halten konnte.

Jetzt konnte ich mir so viel Zeit nehmen, wie ich wollte. Der Herr des Hauses scheint verreist zu sein, jedenfalls war seine Zahnbürste nicht im Bad. Zunächst sah ich mich um. Nicht schlecht, wie sie sich eingerichtet hatten, sogar mit Geschmack. Fast der ganze Keller ist ein Pflanzenlager. Hauptsächlich sind es Zwiebeln, nummeriert und ordentlich sortiert. Damit kann ich bestimmt noch was anfangen. Aber ich lasse mir Zeit. Eins nach dem anderen. Nach dem Einbau von ein paar kleinen Geräten habe ich jetzt unbegrenzten Einblick vor Ort. Ich habe mich lange nicht so zufrieden gefühlt wie dieser Tage. Es geht doch nichts darüber, die Strippen in Händen zu halten und nach Belieben daran zu ziehen. Außer bei Mutter. Mutter …

Ich wünschte, sie wäre mir egal, aber es gelingt mir nicht. Wie könnte es auch? Als ich ihr sagte, dass ich mich in nächster Zeit nicht so häufig bei ihr sehen lassen könne, war es wie immer. Sie saß mir mit ausdrucksloser Miene gegenüber, wie versteinert. Obwohl ich ihr vorgelogen hatte, es handele sich um ein phänomenales Projekt, das ich betreuen sollte, stellte sie keine einzige Frage. Deutlicher kann sie mich nicht spüren lassen, dass ich ihr scheißegal bin. In ihrem Gesicht, das wie aus Plastik gegossen scheint, konnte ich lediglich Unmut darüber erkennen, dass ich meine Pflicht nicht zu erfüllen gedachte. Was sie mir ein ums andere Mal unmissverständlich klarmacht, ist, dass meine Existenz alleine dazu dient, für sie da zu sein. Sie benötigt dazu keine Worte. Auf unheimliche Art gelingt es ihr, mich das wissen zu lassen. Dazu braucht sie nicht einmal die Stirn in Falten legen. Das wäre bei ihr ohnehin nicht möglich. Sagte ich das bereits? Diese Frau hat keine Falten. Ihre Haut ist so straff über die Knochen gespannt, da nimmt jede Falte von vornherein Reißaus. Wie macht sie das? Sie sieht aus wie eine Mumie. Als wäre sie nicht von dieser Welt. Was für ein krasser Gegensatz zu meinem Vater.

Vater ist vor Jahren gestorben. Er war anfällig und bereit für alles, was das Leben bietet. Zum Schluss auch für den Krebs. Wo sie sich zierte und sträubte, war er Feuer und Flamme. Fressen, Saufen, Huren, er tat sich keinen Zwang an. Sie ist so verklemmt, dass kein Blatt zwischen ihre Arschbacken passt, er hat alles gefickt, was nicht bei drei auf dem Baum war. Sie wurde beschwipst, wenn sie eine Flasche nur ansah, er kam erst richtig in Fahrt, wenn er eine halbe Pulle Schnaps intus hatte. Sie löffelte dünne Kartoffelsuppe, während er sich Schweinshaxen reindrückte. Sie war erschöpft vom fünfminütigen Kirchgang, er wurde erst munter, nachdem er den Schauinsland hochgeradelt war. Ihr wurde schlecht, wenn es unangenehm roch, er stank wie ein Bock. Sie hat Haut wie Pergament, er hatte eine Visage aus gegerbtem Leder. Man kann sich wirklich kaum größere Gegensätze zwischen zwei Menschen vorstellen, und doch wird mir klar, dass es nicht darum geht. Ich glaube, es geht um etwas Psychisches, etwas, das ich nicht durchschaue. Mir kommt es vor, als hätten beide, jeweils auf ihre Art, nicht die Möglichkeit gehabt, wie normale Menschen zu leben. Sie haben ihre Extravaganzen ausgelebt, auf Teufel komm raus und auf meine Kosten. Ich wurde zwischen ihren Welten hin- und hergeworfen wie ein Pingpongball. Wenn ich mich nach einer Seite orientierte, bekam ich von der anderen den Rost runtergemacht und umgekehrt. Ich wünschte, sie hätten mich in Ruhe gelassen ...

Die Stunde ist noch nicht vorbei, aber ich habe keine Lust mehr. Ich kümmere mich lieber darum, dass Leben ins Haus kommt und ich Spaß habe. Die Kommissarin werde ich damit nicht behelligen, die hat andere

Sorgen. Und wird hoffentlich mit der Überraschung beschäftigt sein, die ich ihr hinterlassen habe. Zu viel Polizei und Presserummel sollte in der Gegend nicht aufkommen, sonst wird es zu anstrengend, der Schlampe weitere Besuche abzustatten. Ich bin noch lange nicht fertig mit ihr. Mein „Personal" suche ich mir zur Abwechslung auf der anderen Rheinseite.

Ermittlungen

Im Flur des Kommissariats wartete Frau Cho, bewaffnet mit Hund und Tüte. Sie saß in sich versunken auf einem der Besucherstühle und hatte sie noch nicht kommen sehen. Alexandra, die gehofft hatte, ihre Ansprache neulich hätte gewirkt, rollte mit den Augen. „Das nenne ich hartnäckig", raunte sie Isidor zu.

„Allerdings", entgegnete er und bog zur Toilette ab.

„Guten Tag, Frau Cho", sagte Alexandra knapp und wollte eigentlich an ihr vorbeigehen, doch sie brachte es nicht fertig, als sie sah, wie schlecht es der Frau ging. Frau Cho war aufgesprungen und hielt ihr die Zeitung mit Marinas Foto vors Gesicht.

„Was ist mit dem Mädchen passiert? Ist sie auch verschwunden?"

„Frau Cho, ich kann Ihnen keine Auskunft über unsere Ermittlungen geben, soweit sie nicht Kim betreffen. Bitte haben Sie Verständnis dafür."

„Und Kim?"

„Wir suchen nach ihr."

„Danke", flüsterte sie und stellte die Tüte ab. Sogar der Hund war still. Alexandra hatte große Lust, sich Helmer sofort vorzuknöpfen.

„Frau Cho, ich verspreche Ihnen, dass wir uns sofort melden, wenn sich etwas Neues ergibt." Sie blickte auf Marinas Kipling-Tasche, die sie bei sich trug. „Bitte entschuldigen Sie mich, ich muss jetzt dringend weitermachen."

„Ja, Sie weitermachen", sagte die kleine Frau und schlurfte den Gang hinunter. Alexandra hob die Tüte auf und ging ins Büro. Sie legte Marinas Tasche auf Yvonnes Tisch und bat sie, sich darum zu kümmern. Roland Tröndle war am Computer beschäftigt und beobachtete, wie Alexandra die Tüte in den Mülleimer stellte.

„Wenn Isidor kommt, schicken Sie ihn bitte in mein Büro", wies sie die Kollegen an, bevor sie hinausging. *Es ist keine große Sache, jemanden nach seinem Alibi zu fragen*, versuchte sie sich gerade einzureden, als Isidor anklopfte. Sie bat ihn herein. „Bringen wir es hinter uns", sagte sie.

Schweigend warteten sie auf den Lift. Als sich die Fahrstuhltüren öffneten und ihr der typische Geruch entgegenschlug, kamen ihr die Bilder vom vergangenen Freitag in den Sinn. *Wenn Isidor wüsste, was ich beobachtet habe ...* Müsste ich es ihm nicht erzählen? Nein, erst mal sehen, wie Helmer reagiert, entschied sie.

Diesmal war die Tür zum Sezierraum geschlossen. Sie klopfte an. Ein kräftiges „Herein!", das eindeutig Dr. Helmer zuzuordnen war, war die Antwort.

Der Gerichtsmediziner deckte gerade zusammen mit seinem Assistenten ein Tuch über eine Leiche und streifte sich dann die Handschuhe ab. Er schien richtiggehend erfreut über ihren Anblick. „Frau Kommissarin, welch seltener Besuch. Was verschafft mir die Ehre?"

„Herr Dr. Helmer, wir haben ein paar Fragen an Sie", antwortete Alexandra. „Wenn es Ihre Zeit erlaubt", fügte sie hinzu. Sie hatte sich vorgenommen, so höflich wie möglich zu sein, um ihn, falls sie sich irrte, nicht gegen sich aufzubringen.

„Wir haben gerade eine Obduktion für die Klinik beendet und machen jetzt Mittagspause. Wenn Sie wollen, können wir in mein Besprechungszimmer gehen, da ist es gemütlicher", sagte er mit einem eigentümlichen Grinsen, über dessen Bedeutung sich Alexandra nicht im Klaren war. *Hat er mich am Freitag gesehen? Unsinn, wie sollte er?* Sie rief sich zur Ordnung. Isidor nahm ihr die Antwort ab. „Gerne. Nach Ihnen."

Dr. Helmer entledigte sich seiner scheußlichen Kunststoffschürze. Sein Assistent Bernhard Böhler rollte unterdessen den Metalltisch mit der zugedeckten Leiche, von der nur noch blasse Füße zu sehen waren, in den Kühlraum.

Böhler hatte bereits unter Dr. Helmers Vorgänger assistiert, wobei sich mit dessen zunehmendem Alkoholkonsum die Verhältnisse nahezu umgekehrt hatten, sodass Böhler meist das Skalpell hatte führen müssen. Es gab Verwechslungen, schlampig abgefasste Berichte, und es dauerte immer länger, bis die Ergebnisse der angeforderten Analysen vorlagen. Irgendwann war die Konstellation nicht mehr tragbar gewesen, und Heinrich König hatte die Konsequenzen gezogen.

Alexandra betrachtete aufmerksam den Zettel, mit dem die Leiche gekennzeichnet war. Er hing an einer ziemlich alten Zehe, wie sie erleichtert feststellte. *Traurig, wenn man so endet,* dachte sie.

Sie betraten das Besprechungszimmer. Dr. Helmer zeigte auf die beiden Stühle. „Bitte, nehmen Sie Platz."

Alexandra und Isidor setzten sich. Dr. Helmer blieb stehen, lässig gegen seinen Schreibtisch gelehnt. „Also, womit kann ich dienen?"

Alexandra fühlte sich nicht wohl in ihrer Haut, aber es gab keine andere Möglichkeit, das Problem aus der Welt zu schaffen. Sie hoffte, er würde es ihnen nicht allzu schwer machen.

„Herr Dr. Helmer", begann sie, „unsere Ermittlungen sind an einem Punkt …", sie verbesserte sich, „… haben ergeben, dass …". Nein, so ging das nicht. Sie räusperte sich. „Im Rahmen unserer Ermittlungen sind Fragen aufgetaucht, die nur Sie uns beantworten können."

„Nur zu, Frau Kommissarin, ich dachte zwar, in meinen Berichten wären die relevanten Punkte klar benannt, aber bitte: Stellen Sie mir Ihre Fragen."

Alexandra war froh um diesen Aufschub. Sie beschloss, zunächst ihre Fragen zu stellen, bevor sie Helmer konfrontierte. Wenn er sich nicht kollegial verhielt, wären wenigstens diese Punkte geklärt.

„Da ist die Sache mit den Würgemalen. Ich wollte Sie fragen, wie Sie davon auf die Größe des Täters schließen. Mir ist das aufgrund der Fotos nicht möglich."

„Dazu müssten Sie in meinem Fachgebiet firm sein. Schauen Sie", er trat auf sie zu, „wenn ich meine Hände um Ihren Hals lege", zu Alexandras Entsetzen tat er genau das, „fühlen Sie die Spitzen meiner Finger deutlicher als den Rest. Das heißt, hier wird größerer Druck ausgeübt. Und genau diese Stellen sind am Gewebe später deutlicher ausgeprägt. Die Abstände werden gemessen, und daraus ergibt sich ein Bild der Hände und eben auch die dazu in Relation stehende Größe des Täters, verstehen Sie?"

Alexandra nickte, und Dr. Helmer fuhr fort: „Gerne kann ich Ihnen das an den Leichen zeigen. Zugegebenermaßen ist so etwas für den Laien nicht offensichtlich, aber dafür hat man schließlich sein Handwerk gelernt."

„Danke, das verstehe ich jetzt. Die Leichen zu begutachten wollen wir uns vorbehalten. Sie sind ja noch nicht zur Bestattung freigegeben."

„Stimmt. War es das?" Er streckte die Hand nach seiner Jacke aus.

„Nein, ich habe auch noch Fragen zu der Leiche, die wir im Maisfeld gefunden haben. Sie haben im Obduktionsbericht angegeben, sie hätte vor ihrem Tod keinen Geschlechtsverkehr gehabt. Ich wüsste gerne, ob sie überhaupt schon Geschlechtsverkehr hatte und ob sie eventuell schwanger war."

„Frau Kommissarin. Ich hätte es auf jeden Fall vermerkt, wenn sie Jungfrau gewesen wäre oder ich eine Schwangerschaft festgestellt hätte." Er blickte sie an, als überrasche es ihn, dass sie das nicht aus dem Bericht geschlossen hatte.

Alexandra bemühte sich, seinen hochmütigen Blick zu ignorieren. „Vielen Dank. Und da ist noch eine Sache, die uns beschäftigt."

Er sah sie gelangweilt an.

Sie räusperte sich. „Ich hoffe, Sie verstehen das nicht falsch, aber wenn wir davon ausgehen, dass der Täter groß und kräftig ist, dazu Linkshänder, und dass er möglicherweise einen Schutzanzug trug, wie auch wir ihn verwenden, dann führt uns das zu der Frage, wo Sie sich an den fraglichen Abenden, also am 10.4., am 14.5. und am 1.6. aufgehalten haben." *So, jetzt ist es gesagt.*

Dr. Helmer richtete sich zu seiner vollen Größe auf. „Soll das etwa heißen, dass Sie mich verdächtigen?", zischte er gefährlich leise.

Alexandra hatte es geahnt: Er würde es ihnen nicht leicht machen. „Das soll heißen, dass wir Sie nach Ihrem Alibi für die genannten Zeiten fragen", präzisierte sie.

Dr. Helmer starrte sie mit stechendem Blick an. „Das ist ja wohl die Höhe! Weil Sie mit Ihren Ermittlungen im Dunkeln tappen, soll ich den Sündenbock abgeben? Sind Sie von allen guten Geistern verlassen?"

Isidor schaltete sich ein und machte den Versuch, die Situation mit Humor zu retten. „Herr Dr. Helmer, wir fragen Sie doch nur nach Ihrem, Sie wissen schon, etymologisch gesehen, *Aufenthalt*, möglichst an einem anderen Ort, zu den entsprechenden Zeiten."

„Ich weiß um die Herkunft des Wortes", erwiderte der Mediziner und hob eine Braue, wie um seine Geringschätzung zum Ausdruck zu bringen. Dann atmete er deutlich hörbar ein und ergänzte: „Dennoch ist Ihr Auftreten hier eine Unverschämtheit, über deren Tragweite Sie sich wohl nicht bewusst sind." Er verschränkte die Arme vor der Brust. Seine Stimme hatte sich nicht verändert, aber man sah deutlich, dass die Adern an seinen Schläfen hervortraten.

Alexandra stand auf. „Herr Dr. Helmer, ich hatte auf Ihr Verständnis gehofft – und darauf, dass Sie es zu schätzen wissen, dass wir Sie offen mit unseren Überlegungen konfrontieren. Sie müssen zugeben, dass die genannten Merkmale auf Sie zutreffen."

„Doch, gewiss, das muss ich zugeben." Er verzog seine schmalen Lippen zu einem spöttischen Grinsen. „Allerdings ist das reichlich dünn, was Sie da bieten. Soll ich Ihnen die Statistik liefern, für wie viele andere Menschen diese Merkmale gleichfalls gelten?"

„Nein, danke. Aber es wäre hilfreich, wenn Sie jetzt die Frage beantworten", entgegnete Alexandra harsch.

„Gute Frau, meinen Sie nicht, mit nur ein wenig Recherche hätten Sie sich und mir diese Peinlichkeit ersparen können?"

Alexandra hielt seinem Blick stand und schwieg. *Peinlichkeit ... dieser Fatzke! Dass ich nicht lache. Da könnte ich ihn noch an ganz andere Peinlichkeiten erinnern.* Letztlich gab ihr dieses Wissen Halt.

Der Gerichtsmediziner trat ganz dicht vor sie hin und beugte sich so weit zu ihr hinunter, dass seine Augen fast auf einer Linie mit den ihren waren. Sie hatte den dringenden Wunsch, vor ihm zurückzuweichen. Seine Nähe verursachte ihr starkes Unbehagen, außerdem ging ein übler Geruch von ihm aus, der, je näher er kam, umso schlimmer wurde. Doch sie beherrschte sich eisern, obwohl es ihr gegen den Strich ging, dass Helmer seine körperliche Überlegenheit voll auskostete. Er zischte gehässig: „Es scheint Ihrem kriminologischen Scharfsinn entgangen zu sein, dass ich an zweien der drei von Ihnen genannten Tage unvermittelt aus einem Kongress geholt wurde. Und was das dritte Datum betrifft: Da hatten wir das Haus voller Gäste, hauptsächlich Kollegen aus der Klinik. Wenn Sie sich bei meiner Frau unbeliebt machen wollen, nur zu, fragen Sie sie nach meinem Alibi. Auch die Klinikleitung wird es Ihnen bestätigen. Dort wird meine Arbeit offensichtlich geschätzt."

Alexandra ging nicht auf diese Provokation ein. Sie hatte nicht gewusst, dass er verheiratet war. „Vielen Dank, Herr Dr. Helmer. Wir werden das überprüfen", entgegnete sie sachlich.

Einen Moment lang wusste sie nicht, ob sie nun froh oder enttäuscht sein sollte. Bezüglich der Todeszeitpunkte und der Möglichkeiten, sie zu manipulieren, wollte sie sich lieber nicht auf schwieriges Terrain begeben. Sie hatte sich die Abläufe einer Obduktion nochmals vor Augen geführt und war zu dem Schluss gekommen, dass falsche Angaben darüber auch für den leitenden Gerichtsmediziner kaum möglich waren, weil die Vorschriften verlangten, dass immer ein Assistent dabei war. Diese Steilvorlage wollte sie Helmer nicht liefern. „Und *Ihrem* Scharfsinn ist unterdessen entgangen, dass wir es vorgezogen haben, ein offenes Gespräch mit Ihnen zu führen, weil es uns abwegig schien, einem Kollegen hinterrücks nachzuspionieren", sagte sie stattdessen.

„Unsere Ansichten darüber, was abwegig ist, gehen offensichtlich weit auseinander. Ich meine, Sie sollten Ihre Arbeit gründlich machen, und ich mache die meine. Guten Tag."

Alexandra verzichtete darauf, diesen Gruß zu erwidern.

„Ihnen auch einen guten Tag", sagte Isidor in dem Versuch, sich gelassen zu geben. Lächelnd wandte er sich ab und öffnete seiner Chefin die Tür. Sie liefen dicht nebeneinander den kühlen Gang hinunter. Zu beider Erleichterung kam der Lift fast sofort. Als sich dessen Türen geschlossen hatten, lehnte sich Isidor gegen die Wand und atmete hörbar aus. „Mein lieber Scholli, das war heftig. Chapeau, Chefin, Sie haben sich gut gehalten, aber mit seinem Wohlwollen brauchen wir in nächster Zeit wohl nicht zu rechnen."

„Das glaube ich auch. Es wird uns aber nicht daran hindern, seine Angaben zu überprüfen. Wir machen unsere Arbeit und er seine – hat er schließlich selbst gesagt." Alexandra war verärgert. Ihr Eindruck, es bei Dr. Helmer mit einer höchst unangenehmen Persönlichkeit zu tun zu haben, hatte sich bestätigt. *Wenn der Idiot wüsste, dass ich ihn beobachtet habe, hätte er sich vielleicht nicht so aufgeblasen.* Sie war so sauer, dass sie Isidor beinahe erzählt hätte, was sie im Keller gesehen hatte. Doch sie kam nicht dazu, weil Heinrich König schon auf sie wartete.

Man hatte die Eltern von Marina Gelassi ausfindig gemacht. Die römischen Kollegen hatten ihnen die Todesnachricht überbracht. Nun befanden sie sich auf dem Weg nach Deutschland. Sie würden mit einer Easy-Jet-Maschine am frühen Abend in Basel landen, und König bestand darauf, dass sie die Identifizierung unverzüglich vornahmen. „Wir können die armen Leute nicht noch die ganze Nacht in Hoffen und Bangen verbringen lassen."

Alexandra und Isidor wussten, das bedeutete noch mehr Überstunden – die sich ohnehin schon auftürmten. *Gut, dass Hermann nicht da ist, wenn ich schon wieder erst im Dunkeln nach Hause komme,* dachte Alexandra. „Jawohl, Chef, wir kümmern uns darum", antwortete sie.

Als König in sein Büro zurückgekehrt war, sagte sie zu Isidor, dass es genüge, wenn einer von ihnen bliebe. Sie könne das übernehmen, weil Hermann ohnehin nicht da sei. Doch Isidor winkte ab. „Nee, Chefin, lassen Sie mal. Am Ende sind Sie womöglich mit Helmer allein im Keller."

Sie grinste. „Isidor, Sie sind ein echter Freund."

„Das hätte ich Ihnen auch ohne den Auftritt von eben nicht angetan. Ich schreibe ihm gleich eine Mail, damit er weiß, dass die Eltern der jungen Frau kommen."

„Gut. Dann mache ich mich an die Überprüfung seiner Angaben zum Alibi. Wenn Sie bitte den Bericht zur Tasche des Mädchens erledigen würden? Gut, dass König uns nicht gefragt hat, was wir gerade machen."

Isidor zwinkerte ihr zu und biss in eine Karotte. Offensichtlich brauchte er Nervennahrung. „Ja, da haben wir Glück gehabt. Das würde ihn noch mehr unter Stress setzen."

„Ich höre ihn schon die nächsten Schlagzeilen vorhersagen: ‚Kripo ermittelt inzwischen in den eigenen Reihen' ... Um Gottes willen!"

Sie ging in ihr Büro und schloss die Tür. Als Erstes würde sie Hermann eine WhatsApp-Nachricht schreiben. Er wusste, dass sie Dr. Helmer heute befragen wollten, und machte sich sicher Gedanken. Sie beeilte sich zu schreiben, dass sie es hinter sich hatten und jetzt seine Angaben diskret überprüfen würden. Sie fügte hinzu, dass es an diesem Abend sicher spät werden würde, weshalb sie ihr Telefonat besser auf den nächsten Abend verschöben. Als Nächstes machte sie sich daran, Helmers Alibis nachzugehen. In Anbetracht der Umstände hielt sie es für angemessen, keine Kollegen hinzuziehen.

Was für einen Kongress hatte er gemeint? Viele Möglichkeiten konnte es da nicht geben. Sie startete ihren Computer, gab „Kongress Gerichtsmedizin" in die Suchmaschine ein, und voilà: sämtliche Veranstaltungen wurden angezeigt. Einmal mehr schätzte sie die Recherchemöglichkeiten, die sich heute mithilfe des Internets boten. Das war zu ihrer Ausbildungszeit noch nicht vorstellbar gewesen. Nach kurzer Zeit wurde sie im Interdisziplinären Fachforum für Rechtsmedizin fündig. Dr. Helmer war dort als Referent vermerkt. Sie checkte die Daten. Der Kongress hatte in Bremen stattgefunden. Laut Programm hatte Helmer dort am 9. April um 16 Uhr seinen Vortrag gehalten. Das hieß, dass er theoretisch schon in der Nacht wieder zurück gewesen sein konnte. Sie musste in Erfahrung bringen, was er danach gemacht hatte – vorausgesetzt, er war überhaupt dort gewesen, wovon sie allerdings ausging. Sie machte sich eine entsprechende Notiz zum Todeszeitpunkt im Fall Gitano. Auch am 1. Juni fand sie Dr. Helmer im Referentenverzeichnis einer Tagung. Die Veranstaltung hatte in Stuttgart stattgefunden. Der Herr Doktor schien gefragt zu sein. Sie lehnte sich in ihrem Stuhl zurück und rieb sich den Nacken. Eine kleine Pause würde ihr guttun.

Danach konnte sie mit neuer Energie an die Details gehen, denn jetzt waren Geschick und Diplomatie gefragt.

Sie fragte Isidor nicht, ob er sie begleiten wolle. Sie wollte in aller Ruhe darüber nachdenken, wie sie am besten vorgehen würde. Im Café gegenüber bestellte sie sich ein Brötchen und mit Blick auf den voraussichtlich noch langen Tag zwei Tassen Kaffee. So gestärkt, begab sie sich zurück an ihren Schreibtisch. Konsequent arbeitete sie ihre Liste ab und scheute auch nicht davor zurück, sich – unter anderem – als Mitarbeiterin der Spesenabrechnungsstelle auszugeben.

Kurz vor halb fünf stand für Alexandra fest, dass Helmer nicht ihr Mann war. Frustriert schlug sie mit der flachen Hand auf den Tisch. *Verdammt, alles umsonst. Und dieser Heini wird uns das ewig nachtragen. Super für das Arbeitsklima ...*

Es klopfte. Isidor hatte seine Neugier nicht länger bezwingen können. Eigentlich brauchte sie ihm nicht zu sagen, was sie herausbekommen hatte, er sah es an ihrer Miene und den verzagt hängenden Schultern.

„Der Herr Kollege hat nachweislich Vorträge gehalten und dann mit den Teilnehmern gefachsimpelt, jeweils bis spät in die Nacht“, seufzte Alexandra.

„Chefin, das ist doch super“, versuchte Isidor sie aufzumuntern. „Stellen Sie sich vor, es wäre wirklich unser Gerichtsmediziner ... König wäre ausgeflippt – gerade jetzt, wo wir froh sind, dass es im Keller wieder läuft.“

„Isidor, Sie haben ja recht. Aber es war unsere einzige Spur. Und die hat sich definitiv erledigt. Wir stehen wieder bei null.“ Alexandra zeigte auf die an die Wand gepinnten Fotos, die sie zunehmend als Anklage empfand. Dazu kamen die täglichen Besuche von Frau Cho und Königs Nervosität, die kaum noch steigerungsfähig war. Er befürchtete, die Presse nicht länger im Griff halten zu können. Verzweifelt versuchte er bei jedem Meeting, irgendetwas Interessantes aus ihnen herauszuquetschen, was er den Presseleuten hinschmeißen konnte wie einen Knochen. Wenn die Berichterstattung kippte, dann würden sie ab sofort in der Kritik und unter strenger Beobachtung der gesamten Öffentlichkeit stehen und sich nicht den geringsten Fehler mehr leisten können.

„Kommen Sie, Chefin, wir machen eine Pause. Sie werden sehen, nach ein paar Runden an der frischen Luft ist man wieder anders aufgestellt. Wenn wir nachher mit den Gelassis in den Keller gehen, lassen wir den großkotzigen Leichenfledderer dort unten gleich wissen, dass wir unsere Arbeit unter Kontrolle haben, und dann geht es weiter. Wir haben doch gesagt, dass wir den Kerl kriegen."

„Ach, Isidor, was würde ich ohne Sie machen?" Sie hatte zu ihrem Humor zurückgefunden. Allerdings nicht für lange.

Der Flug, mit dem das Ehepaar Gelassi in Basel landen sollte, hatte Verspätung. Alexandra und Isidor warteten angespannt. Dr. Helmer hatte sie per Mail wissen lassen, dass der Leichnam des Mädchens zur Identifizierung bereit sei, er aber dringend seinen Feierabend brauche. Bernhard Böhler würde auf sie warten. Als ein Taxi auf dem Parkplatz vor dem Kommissariat hielt, wusste Alexandra, dass es so weit war. Sie straffte die Schultern und ging ins Gemeinschaftsbüro hinüber, um Isidor Bescheid zu sagen.

Gemeinsam begrüßten sie das ältere Paar. Es war ein Trauerspiel. Die Mutter, eine füllige Frau mit altmodischer Frisur, bebte vor Angst. Sie war ganz in Schwarz gekleidet. Mit flackerndem Blick starrte sie Alexandra an, als müsste die ihr sagen, dass dies alles nur ein furchtbarer Irrtum sei. Der Vater hielt sich mühsam aufrecht und versuchte seine Frau zu beruhigen, indem er beschwörend auf sie einsprach. Alexandra fiel ein, dass sie nicht daran gedacht hatten, wie sie sich mit den Eltern des Mädchens verständigen sollten. Es stellte sich heraus, dass sie weder Deutsch noch Englisch sprachen. Herr Gelassi hatte früher einmal ein Jahr in Deutschland verbracht, aber das war zu lange her. Alexandras Italienisch war so gut wie nicht vorhanden, und Isidor erklärte sich höchstens zu einer erweiterten Zeichensprache imstande. *Auch das noch. Aber um ihre Tochter zu erkennen, brauchen sie die Sprache nicht zu sprechen.* Alexandra nickte Isidor zu. „Gehen wir."

Vor der Tür des Raums, der üblicherweise für Identifizierungen durch Angehörige genutzt wurde, zögerte Alexandra und schaute Herrn Gelassi fragend an. Er verstand sofort, was sie meinte, und schüttelte den Kopf. Seine Frau würde mit hineingehen.

Alexandra klopfte an. Böhler öffnete und bedeutete ihnen, einzutreten. Mit einem Schwall von italienischen Worten begrüßte er das verängstigte Paar.

Alexandra staunte. „Sie sprechen Italienisch?"

„Ja, das ist mein Hobby."

„Sagenhaft – das fügt sich gut. Wir haben nämlich nicht daran gedacht, dass wir einen Dolmetscher benötigen könnten."

„Das ist nicht nötig", bestätigte der Assistent und fragte die Gelassis, ob sie bereit wären, die sterblichen Überreste der Ermordeten zu sehen. Sie nickten. Er ging ihnen voraus bis zu einem Wandschirm. Dahinter befand sich ein metallenes Gestell mit Plexiglasaufsatz. Die Haube war mit einem Laken abgedeckt. Der Assistent schlug das Laken so zurück, dass nur der Kopf der toten jungen Frau sichtbar war, was den leidgeprüften Angehörigen den Anblick der Würgemale und der Spuren der Obduktion ersparte. Böhler schob den Stuhl, der an der Wand stand, näher an Frau Gelassi heran, der mit einem Schlag alle Farbe aus dem Gesicht gewichen war. Ächzend ließ sie sich darauf nieder. Marinas Vater liefen Tränen über die Wangen.

Alexandra wandte sich an den Assistenten. „Herr Böhler, bitte, Sie wissen, es ist der Form halber, aber fragen Sie die Leute, ob das ihre Tochter ist."

Der Assistent übersetzte die Frage in perfektes Italienisch. Der Vater antwortete mit einem tonlosen „Si" und wandte sich ab. Alexandra konnte sich dem Schmerz der Eltern kaum entziehen. Sie spürte einen Kloß im Hals. Dann stellte Herr Gelassi dem Assistenten mit heiserer Stimme eine Frage. Böhler dolmetschte. Marinas Vater wollte wissen, was mit seiner Tochter passiert war. Alexandra bat, ihm mitzuteilen, dass sie erwürgt worden war. Der Mann schlug die Hände vor das Gesicht und schluchzte. „Perché, perché?"

Isidor bat den Kollegen, den beiden auszurichten, dass sie am nächsten Morgen ins Kommissariat kommen sollten, um das Protokoll zu unterschreiben, und ihnen zu sagen, dass sie dort Näheres erfahren würden. Er bot an, einen Seelsorger zu verständigen, der sie in ihre Unterkunft begleiten würde. Aber die Gelassis hatten sich weder um eine Unterkunft gekümmert, noch waren sie bereit, den Leichnam ihrer Tochter zu verlassen. Alle Versuche Böhlers, die Frau zum Aufstehen zu bewegen, scheiterten. Sie blieb sitzen, starrte auf den Leichnam ihrer Tochter und schwieg.

„Was machen wir jetzt?" Isidor wusste sich keinen Rat. Bernhard Böhler bot an, die Nacht zusammen mit den Eltern in der Gerichtsmedizin zu verbringen. Alexandra überlegte. Sie konnte sich lebhaft vorstellen, wie Dr. Helmer darauf reagieren würde, außerdem war es gegen alle Vorschriften. Die Leiche musste zurück ins Kühle. Sollte sie den Notarzt rufen oder die uniformierten Kollegen? Sie bat Bernhard Böhler, dem Vater des Mädchens noch einmal zu sagen, dass sie nicht hierbleiben durften, und wies ihn an, die Tote anschließend hinauszufahren. Aber sie hatte nicht mit der Entschlossenheit einer italienischen

Mama gerechnet. Als Frau Gelassi merkte, dass Böhler die Bremsen an der Bahre löste, stand sie auf. Sie würde der Bahre folgen, und sei es bis ans Ende der Welt.

Alexandra sah keine andere Lösung. „Isidor, rufen Sie einen Notarzt und zwei Kollegen von der Bereitschaft."

Falls Isidor überrascht war, zeigte er es nicht. Mit einem kurzen Nicken ging er hinaus, um zu telefonieren. Als er zurückkam, nahm er Alexandra zur Seite und sagte: „Ich habe auch den Pfarrer von Maria Hilf angerufen, er kommt gleich."

Alexandra musterte ihren Assistenten. „Den Pfarrer?"

„Genau. Das sind erzkatholische Leute, diese Italiener. Das ist im Hotzenwald auch nicht anders. Man stirbt nicht ohne die letzte Ölung. Sie werden sehen, das wird der Frau helfen."

Der Pfarrer traf noch vor dem Arzt ein. Er überblickte die Situation und segnete die Tote. Danach begann er leise zu beten. Frau Gelassi entspannte sich. Als der Arzt eintraf, überredete der Pfarrer sie mithilfe ihres Mannes, ein Beruhigungsmittel einzunehmen. Bald darauf war sie bereit, die Gerichtsmedizin zu verlassen.

Bernhard Böhler hatte sich angeboten, mit dem Paar in den nächsten Landgasthof zu fahren. Alexandra war ihm dankbar.

Als sie endlich neben Isidor im Wagen saß, gab sie dem brennenden Wunsch nach, die Augen zu schließen. Es war kurz nach 22 Uhr, als sie hochschreckte. Isidor hielt vor ihrem Haus.

„Gute Nacht, Chefin. Ich hole Sie morgen um halb acht ab."

Sie erwiderte den Gruß und stieg aus. Mechanisch griff sie nach ihrem Schlüssel und schloss die Eingangstür auf.

Augenblicklich war sie wieder hellwach. Es roch irgendwie merkwürdig – ein Geruch, den sie nicht einordnen konnte. Angespannt betätigte sie den Lichtschalter. Der cremefarbene Teppich im Flur war voller Flecken. Alexandra dachte sofort an Whisky. War ihm etwas zugestoßen? Hatte er einen Unfall gehabt? Sie rief nach ihm, aber er ließ sich nicht blicken. Einem Impuls folgend, beugte sie sich hinunter, um unter den Garderobenschrank zu schauen. Erschrocken wich sie zurück. Eine vollkommen verwahrloste und verschmutzte Katze saß darunter. Sie hatte sich dicht gegen die Wand gedrängt und fauchte sie böse an.

„Du meine Güte, wer bist du denn, und wie kommst du hier herein?", sprach sie das verängstigte Tier an. Das wurde mit weiterem Fauchen beantwortet. Alexandra wagte nicht, an dem Schrank vorbeizugehen, um in ihr Wohnzimmer zu gelangen. Sie traute dem Tier zu, sie anzugreifen, wenn es sich bedrängt fühlte. Die Augen der Katze waren mit blutigem Eiter verklebt. Daher kam der Geruch. Blut, Eiter und Kot. Das Tier hatte Schmerzen, vielleicht auch Tollwut. *Wo ist Whisky?* Sie wusste sich keinen anderen Rat, als die Tür offen zu lassen und sich rückwärts zu entfernen. Vielleicht konnte sie die Katze dazu bringen, das Haus zu verlassen. Wie war sie überhaupt hereingekommen? Sicher durch Whiskys Katzenklappe.

Alexandra war müde. Sie war froh gewesen, endlich zu Hause zu sein – und jetzt das. Hungrig war sie auch. Verdrossen setzte sie sich auf die Treppenstufen. Im Sitzen dachte es sich besser.

Die fremde Katze machte keine Anstalten, aus ihrer Deckung hervorzukommen. *Was mache ich mit ihr? Wenn sie krank ist, möglicherweise sogar eine ansteckende Krankheit hat, wäre es ratsam, sie nicht entkommen zu lassen,* überlegte sie. Außerdem würde sie sich später vorwerfen, ihr nicht geholfen zu haben. Und für Whisky wäre es nicht gut, dem verängstigten Tier zu begegnen. Womöglich würden sie sich eine Rauferei liefern, was abgesehen von den Risiken, die ein solcher Kampf mit sich brachte, auch ein Ansteckungsrisiko barg. Die Revierkämpfe, die Whisky sich mit anderen Katzen der Gegend geliefert hatte, nachdem sie hierhergezogen waren, hatten üble Verletzungen zur Folge gehabt. Sie stand auf und schloss die Haustür. „Du bleibst da drin, und ich überlege mir, wie es weitergeht."

Ihr war eine Idee gekommen. Kürzlich hatte sie gelesen, dass es in der Gegend eine Tierärztin gab, die Hausbesuche für Kleintiere anbot. Sie hatte schon daran gedacht, diesen Service auszuprobieren. Whisky hasste es nämlich, wenn er in den Transportkorb gesperrt wurde und sie eine gefühlte Ewigkeit mit ihm im Wartezimmer saß. Aber wo hatte sie das gelesen? Sie versuchte sich zu erinnern. Dann warf sie einen Blick auf die Uhr. 22.20 Uhr. Konnte sie um diese Zeit noch anrufen, vorausgesetzt, sie wüsste die Nummer? Immerhin handelte es sich um einen Notfall! Sie zog das Handy aus der Tasche und googelte „mobiler Tierarztdienst Todtmoos". Es gab einen Treffer. Christiane Kohlhaas, Wehrhalden.

Jetzt muss sie nur noch rangehen, dachte sie erleichtert und drückte den Wählen-Button. Gleich nach dem zweiten Freizeichen meldete sich eine dynamische Frauenstimme. Alexandra vergewisserte sich, dass sie mit der Tierärztin verbunden war, entschuldigte sich für die späte Störung und schilderte die Situation.

Frau Kohlhaas versprach, in einer Viertelstunde vor Ort zu sein. Alexandra legte erleichtert auf, setzte sich wieder auf die Treppe und genoss die Ruhe. Bereits nach zehn Minuten näherte sich ein Wagen der Einfahrt. Alexandra konnte im Licht der Straßenlampe die Aufschrift „Mobile Tierarztpraxis" lesen.

Die beiden Frauen waren sich auf Anhieb sympathisch. Frau Kohlhaas erfasste die Situation sofort und nahm ein Gerät aus ihrer Tasche, in das sie eine Betäubungsspritze einlegte. Alexandra hielt die Lampe. Im nächsten Moment sauste die Nadel in das Fell. Die Katze fauchte – und kämpfte schon Sekunden später mit dem Schlaf. Sie konnte den Kopf kaum noch halten, und schließlich rutschten ihr auch die Pfoten weg.

„Es ist gleich so weit", sagte Frau Kohlhaas. „Ich schlage vor, dass ich das Tier mitnehme, um es in der Praxis zu untersuchen. Haben Sie einen Karton, in dem ich es transportieren kann?"

Alexandra holte Whiskys Box aus der Garage. „Die ist von meinem Kater. Ich hole sie in den nächsten Tagen bei Ihnen ab."

Die Ärztin nickte. „Es ist nicht Ihr Tier – sind Sie dennoch damit einverstanden, die Kosten für die Medikamente zu übernehmen? Ich berechne nur das Material."

„Selbstverständlich, vielen Dank. Ich bin froh, dass Sie gleich gekommen sind. Hier ist meine Karte."

Die Tierärztin steckte die Karte ein und reichte Alexandra einen Flyer. „Sie können mich morgen anrufen." Dann streifte sie sich Einweghandschuhe über, um die Katze in den Transportbehälter zu legen. Sie taxierte den bewusstlosen Körper.

„Der Geruch ist typisch für Katzenschnupfen. Oje ... und das sieht mir nach einer Bisswunde aus. Hier, sehen Sie, da ist der Gegenbiss. Man darf nie vergessen, nach dem Abdruck des anderen Kiefers zu suchen."

„Das arme Tier."

„Vermutlich war es durch den Schnupfen geschwächt und konnte sich nicht rechtzeitig vor einem Hund in Sicherheit bringen."

„Das ist einleuchtend." Zum Glück war Whisky gegen Katzenschnupfen geimpft. *Wo steckt er bloß?* „Wirklich gut, dass Sie den Service anbieten, ins Haus zu kommen. Ich wusste nicht, was ich machen sollte."

„Ja, man muss sich heutzutage was einfallen lassen, um an seine Patienten zu kommen." Die Tierärztin schloss die Plastikverschlüsse der Box und zog die Handschuhe aus. Dann packte sie das Betäubungsgerät ein und reichte Alexandra zum Abschied die Hand.

Jetzt nur noch ins Bett, dachte Alexandra. Sie betrat das Badezimmer, um sich für die Nacht fertig zu machen. Als das Licht aufflammte, war sie so entsetzt von dem Anblick, der sich ihr bot, dass sie beinahe geweint hätte. Hier war die fremde Katze auch gewesen. Vermutlich hatte sie doch mit Whisky gerauft. Nur so war das Chaos aus Scherben, Schmutz und Blut zu erklären.

Sie musste nach ihm sehen, musste wissen, ob er verletzt war. Um den Zustand des Badezimmers zu verbessern, fehlte ihr die Kraft. Sie schloss die Tür hinter sich und löschte das Licht. Das musste bis morgen Abend warten. Sie würde im Gästebad duschen.

Nach einer kurzen heißen Dusche schnappte sie sich ihren Morgenmantel und ging die Treppe hinunter, um nach Whisky zu rufen. „Whisky, komm! Miez, miez!“, rief sie leise und wartete an der Haustür. Die Nachbarschaft wollte sie um diese Zeit nicht aufwecken. Leise wiederholte sie den Ruf noch zwei Mal. Und plötzlich stand er vor ihr, als wäre nichts gewesen. Sie nahm ihn hoch und suchte nach den typischen Spuren einer Rauferei, aber er sah unversehrt aus. Sein Fell lag glatt und glänzend an, keine ausgerissenen Haarbüschel wie früher, wenn er sich geschlagen hatte.

„Na, wenigstens bist du in Ordnung“, seufzte sie erleichtert. „Schau mal, hier ist was zu fressen für dich, und heute darfst du mit mir nach oben kommen. Hermann ist nicht da.“ Der Kater hatte ausnahmsweise keinen Appetit. Nachdem er drei, vier trockene Pellets knackend verspeist hatte, wandte er sich vom Napf ab und sah sie erwartungsvoll an. In der Hoffnung, endlich ins Bett zu kommen, ging sie nach oben. Inzwischen war es fast Mitternacht. Whisky hatte verstanden, dass er mitdurfte, galoppierte auf der Treppe an ihr vorbei und wartete vor der Schlafzimmertür.

Alexandra schlief unruhig. Sie träumte, dass sie unbedingt telefonieren musste, sich aber immer wieder verwählte. Dann hörte sie ein Telefon klingeln. Nach dem dritten Klingeln realisierte sie, dass dies kein Traum war, doch als sie schlaftrunken nach dem Hörer griff, brach das Klingeln ab. Sie legte das Gerät verärgert weg. Es dauerte geraume Zeit, bis sie erneut eingeschlafen war. Kurz bevor der Wecker geläutet hätte, schreckte sie auf. Whisky blinzelte sie verschlafen an und legte seine Stirn in Falten, als wollte er sagen, es sei noch viel zu früh, um schon wieder aufzustehen. Alexandra musste lachen. Eine solche Mimik hatte sie noch nie zuvor bei einer Katze gesehen.

„Du hast recht, mein Freund“, murmelte sie und tätschelte seinen Kopf, den er gleich wieder ablegte. „Du schläfst hier weiter, und Frauchen geht inzwischen das Katzenfutter verdienen.“ Sie versuchte, nicht darüber nachzudenken, wie sie sich fühlte. Manchmal war das besser. Sie hatte die Hand bereits auf der Klinke der Badezimmertür liegen, als ihr einfiel, wie es darin aussah. Schnurstracks machte sie kehrt und ging ins Gästebad.

Das warme Wasser wirkte belebend. Erfrischt verließ sie die Dusche. Beim Frühstück notierte sie sich, was sie unbedingt erledigen wollte. Nach einem Blick auf die Uhr stellte sie fest, dass sie sogar noch einen Blick in die Zeitung werfen konnte. Wenn sie sich morgens nicht mit Hermann unterhielt, kam sie einfach besser mit ihrer Zeit zurecht.

Als sie aus der Tür trat, fuhr Isidor gerade vor. Auf der Fahrt ins Kommissariat erzählte sie ihm, was passiert war. Er sagte, sie hätte ihn ruhig anrufen können, er habe viel Erfahrung mit verängstigten Tieren aller Art.

Im Büro angekommen, machten sie sich sofort an die Arbeit. Der Chef wollte unverzüglich über die Identifizierung am Vorabend informiert werden. Alexandra berichtete ihm, was vorgefallen war. Währenddessen läutete ihr Handy ohne Unterlass. Sie hatte den Ton zwar ausgeschaltet, sah es aber am Lichtsignal. Als sie Königs Büro verließ, schaute sie auf ihr Display. Es war Gertrud, ihre Schwiegermutter! Alexandra drückte den Rückruf-Button.

Im nächsten Augenblick überschlug sich Gertruds Stimme: „Alexandra, um Gottes willen, wie sieht es denn bei euch aus?“

Alexandra war verblüfft. „Was meinst du?“

„Na, bei euch im Badezimmer, das ist doch das reinste Chaos! Als hätte eine Bombe eingeschlagen. Mitten in eurem Bett schläft die Katze, und der Flurteppich liegt total verdreckt in der Garage.“

Alexandra fühlte Wut in sich aufsteigen. Diese Frau schnüffelte einfach überall herum. „Was machst du denn in unserem Badezimmer?“, fragte sie so ruhig wie möglich.

„Ich weiß doch, dass Hermann nicht da ist, und da habe ich gedacht, ich sehe mal nach dem Rechten, was, weiß Gott, auch nötig ist!“

„Gertrud, du lässt bitte alles so liegen. Ich mache das heute Abend selbst.“

„Es ist bereits erledigt. So was kann man nicht einfach liegen lassen. *Ich* kann das jedenfalls nicht."

Alexandra hörte die kaum verhohlene Kritik in den Worten ihrer Schwiegermutter – nicht zum ersten Mal. Sie wollte entgegnen, dass es sie überhaupt nicht interessiere, was Gertrud könne und was nicht, und dass sie aufhören solle, in ihrer Wohnung herumzuschnüffeln, aber sie schluckte ihren Ärger herunter. Sie wollte sich mit Gertrud nicht überwerfen. Hermann würde darunter leiden, und als Urlaubsvertretung, um Whisky zu füttern und sich um das Haus zu kümmern, war Gertrud ihr durchaus eine Hilfe. Sie musste Zugeständnisse machen. Mit bittersaurer Miene, die Gertrud am Telefon zum Glück nicht sehen konnte, sagte sie deshalb nur: „Dann ist ja jetzt alles in Ordnung. Entschuldige mich bitte, ich habe viel zu tun."

Sie wusste, dass Gertrud vor allem aus Neugier angerufen hatte, weil sie wissen wollte, wie es zu diesem Chaos gekommen war. Alexandra gönnte sich den Triumph, ihre Schwiegermutter auf diesem Rätsel sitzen zu lassen.

Als Nächstes rief sie bei der Tierärztin an, um sich nach dem Zustand der Katze zu erkundigen. Laut Frau Kohlhaas war es ein Kater. Er war stark geschwächt und gefährlich dehydriert. Dennoch war die Ärztin zuversichtlich, das Tier mit der entsprechenden Pflege über den Berg zu bekommen. Sie sagte Alexandra zu, ihn zunächst bei sich zu behalten. Sie hielt es für möglich, dass sich die ursprünglichen Besitzer meldeten, obwohl das Tier nicht gechipt war.

Kaum hatte sie das Telefonat beendet, läutete das Telefon auf ihrem Schreibtisch. Heinrich König verfasste gerade einen Artikel zum Fall Gitano und wollte wissen, ob tatsächlich 1100 Zigarettenstummel in diesem Zusammenhang untersucht worden waren. „Habe ich mir das richtig notiert?"

„Ja, Chef", bestätigte sie ihm, „das kommt hin. Der Grillplatz ist gut besucht, und um den Bahnhof herum liegt auch viel Müll. Sie wissen, wie gründlich Ludwig und seine Leute arbeiten. Er hat wirklich alles getan, um mögliche Täter-DNS zu sichern."

König versprach, das zu erwähnen, und verabschiedete sich zerstreut. Er war ganz darauf konzentriert, seine Abteilung für die Öffentlichkeit ins rechte Licht zu rücken.

Alexandra fühlte sich mit den Fotos der drei jungen ermordeten Menschen vor ihr an der Wand nicht wohl. Sie wandte den Blick ab und begann, ihre Telefonliste abzuarbeiten. Von den Kollegen beim Staatsschutz kamen keine Hinweise. Auch bei der Sitte war, außer gutem Willen, nichts zu holen. Sie rieb sich die Augen. *Jetzt könnte ich ein kleines Nickerchen gebrauchen,* dachte sie. Stattdessen überlegte sie, was als Nächstes zu tun war. Vielleicht lag des Rätsels Lösung doch in der Vergangenheit. Akten über Akten warteten darauf, gesichtet zu werden. Sie zog sich eine heran und versenkte sich hinein.

Zwei Stunden später hatte sie das Gefühl, es keine Minute länger in diesem Raum aushalten zu können. Der rettende Gedanke stellte sich ein: Sie würde mit Isidor in die Pension fahren, in der die Gelassis untergebracht waren. Sie wollte mehr über Marina wissen, und für ihre Eltern war es einfacher, wenn sie zu ihnen fuhren. Auf dem Weg dahin könnte sie zehn Minuten abschalten. Sie wollte gerade das Büro verlassen, als Isidor hereinstürmte. Diesmal hatte er gänzlich vergessen anzuklopfen.

„Chefin, kommen Sie schnell!", rief er aufgeregt, „die Schweizer Kollegen haben sich gemeldet. Wir treffen sie in Königs Büro."

Sitzung 11

Ich war mit Mutter beim Lions-Meeting. Man schätzt meine Anwesenheit dort ungemein, ich vermute, weil ich diesen Wichtigtuern zuhöre und mich nicht aufdränge. Es läuft jedes Mal gleich: Einer der Tischpartner hat sich über ein Thema informiert, lenkt das Gespräch geschickt in diese Richtung und brilliert dann mit seinen Kenntnissen. Es ist durchschaubar, geradezu lächerlich, aber was soll's. Ich habe Gesellschaft und muss mich nicht anstrengen, außerdem laufe ich nicht Gefahr, dass mir jemand zu nahe kommt oder gar bei mir zu Hause auftaucht. Alles bleibt oberflächlich und distanziert. Heute war Karl der Große Gegenstand dieses Profilierungsreigens. Mutters Tischnachbar ergriff nach kurzer Zeit das Wort, und wir wissen jetzt alles, was wir nie über Karl wissen wollten. Offensichtlich hatte er auch keine unbeschwerte Kindheit. Mutter liebt es, wenn die Herren sie dort mit „gnädige Frau" anreden und die anderen Damen neidisch ihren Schmuck beäugen. Wenn eine dieser trockenen Wachteln sich auf mich stürzt und mir eine Konversation aufdrängt, wird es ungemütlicher. Diese Damen haben Unterhaltungsbedarf. Offensichtlich sind ihre Männer zu Hause nicht sonderlich gesprächig. Es ist mir ein Rätsel, wie sie es fertigbringen, so lange am Stück Unsinn zu reden. Einige von ihnen haben das Talent, den banalsten Tratsch zu präsentieren, als wäre es die Offenbarung. Manchmal denke ich, es gibt einen Wettbewerb unter ihnen: wer am längsten reden kann, ohne unterbrochen zu werden. Wenn ich mich, statt zuzuhören, meinen eigenen Gedanken widme, stellen diese Fregatten plötzlich üble Fangfragen wie „Was sagen Sie denn dazu?“ Und wehe, mir fällt dann nicht sofort irgendwas ein – dann beginnt die Litanei von vorne. Ihre Masche ist, kurz auf ihr Gegenüber einzugehen und dann endlos über sich selbst zu reden. In meinem Fall beginnt es häufig mit einem Kommentar zu meinem Vater, etwa so: „Ihr Herr Vater war ja ein Kapitän zur See.“ Mir bleibt kaum Gelegenheit zu antworten, denn schon geht die Post ab. Ich erfahre alles über die letzte Kreuzfahrt, das Essen, das Personal an Bord und, und, und ... Die Geschichte von dem italienischen Crashkapitän, der behauptet hat, er sei aus Versehen als Erster ins Rettungsboot gefallen, musste ich mir zigmal anhören. Offensichtlich ist der Gedanke, der Grundsatz „Frauen und Kinder zuerst“ könnte keine Gültigkeit mehr haben, für die Damen ein Albtraum. Dazu kommt, dass die meisten vor allem damit beschäftigt sind, sich für etwas Besseres zu halten.

Aber lassen wir das. Ich habe weitaus Interessanteres zu berichten, denn das Haus, in dem diese Schlampe von Allerweltskommissarin wohnt, habe ich komplett unter Kontrolle. Meine Kameras und Mikrofone sind flächendeckend installiert. Die lässt dort keinen Furz mehr, ohne dass ich davon weiß. Mit der Katze ist sie erstaunlich gut klargekommen. Holt sich den Tierarzt einfach ins Haus, gar nicht blöd. Ich hatte gehofft, dass ihr das räudige Vieh die Visage zerkratzt. Dass es mobile Tierärzte gibt, wusste ich gar nicht. Ganz schön dekadent, dieses Deutschland, aber immerhin hatte sie eine kurze Nacht. Jetzt kann der Spaß richtig beginnen. Mit ruhigem Schlaf und schönen Träumen ist es vorbei!

Apropos Spaß: Im Keller befindet sich neuer Proviant. Die zwei Leckerbissen sind mir ganz leicht in die Falle gegangen. Ich habe sie in den zwei letzten Wochen ausgespäht. Am Samstag gehen sie immer miteinander tanzen. Unter der Woche arbeiten sie im Hotel, er als Kellner und sie als Zimmermädchen. Ich habe sie erwischt, nachdem sie die Diskothek verlassen hatten. Sie wollten zu Fuß nach Hause. Als ich wie zufällig neben ihnen anhielt und anbot, sie ein Stück mitzunehmen, waren sie mir dankbar, denn sie waren müde und hätten noch eine halbe Stunde zu gehen gehabt. Zuerst dachte ich, sie wären ein Paar, aber dann hat sich herausgestellt, dass sie Geschwister sind, Zwillinge sogar. Mal sehen, wie sie sich bei der Umsetzung meiner Fantasien anstellen.

Als sie im Wagen saßen, habe ich erwähnt, dass ich am Sägewerk noch ein paar Säcke auszuladen hätte, und den Jungen gebeten, mir zu helfen. Das Mädchen ist im Van sitzen geblieben. Nachdem ich die hintere Tür geöffnet hatte, ging es schnell. Chloroform auf die Nase, und schon war der hübsche Bursche im Land der Träume. Noch zwei Kabelbinder drum, fertig zum Verladen. Das Ganze hat keine Minute gedauert. Die Kleine hat gar nicht mitbekommen, dass ich ihren Bruder eingeladen und verschnürt habe. Als ich zurückkam, wollte sie wissen, wo er ist. Ich habe gesagt, er müsse mal. Nachdem wir eine Weile gewartet hatten, fing ich an, mit den Fingern gegen das Lenkrad zu trommeln. Wie in meinem Drehbuch vorgesehen, fragte sie mich, ob sie nach ihm sehen solle. Sie stieg aus, ging nach hinten und ich ihr nach. Noch mal das Chloroform und zwei Binder, schon war meine Fuhre komplett.

Zu Hause habe ich ihnen ein paar Tage Zeit gelassen, sich einzuleben. Ich will nicht noch einmal so eine Sauerei erleben wie beim letzten Mal. Sie haben alles, was sie brauchen. Die Wohnung ist viel komfortabler als das Loch, in dem sie bisher gehaust haben. Nur, dass sie nicht rauskommen. Aber daran werden sie sich gewöhnen. Langsam wird es Zeit, dass ich mich zeige und ihnen klarmache, wozu sie hier sind. Ich habe ihnen die Fesseln abgenommen, damit sie sich frei bewegen können. Deshalb muss ich vorsichtig sein und die Waffe mit runternehmen. Wenn ich reingehe, müssen sie sich an die gegenüberliegende Wand stellen, und dann lasse ich sie ihm den Kabelbinder anlegen. Für den Rest brauche ich keine Waffe, außer sie spuren nicht, aber das werden wir gleich sehen. Ich kann es kaum erwarten, muss nur die Hunde noch rauslassen, dann geh ich runter. Für den Anfang genügt es, wenn sie ihm einen bläst …

Shewit und Semrat

Alexandra lief den Gang entlang. Den Mann, der auf einem Besucherstuhl saß und sie beobachtete, hatte sie schon einmal gesehen. Es fiel ihr auf die Schnelle nicht ein, wo das gewesen war. Er schickte ihr einen langen Blick hinterher, als sie eilig das Vorzimmer von Königs Büro betrat. Seine Sekretärin Hanna winkte sie mit einer vielsagenden Geste durch.

König hatte auf sie gewartet. Nachdem sie eingetreten war, schloss er energisch die Tür. „Meine Herren, das ist Frau Alexandra Rau. Sie ist Hauptkommissarin und leitende Ermittlerin bezüglich der Tötungsdelikte sowie der vermissten jungen asiatischen Frau, auf die Sie sich beziehen."

Alexandra vibrierte vor Spannung. Gab es einen Hinweis auf den Aufenthaltsort von Kim? In der Schweiz?

Der Kriminaloberrat stellte ihr die Besucher vor: „Das sind Gerald Töni und Lutz Meierhofer von der Kantonsdirektion Basel."

Die beiden Männer standen auf. Alexandra reichte ihnen die Hand. Doch schon im nächsten Moment sah sie ihre Hoffnung zunichtegemacht, denn König fuhr fort: „In Stein am Rhein werden zwei junge Leute vermisst. Es handelt sich um ein äthiopisches Geschwisterpaar. Sie sind nach dem Verlassen einer Diskothek spurlos verschwunden. Die Kollegen sehen berechtigterweise Parallelen zum Fall Kim Cho."

Alexandra war jetzt hellwach. „Steckt unser Mann dahinter?"

Isidor sah sie an und presste die Lippen aufeinander. Heinrich König antwortete: „Wir wissen es nicht, aber immerhin wäre es möglich. Auf jeden Fall passen sie in sein Beuteschema: jung, schön und dunkelhäutig. Die beiden sind wie vom Erdboden verschluckt, es gibt keine Spuren und keine Zeugen."

Der offenbar dienstältere Schweizer Kommissar musterte Alexandra kritisch. Sie spürte, dass er ihr nicht viel zutraute. König schien es nicht zu bemerken. Er forderte die Anwesenden auf, sich zu setzen.

Töni, der durch seine Haltung mehr Raum einnahm, als er benötigte, skizzierte den Sachverhalt. Er hatte ein hageres Gesicht mit auffallend tief liegenden Augen und einer schief stehenden Nase. Sein Auftreten ließ keinen Zweifel daran, dass mit ihm nicht zu spaßen war. Der andere, ein gemütlicher Typ mit wasserblauen Augen, nickte beinahe bei jedem Satz, den Töni von sich gab.

Nach kurzer Zeit verständigten sie sich auf gegenseitige Akteneinsicht und den Austausch aller Ermittlungsergebnisse. Isidor beobachtete den Verlauf des Gesprächs aufmerksam. Schließlich fragte Töni, der sich bemühte, Hochdeutsch zu sprechen, mit typischem Schweizer Akzent, ob das FBI eingeschaltet worden sei. Als König dies verneinte, veränderte sich der Blutdruck des Schweizers. Sein Gesicht lief dunkelrot an, und er bedachte Alexandra mit einem abschätzigen Blick. „Aber das ist doch Standard heutzutage!“, polterte er los. „Die Möglichkeiten, die diese Behörde hat, sind unseren voraus. Wir haben gerade erst im letzten Monat durch diese Kooperation wieder einen sensationellen Erfolg gehabt. Es ist uns gelungen, den Entführer eines Jungen innerhalb von drei Tagen zu stellen.“

Alexandra reichte es. Sie sah ihm offen in die Augen. „Stimmt, das ist Ihnen gelungen. Ich habe den Fall in den Medien verfolgt. Aber Sie wussten, dass der Onkel des Jungen der Entführer war. Wir hingegen haben null Anhaltspunkte bezüglich der Identität des Mannes. Das Einzige, was wir haben, ist ein Täterprofil. Wenn wir nicht wissen, wen wir suchen, bringt uns das FBI auch nicht weiter.“

„Wir werden von unserer Seite jedenfalls nichts auslassen“, parierte Töni, und sein Begleiter nickte.

Heinrich König fühlte sich kritisiert. „Meine Herren, ausgelassen haben wir sicher nichts.“ Er zitierte aus seinen Presseberichten. Es klang wie eine Rechtfertigung. „Es gab allein im Fall Patelli inzwischen 2000 Zeugenvernehmungen, über 3000 sonstige Hinweise. Wir haben 1100 Zigarettenstummel kriminaltechnisch untersucht. Sowohl dieser Fall als auch der Fall der verschwundenen Vietnamesin wurden in der Sendung *Aktenzeichen-XY* vorgestellt. Im Fall Kim Cho haben wir 1800 Zeugen vernommen und ca. 7000 Fingerabdrücke sichergestellt, und nach der Sendung sind wir über 1000 Hinweisen aus der Bevölkerung nachgegangen. Wissen Sie, welch gewaltiger Kraftakt das gewesen ist? Wie viele Leute dazu benötigt wurden? Und alles für die Katz.“

Meierhofer nickte diesmal für Heinrich König, was angenehm auffiel. Töni jedoch schien wenig beeindruckt.

„Wir sollten keine Zeit verlieren und die Akten einsehen“, schaltete Isidor sich ein, der neugierig auf die Bilder der beiden Verschwundenen war. Töni griff in seine Aktentasche und holte eine Mappe daraus hervor.

„Das lassen wir Ihnen da. Wir haben alle übrigen Daten bereits auf elektronischem Wege an Sie geschickt. Ich gehe davon aus, dass Sie uns ebenfalls Ihr Material aushändigen werden." Er klang, als hätte er erwartet, dass es bereits vorbereitet wäre.

Alexandra verkniff sich eine bissige Bemerkung. Sie wollte sich erst ein eigenes Bild von der Lage machen.

König schlug den grauen Kartondeckel des Aktenordners auf. Darunter befanden sich unter anderem mehrere Bilder der Geschwister.

„Das sind Shewit und Semret Amare Abush." Lutz Meierhofer legte die Fotos auf den Tisch. Die Zwillinge wurden am 14. Juli 1995 in Basel geboren. Ihr Vater hatte aufgrund der Christenverfolgung in Äthiopien Asyl in der Schweiz. Er ist vor zwei Jahren an den Folgen seiner durch Folter verursachten Beeinträchtigungen gestorben. Die Mutter ist Schweizerin, Jahrgang 1964. Sie arbeitet seit zwei Jahren wieder als Entwicklungshelferin in Afrika. Wir haben über die Botschaft Kontakt mit ihr aufgenommen."

Die Beamten betrachteten die Aufnahmen der Geschwister. Die beiden waren jung, bildschön, und ihre Haut schimmerte goldbraun. Alexandra fühlte die Wut in sich aufsteigen. Diese Fotos passten nahtlos zu den Bildern, die sie in ihrem Büro aufgehängt hatte. Auch Isidor schien mit seinen Gefühlen zu kämpfen. Alexandra sah, dass seine Wangenmuskeln angespannt waren.

Meierhofer fuhr fort: „Wir wissen, dass die beiden sich Samstagnacht im Bahu-Klub aufgehalten haben. Laut dem Türsteher haben sie das Lokal gegen drei Uhr früh mit den letzten Gästen verlassen. Von da ab fehlt jede Spur von ihnen. Weil sie beide am Sonntag nicht zu ihrem Spätdienst im Hotel erschienen sind und nicht erreichbar waren, wurden wir von ihrem Arbeitgeber alarmiert."

Alexandra schaute den Kollegen fragend an. „Ist es in der Schweiz üblich, dass Arbeitgeber Vermisstenanzeigen aufgeben?"

Meierhofer schüttelte den Kopf. „Nein, aber in diesem Fall verbindet den Arbeitgeber, die Familie Zumbriggen, ein freundschaftliches Verhältnis mit der Familie der Vermissten. Sie sind entfernt mit der Mutter verwandt und kennen die Kinder von klein auf."

„Ich gehe davon aus, dass sie überprüft wurden."

„Sicher, aber das war von vornherein keine Option. Die Zumbriggens sind alte Leutchen, die sich zur Ruhe setzen wollen. Da sie keine eigenen Kinder haben, gibt es Überlegungen, das Hotel an die Geschwister zu übergeben. Unser Vorteil in diesem Fall ist, dass wir ganz früh informiert wurden und deshalb auf frische Spuren hoffen. Zeugenaussagen werden mit jedem Tag, der vergeht, weniger brauchbar, das wissen Sie selbst am besten. Eine Erpressung schließen wir mit ziemlicher Sicherheit aus." Töni fixierte Alexandra. „Soweit ich informiert bin, deckt sich das ziemlich genau mit dem Ablauf im Fall Ihrer Vermissten, Kim Cho."

Alexandra nickte. Sie überlegte, ob sie den Schweizern gegenüber zumindest andeuten sollte, dass aus ihrer Sicht alle fünf Fälle miteinander zusammenhingen. König mischte sich nicht in ihre Arbeit ein, aber sie wusste, dass die Möglichkeit, dass sie es mit einem Serienmörder zu tun zu haben könnten, sein schlimmster Albtraum war. Sie war sich nicht sicher, wie er es auffassen würde, wenn sie diesen Verdacht ohne vorherige Absprache äußerte. Das würde eine Presselawine lostreten, und das hasste er. Außerdem hatte sie keinerlei Beweise für eine Verbindung zwischen den beiden Morden und den Vermisstenfällen, außer den auffallenden optischen Gemeinsamkeiten der Opfer. Vorläufig entschied sie, es dabei zu belassen, dass sie zusammen mit den Schweizer Kollegen den Vermisstenfällen nachgingen. Nicht zuletzt, weil ihr das Auftreten von diesem Töni nicht gefiel. Sie mussten das erst mit König und im Team besprechen, und Hermann brauchte schnellstens Informationen über die neue Entwicklung.

Die Akte gab nichts weiter her. Alexandra erhob sich. „Wir sollten uns sputen. Ich lasse eine Akte zum Fall Cho für Sie zusammenstellen. Wenn Sie noch ein paar Minuten Zeit haben, könnten wir sie Ihnen gleich aushändigen. Herr Rogg gibt Ihnen unterdessen einen Abriss der Eckdaten."

Töni ruckte kurz mit seinem Oberkörper, was offenbar sein Einverständnis und eine Verabschiedung gleichzeitig ausdrücken sollte. Alexandra war froh, den Raum verlassen zu können. Sie bat Yvonne, die entsprechenden Unterlagen für die Schweizer vorzubereiten, und zog sich in ihr Büro zurück. Als Nächstes rief sie Hermann an, aber er nahm den Anruf nicht an. Vermutlich war er gerade in einem Vortrag. Sie nahm sich vor, am Abend von zu Hause aus mit ihm zu sprechen.

Als Isidor nach einer Viertelstunde anklopfte, stand sie wieder vor den Fotos. „Glauben Sie auch, dass es derselbe ist?", fragte sie ihn.

„Ach, Chefin. Zum Glauben gehe ich lieber in die Kirche. Wussten Sie übrigens, dass Glauben etymologisch von ‚Vertrauen erweckend' abgeleitet wird? Das Wort scheint zu ‚Laub' zu gehören, womit man die Laubbüschel bezeichnete, die als Lockmittel für das Vieh benutzt wurden. Es bedeutet ursprünglich ‚zutraulich, folgsam, handzahm'."

Alexandra hatte nur mit halbem Ohr zugehört, aber Isidor war in seinem Element und referierte weiter. „So wie die Kirchen sich im Zusammenhang mit den Missbrauchsfällen verhalten, kann man nicht gerade von vertrauenerweckenden Maßnahmen sprechen. Aber dass die Gläubigen möglichst folgsam und zahm sein sollen, stimmt heute noch."

„Gut, Isidor. Vergessen Sie die Frage. Sagen Sie mir, was Sie denken."

„Sie haben den Schweizern nicht mehr verraten. Der Chef möchte morgen früh ein Meeting. Er hat gesagt, intern behandeln wir den Schweizer Fall, als wäre es unserer."

„Das ist gut – und heißt, er sieht die Verbindung auch", konstatierte Alexandra.

„Es ist nur die Frage, ob zu Kim oder auch zu Gitano und Marina."

„Das ist der Punkt. Ich wollte König vorhin nicht vorgreifen, und wir haben zu wenig Material, um diese Hypothese außerhalb unseres Kreises zu vertreten."

„Ich denke, also ich messe, etymologisch ausgedrückt, der Tatsache Gewicht bei, dass die Ähnlichkeit der Opfer nicht zu übersehen ist. Und dass bei den Zwillingen beide Geschlechter betroffen sind, ist ein weiterer deutlicher Hinweis darauf, dass es einen Zusammenhang zwischen den Tötungs- und Entführungsdelikten gibt."

Alexandra merkte, dass die Bilder der Vermissten Isidor aufgewühlt hatten. Er versuchte, sich durch das Einbringen seines Hobbys Sicherheit zu verschaffen. Vier schwere Fälle innerhalb kurzer Zeit zu verarbeiten fiel auch ihr nicht leicht.

„Es scheint ihm tatsächlich nicht auf das Geschlecht der Opfer anzukommen", überlegte sie laut.

„Wenn es ihm bei den Morden allein um die Lust am Töten geht, spielt es keine Rolle, das ist so weit richtig. Aber was macht er mit den Entführten?", stellte Isidor die Frage, die Alexandra seit Kims Verschwinden Kims nicht losließ. Nach kurzem Schweigen beantwortete er sich die Frage selbst. „Entweder er tötet sie auch und wir haben ihre Leichen nur noch nicht gefunden, oder sie werden gefangen gehalten."

„Was voraussetzt, dass er über entsprechende Räume verfügt."

„Wenn wir berücksichtigen, wie er Marinas Leiche präsentiert hat, würde ich eher vermuten, dass die Entführten noch leben. Oder es haften so viele Spuren an ihren Leichen, dass er sie aus diesem Grund versteckt."

Alexandra schlug mit der flachen Hand auf den Tisch. „Das ist es ja. Verdammt! Er hinterlässt keine Spuren, und wir haben immer noch tausendmal mehr Fragen als Antworten. Anstatt Fehler zu machen, wie Hermann prophezeit hat, verwirrt er uns immer mehr."

Isidor hängte die Fotos von Shewit und Semrat neben das von Kim. Alexandra stöhnte. Vermutlich tauchte Frau Cho jeden Moment im Flur auf. „Ich muss hier raus, Isidor. Lassen Sie uns zu den Eltern von Marina fahren."

„Gute Idee, Chefin. Abstand ist ein gutes Mittel, um wieder klar denken zu können. Aber wie verständigen wir uns mit ihnen?"

„Das kriegen wir schon hin. Ich habe mir überlegt, das Übersetzungsprogramm des Handys zu nutzen. Diese Dinger können die Kommunikation in Ausnahmefällen auch fördern."

Isidor grinste. „Darauf hätte ich auch kommen können."

„Gestern schien mir das unpassend, aber unsere heutigen Fragen können wir damit klären."

„Und wir müssen nicht ewig auf einen Dolmetscher warten. Es wird König freuen, dass wir zusätzliche Kosten einsparen", ergänzte Isidor und schnallte sich seine Waffe um.

Die Sonne stand hoch am Himmel, als sie das Kommissariat verließen. Ihr Wagen hatte sich aufgeheizt. Sie öffneten die Türen und warteten mit dem Einsteigen, bis der größte Teil der heißen, nach Plastik riechenden Luft entwichen war. Isidor griff, bevor er sich anschnallte, nach seiner Sonnenbrille. Die Hitze machte Alexandra wieder schläfrig. Sie schloss die Augen. Leider gelang es ihr nicht, sich zu entspannen. *Jetzt bin ich schon zu müde zum Schlafen!* Träge blickte sie in die frühsommerliche Landschaft. Es war ein herrlicher Tag. *Man könnte Eis essen gehen oder am Bergsee im Schatten kühle Waldluft genießen.* Aber nein, sie mussten zwei verzweifelte Menschen über ihre tote Tochter ausfragen. Es erschütterte sie immer wieder, wenn sie damit konfrontiert wurde, wie zerbrechlich das Leben war und wie sinnlose Gewalt die Existenz so vieler Menschen zerstörte. Obwohl sie mit offenen Fenstern fuhren, brachte der Fahrtwind keine Kühlung. Isidor hatte die Klimaanlage angestellt. Alexandra streckte ihre Füße der kühlen Luft entgegen. Isidor schien die Hitze nichts auszumachen. Sie betrachtete ihren Assistenten von der Seite. Er bemerkte ihren Blick und wandte sich ihr zu.

„Schon ausgeschlafen?"

Sie schüttelte den Kopf. „Nein, mir fehlt die Ruhe. Ich stehe unter Spannung, als müsste ich vor etwas auf der Hut sein."

„Aber nicht vor den Schweizer Kollegen, oder?"

„Nein, die werden sich schnell beruhigen, wenn sie merken, dass sie sich auch die Zähne an unserem Phantom ausbeißen."

„Jetzt haben wir wenigstens einen Namen für ihn. ‚Das Phantom'."

„Das passt. Sie haben es auf den Punkt gebracht." Alexandra mochte sich nicht vorstellen, wie es wäre, wenn sie auf die Gespräche mit Isidor verzichten müsste. „Glauben Sie, dass in Zukunft nicht mehr kommuniziert wird?", nahm sie ihren Gedankengang wieder auf.

„Wie meinen Sie das, ‚nicht mehr kommuniziert'?"

„Schauen Sie sich doch um. Die Leute reden nicht mehr miteinander, sondern glotzen sogar dann auf ihre Handys, wenn sie sich beim Essen im Restaurant gegenübersitzen."

„Das machen sie, weil sie sich nichts zu sagen haben. Früher ist das nicht aufgefallen. Da schwiegen sie sich beim Essen eben an."

„Ich habe den Eindruck, dass sie sich heute noch weniger zu sagen haben. Jeder beschäftigt sich mit seinem Gerät und lebt in seiner eigenen Welt."

Isidor bog in eine Seitenstraße ab. „Mein Großvater hat immer gesagt, wenn man nicht schwätzt, gibt es auch keinen Streit."

„Ach, Isidor, Sie wissen doch, was ich meine: Schon für ganz kleine Kinder ist das Handy das interessanteste Spielzeug. Haben Sie mal beobachtet, wie oft sich Mütter beim Stillen mit dem Handy beschäftigen? Da ist es doch kein Wunder, wenn die Kleinen danach greifen, sobald es ihnen möglich ist."

„Chefin, was ist denn los? Sie haben doch auch ein Handy."

„Ja, aber um meine Kommunikation mit anderen Menschen zu verbessern, nicht, um sie zu ersetzen. Ich möchte mich ja nicht grundsätzlich gegen moderne Kommunikationsmittel aussprechen, nur scheint es mir dringend geboten, bewusst damit umzugehen. Ehrlich gesagt, mache ich mir Sorgen über eine zunehmende soziale Verwahrlosung."

„Aber die Leute kommunizieren ja mit ihren Handys, nur eben anders als früher."

Alexandra wurde bewusst, dass Isidor deutlich jünger war als sie. Für ihn waren das Handy und der private Computer eine Selbstverständlichkeit. Sie hatte wenigstens als Kind noch erlebt, dass man ohne diese Dinge leben konnte. Sie beschloss, das Gespräch zu diesem Zeitpunkt nicht weiter zu vertiefen. Es war viel zu heiß im Wagen, und sie konnte die Pension am Ende der Straße bereits erkennen. Mit einer müden Geste winkte sie ab. „Die Entwicklung lässt sich sowieso nicht aufhalten. Ich kann mir nur nicht vorstellen, dass diese Art des Umgangs den Menschen guttut."

Isidor parkte den Wagen unter einen großen Kastanienbaum vor dem Eingang der Pension. „Jedenfalls ist der, den wir suchen, sicher mehr als nur handygeschädigt."

„Allerdings", bestätigte Alexandra.

Sie betraten den angenehm kühlen Rezeptionsbereich. Alexandra zog ihren Dienstausweis aus der Tasche und fragte die Angestellte hinter der Theke nach den italienischen Gästen. Anscheinend waren sie noch nicht aus ihrem Zimmer gekommen. Alexandra verwarf die Idee, sich von der Rezeptionistin anmelden zu lassen, zugunsten der Frage nach der Zimmernummer.

Das Zimmer lag im zweiten Stock der Pension. Die Besitzer schienen alte Gemälde und Gegenstände aus der Landwirtschaft zu sammeln. Die Wände im Flur hingen voll mit Sensen, Heugabeln und Rechen, dazwischen zeigten Bilder die Heu- und Getreideernte, die Kartoffellese und weidende Kühe.

Alexandra klopfte sachte an die entsprechend beschilderte Tür. Sie hörte den Dielenboden unter schweren Schritten knarren. Herr Gelassi öffnete. Er schien über Nacht um Jahre gealtert zu sein. Trübe Augen blickten traurig aus dem bleichen Gesicht. Mit einem Nicken deutete er an, dass er sie wiedererkannte. Außerdem schien er sie erwartet zu haben. Drei Stühle standen um den Tisch herum, darauf eine Flasche Wasser mit drei Gläsern.

Frau Gelassi lag auf dem Bett. Sie hatte einen feuchten Lappen auf der Stirn und hielt die Augen geschlossen. Herr Gelassi schenkte Wasser ein, holte für seine Frau einen frischen Waschlappen aus dem Badezimmer und setzte sich schwerfällig. Seine triste Kleidung wirkte seltsam deplatziert in dem fröhlich eingerichteten Zimmer. Besonders die rotweiß karierte Bettwäsche passte nicht zur Stimmung im Raum. Aber schließlich waren die Zimmer dafür gedacht, dass Menschen sich an ihrem Urlaub erfreuten, nicht dafür, dass sie ihr totes Kind betrauerten.

Alexandra nickte der Frau im Bett zu und setzte sich. Sie suchte im Übersetzungsprogramm ihres Smartphones nach einer Formulierung, die ihre Anteilnahme ausdrückte. Herr Gelassi verstand ihre Absicht, sich auf diese Weise mit ihnen zu verständigen. Sie stellte ihre Fragen, und Isidor protokollierte das ungewöhnliche Gespräch.

Marina war das einzige Mädchen von insgesamt vier Kindern der Gelassis. Ein Studium war seit früher Kindheit ihr Traum gewesen. Da sie sich früh gegen ihre älteren Brüder durchzusetzen gelernt hatte, waren die Eltern zwar in Sorge, aber einverstanden gewesen, als sie sich für ein Auslandssemester in Freiburg entschieden hatte. Einen Freund, der auf sie wartete, gab es, soviel die Eltern wussten, nicht. Alexandras Hoffnung, einen vor Eifersucht glühenden Italiener als Täter ausfindig zu machen, schwand. Dafür wurde das Gespenst eines Serienmörders mit jeder Stunde größer und bedrohlicher.

Da sich Marina erst wenige Tage vor ihrem Tod in Freiburg angekommen war, schien es wenig erfolgversprechend, ihr neues Umfeld ins Visier zu nehmen. Dennoch bat Alexandra Isidor, sich einen Vermerk zu machen, um die Kontakte der jungen Frau prüfen zu lassen, es konnten ja nicht viele sein. Sie wollte schon wegen der Schweizer Kollegen nichts unversucht lassen.

Eine halbe Stunde später bedankte sie sich bei Herrn Gelassi. Sie war froh, die bedrückende Atmosphäre des Zimmers verlassen zu können. An der Tür spürte sie die unausgesprochene Frage des Vaters, wann er die sterblichen Überreste seiner Tochter mit nach Hause nehmen dürfe. Sie zog ihr Handy noch einmal aus der Tasche und gab ein, dass man warten müsse, bis die Staatsanwaltschaft die Leiche zur Bestattung freigegeben habe. Sie könne ihm leider nicht sagen, wie lange das dauern werde. Der Mann las die Übersetzung und nickte ergeben. Dann gab er ihr mit einer Geste zu verstehen, dass auch er etwas eintippen wollte. Alexandra stellte das Übersetzungsprogramm auf „vom Italienischen ins Deutsche“ um, und Marinas Vater tippte auf der für seine riesigen, von Jahrzehnten harter Arbeit gezeichneten Hände geradezu winzigen Tastatur. Nach einer Weile reichte er ihr das Gerät. Sie las: „Wir bleiben hier und warten“. Alexandra verstand. Die beiden würden hierbleiben, bis sie ihre Tochter mitnehmen konnten, ganz egal, wie lange das dauerte. Das ergebene, fast demütige Nicken des Mannes berührte Alexandra. Es war frappierend, dass oft gerade die Menschen, die wirklich einen Grund hatten, unbändig wütend zu sein, still, leise und demütig wurden, während andere ihre Aggressionen hemmungslos auslebten und dabei, im schlimmsten Fall, unschuldige Menschen töteten. Alexandra und Isidor verabschiedeten sich von den Gelassis und versprachen, sich zu melden, sobald die Freigabe der Leiche vorlag.

Im Garten der Pension tranken sie noch einen Kaffee, bevor sie zu ihrem Fahrzeug zurückgingen. Da der Wagen im Schatten gestanden und Alexandra ihr Fenster einen Spalt breit offen gelassen hatte, war das Wageninnere nicht so unangenehm heiß wie auf der Hinfahrt. Sie fuhren ein paar Kilometer Richtung Waldshut, beide noch so mit der Begegnung beschäftigt, dass sie nicht miteinander sprachen. Alexandra blickte auf ihre Armbanduhr. Es war halb vier. Sie fühlte sich matt.

„Isidor, wissen Sie was?“ Sie wartete keine Antwort ab. „Wir machen Schluss für heute. Die Fahrt nach Hause dauert über eine Stunde, und wir müssen ja nicht immer erst bei Nacht ankommen.“

„Aber wir fahren noch einmal zurück ins Kommissariat?“

„Ja, kurz. Die Befragung können Sie noch dokumentieren, aber wenn sonst nichts brennt, lassen wir es für heute gut sein. Unsere Überstundenkonten müssen nicht weiter anwachsen. Und ich möchte Zeit haben, um mit Hermann zu telefonieren.“

„Gute Idee, Chefin. Wann kommt Ihr Mann zurück?“

„Erst am Wochenende. Aber von den entführten Zwillingen sollte er sofort erfahren.“

„Auf jeden Fall. Ich bin gespannt, wie sich das auf das Täterprofil auswirkt.“

„Ja, das bin ich auch.“

Im Kommissariat lag nichts vor. Auch Heinrich König war bereits nach Hause gegangen. Isidor fertigte ein kurzes Protokoll des Gesprächs mit Marinas Eltern an, fügte es in die Akte ein, fuhr seinen Computer herunter und überlegte, was er mit dem freien Abend anfangen sollte. Den Rucksack geschultert und einen Apfel in der Hand, erschien er in Alexandras Büro. Sie legte die Akte der Schweizer Kollegen beiseite und erhob sich.

„Selbst nichts in der Hand haben, aber andere herablassend behandeln – das passt“, sagte sie grimmig. „Für heute reicht es mir.“

„Mir auch. Ich schwimme noch eine Runde im Bergsee. Morgen werden wir ja sehen, wie weit die Schweizer mit ihrem FBI kommen.“

Beinahe fröhlich verließen sie das Kommissariat. Auf dem Parkplatz stießen sie auf Dr. Helmer. Alexandra hatte gesehen, dass er ihr Kommen bemerkt hatte, aber er tat, als wäre er in Gedanken. Er saß in seinem Wagen und wartete bei laufendem Motor darauf, dass sich das Verdeck seines Sportwagens öffnete. Das blendend weiße Hemd betonte seine Sonnenbräune. Er verstaute einige Unterlagen, die er offenbar aus dem Büro mit nach Hause nehmen wollte, in seiner Aktentasche und warf sie dann mit elegantem Schwung auf den Rücksitz. Alexandra entschied sich blitzschnell für Konfrontation. Sie wollte ihm seine Ignoranz nicht durchgehen lassen.

„Guten Abend, Herr Dr. Helmer!“, rief sie ihm über ein parkendes Auto hinweg zu.

„Werde ich haben“, kam es schnippisch zurück.

Sie verkniff sich die spitze Bemerkung, die ihr in den Sinn kam. Beinahe hätte sie entgegnet: „Zur Abwechslung auch mal zu Hause?“, aber das wäre zu weit gegangen. Helmer fuhr rasant vom Platz. *So ein eingebildeter Fritze, wenn der wüsste …*

Während der Fahrt bot Isidor ihr an, sie zum Schwimmen mitzunehmen. Die Vorstellung, sich im See abzukühlen, erschien ihr zwar verlockend, aber sie fand es nicht ganz passend, mit ihrem Assistenten baden zu gehen. Sie lehnte mit der Begründung ab, dass ihr Haushalt auf sie warte und sie noch einkaufen müsse. „Ohne mich haben Sie auch bessere Chancen bei den Mädels“, fügte sie lächelnd hinzu.

„Ein Mann wird umso interessanter, je mehr andere Frauen sich für ihn erwärmen – das habe ich jedenfalls gelesen.“

„Da könnte was dran sein, aber Sie schaffen das auch ohne mich.“

Er zuckte mit den Schultern, offenbar war er diesbezüglich nicht so zuversichtlich.

Alexandra nutzte die restliche Fahrzeit, um einen Einkaufszettel zu schreiben. Als Isidor vor ihrem Haus hielt, hatte sie sich entschieden, gleich wieder loszufahren, noch bevor sie ins Haus ging. Sonst würde sie womöglich zu müde sein, um ihre Wohnung noch mal zu verlassen. Sie öffnete die Garage und war erleichtert, dass sie nicht wieder in einen aufgeheizten Wagen steigen musste.

Es waren nur ein paar Hundert Meter bis zum Supermarkt. Die Einkäufe waren rasch erledigt. Zufrieden hakte sie den letzten Posten auf dem Zettel ab: Futter für Whisky. Er änderte seine Vorlieben von Zeit zu Zeit. Momentan bevorzugte er frisches Hühnchen. Zum Schluss gab sie noch einer Versuchung nach und legte eine große Wassermelone in den Einkaufswagen. Sie freute sich darauf, später in das saftige Fruchtfleisch zu beißen. *Kein Badesee, aber immerhin auch Wasser,* dachte sie und schob den Wagen zur Kasse. Um diese Zeit gab es keine langen Wartezeiten, vor ihr standen nur zwei Personen. Der Kasse am nächsten war eine dunkelhäutige Frau, deren Einkauf aus Unmengen von Chipstüten und Cola bestand. Vor Anstrengung schwer atmend, häufte sie ihre Schätze auf das Transportband. Dahinter stand ein großer Mann, der seinen spärlichen Einkauf in der Hand hielt. Als er sie mit dem Wagen kommen sah, bedeutete er ihr mit einer freundlichen Geste, dass er sie vorlassen würde. Da sie einiges im Wagen hatte, war sie zwar überrascht, nahm das Angebot aber dankbar an. Vielleicht hatte er etwas vergessen oder wartete noch auf jemanden. Sie verstaute alles in den Taschen, die eigens dafür im Kofferraum lagen, und fuhr guter Dinge zurück.

Sobald sie die Haustür aufgeschlossen hatte, roch sie den beißenden Rauch.

Sitzung 12

Im Keller hat es Ärger gegeben. Die Kleine wollte nicht spuren. Erst hat sie sich blödgestellt und wollte nicht kapieren, was sie tun sollte. Nachdem ich es ihr unmissverständlich klargemacht hatte, weigerte sie sich vehement. Der Junge hat sich nicht gerührt. Er stand mit heruntergelassener Hose da, wie zur Säule erstarrt, und hielt sich die Hände vor die Augen, als wollte er tatsächlich darauf verzichten, sich diesen Leckerbissen in seiner ganzen Pracht anzuschauen! Das konnte ich nicht durchgehen lassen. Als ich der Kleinen mit einem Warnschuss Druck machen wollte, bewegte sie sich so ungeschickt, dass sie ins Bein getroffen wurde. Die Kugel hat sie seitlich erwischt, nicht schlimm, aber sie hat geblutet wie ein Schwein. Weil die Kugel glatt am Knochen vorbei durchs Fleisch gegangen war, rechnete ich nicht damit, dass es Schwierigkeiten geben würde. Ich habe ihr Verbandmaterial und ein paar Schmerztabletten gegeben. Danach waren sie zahm und befolgten meine Anweisungen. Der Junge hat seinen Mann gut gestanden, ich habe ihn von allen Seiten eingesetzt. Das Viagra hätte der gar nicht gebraucht. Es wäre doch gelacht gewesen, wenn ich mir den Spaß hätte verderben lassen. Allerdings musste ich ein paar Tage hart daran arbeiten, den beiden beizubringen, wie es hier zu laufen hat. Ihre einzige Aufgabe ist, mir Vergnügen zu bereiten. Undankbarkeit lasse ich mir nicht gefallen. Immerhin stelle ich eine komfortable Wohnung und sorge dafür, dass sie jeden Tag was Ordentliches zu beißen bekommen. Okay, sie dürfen nicht raus, aber man kann schließlich nicht alles haben.

So doof sind die zwei gar nicht. Als ich ihnen Argo gezeigt habe, der vor ihrem Fenster patrouillierte, haben sie sofort kapiert, dass jeder Fluchtversuch ganz ungünstig für sie ausgehen würde. Ich habe sogar das Vorhängeschloss am Fenstergitter geöffnet und ihnen angeboten, ins Freie zu gehen, aber sie wollten nicht. Argos Geifer triefte, so gierig war er. Er knurrte, als ich das Fenster wieder abschloss.

Das Problem ist, dass sich dieses bescheuerte Bein entzündet hat. Die Kleine hat Fieber und ist zu nichts mehr zu gebrauchen. Schade – es fing gerade an, interessant zu werden. Sie hat den Körper einer Gazelle. Grazil und doch kräftig. Ihre Bewegungen ähneln eher der einer Raubkatze, gleichzeitig lasziv und dynamisch. Allein zu beobachten, wie sie sich bewegt, macht mich scharf. Und erst ihr Geruch ... Sie verströmt das Aroma einer exotischen Blüte, im Nacken und um die Brüste blumig, weiter unten herb und erdig. Ich muss schleunigst irgendwas unternehmen, damit sie mir nicht auch krepiert, aber ich kann sie ja schlecht in eine Klinik fahren, oder?

Gerade kommt mir eine Idee ... Ich hole die Klinik ins Haus.

Da sieht man, wozu eine Therapie gut ist. Es geht nichts über die Methode, sich hinzusetzen und das Problem zu benennen. Peng, schon hat man die Lösung. Früher habe ich geglaubt, dass die Leute zu einem Therapeuten gehen, damit er ihnen eine Lösung für ihre Probleme anbietet. Heute weiß ich es besser. Man muss die Lösung selbst finden. Diese Psychofritzen hören zu, während ihre Patienten über eine Lösung nachdenken. Ja, so ist das. Worum es geht, ist, sich regelmäßig Zeit zum Nachzudenken zu nehmen. Diese Psychos bilden sich nur was ein. Bei den Lions ist auch so ein Exemplar von Analytiker. Stolziert herum, als hätte er die Weisheit mit Löffeln gefressen. Kürzlich hörte ich, wie der arrogante Pinkel zu jemandem sagte: „Wer das Problem hat, hat auch die Lösung.“ Damit zumindest hat er recht.

Aber jetzt muss ich mich um das Bein kümmern. Gut, dass mir rechtzeitig etwas eingefallen ist. „Die Axt im Haus erspart den Zimmermann“, pflegte mein Vater zu sagen, und das gilt auch für mich: Die Ärztin erspart die Klinik. Vermutlich hat mich der Einsatz der mobilen Tierärztin inspiriert. Meine Mutter wäre stolz auf mich. Nein, stimmt nicht. Wenn mir als Kind etwas Schlaues eingefallen oder eine Aufgabe gut gelang, hat sie das bestenfalls hingenommen, aber wenn ich mich angestellt habe wie ein Idiot, dann hat sie mit Lob nicht gespart. Ich erinnere mich noch genau an diesen unsäglichen Sonntag, als ich ihren Kaffeeklatsch-Eulen ein paar Stücke am Klavier vorspielen musste. Wie habe ich diesen Klavierunterricht gehasst! Es war von vornherein klar, dass ich so unmusikalisch bin wie ein Eimer. Ich wollte weder mit Noten noch mit dem Klimperkasten das Geringste zu tun haben, trotzdem ließ sie ein ganzes Jahr lang zweimal die Woche eine Trulla kommen, die mit der Geduld eines Esels versuchte, mir wenigstens einen Funken Virtuosität zu entlocken. Als es so weit war, dass Mutter meinte, die Ernte ihrer Ausdauer einbringen zu können, wäre es beinahe zur Katastrophe gekommen. Ich klimperte an diesem Nachmittag noch schlechter als sonst, weil ich aufgeregt war und schwitzte wie ein Affe. Die glitschigen Finger rutschten von den Tasten, und der Schweiß rann mir in die Augen, sodass ich die Noten nicht richtig lesen konnte. Als es endlich vorbei war und die geladenen Damen höflich schwiegen, hörte ich meine Mutter in die grausame Stille hinein sagen: „Friedrich ist so begabt am Flügel!“ Das war offenbar zu viel für eine der alten Schnecken, denn sie machte ein wieherndes Geräusch und verschluckte sich dabei derart an einem der trockenen Kekse, dass sie zu ersticken drohte. Sie wurde blau im Gesicht, und ich überlegte gerade, ob sie wohl daran krepieren würde oder an den Schlägen, die ihr die anderen Trutschen auf den Rücken gaben, als mein Vater aufsprang, dass sein Stuhl krachend umfiel, die Alte kurzerhand an den Füßen packte und auf den Kopf stellte. Bei seiner Statur war es für ihn eine Kleinigkeit, das dürre Gerippe hochzuziehen. Schwups, war der Keks draußen und ich endlich aus dem Mittelpunkt.

Was ich damit sagen will, ist, dass Mutter mich ausgerechnet dann lobte, wenn selbst ein Idiot bemerkt hätte, dass es nichts zu loben gab. Warum sie das tat und bis heute noch tut, bleibt ihr Geheimnis. Es hat mir das Leben in vielerlei Hinsicht schwer gemacht, bis ich erkannte, dass ich auf ihr Lob nichts geben kann. Auch meine Beziehung zu Marianne und den Kindern hat das beeinflusst, aber diese Geschichte muss warten. Ich muss mich um die Kommissarin kümmern, solange der Herr Gemahl noch auf Reisen ist.

Dr. Bernadette Zipfel

Alexandra ließ ihren Einkauf stehen und eilte geradewegs in die Küche, wo sie die Quelle des Qualms vermutete, aber sie entdeckte dort nichts Ungewöhnliches. Rasch feuchtete sie ein Geschirrtuch an, um es sich vor die Nase halten zu können, wenn sie die anderen Zimmer der Wohnung inspizierte. Sie traute sich nicht, ein

Fenster zu öffnen. Falls es sich um einen Schwelbrand handelte, wollte sie ihm keine Nahrung bieten. Das Tuch fest gegen die Nase gedrückt, eilte sie durchs ganze Haus. Der milchige Rauch hing in allen Räumen, aber sie konnte seine Ursache nicht entdecken. Jetzt blieben nur noch der Heizungs- und der Wäscheraum im Untergeschoss. Mit klopfendem Herzen drehte Alexandra den Schlüssel um und zog die schwere Feuerschutztüre des Heizungsraums einen Spalt breit auf. Auch dort war alles in Ordnung. Die dicht schließende Tür hatte dafür gesorgt, dass in diesen Bereich kein Rauch eingedrungen war. Sie atmete tief ein. Dann legte sie die Hand auf den Brenner der Ölheizung, um dessen Temperatur zu prüfen, bevor sie den Raum verließ und die eiserne Tür wieder sorgfältig schloss. Unmittelbar daneben befand sich die Tür zum Wäscheraum. Alexandra öffnete sie einen Spalt. Augenblicklich quoll Rauch durch die Ritze. Erschrocken zog sie die Tür wieder zu. Was sollte sie jetzt machen? Die Feuerwehr holen? Aber vielleicht brannte es gar nicht mehr? Sie lauschte angestrengt, hörte aber nichts Verdächtiges. Abermals griff sie nach der Klinke. Falls es in dem Raum brannte, müsste die Tür doch wärmer sein. Sie überlegte, welche brennbaren Gegenstände sich in dem Raum befanden. Außer dem Geräteschrank, der Waschmaschine, dem Trockner und dem Bügelautomaten gab es nichts, das brennen konnte. *Ich kann das Theater mit der Feuerwehr nicht auch noch brauchen*, dachte sie. Ihr fiel ein, dass ein Feuerlöscher am Treppenaufgang hing. Rasch holte sie den grellroten Behälter und las die aufgedruckten Anweisungen. Dann vergegenwärtigte sie sich, was der Leiter des Feuerschutztrainings im Kommissariat über den Gebrauch von Löschmitteln gesagt hatte, und öffnete beherzt die Tür ein zweites Mal. Augenblicklich quoll ihr dichter Rauch entgegen. Sie drückte sich das Tuch auf Mund und Nase. Die Temperatur im Raum war nicht wesentlich erhöht. Das beruhigte sie. Mit einigen schnellen Schritten durchquerte sie das Zimmer, tastete nach dem Fenstergriff und riss das Fenster mit einem Ruck auf. Der Rauch quoll in den Vorgarten. Alexandra sah mit tränenden Augen, dass es sich um zwei Arten von Rauch handelte. Im oberen Teil des Wäscheraums war er weiß. Davon war Etliches durch den oberen Spalt der Tür in den Rest des Hauses entwichen. In Bodennähe waberte grauschwarzer, schwererer Rauch. Alexandra hustete und fragte sich, welche Sorte wohl die giftigere war. Als der größte Teil des hellen Qualms abgezogen war, offenbarte sich sein Ursprung ihrem erstaunten Blick: Der Bügelautomat war total verbrannt. Sie sah, dass das Bügeleisen auf dem Bezug und nicht auf dem dafür vorgesehenen Platz stand. Unter dem Bügelbrett entdeckte Alexandra die Überreste ihres Wäschekorbes. Das Plastik war zu einem stinkenden schwarzen Klumpen verbrannt. Vermutlich waren glühende Teile des Bügelbrettbezugs hinuntergefallen und hatten ihn entzündet. *Gertrud,* schoss es ihr durch den Kopf. Das konnte nur Gertrud gewesen sein. Sie war an diesem Morgen hier gewesen, um „nach dem Rechten zu sehen". Alexandra fühlte die Wut auf ihre Schwiegermutter erneut in sich aufsteigen. *Weder habe ich diese eigenmächtige Person darum gebeten, dass sie meine Sachen bügelt, noch darum, dass sie das Eisen auf dem Brett abstellt und damit unser ganzes Haus gefährdet.* Mittlerweile hatte sie wieder einigermaßen klare Sicht. Zum Glück hatten sie das Linoleum vor ein paar Monaten herausgerissen. Der Steinzeugboden hatte das Schlimmste verhindert. Sie ging in den Flur, um die Haustür zu öffnen, und seufzte. Da stand der ganze Einkauf. Sie trug ihn in die Küche, doch in die verräucherten Schränke konnte sie nichts einräumen. Von wegen ruhiger Abend – jetzt musste sie den ganzen Mist putzen. Der Ruß des verbrannten Plastiks war bestimmt giftig. Die Lust, gemütlich im Garten zu essen, war ihr vergangen.

Das Klingeln des Telefons riss sie aus ihren Gedanken. Hermann hatte gesehen, dass sie am Mittag versucht hatte, ihn zu erreichen, und wollte ihr sagen, dass sein Kurs zu Ende war, er aber nur eine kurze Pause hatte, bevor sich die Referenten zum Abendessen trafen.

Alexandra war mit einem Schlag wieder in einer anderen Welt. Der Brand war jetzt nicht wichtig. Sie musste die Zeit nutzen, um Hermann auf den aktuellen Stand zu bringen. Den Wäscheraum würde sie ihm nach seiner Rückkehr zeigen. Sie erzählte von ihrem Zusammentreffen mit den Schweizern und dem entführten Zwillingspaar in Stein, der kleinen Schweizer Gemeinde gegenüber Bad Säckingen. Als sie geendet hatte, blieb es eine Weile still in der Leitung. Alexandra wusste, wie Hermann jetzt aussah: Er hatte die Stirn in Furchen gelegt, und seine wachen Augen wanderten flink hin und her. Er war besorgt, das hörte sie an seiner Stimme, aber auch an den Fragen, die er ihr stellte. Sie wollte wissen, wie er die Situation einschätzte. Er äußerte sich vorsichtig, aber sie kannte ihn zu gut, als dass er seine Sorge hätte verbergen können.

„Du glaubst auch nicht an einen Zufall, stimmt's?", fragte sie ihn geradeheraus.

„Wenn ich ehrlich bin, nein. Aber du kennst mich. Bevor ich mich definitiv dazu äußere, muss ich alle Informationen haben."

Sie lachte bitter. „Die Informationen decken sich mit denen im Fall Kim. Die beiden Geschwister sind verschwunden. Es gibt keinen ersichtlichen Grund und keinerlei Hinweise, jedenfalls bis jetzt nicht, und: wieder keine Zeugen!“

„Ich befürchte auch, dass es darauf hinausläuft, aber trotzdem ist es zu früh für diese Schlussfolgerung. Wir müssen die Ermittlungen der nächsten Tage abwarten.“

„Ich weiß, dass du recht hast, aber mein Gefühl sagt mir, dass es unser Mann ist. Was verspricht er sich davon, jenseits der Grenze zu operieren?“

„Wenn er nicht von drüben stammt.“

„Stimmt, das könnte sein.“ Ihr kam das überhebliche Gehabe des Schweizer Kommissars in den Sinn. Ob er daran gedacht hatte?

Hermann versprach, sich Gedanken über die neuesten Entwicklungen zu machen, bevor er zum Essen ging.

Sie verzichtete darauf, ihm von dem Beinahe-Brand zu erzählen, verabschiedete sich und legte auf. Danach blieb sie noch eine Weile neben dem Apparat sitzen und dachte nach. Ein Schweizer, warum nicht? Womöglich trieb er dort schon länger sein Unwesen. Töni und Meierhofer hatten sich zwar so gegeben, als wollten sie sich an Kims Fall orientieren, aber es war nicht ausgeschlossen, dass sie sich in einer ähnlichen Situation befanden wie ihre deutschen Kollegen. Womöglich gab es in der Schweiz andere Fälle, die mit Gitano und Marina vergleichbar waren. *Wir haben im Gespräch mit den Kollegen auch darauf verzichtet, eine Verbindung zwischen den Entführten und den Getöteten herzustellen,* dachte sie. *Ich muss mit König sprechen. Wenn wir mit den Schweizern zusammen in diese Richtung ermitteln, kommt vielleicht endlich etwas in Gang.* Sie beschloss, diese Hypothese am nächsten Morgen auf der Fahrt mit Isidor zu diskutieren, und schrieb ihrem Chef eine Mail, dass er sich dringend bei ihr melden solle, sobald er Zeit habe.

Inzwischen knurrte ihr Magen so laut, dass sie erschrak. Der Blick zur Uhr lieferte die Erklärung: Es war schon nach 21 Uhr. Sie ging in die Küche und machte sich ein belegtes Brot. Mit Radieschen, sauren Gurken und Mineralwasser ergänzte sie die Mahlzeit, stellte alles auf ein Tablett und trug es in den Garten. Das Haus roch so sehr nach Rauch, dass ihr das Essen nicht geschmeckt hätte.

Ich muss nachher putzen, dachte sie. *Wenigstens die glatten Flächen und die Böden, sonst setzt sich der Gestank fest.* Bestimmt enthielt der Ruß auch Formaldehyd oder ähnliche giftige Stoffe. Außerdem wollte sie nicht, dass Whisky über die verschmutzten Böden lief. Er würde einiges von dem Gift aufnehmen, wenn er sich bei seinem täglichen Putzritual die Pfoten ableckte.

Sie hatte gehofft, dass sie sich nach dem Essen gestärkt fühlen würde, um die Putzarbeiten schnell erledigen zu können, aber sie fühlte sich wie zerschlagen. Ihre Lider wurden so schwer, dass sie zufielen, ob sie es wollte oder nicht. *Soll ich mich einen Moment hinlegen?*, fragte sie sich, aber sie wusste die Antwort. Wenn sie sich jetzt hinlegte, würde sie es nicht mehr schaffen, noch einmal aufzustehen. Sie gab sich einen Ruck und trug die Sachen in die Küche. Ohne sich eine einzige Überlegung zu erlauben, holte sie die Reinigungsutensilien und wischte die Böden auf. Danach kamen die Türen und Schrankflächen dran, wobei die Küchenschränke sie viel Zeit kosteten, da sich auf der Oberseite ziemlich viel fettiger Ruß abgelagert hatte.

Alexandra achtete weder auf ihre Müdigkeit noch darauf, wie die Zeit verging. Zum Schluss wusch sie noch schnell die Fenster von innen ab. Sie würden bei Tageslicht voller Streifen sein, aber darum ging es jetzt nicht. Hauptsache, der dünne Film, den der Rauch auf alles gelegt hatte, ging ab. Um kurz vor halb eins schüttete sie den letzten Eimer mit Wischwasser aus und füllte die Spülmaschine mit der ersten Ladung Geschirr aus den Küchenschränken, die alle von innen ausgewischt werden mussten.

Endlich war es geschafft. Sie zog die Latexhandschuhe aus, die sie sonst dazu benutzte, Whiskys eklige Mitbringsel zu entsorgen. Obwohl sie die Augen kaum noch offen halten konnte, stellte sie sich zum Schluss noch unter die Dusche. Ihre Jeans und das T-Shirt, die ätzend nach Rauch rochen, warf sie auf den kleinen Balkon vor dem Schlafzimmer.

Danke, Gertrud, dachte sie erbost, als sie halb ohnmächtig ins Bett fiel. Sie hatte weder die Energie, auf die Uhr zu sehen, noch wollte sie wirklich wissen, wie spät es geworden war. Den Wecker würdigte sie keines Blickes, sonst hätte sie bemerkt, dass er nicht auf Alarm gestellt war.

Auch in dieser Nacht läutete ihr Telefon. Als sie danach griff, hörte es auf. Was sollte das denn? Verärgert drehte sie sich zur Seite, um weiterzuschlafen. Dann schreckte sie plötzlich auf. Es dauerte ein paar Augenblicke, bis sie begriff, woher das schrille Geräusch kam, das sie geweckt hatte. Es war nicht der Feueralarm, den sie in ihrem Traum ausgelöst hatte, sondern die Türklingel. Langsam wandte sie den Kopf und blickte auf die Uhr. Viertel vor acht! Um Gottes willen! Sie sprang aus dem Bett. Die Türglocke hatte kurz ausgesetzt, aber jetzt lärmte sie wieder so unerträglich, dass ihr Kopf davon schmerzte. Isidor? Alexandra schlüpfte in den Bademantel und tappte zum Fenster. Ihr war schwindlig.

Isidor klingelte Sturm. Als er pünktlich um halb acht eingetroffen war, war er im Wagen sitzen geblieben und hatte Zeitung gelesen, aber nach zehn Minuten war er unruhig geworden. Es war noch niemals vorgekommen, dass seine Chefin morgens nicht zur verabredeten Zeit herausgekommen war. Er stieg aus, ging zur Haustür und sah, dass alle Fenster offen standen. Während er sein Handy ihre Nummer wählen ließ, betätigte er die Türglocke. Im Haus rührte sich nichts. Aus dem offenen Flurfenster meinte er den Geruch kalten Rauchs wahrzunehmen. Isidor wusste, dass Hermann verreist war, und begann sich Sorgen zu machen. Konnte ihr etwas zugestoßen sein? War sie gestürzt? Oder schlimmer ...? Er versuchte, die aufkommende Panik beiseitezuschieben und einen kühlen Kopf zu behalten. Was wäre als Nächstes zu tun, wenn sie nicht öffnete? Eine Welle der Erleichterung überflutete ihn, als das Gesicht seiner Chefin am Fenster erschien.

„Isidor? Ich habe verschlafen", rief sie. Ihre Stimme war noch ganz dünn vom Schlaf. „Bitte geben Sie mir noch ein paar Minuten. Sie können gerne reinkommen und im Haus auf mich warten." Sie kam die Treppe herunter, ohne eine Antwort abzuwarten, und schob die Verriegelung an der Haustür zurück.

Isidor grinste sie vergnügt an, aber als er sah, wie bleich sie war, wurde er mit einem Schlag ernst. „Chefin, alles in Ordnung?"

„Ja, ja. Hatte nur eine lange Nacht. Ich erzähle es Ihnen später. Wir können in zehn Minuten fahren."

„Soll ich Ihnen einen Kaffee machen?"

„Nein, dafür ist keine Zeit. Aber wenn Sie bitte die Fenster überall im Haus schließen würden ..."

„Kein Problem."

Alexandra hatte noch nie so schnell geduscht. Sie gönnte sich eine halbe Minute warmes Wasser, verteilte flüchtig etwas Duschgel auf ihrem Körper und spülte es sofort wieder ab. Zum Schluss drehte sie den Hahn mit einem energischen Ruck auf kalt und unterdrückte einen Schrei, als das kalte Wasser auf ihren Körper traf. Von dieser Prozedur einigermaßen wach, bürstete sie sich mit der einen Hand die Zähne, während sie sich mit der anderen abtrocknete. *Verdammt, gerade heute muss ich verschlafen. Aber das ist ja kein Wunder bei meinem Schlafmangel.* Sie eilte zum Schrank und entschied sich für das Leinenkostüm, das sich bei Hitze so angenehm trug.

Als sie in die Küche trat, saß Isidor am Tisch. Er hatte die Fenster geschlossen und war mit seinem Handy beschäftigt. Sie trank rasch ein Glas Wasser, füllte Whiskys Napf und holte ihre Waffe aus dem Schrank.

„Jetzt können wir los. Entschuldigen Sie bitte, Isidor. Es tut mir leid. Anscheinend habe ich den Wecker nicht gehört."

„Das macht mir nichts aus. Wir kommen auch jetzt noch ins Kommissariat, oder haben Sie andere Pläne?"

„Nein, wir fahren ins Büro. Ich habe König gestern gemailt, dass ich ihn dringend sprechen muss."

Es war schon nach acht, als sie losfuhren. Um diese Uhrzeit war der Verkehr besonders dicht. Dazu kam die Baustelle in der Ortsmitte. Die Ampel zeigte bereits zum zweiten Mal Grün, ohne dass sie durchkamen. Alexandra vervollständigte ihr Make-up und warf zwischendurch einen sehnsüchtigen Blick auf das gegenüberliegende Café Decker.

Isidor war ihrem Blick gefolgt. „Soll ich schnell rüberfahren und Ihnen einen Kaffee holen?"

„Nein, das kostet zu viel Zeit. Aber danke für das Angebot."

„Jetzt erzählen Sie mal, was los war. Warum haben Sie alle Fenster geöffnet?"

„Haben Sie nichts gerochen im Haus?"

„Doch, aber ich war mir nicht sicher, ein wenig rauchig vielleicht."

„Dann hat sich die Putzerei wenigstens gelohnt."

Isidor wandte sich ihr zu. „Putzerei?"

Sie erklärte, was passiert war. Dass sie ihre Schwiegermutter in Verdacht hatte, sagte sie nicht. Sie befürchtete, dass sie sich sonst im Ton vergreifen würde. Geschickt lenkte sie das Gespräch von der abgewendeten Katastrophe auf die ihnen vermutlich bevorstehende. Sie schilderte ihr Gespräch mit Hermann und dessen Verdacht, dass der Täter ein Schweizer sein könnte.

Isidor pfiff durch die Zähne. „Ja, möglich. So herum kann es auch sein."

„Deshalb habe ich König geschrieben. Wir müssen mit ihm abstimmen, wie wir vorgehen. Ich denke, es bleibt uns nichts anderes übrig, als die Schweizer einzuweihen."

„Stimmt, und ich kann mir lebhaft vorstellen, wie dieser Töni und sein nickender Kollege darauf reagieren werden."

„Ich mir auch."

Isidor wechselte das Thema. „Chefin, während Sie gestern putzen mussten, habe ich mir die Bedeutung äthiopischer Namen angesehen."

Das war typisch Isidor. Alexandra grinste. Bei Stress und Frust flüchtete er sich in sein Hobby.

„Man nennt die semitische Sprache, die in Äthiopien und Eritrea gesprochen wird, Tigrinja. Wie in allen afrikanischen Sprachen haben die Namen eine Bedeutung."

Alexandra nickte. „Davon habe ich gehört. Nicht von Tigrinja, aber davon, dass die Namen eine Bedeutung haben."

„Bislang war es so, dass man seinen Namen an den des Vaters anfügte, aber das wurde kürzlich per Gesetz geändert, was zu ziemlichen Schwierigkeiten geführt hat."

Alexandra nickte erneut. Sie konnte sich vorstellen, welche bürokratischen Hürden sich da auftun konnten, gerade wenn man sich auf Reisen befand.

„Auf jeden Fall", fuhr Isidor fort, „wollte ich Ihnen erzählen, was ich herausgefunden habe. Der Name ‚Shewit' bedeutet ‚die Blüte einer Rose' und ‚Semret' bezeichnet den ‚Mittelpunkt zweier Liebender'. Darauf muss man erst mal kommen, diesen Punkt zu benennen. Ist das nicht schön?"

„Ja, das ist es, und Sie sind ein Romantiker."

Er grinste und bog in den Hof des Kommissariats ein. „Auf in den Kampf", raunte er ihr zu, bevor er die Tür schwungvoll öffnete.

Alexandra kam es vor, als quittiere der Pförtner ihre Verspätung mit einem kritischen Blick. *So ein Quatsch,* schalt sie sich selbst, *das geht den doch gar nichts an.* Im Übrigen hätte sie wetten können, dass der Mann bei Weitem nicht so viele Überstunden angehäuft hatte wie sie und Isidor.

Sie betraten den Gang, der zum Gemeinschaftsbüro führte, als ihnen Yvonne entgegenkam. „Da sind Sie ja, Gott sei Dank! Herr König sucht Sie überall."

„Danke, Yvonne. Ich geh gleich zu ihm." *Das hätte ich mir denken können. Da komme ich einmal zu spät, und prompt will er mich sprechen. Wäre ich pünktlich hier gewesen, hätte er sich garantiert bis mittags Zeit gelassen, um auf die Mail zu reagieren,* dachte Alexandra und seufzte.

Sie grüßte die Kollegen im Vorbeigehen, fing Isidors aufmunternden Blick ein und lief geradewegs zum Büro des Chefs. Hanna telefonierte, aber bedeutete ihr durch Zeichen, sich schleunigst bei König zu melden. Sie straffte die Schultern und klopfte energisch an. Ein laut gerufenes „Herein!“ folgte sofort.

König saß hinter seinem Schreibtisch. Er erhob sich und deutete auf den ihm gegenüberstehenden Stuhl. Alexandra spürte, dass er sie musterte. Offensichtlich irritierte ihn etwas.

„Alles in Ordnung mit Ihnen?“, fragte er gereizt.

„Ja, danke.“

Er fixierte sie. Alexandra konnte sich denken, dass er die Spuren der beiden letzten Nächte in ihrem Gesicht sah. Sie wusste, dass man ihr ansah, wenn sie zu wenig oder schlecht geschlafen hatte. Sie fühlte sich ertappt und irgendwie unbehaglich. Sollte sie sich rechtfertigen?

Zum Glück kam König gleich zur Sache. „Sie wollten mich dringend sprechen?“

„Ja. Ich habe mich gestern Abend mit meinem Mann ausgetauscht. Sie wissen ja, dass er diese Woche in Füssen ist. Dabei sind wir auf den Verdacht gekommen, dass der Täter ein Schweizer sein könnte.“

Sie sah, wie ihr Chef eine Spur blasser wurde. „Auch das noch.“

„Deshalb wollte ich mich mit Ihnen absprechen. Wir brauchen unbedingt Informationen darüber, ob es in der Schweiz irgendwo mit Gitano Patelli und Marina Gelassi vergleichbare Fälle gibt.“

„Damit nehmen wir den Deckel vom Topf, das ist Ihnen klar?“

„Das ist mir sehr wohl klar. Ich fürchte nur, wir haben keine andere Wahl.“

Heinrich König war aufgestanden. „Ich muss nachdenken. Wir müssen darauf achten, dass alles in den richtigen Bahnen läuft, sonst tanzen die Schweizer uns auf der Nase herum. Ich werde mir etwas überlegen.“ Er signalisierte, dass das Gespräch beendet war.

Alexandra erhob sich. Sie wusste, dass er sich Zeit nehmen würde, um diese Information zu verarbeiten. Wenn sie Glück hatte, konnte sie jetzt endlich einen Kaffee trinken, damit ihr Hirn trotz des Schlafmangels auf Touren blieb.

Isidor hatte sich wie zufällig in der Nähe des Kaffeeautomaten aufgebaut und drückte, als er sie kommen sah, die entsprechende Taste. Mit einem sirrenden Ton begann die Maschine, die gewählte Menge Bohnen zu Pulver zu verarbeiten.

„Stark und mit Milch, ich weiß“, rief er ihr zu. „Gehen Sie nur voraus, ich bringe den Kaffee.“

„Danke“, sagte sie und lächelte. Er war einfach ein echter Glücksfall.

Als sie die Tür ihres Büros öffnete, stieg ihr der Duft von Croissants und Brezeln in die Nase. Isidor hatte sich tatsächlich um ein komplettes Frühstück gekümmert. In einem Korb befanden sich Butter, Honig und Marmelade. Sie setzte sich und atmete durch.

Gleich darauf kam Isidor mit dem Kaffee herein. Für sich hatte er seine Thermoskanne mitgebracht. „So, Chefin, stärken Sie sich erst mal.“

„Ach, Isidor, was würde ich ohne Sie machen?“, fragte sie nicht zum ersten Mal. Während sie den Kaffee trank, dachte sie, dass sie diese Arbeit ohne ihr Team nicht schaffen würde. Sie war auf jeden Einzelnen von ihnen angewiesen. Alle Teammitglieder gaben sich gegenseitig Sicherheit und Unterstützung. Die brauchten sie auch – allein schon um den Anblick der grausamen Bilder zu bewältigen, denen sie ausgesetzt waren. Man trug diese Bürde gemeinsam, und damit wurde sie ein wenig leichter und beherrschbarer. Jeder der Kollegen trug dazu bei, dass sich die Fragmente eines Falles zusammenfügten und die Lösung brachten. Dr. Helmer kam ihr in den Sinn. Er war verärgert, und das war der Zusammenarbeit auf Dauer nicht zuträglich. Sie musste eine Lösung finden, um ihn wieder ins Boot zu holen.

Die belebende Wirkung des Kaffees setzte ein, und plötzlich entwickelte sich in ihrem Kopf eine Idee, wie sie ihm in einem persönlichen Gespräch unter vier Augen nahebringen konnte, dass sie seinen Damenbesuch beobachtet hatte. Sie würde ihm nicht zu verstehen geben, was sie alles gesehen hatte, aber sie könnte ihm vorsichtig signalisieren, dass sie den Hintergrund sehr wohl einzuordnen wusste und bereit war, darüber Stillschweigen zu bewahren. Seine überhebliche Haltung ihr gegenüber konnte sie nicht tolerieren. Es war zwar verständlich, dass er sich über die Frage nach seinem Alibi geärgert hatte, aber er sollte anerkennen, dass sie nur ihre Arbeit gemacht hatte und diskret vorgegangen war, um ihn zu schützen. Kurz: Er musste von seinem hohen Ross heruntergeholt werden. Sie würde ihm mit ein paar gut gewählten Sätzen klarmachen, dass sie im selben Boot saßen und zusammenhalten mussten.

Isidor hatte sie beobachtet. „Was haben Sie gerade ausgebrütet, Chefin?“

Sie entschied, ihren Plan für sich zu behalten. „Wir müssen unsere Kontakte ins Rotlichtmilieu verstärken“, sagte sie stattdessen.

„Wie kommen Sie darauf?“

„Es könnte doch sein, dass Gitano und Marina für etwas anderes geplant waren. Ich frage mich, ob die beiden nicht vielleicht ursprünglich auch ‚nur' entführt werden sollten. Vielleicht ist dabei etwas schiefgelaufen. Verstehen Sie?"

„Noch nicht ganz."

„Ich denke an Menschenhandel."

„Ach, du meine Güte ... Stimmt, daran habe ich nicht gedacht. Ich bin davon ausgegangen, dass er das Töten genießt."

„Das eine schließt das andere ja nicht aus. Deshalb arbeiten wir in einem Team. Es ist gut, wenn mehrere Köpfe nachdenken. Wir müssen die Kollegen von der Sitte darauf ansetzen. Die entsprechenden Etablissements entlang der Schweizer Grenze sind voll von zwielichtigen Gestalten. Wer weiß, ob sich nicht einer verplappert oder gar mit seiner attraktiven Beute brüstet."

„Ich kümmere mich darum."

„Beziehen Sie sich auf alle fünf Fälle, ohne sie zwingend ein und demselben Täter zuzuschreiben. Jede auch noch so geringe Information könnte uns helfen. Die sollen ihre Kontaktpersonen und die Singvögelchen daraufhin unter die Lupe nehmen."

„Wird sofort erledigt." Isidor stand auf. Nachdenklich betrachtete er die Fotos der fünf jungen Leute an der Wand. „Sie sind alle außergewöhnlich attraktiv. Ja, vielleicht ist Menschenhandel tatsächlich eine Möglichkeit."

Alexandra kaute gerade den letzten Bissen, als das Telefon läutete. Sie blickte auf das Display. Ein Anruf aus Königs Büro. „Das geht ja schnell", murmelte sie und nahm den Hörer ab.

Es war Hanna, Königs Sekretärin. Sie klang aufgeregt. „Frau Rau, Sie sollen sofort ins Büro kommen und Herr Rogg auch. Ich habe ihn nicht erreicht."

„Er ist hier. Wir sind schon auf dem Weg." Nervosität hing in der Luft.

König kam ihnen entgegen. „Das Kreiskrankenhaus Bad Säckingen vermisst eine Ärztin."

Alexandra und Isidor starrten ihren Chef an. Er bedeutete ihnen, ihm in sein Büro zu folgen.

„Hier", er öffnete eine Datei auf seinem Handy, „das ist ein Bild der Frau. Ihr Name ist Dr. Bernadette Zipfel. Sie ist Notfallchirurgin. Ihr Mann hat mir das Bild soeben geschickt. Seine Frau hatte gestern Dienst bis Mitternacht und danach Rufbereitschaft bis zwölf Uhr mittags. Während der Bereitschaftszeit kann sie entweder im Krankenhaus schlafen oder bei sich zu Hause, da sie nur einige Minuten entfernt wohnt. Dass sie verschwunden ist, hat sich deshalb erst jetzt herausgestellt. Sie wurde um elf Uhr in der Notfallambulanz gebraucht und war nicht zu erreichen."

Isidor betrachtete das Bild. „Sie passt nicht zu den anderen", sagte er spontan.

Alexandra fixierte die Fotografie ebenfalls. „Stimmt. Die Frau ist mindestens Mitte dreißig, auffallend hellhäutig und weder groß noch schlank."

„Sie ist eher der nordische Typ", ergänzte Isidor. „Entweder hat sie nichts mit den anderen Fällen zu tun, oder es geht hier um etwas anderes."

Heinrich König stand auf. „Das gilt es herauszufinden. Sie fahren gleich zu Herrn Zipfel und danach in die Klinik."

Alexandra nickte. Sie fühlte sich wie in einem Albtraum. Kaum formte sich ein brauchbarer Gedanke, gab es ein neues Opfer. In ihrem Kopf drehten sich die Gedanken wie in einem Karussell.

„Wir wissen nicht genau, wann die Frau verschwunden ist, oder?", wandte sie sich an König.

„Nein. Irgendwann zwischen Mitternacht und elf Uhr vormittags – das ist unser Zeitkorridor. Es liegt allerdings nahe, dass sie nach dem Dienst nach Hause fahren wollte und dabei entführt wurde. Dann wäre sie in der Viertelstunde nach Mitternacht verschwunden, die sie für den Heimweg gebraucht hätte."

„Könnte passen." Alexandra seufzte. „Wir brauchen die Spurensicherung. Sie sollen in der Klinik anfangen."

König nickte. „Ich veranlasse das. Wir machen das große Programm, auch auf die Gefahr hin, dass die Frau nur ein Schäferstündchen eingeschoben hat."

Isidor notierte sich die Privatadresse von Frau Zipfel, und König leitete das Foto auf ihre Diensthandys weiter. „Vielleicht ergibt sich eine Situation, in der Sie das Bild benötigen. Sobald Sie zurück sind, kommen Sie zu mir, um das weitere Vorgehen abzustimmen", instruierte er sie und griff zum Telefon, um sich mit Ludwig Knöpfle in Verbindung zu setzen.

An Frau Cho vorbei hasteten Alexandra und Isidor den Gang hinunter, um ihre Waffen zu holen. Die Fahrt nach Bad Säckingen dauerte länger als sonst. Alexandra machte sich Notizen, schrieb Hermann eine WhatsApp-Nachricht, starrte auf die Fotografie von Frau Dr. Zipfel und immer wieder auf ihre Armbanduhr.

Isidor verhielt sich ruhig. Er war irritiert von der Nervosität seiner Chefin. So kannte er sie nicht. Sie schien es kaum auf ihrem Sitz auszuhalten. Es wäre ihm lieber gewesen, wenn sie ein Nickerchen gemacht hätte. „Wir sind gleich da“, sagte er in dem Versuch, sie zu beruhigen.

Alexandra reagierte nicht auf seinen Vorstoß. Sie wippte mit dem Fuß und starrte vor sich hin.

„Chefin, was denken Sie gerade?“, legte er nach.

„Dass dieser Mistkerl uns voraus ist“, sagte Alexandra missmutig. „Wir laufen die ganze Zeit hinter ihm her wie ...“ Ihr wollte nichts Passendes einfallen. Schließlich beendete sie den Satz mit: „... wie die Lemminge. Die haben auch keine Ahnung, dass sie über die Klippe springen.“

Isidor schluckte. Diese Vorstellung gefiel ihm nicht. „Vielleicht hat die Ärztin ja gar nichts damit zu tun. Vielleicht hat sie sich wirklich nur eine Auszeit genommen, und irgendwas ist dabei schiefgegangen, sodass sie den Anruf aus der Klinik nicht mitbekommen hat.“

„Ja, vielleicht. Dann sollte sie aber langsam wieder auftauchen, oder?“

Sie hielten vor einem frei stehenden Einfamilienhaus am Stadtrand. Alexandra öffnete die Wagentür, und die für Bad Säckingen typische stickige Hitze schlug ihr entgegen. Damit kehrte ihre Müdigkeit zurück. Als sie ausstieg und sich aufrichtete, fühlte sie sich, als hingen schwere Gewichte an ihrem Körper. Sie lehnte sich für einen Moment an das Auto und musterte das Haus. Es wirkte gepflegt. Neben dem Eingang standen Kübel mit blühenden Hortensien. Der Garten wurde durch eine Kirschlorbeerhecke vor neugierigen Blicken geschützt. In der Hoffnung, dort Schatten zu finden, machte sie sich mit einem Seufzer auf den Weg. Isidor folgte ihr. Noch bevor Alexandra die Türglocke betätigen konnte, trat ein großer Mann aus der Eingangstür. Er trug trotz der Hitze ein dunkles, langärmeliges Shirt. Seine Haut war so tiefschwarz, dass Alexandra erschrak. Der Mann bemerkte es. Offensichtlich passierte ihm das nicht zum ersten Mal, doch er sah sie freundlich an. Das Weiß der Augäpfel hob sich so deutlich ab, dass seine Augen riesig wirkten.

„Easy, Lady.“

Sie räusperte sich. „Sind wir hier richtig bei Zipfel?“

„Ja. Bitte kommen Sie herein. Sie sind von der Polizei?“

Alexandra zückte ihren Ausweis und stellte sich und Isidor vor. Ihr Gegenüber überragte sie um mindestens einen halben Meter. Sie schätzte ihn auf Anfang vierzig. Sein volles Haar war an den Schläfen bereits ergraut.

„Wir können uns nach draußen setzen“, sagte der Mann, der sich als Simon Zipfel zu erkennen gegeben hatte. Die Kommissare folgten ihm durchs Haus auf die Terrasse. Im Vorbeigehen fielen Alexandra die Pokale in der Eckvitrine auf.

Wie erhofft, war es im Garten schattig und kühl. Aufatmend setzten sie sich in die Korbstühle, auf die der Hausherr gezeigt hatte.

„Sind Sie um diese Zeit immer zu Hause?“ Alexandra bemerkte, dass ihm diese Frage offenbar unangenehm war, daher präzisierte sie schnell: „Ich meine, hätten Sie mitbekommen, wenn Ihre Frau nach 24 Uhr hier gewesen wäre?“

„Ja, das hätte ich mitbekommen. Entschuldigen Sie mich einen Moment“, sagte Simon Zipfel und ging ins Haus.

Isidor streckte die Beine von sich und sah sich im Garten um. Sie saßen in einer kleinen Oase. Üppiges Grün bot den Hintergrund für zahllose Blüten in satten Farben. Die Vögel zwitscherten laut. Er ertappte sich bei dem Wunsch, sie wären aus einem anderen Grund da.

Simon Zipfel kehrte mit einem Tablett zurück, auf dem drei Gläser und eine mit Wasser und einem frischen Minzezweig gefüllte Karaffe standen. Mit fragendem Blick schaute er zuerst Alexandra und dann Isidor an. Beide nickten dankbar. Nachdem die Gläser gefüllt waren, setzte sich auch der Hausherr. Der Stuhl ächzte unter seinem Gewicht. Alexandra trank einen Schluck und beobachtete Simon Zipfel. Er wirkte befangen.

„Herr Zipfel“, begann sie, „Sie wissen, dass Ihre Frau im Rahmen ihrer Rufbereitschaft um elf Uhr vom Krankenhaus angefordert wurde. Sie war nicht zu erreichen. Jetzt ist es fast halb zwei. Haben Sie eine Erklärung dafür?“

„Das Krankenhaus hat mich angerufen.“ Er hob die Schultern. „Nein, ich habe keine Erklärung, aber ich bin sicher, dass sich alles aufklären wird.“

Falls sie überrascht war, ließ sie es sich nicht anmerken. Isidor zog eine Augenbraue hoch. „Hat es eine derartige Situation schon einmal gegeben? Ich meine, dass Ihre Frau Dienst hatte und nicht erreichbar war?“

„Nein, meine Frau ist sehr gewissenhaft.“

„Dann könnte Grund zur Sorge bestehen“, warf Alexandra ein.

Der Angesprochene beugte sich nach vorn. „Ja“, sagte er so leise, dass er kaum zu verstehen war. „Aber Sie müssen wissen, dass wir so viel hinter uns haben, dass wir wegen eines einzigen nicht angenommenen Anrufs nicht gleich die Nerven verlieren."

Alexandra sah ihm in die Augen, die dunkel glommen. *Ist das Angst, versteckt hinter seiner äußeren Gelassenheit?*

„Auf keinen Fall geht es darum, die Nerven zu verlieren, Herr Zipfel. Darf ich fragen, ob Sie wissen, wo sich Ihre Frau aufhält?"

„Ja, also nein, ich weiß es nicht."

„Wissen Sie, ob sie nach dem Dienst nach Hause fahren oder im Krankenhaus bleiben wollte?"

„Nein, das hat sie immer spontan entschieden. Deshalb war ich der Meinung, dass sie im Krankenhaus ist. Ehrlich gesagt, denke ich, dass sie noch immer dort ist. Ihr Auto steht ja auch dort."

„Das ist richtig, aber Ihre Frau geht nicht ans Telefon und reagiert auch nicht auf ihren Piepser."

Simon Zipfel starrte auf den Boden. Alexandra und Isidor tauschten einen Blick. Isidors Miene verriet Ratlosigkeit.

„Und deshalb kommt in Deutschland gleich die Polizei?", fragte Zipfel mit bebender Stimme.

Alexandra sah, dass seine Hände zitterten. „Nein, Herr Zipfel, deshalb kommt normalerweise in Deutschland nicht gleich die Polizei", antwortete sie. „Dass wir hier sind, liegt daran, dass es in letzter Zeit in dieser Gegend einige Vermisstenmeldungen gegeben hat, weshalb wir dahingehend sensibilisiert sind."

Sie war inzwischen ziemlich sicher, dass der Mann traumatisiert war. Die Ruhe, die er auszustrahlen versuchte, war lediglich ein Versuch, sich zu schützen. Mit weit aufgerissenen Augen starrte er sie an, offenbar unfähig, weiterzusprechen. Alexandra musterte seinen Körper. Seitlich am Hals entlang wand sich eine Narbe. Auch an seinen Unterarmen waren Narben. Was hatte er wohl für eine Geschichte? War er gefoltert worden?

Sie lächelte ihn an. „Ist es Ihnen recht, wenn wir uns im Haus umsehen?"

Er stand abrupt auf. „Wie elegant Sie das hierzulande formulieren! In Wirklichkeit ist es doch überall dasselbe."

„Was meinen Sie damit?"

„Nichts, lassen Sie nur. Es ist nichts. Natürlich können Sie sich umsehen."

Alexandra ahnte, was er meinte. Er kam bestimmt aus einem Land, in dem Menschenrechte eine untergeordnete Rolle spielten, aber sie hatten keine Zeit, darauf Rücksicht zu nehmen. Außerdem war ihr heiß, und die Walther drückte schmerzhaft gegen ihre Rippen.

„Herr Zipfel, wir machen nur unsere Arbeit“, sagte sie und versuchte, ihre Stimme unbefangen klingen zu lassen. „Wenn Sie uns bitte zunächst die persönlichen Sachen Ihrer Frau zeigen, ihren PC und den Schreibtisch vielleicht.“

„Bitte.“ Mit schweren Schritten ging er voraus. Alexandra deutete auf die Pokale. Sie wollte freundlich sein. „Haben Sie die gewonnen“

„Nein.“

Schweigend gingen sie einmal durch das ganze Haus. Zum Schluss bat Alexandra ihn um eine weitere Fotografie seiner Frau und sagte, dass sie den PC mitnehmen müssten. Simon Zipfel schien in der letzten halben Stunde um Jahre gealtert zu sein. Alexandra hoffte inständig, dass die Frau nach Hause kam und sich alles aufklärte. Sie las die Nachricht, die König ihr geschickt hatte, und kündigte Herrn Zipfel den Einsatz der Spurensicherung an.

Als sie sich von ihm verabschiedeten, war es bereits nach 14 Uhr, und von seiner Frau fehlte immer noch jede Spur. Isidor fragte Herrn Zipfel, ob er jemanden für ihn anrufen solle, damit er die nächsten Stunden nicht alleine verbringen müsse. Simon Zipfel schüttelte den Kopf. Mit einem unguten Gefühl verließen Isidor und Alexandra das Haus. Simon Zipfel blieb in der Tür stehen und sah ihnen nach.

Isidor versorgte das beschlagnahmte Gerät im Kofferraum. „Haben Sie bemerkt, wie groß der Mann ist?“

„Ja, das war nicht zu übersehen. Ich habe aber auch bemerkt, dass er Rechtshänder ist“, antwortete Alexandra, um das Gespräch abzukürzen.

Sie war jetzt todmüde. Etwas Watteartiges hatte sich zwischen sie und die Welt gedrängt. Seufzend schloss sie die Augen. „Wetten, dass es im Krankenhaus keinerlei Hinweise auf den Verbleib der Frau gibt?“, murmelte sie resigniert.

Isidor reagierte nicht. Er wusste, dass sie dringend Ruhe brauchte.

Als er auf dem Klinikparkplatz hielt, war sie fest eingeschlafen. Auch das Abstellen des Wagens, sonst ein Aufwachsignal, zeigte keine Wirkung. Isidor sah Ludwig Knöpfle auf ihr Fahrzeug zukommen und rüttelte Alexandra sacht an der Schulter. „Chefin, aufwachen! Wir sind vor der Klinik. Die Spurensicherung ist hier.“

Alexandra schlug die Augen auf. „Was? Ach so.“ Sie schluckte. Ihr Mund war trocken und hinter der Stirn braute sich ein übler Schmerz zusammen.

Inzwischen war Knöpfle bei ihnen. „Hallo, ihr zwei", grüßte er.

„Hallo", antwortete Isidor. Alexandra nickte nur.

„Wir sind hier fertig. Das Auto ist versiegelt und wird abgeholt. Im Bereitschaftszimmer der Ärztin haben wir weder Kampf- noch Blutspuren gefunden. Fingerabdrücke und Haare gibt es haufenweise."

Alexandra nickte erneut.

„Können wir weiter zur Privatadresse oder habt ihr noch Fragen?"

„Nein, keine Fragen. Danke, Ludwig."

Leider behielt Alexandra mit ihrer Vorahnung recht. Nach dem letzten Patienten in der Notaufnahme hatte niemand mehr Kontakt mit Bernadette Zipfel gehabt. Sie hatte die Unterarmfraktur eines älteren Herrn versorgt, der über einen Läufer gestolpert war. Danach war sie nach Aussage der diensthabenden Krankenschwester in ihr Bereitschaftszimmer gegangen. Der Pförtner konnte sich nicht erinnern, sie beim Verlassen des Krankenhauses gesehen zu haben, räumte jedoch ein, dass er in der Nacht nicht ununterbrochen an der Pforte gesessen habe, denn es gehöre zu seinen Aufgaben, in bestimmten Intervallen kurze Rundgänge zu machen. Dass sie das Krankenhaus verlassen hatte, war also möglich. Einen Parkplatzwächter oder Kameras gab es nicht. Inzwischen war es fünfzehn Uhr. Die Wahrscheinlichkeit, dass die Ärztin verschwunden blieb, nahm stündlich zu.

Alexandra wählte Königs Nummer, sobald sie die Klinik verlassen hatten. Sie informierte ihn über den Ermittlungsstand und bat ihn vorsichtshalber um die Überprüfung der Personalien von Simon Zipfel. Sie beendete das Gespräch mit der Zusage, gleich in sein Büro zu kommen. Als sie ihr Smartphone in ihre Handtasche legen wollte, läutete es. Auf dem Display erschien Hermanns Name.

„Ich wollte hören, wie es dir geht", sagte er. Seine Stimme drang wie durch Watte in ihr Ohr.

Sie beschrieb ihm die Situation. Er merkte offenbar, wie erschöpft sie war, und stellte keine weiteren Fragen. Zurück im Kommissariat steuerten sie sofort Königs Büro an. Hanna erklärte ihnen, dass er telefoniere. Sie warteten. Nach etwa zehn Minuten signalisierte die Telefonanlage der Sekretärin, dass die Leitung frei war. „Sie können jetzt …", begann sie, doch da öffnete sich schon die Tür, und der Chef stürzte heraus.

„Ah, da sind Sie ja!", sagte er atemlos. Er hatte seine Krawatte gelöst, und der Hemdkragen stand offen. Alexandra wusste, dass das nichts Gutes zu bedeuten hatte. Sie begleiteten ihn in sein Büro und warteten darauf, dass er das Wort ergriff.

König ging vor dem Schreibtisch auf und ab. Schließlich verschränkte er die Arme vor der Brust und sagte: „Die spinnen doch, die Schweizer!“ Als weder Alexandra noch Isidor reagierten, fuhr er fort: „Ich hatte eben den Justizminister am Apparat. Die Schweizer haben sich beschwert. Wir hätten sie nicht rechtzeitig informiert und versäumt, das FBI einzuschalten. Wir kooperieren ihrer Meinung nach nicht hinreichend mit anderen Behörden.“

„Und deshalb …“, begann Alexandra, aber König fiel ihr ins Wort: „Ich habe heute Morgen Kontakt mit den Schweizern aufgenommen, wie wir es besprochen haben, und jetzt das: Frau Rau, Herr Rogg, der Herr Minister zieht in Erwägung, uns den Fall zu entziehen.“

Alexandra sah ihren Chef fassungslos an. Sie konnte sich kaum beherrschen, laut zu sagen: „Dann soll er den Fall doch selbst lösen, der Herr Minister!“

Sitzung 13

Das war eine logistische Glanzleistung, jawohl. Ich hatte kaum Zeit zum Planen. Aber wenn man weiß, wie die Leute ticken, kriegt man fast alles raus. Ich musste mich nur im Wartezimmer der Ambulanz umsehen und mir die an der Wand hängenden Bilder des Teams einprägen. Wir haben ja mittlerweile amerikanische Verhältnisse. Jeder Pupsladen hängt die Visagen seiner Angestellten am Schalter oder auf dem Gang aus. Fehlt nur noch, dass sie auch anfangen auszuloben, wer der Oberspießer der Woche oder des Monats war.

Die Tussen im Krankenhaus haben bereitwillig Auskunft gegeben, als ich gefragt habe, wie denn die Ärztin hieß, die mir kürzlich am Telefon bei der Versorgung meines verbrannten Fußes geholfen hat. Noch eine kleine Frage, wie lange sie denn da sei, falls ich vorbeikommen wolle, und voilà – schon war klar, wann sie Feierabend hat, die Dame Zipfel. Das war die halbe Miete, und jetzt ist sie hier.

Eins muss man ihr lassen: Doof ist sie nicht. Sie wusste sofort, was hier gespielt wird, und hat mit allen Tricks versucht, mich über den Tisch zu ziehen, von wegen die Kleine im Keller müsse ins Krankenhaus, aber darauf bin ich nicht reingefallen. Es hat mich ganz schön

Kraft gekostet, ihr nicht auf den Leim zu gehen. Die hat Nerven. So was trifft man nicht alle Tage. Vielleicht kann sie mich unterhalten. Aber jetzt soll sie sich erst mal um die Kleine kümmern. Das ist ihr Job. Sie hat dafür zu sorgen, dass sie nicht ins Gras beißt. Ich habe meinen Teil getan. Es war schwierig genug, sie unbemerkt ins Auto zu bekommen. Ich wusste ja nicht, auf welche Art sie nach Hause kommen wollte. Klar, es lag nahe, dass sie mit dem Auto da war. Hätte ich mehr Zeit gehabt, hätte ich das vorher genauestens in Erfahrung bringen können. So musste ich einfach hoffen, dass es so war. Ich hatte Glück. Eigentlich wollte ich ja in der Nähe der Personalparkplätze parken, doch da war nichts frei.

Als sie rauskam, blieb mir keine Zeit zum Überlegen. Nachdem ich sie in Tiefschlaf versetzt hatte, musste ich sie kurz unter ihr Auto legen, bis ich meinen Wagen geholt hatte. Das war kritisch. Kaum hatte ich sie drin, ist jemand angefahren gekommen. Ich habe also eine ganze Menge riskiert für die Kleine. Jetzt möchte ich die entsprechenden Ergebnisse.

Ansonsten läuft es gut. Die Technik liefert präzise Informationen. Man stelle sich vor: Die Allerweltskommissarin schläft nackt. Das hätte ich ihr nicht zugetraut. Wenn ich davon absehe, dass es mich vor altem Fleisch ekelt, muss ich sagen, sie hat sich ganz gut gehalten. Ich freue mich richtig auf die „Party“ heute Nacht.

Und Mutter? Was würde Mutter dazu sagen? Etwa: „Das machst du gut, Junge.“ Schon möglich, aber ich werde es nicht darauf ankommen lassen. Die Zeiten, in denen ich ihr alles über meinem Leben erzählt habe, sind ein für alle Mal vorbei. Wenn sie mit mir einverstanden war, nannte sie mich immer „Junge“, wenn nicht, sagte sie „Friedrich“. Meistens brachte sie vor lauter Abscheu kaum die Kiefer auseinander. Den Rest hat sie mit dem Stock erledigt.

Mit Marianne hat sie auch ihre Spielchen getrieben, aber immer so, dass man es ihr nicht beweisen konnte. Wenn sie uns besuchte, was selten vorkam, ließ sie sich bedienen wie eine Königin. Eine Geste der Anerkennung gab es nie. Marianne hat, glaube ich, gar nicht erwartet, dass sie ihr Blumen oder Ähnliches mitbringt. Erst wenn sie am reich gedeckten Tisch saß und vor allen anderen Gästen mit ihrer schmalzigen Stimme sagte: „Ach Marianne, ich hätte dir doch die Pralinen mitbringen können, die ich vorhin in der Konditorei gesehen habe“, merkte meine Gattin, woher der Wind wehte. Ich muss gestehen, dass ich selbst manchmal sprachlos war über die Perfidie, mit der Mutter vorging. Dass aus ihrer Sicht Marianne nicht gut genug für mich war, sprach sie zwar nie aus, aber alle wussten das. Wenn Marianne sich besonders hübsch herausgeputzt hatte, musste Mutter immer eine Bemerkung machen, die ihr die Freude verdarb, etwa: „Marianne, meine Liebe, hast du das Kleid schon länger?“ Dazu rümpfte sie ein klein wenig die Nase, als wäre das Kleid zerschlissen oder aus der Mode. Als Mariannes Figur nach den Schwangerschaften aus dem Leim war, fragte Mutter: „Sag mal, meine Liebe, hast du abgenommen?“

Ich hatte oft Gelegenheit zu beobachten, wie diese Attacken auf ihr Gegenüber wirkten. Besonders gerne wandte sie diese Methode gegenüber den Verwandten meines Vaters an. Im Grunde ging es ihr aber nicht um Marianne oder die Verwandten meines Vaters. Es ging immer um mich. Ich sollte ihr allein gehören. Wenn schon der Mann ein Banause war, sollte wenigstens der Sohn ihre Bedürfnisse erfüllen. Dabei störte jeder andere nur. Sie ließ jeden Schulfreund, der mich besuchte, spüren, dass er unerwünscht war, und mich, wenn sich der Kumpel verdrückt hatte, wissen, dass er nicht wiederzukommen brauchte. Ihr sehnlichster Wunsch war, dass ich Pfarrer würde. Damit wäre sie vor weiblicher Konkurrenz sicher gewesen.

Doch durch die drastische Aufklärung, die ich auf der Schiffsreise mit meinem Vater erfuhr, bin ich dem Schicksal ewiger Enthaltsamkeit entgangen. Mein Vater machte kurzen Prozess. Zum sechzehnten Geburtstag nahm er mich mit auf sein Schiff und führte mich in seine Welt ein. Ich bin sicher, er hat es gut gemeint, und auch die Huren taten ihr Bestes, aber ich bezweifle, dass sich mein Leben durch diese „Behandlung“ verbesserte. Ich erinnere mich noch heute an jedes Detail der Reise, als wäre es gestern gewesen. Zuerst kam die Seekrankheit. Sie hat mich fast umgebracht. Ich war schon bereit, über Bord zu springen, nur damit diese unerträgliche Übelkeit aufhört. Meinen Vater hat das nicht interessiert, er sagte nur, ich müsse mich daran gewöhnen. Ich kam mir vor wie ein Versager. Als sie mich endlich in irgendeinem afrikanischen Hafen an Land brachten, setzte ich mich erst mal auf die Erde – zum Stehen war ich zu schwach – und glotzte blöde in eine mir unbekannte Welt. Alles war neu und fremdartig: die Menschen, die Gerüche, das Klima. Das war spannender, als mich zu Hause unter der Fuchtel meiner Mutter zu langweilen.

Von da an ging es mir besser. Das Schiff lag ruhig im Hafen, und ich dachte, ich hätte das Schlimmste hinter mir. Bis Vater mit mir losging. Er drückte mir ein paar in Plastik verpackte Beutelchen in die Hand und redete eindringlich auf mich ein. Alles habe ich nicht verstanden, aber in meinem Kopf blieb hängen, dass ich mir auf keinen Fall die Syphilis anhängen lassen dürfe. In einer schmalen Gasse klopfte er an eine Tür, und bevor ich mich versah, wurde ich hineingezogen. Eine riesige schwarze Frau stand vor mir. Sie war halb nackt, und ihre Titten hingen mir fast ins Gesicht. Mir ist glatt die Luft weggeblieben. Nachdem sie mit Vater verhandelt hatte, zog sie mich an der Hand hinter sich her in eine Kammer, deren einziger Inhalt eine Matratze war. Ich verstand, dass ich mich ausziehen sollte. Dazu ließ sie mich in der engen Kammer allein. Sofort fing die Seekrankheit wieder an. Das passiert, wenn man lange auf See war und sich danach in einem kleinen Raum aufhält, aber das wusste ich damals noch nicht. Mir brach der Schweiß aus allen Poren. Zum Glück gab es ein Fenster. Ich riss es auf. Plötzlich kam die mit den Titten zurück und mit ihr noch zwei andere. Die waren ganz nackt und so schwarz, dass ich mich nicht traute, sie anzusehen. Sie zogen mich vollends aus und taten, wozu mein Vater sie engagiert hatte. Ich wusste nicht, wie mir geschah und was ich machen sollte. Überall waren ihre Hände, ihre Titten und alles andere. Sie gaben sich Mühe mit mir, aber als sie mich meinem Vater zurückgaben, war nichts passiert. Ich hatte den beiden die meiste Zeit zugeschaut, wie sie sich miteinander vergnügten, und versucht herauszufinden, was es mit der Syphilis auf sich hatte. So wie mein Vater sich angehört hatte, musste es etwas ähnlich Schlimmes sein wie die Pest. Die Halbnackte flüsterte meinem Vater etwas ins Ohr, und er bedachte mich mit einem langen Blick. Es war mir so peinlich, dass ich mir wünschte, sterben zu können. Er gab der Alten einen Schein und schob mich aus dem Haus.

Wir gingen zurück an Bord. Vater verlor kein Wort über das Geschehen, aber im nächsten Hafen ging er mit mir in eine Spelunke. Matrosen aus aller Herren Länder vertranken dort ihren Sold, und die Frauen hingen an ihnen wie Blutegel. Vater und ich tranken Bier. An unseren Tisch wagte sich keine. Ich fühlte mich richtig erwachsen und war stolz. Als ich nach dem zweiten Bier meinte, im Raum zu schweben, fragte mich Vater, welche der Frauen mir gefalle. Ich musste nicht lange überlegen, denn ich hatte gierig beobachtet, wie die Weiber mit den Matrosen herummachten, nach oben gingen, wiederkamen und erneut verschwanden. Ich zeigte auf eine, die nicht ganz so schwarz war wie die anderen. Ein rothaariger Knilch wollte gerade den Arm um sie legen, als mein Vater aufstand und sie von ihm wegzog. Er zeigte auf mich, und sie nickte. Als ich ihr nach oben folgte, war mir schwindelig.

Stress

Sie hatten eine ganze Weile darüber diskutiert, wie es weitergehen könnte. Trotz der Drohung des Ministers versuchten sie, das Verschwinden der Ärztin im Zusammenhang mit den anderen Fällen zu sehen, aber sie kamen nicht weiter. Die Überlegungen und Hypothesen der vergangenen Wochen wurden rekapituliert. Sie redeten sich in Rage.

Isidor brachte es schließlich auf den Punkt: „Das Einzige, was daran passt, ist, dass eben gar nichts passt. Entweder es ist nicht derselbe Täter, oder wir haben noch nicht verstanden, wie Frau Dr. Zipfel in das Muster passt."

Heinrich König gab zu bedenken, dass der Täter, verglichen mit anderen Serientätern, in keinem bestimmten Milieu unterwegs war. Sie kannten sein Muster genauso wenig wie seine Motive. Zugegeben, die Opfer entsprachen alle dem südländischen Typ, außer der Ärztin, die mit einem Schwarzen verheiratet war. Konnte Fremdenhass ein Motiv sein? Alexandra konnte es nicht ausschließen. Sie hielt den Kontakt zum Staatsschutz, aber es schien ihr nicht stimmig. Sie erachtete eher den Beruf von Frau Dr. Zipfel für tatrelevant. „Vielleicht ist er krank", warf sie in die Diskussion, worauf Isidor spontan und für seine Verhältnisse ungewöhnlich gereizt reagierte: „Das ist er auf jeden Fall."

Der Kriminaloberrat lenkte die Diskussion auf eine andere Ebene. Er wollte die Ergebnisse der Spurensicherung abwarten und unbedingt Hermanns Meinung hören. „Wir müssen bis morgen warten, die Teamsitzung bringt vielleicht mehr. Jetzt möchte ich von Ihnen noch einmal die Fakten zu jedem Fall, möglichst in Stichworten."

Er stellte für das Gespräch mit dem Minister eine Liste der Strategien zusammen, die sie bisher verfolgt hatten. Schließlich schickte er sie nach Hause. Er würde am nächsten Morgen mit dem Minister sprechen. Bis dahin konnten sie nichts tun.

Isidor war sauer. Er konnte sich nicht beruhigen. Den ganzen Heimweg über ärgerte er sich lauthals über die Schweizer und noch mehr über den Minister. Er hatte so etwas noch nie erlebt.

Für Alexandra waren solche Überreaktionen nichts Neues. Wenn sich die Politik in ihre Arbeit mischte, wurde es immer unangenehm.

Und das Schlimmste daran war, dass sich der Kurs von einem Tag auf den andern ins Gegenteil verändern konnte. Nach der NSA-Abhöraffäre, die wochenlang durch die Presse gegangen war, wäre die Einschaltung des FBI einem Affront gleichgekommen, so aufgeheizt war das politische Klima, so tief das Misstrauen gegenüber US-amerikanischen Behörden. Jetzt schien das schon wieder anders zu sein. Doch ihrer Ansicht nach wäre es schwachsinnig gewesen, sich mit Fällen in diesem Stadium an das FBI zu wenden. Sie hatten keinen Verdächtigen. Was also sollte das FBI machen? Ihre Arbeit etwa? Kein Wunder, dass der Minister sauer war. Alle waren sauer.

Alexandra versuchte, Isidor zu beruhigen. Beim Aussteigen sagte sie: „König wird das richten. Auch Politiker werden vernünftig, wenn sich die Wogen erst ein wenig geglättet haben."

Er quittierte das mit einem missmutigen Blick und verabschiedete sich. „Morgen um halb acht, wozu auch immer."

Alexandra war sich im Klaren darüber, dass es sein Ehrgeiz kaum verkraften würde, wenn man sie tatsächlich von dem Fall abzog. Und ihrer auch nicht. Sie winkte ihm nach und lief die Auffahrt hinauf. Rasch schloss sie die Haustür auf. Es roch nach kaltem Rauch. Im Flur ließ sie ihre Tasche fallen und streifte die Schuhe von den Füßen. Sie wollte so schnell wie möglich ins Bett. Als sie die Walther eingeschlossen hatte, lief sie barfuß in die Küche, um Whiskys Napf zu füllen. Er hatte an der Treppe auf sie gewartet, war ihr mit hoch erhobenem Schwanz in die Küche vorausgeeilt und strich jetzt laut schnurrend um ihre Beine. Alexandra musste lachen. „Meine Güte, du tust, als wärst du am Verhungern." Als er sich schmatzend über sein Futter hermachte, fiel ihr die Melone ein, die sie gestern gekauft hatte. Sie würde ein Stück davon essen und dann sofort schlafen gehen.

Alexandra öffnete den Kühlschrank und zog die Schublade des Gemüsefachs auf. Keine Melone. Sie stutzte. Dann überprüfte sie alle anderen Fächer des Kühlschranks. Wo konnte sie die Melone hingeräumt haben? Oder hatte sie sie vielleicht im Supermarkt vergessen? *Die Kassiererin hat sie gewogen und dann seitlich neben die Kasse gelegt. Und dann habe ich alles eingepackt, oder nicht?* Sie war ganz sicher, dass sie die grüne Kugel noch dabei hatte, als sie die Tür aufgeschlossen und den Rauch gerochen hatte. Oder hatte etwa Gertrud ... Aber warum sollte sie? „Ach was, mir doch egal", murmelte sie genervt. Sie stellte die Duftlampe auf, die sie benutzte, wenn Hermann im Haus Pfeife geraucht hatte, und ging die Treppe hinauf. Ihre Beine waren schwer wie Blei.

Ohne hinzusehen, zog sie die Rollos im Schlafzimmer herunter und öffnete das Fenster. Nachdem sie sich abgeschminkt und die Zähne geputzt hatte, fiel sie ins Bett wie ein Stein.

Als sie erwachte, war es stockdunkel im Zimmer. Ihr Körper fühlte sich zerschlagen an. Mühsam wandte sie den Kopf, um auf die Uhr zu sehen. Es war Mitternacht. *Was hat mich geweckt?*

Alexandra horchte angestrengt in die Dunkelheit. Sie war sicher, eine Stimme gehört zu haben. Hatte sie geträumt? *Das kommt davon, wenn man nicht genug schläft,* beruhigte sie sich. Mit einem Seufzer drehte sie sich auf den Bauch und bettete ihren Kopf in wohliger Vorfreude auf weitere sechs Stunden Schlaf auf das Laken.

Ein Schuss! Sie schrak auf. Ihr Herz raste. Was war hier los? Ein weiteres Geräusch. Es hörte sich an, als würde ein schwerer Gegenstand über den Boden geschleift. *Ein Körper?* Sie konnte nicht einordnen, woher das Geräusch kam, aber es klang, als wäre jemand in ihrem Zimmer. Ihre Kehle wurde eng, sie spürte Panik aufsteigen. Hermann war nicht da, sie saß nackt im Bett, und ihre Waffe war unten im Schrank eingeschlossen. Wenn jemand hier war, hatte sie schlechte Karten. Starr vor Angst lauschte sie ins Dunkel, aber es blieb totenstill. *Jetzt reiß dich zusammen!,* befahl sie sich.

Sie brauchte ihren ganzen Mut, um den Lichtschalter zu betätigen. Gott sei Dank! Im Zimmer war nichts. Sie fühlte sich unendlich erleichtert. Aber was war es dann gewesen? Sie stand auf und zog sich ihren Bademantel über. Whisky war nicht da. *Wenn ich ihn einmal brauchen könnte ...* In den Sommernächten ging er auf Mäusejagd und kam meist erst am frühen Morgen nach Hause, oft mit einem mehr oder weniger angebissenen Mitbringsel.

Der Wecker zeigte halb eins. Alexandra löschte das Licht und trat ans Fenster. Draußen war es still. Als ihr Herz zu seinem normalen Rhythmus zurückgefunden hatte, ging sie die Treppe hinunter, holte ihre Waffe aus dem Schrank und machte einen Rundgang durchs Haus. Sie überprüfte alle Fenster und Türen und schaute sich sorgfältig in jedem Raum um. Es schien alles in Ordnung zu sein. Um kurz vor eins legte sie sich wieder hin. Die Walther behielt sie griffbereit neben sich. Auch den Bademantel behielt sie an. In der Hoffnung, wieder einschlafen zu können, löschte sie das Licht, aber der Schlaf wollte sich nicht einstellen. Sie wälzte sich von einer Seite zur anderen. Immer wieder hörte sie Heinrich König sagen: „Der Minister entzieht uns den Fall ...“ – und war mit einem Schlag wieder hellwach. Die ungelösten Fälle gingen ihr durch den Kopf, einer nach dem anderen. Hatten sie etwas übersehen? Sollten sie die Nachbarn und alle anderen Zeugen noch einmal befragen? *Auf jeden Fall werde ich Morgen damit anfangen, alle Berichte noch einmal durchzugehen,* nahm sie sich vor. *Vorausgesetzt, ich habe noch den Auftrag dazu.* Sie wusste, dass es keinen Sinn machte, nachts zu grübeln, aber sie konnte ihr Gedankenkarussell einfach nicht abstellen. *Jetzt ist er aus, der Traum von der Nachtruhe,* dachte sie verärgert. Sie machte das Licht wieder an und begann, einen mittelmäßig interessanten Roman zu lesen. Irgendwann fielen ihr die Augen zu. Den nächsten Schreck bekam sie, als Whisky zu ihr auf den Schoß sprang. Das tat er normalerweise nicht, wenn sie schlief, aber da sie halb im Bett saß, noch dazu bekleidet, hatte er wohl angenommen, sie wäre wach.

Sie rieb ihren schmerzenden Nacken. Jetzt, wo ihr Kater wieder da war, kam auch ihre Sicherheit zurück. Sie streifte den Bademantel ab und schlüpfte unter die Decke. Whisky sah sie träge an. „Ein Stündchen haben wir noch, das sollten wir nutzen", flüsterte sie.

Als der Wecker läutete, fühlte sie sich, als wäre sie gerade eben ins Bett gegangen. Sie zwang sich, sofort aufzustehen, da sie fürchtete, sonst wieder einzuschlafen. Bevor sie ins Bad schlurfte, setzte sie Kaffeewasser auf. Sie liebte traditionell aufgebrühten Kaffee. Nach dem Duschen fühlte sie sich etwas besser. Sie befüllte den Filter und begann, den Kaffee aufzugießen. Sein köstliches Aroma breitete sich in der Küche aus, und sie spürte, wie ihre Sinne sich belebten. Schwungvoll öffnete sie die Kühlschranktür, um die Milch herauszunehmen. „Das ist nicht möglich!", entfuhr es ihr. Es war keine Milch da. Sie wusste genau, dass sie Milch gekauft hatte. Fassungslos stand sie vor dem Kühlschrank. Die anderen Sachen, die sie vorgestern im Supermarkt geholt hatte, waren alle da: der Frischkäse, das Joghurt, der Bratenaufschnitt. Sie nahm ein Joghurt heraus und rührte eine Handvoll Haferflocken hinein. Seit ihrer Studienzeit war das ihr Lieblingsfrühstück. Den Kaffee trank sie gezwungenermaßen schwarz. Um kurz vor halb acht verließ sie das Haus. Isidor sollte nicht wieder warten müssen. Lieber wartete sie.

Sie nutzte die Zeit, um die Pflanzen zu gießen. Vor allem die Hortensien benötigten an heißen Tagen viel Wasser. Weil Hermann nicht zu Hause war, mussten sie sich mit weniger begnügen als sonst. Sie ließen schon ihre Köpfe hängen. Alexandra verteilte großzügig Wasser und schaute dabei immer wieder die Auffahrt hinunter, um Isidors Ankunft nicht zu verpassen. Aber er kam nicht. Während sie die Kanne abermals füllte, griff sie zum Telefon. Nach dem dritten Klingelzeichen ging er dran.

„Rogg", sagte er. Es klang kurz angebunden.

„Guten Morgen, Isidor. Wo bleiben Sie?"

„Was? Wo soll ich bleiben? Wir haben gesagt, um halb acht, wie immer."

„Ja, eben."

„Es ist gerade mal dreiviertel sieben."

„Wie bitte?" Sie sah auf ihre Armbanduhr. „Tatsächlich. Aber ..."

Sie schloss den Wasserhahn. Der Wecker hatte um halb sieben geläutet, da war sie sich sicher. Sie ging ins Haus und nach oben ins Schlafzimmer. Der Wecker zeigte dreiviertel acht.

„Isidor, ich glaube, mein Wecker geht falsch."

„Kein Problem. Wenn Sie wollen, können wir früher los. Ich kann die Zeitungslektüre auch ausfallen lassen."

„Kommen Sie, wenn Sie so weit sind. Ich bin ja fertig." Sie beendete das Gespräch und ging in die Küche. Den Wecker nahm sie mit. Die Uhr über dem Herd zeigte auch eine Stunde später an. Ihre Armbanduhr und das Handy stimmten mit Isidors Zeitangabe überein.

Sie stellte die Küchenuhr und den Wecker neu. *So ein Mist, ich hätte eine ganze Stunde länger schlafen können,* dachte sie verärgert. Dann beschloss sie, die gewonnene Zeit zu nutzen, um die Schmutzwäsche in die Maschine zu geben und aufzuräumen. Am Mittwoch kam ihre Putzhilfe, die sollte kein Chaos vorfinden. Um zehn nach sieben sah sie den Wagen ihres Assistenten in der Auffahrt. Rasch ging sie hinaus und schloss ab.

„Wollten Sie heute aufholen, was Sie gestern verpasst haben?", wurde sie von Isidor begrüßt.

„Keineswegs, ich hätte gerne noch eine Stunde geschlafen. Irgendwie haben mein Wecker und die Uhr in der Küche eine falsche Zeit angezeigt. Ich kann es mir nicht erklären."

„Vielleicht ein Stromausfall?"

„Vermutlich. Ich weiß nicht."

„Ich habe ja einen Funkwecker", sagte Isidor grinsend.

„Das scheint besser zu sein. Erst verschlafe ich, und Sie müssen warten, und heute haben Sie wegen mir die Zeitung nicht gelesen."

„Ach, das ist nicht schlimm. Ich lese die Zeitung ohnehin nicht, um sie zu lesen. Ich möchte nur wissen, was drin steht."

„Was?"

„Die schreiben doch sowieso, was sie wollen. Um sich zu informieren, liest man die Zeitung besser nicht."

„Ach was!"

„Chefin, Sie wissen doch, wie das ist: Sobald man etwas von einer Sache versteht, merkt man, welcher Mist in den Tageszeitungen steht. Und das ist kein Wunder. Wenn jeden Tag auf die Schnelle was zusammengepfuscht werden muss, nur damit das Blatt voll wird, bleibt keine Zeit für vernünftige Recherchen. Mal ganz abgesehen von den bewussten Manipulationen."

„Da ist was dran. Und schon sind wir bei unserem derzeitigen Lieblingsthema, der Politik. Ich bin gespannt, wie Königs Gespräch mit dem Justizminister läuft."

„Und ich erst. Was denkt der sich? Uns den Fall entziehen! Und dann?"

„Wir prüfen erst, ob es etwas Neues von Frau Dr. Zipfel gibt. Dann machen wir weiter, bis wir von König hören."

„Gute Idee."

Im Flur vor ihrem Büro saß Simon Zipfel. Als er sie den Gang entlangkommen sah, stand er auf. Alexandra sah ihm von Weitem an, dass er keine gute Nachricht hatte. „Oje", sagte sie leise zu Isidor, „ich fürchte, Frau Cho bekommt Gesellschaft."

Der große Mann reichte ihnen die Hand. „Ich möchte mich für mein Verhalten gestern entschuldigen", sagte er leise.

„Das ist nicht nötig, Herr Zipfel. Sie hatten allen Grund, aufgeregt zu sein, und ich fürchte, Sie haben ihn noch immer."

„Ja, ich bin …", er schluckte, „ich bin gekommen …", erneutes Schlucken, dann räusperte er sich. „Wegen der Vermisstenmeldung bin ich da. Meine Frau ist die ganze Nacht nicht nach Hause gekommen."

„Das tut mir leid, Herr Zipfel. Ich schicke gleich jemand, der die Anzeige aufnimmt."

„Sie wussten das?"

„Nein, wir wussten das nicht. Aber wie ich Ihnen bereits gesagt habe, gab es in letzter Zeit ein paar ähnliche Fälle, von daher haben wir es befürchtet."

Hilflos hob er die Hände. „Was sind das für Fälle?"

„Darüber dürfen wir Ihnen keine Auskunft geben. Aber Sie finden genügend Hinweise in den Zeitungen."

Der Mann schwieg. Sein Kopf hing schief, als hätte er keine Kraft, ihn zu tragen. Das Kinn lag beinahe auf der Brust. Erschreckt registrierte Alexandra, wie seine Augen sich verändert hatten. Das Weiß der Augäpfel war milchig und von roten Äderchen durchzogen. So sah man nicht aus, wenn man seine Frau selbst beseitigt hatte. Alexandra reichte ihm die Hand. „Herr Zipfel, wir melden uns bei Ihnen, sobald wir etwas herausbekommen, versprochen."

Der wie gebrochen wirkende Mann setzte sich wieder, und die beiden Kommissare gingen an ihre Arbeit.

Die Abfrage, die Alexandra zu Simon Zipfel gestartet hatte, ergab, dass er aus dem Kongo stammte. Nach Deutschland war er durch seine Frau gekommen. Vor sieben Jahren hatten sie geheiratet. Frau Zipfel war früher in der Entwicklungshilfe tätig gewesen. Vermutlich hatte sie ihren Mann so kennengelernt.

Alexandra seufzte. *Wenn nur Hermann hier wäre.* Sie gab sich einen Ruck und begann, ihren nächtlichen Plan in die Tat umzusetzen. Die Aussagen der Patellis nahm sie sich zuerst vor, fand darin jedoch nichts, was ein nochmaliges Gespräch mit Gitanos Familie nahegelegt hätte, aber sie schrieb eine Notiz, weil die Einkommensverhältnisse der Familie undurchsichtig geblieben waren. Vielleicht sollten sie diesem Punkt einmal nachgehen.

Es war bereits Nachmittag, als Roland Tröndle an ihre Tür klopfte. „Frau Rau, wir hatten gerade eben einen Anrufer in der Leitung, der nur mit Ihnen sprechen will."

„Aha. Und? Ist er noch immer in der Leitung?"

„Nein, er wollte nicht dranbleiben, sondern sich gleich noch einmal melden. Ziemlich komischer Typ, wenn Sie mich fragen. Wir sollten den Anruf aufzeichnen."

„Auf jeden Fall. Ich komme. Danke."

Sie stand auf und machte ein paar Bewegungen, um ihre verspannten Schultern zu dehnen. *Ein Anrufer, der nur mit mir sprechen will ...*

Sitzung 14

Tja, wo fange ich heute an? Es wäre leichter, wenn ich jemanden hätte, der mir Fragen stellt. Wenn ich mir die Fragen selbst ausdenke, ist es langweilig. Als würde man gegen sich selbst Schach spielen. Man kann sich ja nicht überraschen und kommt nicht über sein Niveau hinaus. Ich möchte ein Gegenüber. Es darf keine leere Hülle sein wie meine Mutter, die nicht reagiert, wenn man etwas sagt, sondern es muss ein wirkliches Gegenüber sein, eines, das mitdenkt und Reaktionen zeigt. Ich will ein Gegenüber, das mich versteht und fordert, das mir Rückmeldungen und Anregungen gibt. So komme ich mit der Therapie nicht weiter. Vielleicht sollte ich mir dafür jemanden besorgen. Aber dann habe ich noch mehr zu tun. Ich bin ziemlich beschäftigt, das Futter für alle heranzuschleppen. Es darf ja nicht auffallen. Offiziell kaufe ich für mich alleine ein. Außerdem sind die Kapazitäten im Keller begrenzt. Wenn es zu viele werden da unten, kommen sie möglicherweise auf dumme Gedanken. Der Ärztin sehe ich an, dass sie sich überlegt, wie sie mich überlisten kann. Die ist nicht dumm, das ist mir gleich aufgefallen. Allein wie sie mir Druck gemacht hat, die Kleine in eine Klinik zu bringen. Vielleicht probiere ich es mit ihr. Fürs Auge gibt sie nichts her, aber sie hat Grips. Den soll sie gefälligst auch anstrengen. Ist ja kein Hotel hier. Genau! Das ist die Lösung. Ich werde sie mit Fachbüchern versorgen, damit sie sich bildet, und dann wird richtig Therapie gemacht.

Wenn ich es mir genau überlege, habe ich mir das immer schon gewünscht: einmal wirklich offen reden zu können, ohne Angst vor Bestrafung oder Missachtung haben zu müssen. Ich habe leider niemand getroffen, den ich respektieren konnte und dem ich die entsprechende Intelligenz zugetraut hätte. Mir sind zwar Leute aufgefallen, die was auf dem Kasten hatten, aber zu denen bekam ich keinen Kontakt. Die waren im Fernsehen oder im Radio. Und heute ist es dafür zu spät. Auf normalem Weg kann ich das nicht mehr erreichen. Jetzt muss ich es eben auf meine Art machen. Vater hat immer gesagt: „Man muss sich nur zu helfen wissen."

Dass es mit Mutter noch mal anders wird, erwarte ich nicht. Im Alter ändert sich der Mensch noch schwerer als sonst. Im Gegenteil, Mutter benutzt ihr Alter, um noch unnahbarer zu werden. Wenn ich nur ein einziges falsches Wort sage, macht sie dicht. Dann braucht sie sofort ihre Ruhe, muss sich zurückziehen, egal, was gerade geplant war. Der kleinste Fehler, der mir im Zusammensein mit ihr unterläuft, wird mit Zurückweisung beantwortet. Ich muss mich noch mehr anstrengen als früher, um vorauszuahnen, was sie denkt und erwartet. Sie scheint noch überzeugter davon zu sein, dass ihre Kälte und ihr affektiertes Benehmen etwas Erstrebenswertes, Besonderes, ja Göttliches ist. Neulich behauptete sie sogar, sie hätte einen direkten Draht nach oben. Ich habe nicht gewagt zu fragen, wie sie das meint. Sie hätte mir ohnehin nicht geantwortet. Fragen zu beantworten war immer schon unter ihrer Würde, und ich muss gestehen, ich fürchte mich auch vor der Antwort. Ehrlich, ich fürchte mich vor der Wahrheit, auch weil ich nicht weiß, wie ich damit umgehen soll.

Unter Druck

Sie warteten auf den angekündigten Anruf. Die Anspannung war mit Händen zu greifen. War das der Fehler, auf den sie warteten, oder war es nur irgendein Spinner, der sich wichtigmachen wollte? Während die Minuten verstrichen, versuchte Alexandra, Ruhe zu bewahren. Sie würde den Anrufer besser einschätzen können, wenn sie ihm mit Abstand begegnete. Sie konzentrierte sich auf ihren Atem. Es half ihr, die Aufmerksamkeit zu halten, ohne nervös zu werden.

Als der Apparat läutete, nahm Roland Tröndle ihn entgegen, wie verabredet. Er sollte sich verhalten, als hätte er mit nichts Besonderem gerechnet. Alexandra machte eine anerkennende Geste, als es ihm gelang, sich mit gelangweilter Stimme zu melden.

„Kommissariat Waldshut-Tiengen, Tröndle am Apparat."

Der Anrufer schien sich einen Augenblick zu besinnen. „Ich will die Kommissarin sprechen", verlangte er dann.

„Sie meinen Frau Rau, nicht wahr?" Da der Anrufer nicht reagierte, sprach Tröndle weiter. „Ich glaube, sie ist im Haus. Bleiben Sie bitte dran."

Roland Tröndle war die Ruhe selbst, obwohl alle hören konnten, dass der Anrufer Luft holte, weil er erwartet hatte, Alexandra sofort an den Apparat zu bekommen. Sie durften nicht riskieren, dass er zu früh auflegte.

Alexandra griff nach dem Hörer. „Hauptkommissarin Alexandra Rau, Kripo Waldshut. Sie möchten mich sprechen?"

„Hier ist der Mörder von Schitano", klang es aus dem Lautsprecher.

„Ja?", erwiderte Alexandra nur.

Das schien den Anrufer wiederum zu irritieren. Er wiederholte sich. „Ich habe Schitano umgebracht."

Der Techniker nickte Alexandra zu. Offenbar stand jetzt fest, woher der Anruf kam.

„Sie sind also der Mörder von Gitano?" Alexandra zwang sich, ruhig zu bleiben.

„Nehmen Sie mich fest", sagte die Stimme, die verwaschen und schleppend klang, als hätte der Mann getrunken oder stünde unter Drogen. Ein Dialekt war nicht zu erkennen. Dass er „Schitano" sagte, war auffällig. Offenbar kannte er sich mit Fremdsprachen nicht aus.

„Wo sind Sie?", fragte Alexandra.

„Am Bahnhof."

„Am Bahnhof in welchem Ort?"

„Waldshut."

Der Techniker nickte. Offensichtlich sagte der Mann die Wahrheit.

„Woran erkenne ich Sie?"

„Jeans, blaues T-Shirt."

„Wie groß sind Sie?"

„Ein Meter fünfundachtzig."

„Und wie alt sind Sie?"

Er antwortete nicht. Alexandra wollte nicht darauf beharren, das würden sie später in der Sprachanalyse eingrenzen. Sie fragte weiter. „Wie ist Ihre Haarfarbe?"

„Braunes Haar. Festnehmen." Die Verbindung brach ab. Anscheinend hielt der Anrufer diese Informationen für ausreichend.

Alexandra sah den Techniker fragend an. Sie wusste nicht, ob sie auflegen konnte. Er nickte.

Die Stimme des Anrufers war ihr unangenehm gewesen. Sein Ton war eine Mischung aus aggressiv, einfältig und tumb. Sie fühlte sich wie besudelt. Den Kollegen schien es ähnlich zu gehen.

Jetzt galt es, keine Zeit zu verlieren. Sie schätzte den Anrufer auf etwa 50 Jahre. Wie glaubwürdig er war und ob er seine Stimme verstellt hatte, ließ sich allein anhand des Gesprächs nicht feststellen. Seiner

Größe nach konnte er der Täter sein. Zwar wich seine Ausdrucksweise in puncto Bildung vom Täterprofil ab, aber das konnte auch am Alkohol oder Ähnlichem liegen. Sie bat den Techniker, eine Kopie des Telefonates an Hermann zu senden.

Auf jeden Fall hatte der Anrufer die besseren Karten in diesem Spiel. Er bestimmte die Regeln und konnte sie in einen Hinterhalt locken. Sich auf seine Bedingungen einzulassen war ein Risiko, egal, ob er nur ein Trittbrettfahrer war oder tatsächlich ihr Täter. Sie musste auf ihre und die Sicherheit ihrer Leute achten. Knapp und präzise gab sie die entsprechenden Anweisungen.

„Wir fahren hin. Aber ohne Aufsehen. Kein Blaulicht, keine zusätzlichen Uniformen und schusssichere Westen für alle. Ich möchte so schnell wie möglich zehn Mann direkt am Bahnhof haben. Wir müssen auch den Busbahnhof berücksichtigen. Und ein Krankenwagen muss in der Nähe sein, falls es zu einem Schusswechsel kommt. Er muss vernehmungsfähig sein, wenn wir ihn gefasst haben. Wir dürfen nicht vergessen, dass er möglicherweise Geiseln in seiner Gewalt hat." Sie dachte an Kim und die beiden Geschwister aus der Schweiz. „Roland, Sie instruieren die Kollegen. In erster Linie orientieren wir uns an unseren Ermittlungen, das heißt, wir halten Ausschau nach einem großen Mann, der Linkshänder ist. Aber wir berücksichtigen auch die Angaben des Anrufers bezüglich der Kleidung, falls es ein Trittbrettfahrer ist. Und sagen Sie Heinrich König Bescheid. Im Umkreis von einem Kilometer um den Bahnhof riegeln wir alles ab. Bitte veranlassen Sie, dass der Zug- und Busverkehr unauffällig gestoppt wird. Als Ursache sollen die Verkehrsbetriebe Verspätungen angeben. Die Kollegen in der Nähe des Bahnhofs verständigen Sie bitte auch. Es erfolgt kein Zugriff ohne Kontakt mit mir."

„Jawohl", sagte Tröndle knapp und griff zum Hörer.

Alexandra ging hinaus, gefolgt von Isidor. Sie versorgten sich mit Westen und holten ihre Waffen. Im Laufschritt hasteten sie zum Wagen. Sie hatten keine Zeit, ihn abzukühlen. Alexandra öffnete alle Fenster. An der ersten Ampel nahm sie das Blaulicht aus der Halterung und setzte es aufs Dach.

„Bis in Bahnhofsnähe benutzen wir es, aber seien Sie trotzdem vorsichtig, Isidor, bei der Hitze fahren die Leute unaufmerksam."

Er nickte und blickte nach vorn. Die Fahrt dauerte eine Viertelstunde.

Alexandra war auf alles vorbereitet. Jetzt half ihr die Disziplin, mit der sie gelernt hatte, Stress unter Kontrolle zu halten. In einer Seitenstraße kurz vor dem Bahnhof zogen sie ihre Westen über. Alexandras Leinenjacke würde die Weste verbergen. Isidor trug ein helles Hemd. Da er schlank war, wirkte er mit der Weste ebenfalls nicht auffällig.

„Alles klar?", fragte Alexandra.

„Alles klar", antwortete er und steckte die Handschellen ein.

„Wir arbeiten uns von außen nach innen vor, das heißt, wir fangen am Bahnsteig an. Dann kommen die Unterführungen, der Busbahnhof und zum Schluss die Halle und das Restaurant. Wenn keine Züge und Busse fahren, sollte das überschaubar sein."

Auf den Bahnsteigen eins und zwei standen sieben Personen, auf die die Angaben des Anrufers nicht passten: zwei jüngere Frauen und eine ältere, dazu ein Rentner, der mit seinem Enkel unterwegs war. Am Kiosk kaufte ein junger Mann Eis für seine Freundin und sich.

Die Kommissare sahen hinüber zu Gleis drei und vier. Dort warteten mehrere Leute, aber auch auf sie passte die Beschreibung nicht, die der Anrufer ihnen gegeben hatte. Da es sich genauso gut um bewusst falsche Angaben handeln konnte, beobachtete Alexandra speziell die Männer. Aber entweder stimmte die Größe nicht, oder sie konnte eindeutig erkennen, dass es sich um Rechtshänder handelte.

Bei einem elegant angezogenen Mann war sie sich nicht sicher. Er war groß und wirkte trotz seines fortgeschrittenen Alters sportlich. Isidor hatte ihn auch gesehen. Alexandra schwitzte. Die Waffe drückte schwer in ihre Seite. Sie überlegte, wie sie sich ihm nähern konnte.

„Isidor, bleiben Sie hinter mir, und geben Sie mir Deckung", raunte sie ihm zu. Sie steckte ihre rechte Hand auf Höhe der Brust zwischen die Knöpfe der Leinenbluse, sodass es aussah, als trüge sie ihren Arm in einer Schlinge, und griff nach ihrem Smartphone. Am Gleis gab sie sich, als würde sie auf den Zug warten und sich über die Verspätung ärgern. Unbeholfen versuchte sie mit der linken Hand das Telefon zu halten und gleichzeitig eine Nummer einzutippen, dabei näherte sie sich dem Verdächtigen. Als sie mit ihm auf gleicher Höhe war, sprach sie ihn an.

„Entschuldigen Sie bitte."

Er hatte in die andere Richtung geschaut. Jetzt wandte er sich ihr zu und sah sie fragend an.

„Ich kann meine rechte Hand nicht gebrauchen und müsste dringend Bescheid sagen, dass ich mich verspäte. Wären Sie wohl so freundlich, für mich eine Nummer ins Handy zu tippen?"

Der Mann lächelte. „Sicher, gerne", antwortete er mit Schweizer Akzent.

Augenblicklich wusste Alexandra, dass es nicht die Stimme des Anrufers war, aber sie brachte ihre Mission zu Ende. Sie diktierte ihm eine willkürliche Zahlenfolge und beobachtete, wie er die Zahlen mit der rechten Hand eintippte. Während sie sich bedankte, gab sie Isidor ein Zeichen und entfernte sich von dem hilfsbereiten Reisenden, indem sie vortäuschte, das Telefonat zu führen. Dann gab sie Isidor neue Instruktionen. „Definitiv nicht unser Mann. Die anderen Gleise sind nur zum Rangieren und Abstellen, jetzt schauen wir uns die Unterführung an."

Sie gingen die Stufen hinunter. In der Unterführung befand sich niemand. Die Ermittler tauschten einen Blick. Laut sagte Alexandra zu Isidor, als ihnen ein junger Mann in der Unterführung entgegenkam: „Ach je, Schatz, ich habe mein Buch im Restaurant vergessen."

Isidor reagierte geistesgegenwärtig. „Dann gehen wir noch mal zurück, wir haben genügend Zeit."

Sie machten kehrt und liefen in Richtung Bahnhofshalle, dabei sahen sie sich aufmerksam nach allen Seiten um. Auf Gleis eins war inzwischen eine Gruppe Jugendlicher hinzugekommen, und ein Schaffner stand in ihrer Nähe.

Gespannt betraten sie das Bahnhofsgebäude. In der Halle warteten ein paar Reisende, meist ältere Herrschaften. Auf einer Bank saß ein einzelner Mann. Er wirkte verwahrlost. *Vermutlich Alkoholiker und höchstens eins siebzig groß,* dachte Alexandra. Trotzdem trat sie an ihn heran und fragte ihn, ob er wisse, warum sich die Züge verspäteten.

Der Angesprochene schaute auf. Offensichtlich war er nicht gewohnt, dass jemand versuchte, Kontakt mit ihm aufzunehmen. Mit glasigen Augen musterte er sie. „Was, die haben Verspätung? Das hab ich gar nicht mitgekriegt."

Alexandra lächelte ihn an. „Ach so. Macht nichts, danke."

Sie gingen weiter. Eine fünfköpfige Familie stand bei ihren Koffern. Am Infoschalter warteten drei Personen darauf, dass der missmutig wirkende Beamte ihnen Auskunft gab. Sie waren zu klein und zu alt.

Alexandra erkannte in zwei entgegenkommenden Männern ihre Kollegen und sah zur Seite. Vor dem Fahrkartenautomaten standen zwei weitere Kollegen, die sich den Anschein gaben, als läsen sie die Anweisung zum Erstellen eines Fahrscheins.

Isidor öffnete die Tür zur Bahnhofsgaststätte. Der Wirt war ein fülliger Mittvierziger. Die Bedienung, eine dralle Blonde, war vermutlich seine Frau. Das entnahm Alexandra jedenfalls dem Ton, den er ihr gegenüber an den Tag legte. Vereinzelt saßen Reisende an den Tischen, aber Alexandra erkannte auch hier zwei Kollegen und weiter hinten ein paar Frauen von der Bahnhofsmission. Eine Crew von Zugbegleitern saß neben ihnen. „Fehlanzeige", raunte sie Isidor zu. Laut sagte sie: „Schatz, ich glaube, es ist besser, wenn wir im Zug etwas trinken." Sie verließen die Wirtschaft.

„Und jetzt?", fragte Isidor.

„Zum Busbahnhof – und dann beginnen wir von vorn."

Doch auch an den Bushaltestellen hatten sie keinen Erfolg. Sie gingen alle Wege mehrfach, kontrollierten die Toiletten und den Eingangsbereich. Nach einer halben Stunde brach Alexandra den Einsatz ab, um den Bus- und Bahnverkehr nicht länger zu blockieren. Sie war sicher, dass der Anrufer sich gezeigt hätte, wenn er es ernst gemeint hätte.

„So ein Mist", schimpfte sie, als sie sich die verschwitzte Weste auszog.

Auch Isidor stand der Schweiß auf der Stirn. Sie fuhren ohne Blaulicht zurück ins Kommissariat.

Heinrich König war, was selten vorkam, im Gemeinschaftsbüro und sprach mit einem Techniker. Die Stimmaufnahme musste untersucht werden. Alexandra fand vor lauter Erschöpfung auf die Schnelle keine passenden Worte und machte stattdessen eine verzagte Geste, um zu signalisieren, dass sie erneut mit leeren Händen dastanden.

König ging auf sie zu. „Es war dennoch eine gute Aktion", sagte er aufmunternd, „und Sie haben sie sehr besonnen durchgeführt. Kommen Sie bitte einen Moment in mein Büro." An den Techniker gewandt sagte er: „Bearbeiten Sie die Aufnahme so, dass wir sie in der *XY*-Sendung abspielen können. Der Fall ist den Zuschauern ja bereits bekannt. Wir setzen darauf, dass jemand die Stimme erkennt."

Isidor blickte seinen Chef fragend an, und dieser nickte. Sie sollten beide mitkommen. Alexandra wollte nur noch nach Hause und schlafen. Schlafen, um zu neuen Kräften zu kommen, und schlafen, um wach zu sein für den Fehler, auf den sie alle warteten.

Obwohl sie kaum noch einen klaren Gedanken fassen konnte, versuchte sie zu analysieren, was vor sich gegangen war. War der Anrufer ein Trittbrettfahrer? Oder ein gefährlicher Irrer? Oder war es der Täter, der in einem schwachen Moment angerufen hatte und dann die Konsequenzen nicht tragen wollte? Wenn sie an die Bürokratie dachte, die dieser Einsatz zur Folge haben würde, wurde ihr übel.

Als sie in Königs Büro traten, schloss er die Tür und bot ihnen einen Drink an. Alexandra glaubte sich verhört zu haben. Das hatte er das letzte Mal nach seiner Beförderung gemacht. Sie kamen von einer gescheiterten Festnahme, und er hatte den Nerv, ihnen einen Drink anzubieten. Sie schaute ihren Chef ratlos an. Er tat, als hätte er es nicht bemerkt, und drückte ihr ein Glas in die Hand.

„Was die Sache mit dem Minister angeht: Diese Kuh ist vom Eis", begann er. „Ich hatte heute Mittag ein Gespräch mit ihm und habe erwähnt, dass Sie am Bahnhof einem Anruf im Fall Patelli nachgehen. Dann habe ich ihm eine Zusammenfassung unserer bisherigen Ermittlungen gegeben und angeboten, Sie abzuziehen und in den längst überfälligen Resturlaub zu schicken. Aber der Minister wollte auf einmal nichts mehr davon hören. Anscheinend hatte er gestern einen schlechten Tag und deshalb die Beschwerde der Schweizer Kollegen in den falschen Hals bekommen. Vielleicht hat sich auch in der politischen Landschaft wieder irgendwas geändert – das werden wir wohl nie erfahren. Aber, und das ist das Wichtigste, er möchte, dass wir weitermachen und hat uns ausdrücklich sein Vertrauen ausgesprochen." Für den Chef schien die Welt in Ordnung zu sein. Er nahm einen Schluck aus seinem Glas und schaute triumphierend in die Runde.

Alexandra konnte das nicht so sehen. Sie fühlte sich herumgezerrt wie eine Marionette. Mit lautem Knall stellte sie ihr Glas ab. „Na dann: Danke für das Vertrauen", sagte sie mit kaum verhaltener Wut. „Und jetzt entschuldigen Sie mich bitte, ich habe zu tun." Eigentlich wollte sie sagen, dass sie jetzt Feierabend hätte, aber sie verkniff es sich in letzter Sekunde.

Heinrich König rief ihr hinterher: „Das Meeting ist morgen eine halbe Stunde später!" An Isidor gewandt, fragte er: „Ja, was hat sie denn?"

Isidor konnte es sich denken, aber er hielt es für klüger, den Chef nicht aufzuklären. „Vermutlich überlegt sie sich, was wir mit diesem Anruf machen."

„Das habe ich bereits in die Wege geleitet. Wir besprechen das im Meeting morgen."

Isidor verabschiedete sich. Er wollte nachsehen, ob es Neues über den Verbleib von Frau Dr. Zipfel gab. Und er mochte Alexandra nicht warten lassen, denn er hatte gemerkt, dass sie schnellstmöglich nach Hause wollte. Für heute war es wirklich genug.

Er entdeckte sie im Gemeinschaftsbüro. Sie wollte wissen, ob sich der Anrufer nochmals gemeldet hatte. Das war nicht der Fall. Inzwischen war klar, dass es sich mit ziemlicher Wahrscheinlichkeit um denselben Anrufer handelte, der Isidor nach der *XY*-Sendung beschimpft hatte. Diesen Anruf hatten sie damals wegen seiner Kürze nicht zurückverfolgen können.

Isidor ging an seinen Schreibtisch, überflog seine Nachrichten, schaltete den PC aus und verließ sein Büro. Der Minister befand sich bestimmt längst im Feierabend.

Alexandras Tür war offen. Leise sprach er seine Chefin an, die wie betäubt aus dem Fenster starrte. „Kommen Sie, wir fahren heim. Morgen ist auch noch ein Tag."

Dankbar lächelte sie ihm zu.

Auf der Heimfahrt konnte sie sich nicht entspannen, geschweige denn schlafen. Das überschüssige Adrenalin in ihrem Blutkreislauf ließ sie nicht zur Ruhe kommen. Wider besseres Wissen hatte sie gehofft, den Mörder in einem schwachen Moment überwältigen zu können. Wie konnte sie nur so naiv sein? *Andererseits, was hätte ich machen sollen? Den Anruf ignorieren?* Sie war einfach nur übermüdet. Und ihre Wut auf den Wankelmut der Politiker tat das Ihre.

Als sie aus dem Wagen stieg, war ihr schwindelig. Sie schloss die Haustür auf – und wich sofort entsetzt zurück. Ein bestialischer Gestank schlug ihr entgegen. Es roch süß, faulig – irgendwie nach Verwesung. Wie in Trance ging sie in den Keller, wo der Geruch herzukommen schien. Sie öffnete die Tür zum Abstellraum, in dem die Gefriertruhe stand. Hier war der Gestank kaum zu ertragen, und es wimmelte vor Fliegen. Sie betätigte den Lichtschalter. Ohne Erfolg.

Sie presste sich den Ärmel ihrer Jacke vor die Nase und hastete quer durch den Raum, um das Oberlicht zu öffnen, damit frische Luft hereinkam und die Fliegen einen Fluchtweg hatten. Dann sah sie sich um. Offensichtlich war der Deckel der Gefriertruhe nicht ganz geschlossen gewesen, oder die Truhe war kaputt, denn deren Inhalt war verdorben. Seit wann das so war, ließ sich nicht feststellen, nur, dass die Ecke einer Verpackung verhindert hatte, dass die Tür richtig schloss. Jetzt war alles aufgetaut und vergammelt. Fluchend holte sie einen Wäschekorb und begann mit mechanischen Bewegungen, den Inhalt der Truhe hineinzuräumen. Plötzlich bemerkte sie, dass sich etwas bewegte. Der Inhalt der Gefrierbeutel war einheitlich grau und schlaff, teilweise tropfte schleimige Flüssigkeit heraus. Sie schaltete die Taschenlampe ihres

Handys an und sah genauer hin. Es wimmelte vor Maden, nicht nur in den Beuteln, auch in der stinkenden Brühe, die in der Truhe stand. Ohne Vorwarnung zog sich ihr Magen ruckartig zusammen. Geistesgegenwärtig hielt sie ihren Kopf über den Wäschekorb. Sie würgte und würgte. Zum Glück hatte sie seit dem Morgen nichts mehr gegessen, nur deshalb erbrach sie sich nicht.

Nach einigen Minuten lehnte sie sich erschöpft an die Wand. Das war ihr lange nicht passiert, aber es war eben ein Unterschied, ob man sich an einem Tatort befand oder man sich dem Ekel im eigenen Haus stellen musste. Dazu kam, dass ihre Nerven in diesen Tagen nicht die besten waren. Sie musste sich etwas überlegen. Der Wäschekorb war voll, aber der Inhalt der Truhe hatte nicht wesentlich abgenommen. Dennoch wog der Korb zu viel, als sie versuchte, ihn nach oben zu tragen. Schleimige Flüssigkeit tropfte heraus.

Wo sollte sie nur hin damit? Sie entschied, den Deckel der Truhe zu schließen. Das war vielleicht das Beste, bis die Müllabfuhr kam. *Die Truhe ist wenigstens halbwegs dicht, wenn ich sie richtig zumache,* dachte sie. *In der Garage ist es viel zu warm, das würde zum Himmel stinken, und es gäbe Ärger mit den Nachbarn.* Einen Augenblick überlegte sie, ob sie ihre Latex-Handschuhe aus dem Haushaltsraum holen sollte, aber sie war sich nicht sicher, ob sie die Kraft haben würde, diesen Raum noch einmal zu betreten, wenn sie ihn erst einmal verlassen hatte.

Mit zusammengebissenen Zähnen räumte sie die Tüten zurück. Dann schloss sie den Deckel. Mit einem alten Lappen wischte sie den Wäschekorb aus. Und wer zum Teufel hatte die Truhe nicht richtig zugemacht? Sie versuchte sich zu erinnern, wann sie das letzte Mal etwas herausgenommen hatte. Das war schon eine Weile her. Und Hermann? Der war nicht da. Sie konnte sich nicht gegen den Gedanken wehren, dass vielleicht Gertrud ... Sie liebte Eis. Es war schon vorgekommen, dass sie nicht hatte widerstehen können und Alexandras Vorräte geplündert hatte.

Alexandra sah, einem Impuls folgend, zum Stecker, mit dem die Truhe an die Stromversorgung angeschlossen war, und traute ihren Augen nicht. Er steckte nicht in der Dose, sondern lag daneben. Was war das denn? Wer machte denn so was? Ihre Gedanken überschlugen sich. War ihre Schwiegermutter senil geworden? Hatte sie etwa die Truhe mit dem Bügeleisen verwechselt? Alexandra steckte den Stecker ein, und augenblicklich begann die Truhe zu surren. *Na, wenigstens das Problem mit dem Gestank ist gelöst*, dachte sie. *Am* besten *schmeißen wir den ganzen Mist weg, solange er gefroren ist, vielleicht sogar mit der ganzen Truhe.*

Sie ging mit schleppenden Schritten nach oben und riss die Fenster auf. Der Ärger über ihre Schwiegermutter trieb ihr den Schweiß aus den Poren. Sie hatte genug. Was Gertrud sich bei ihnen erlaubte, konnte einfach nicht länger hingenommen werden. Dazu kam der Schaden. Der Inhalt der Truhe war teuer gewesen, und vielleicht müssten sie auch die Truhe selbst wegschmeißen.

Whisky kam, angelockt von dem Lärm, den sie beim Öffnen der Fenster machte. Er hielt Abstand und schaute sie schläfrig an. „Du hast es gut", seufzte Alexandra. „Du brauchst keine Verbrecher zu jagen und dich nicht mit einer nervigen Schwiegermutter herumzuschlagen. In meinem nächsten Leben werde ich Katze, dann kann ich endlich genug schlafen." Sie füllte seinen Napf. Wenigstens sein Futter befand sich am richtigen Platz.

Inzwischen war es halb sieben, und sie wäre am liebsten sofort ins Bett gegangen, aber sie fühlte sich verschwitzt und bekam den Geruch des verdorbenen Fleisches nicht aus der Nase. Sie zog sich aus und bemerkte, dass etwas von der schleimigen Brühe auf ihren Sachen gelandet war. Ausgerechnet auf ihrem hellen Leinenkostüm. Für Sommertage war dieses Ensemble perfekt. Sie wollte es schnellstmöglich wieder zur Verfügung haben. In Unterwäsche sammelte sie ein paar weitere Kleidungsstücke für den Schonwaschgang aus dem Wäschekorb und startete die Waschmaschine, nachdem sie Feinwaschmittel und reichlich Hygienespüler in die entsprechenden Kammern gegeben hatte.

„So, und jetzt komme ich dran." Sie stellte sich in die Dusche und drehte den Hahn voll auf. Reglos verharrte sie unter dem erfrischenden Strahl und ließ den Stress des Tages von sich abfließen. Als sie aus der Dusche trat, ging es ihr besser. Sie trocknete sich ab und ging ins Schlafzimmer. Es war noch hell draußen. *So müde, wie ich bin, würde ich auch bei voller Sonne schlafen können*, war ihr letzter Gedanke.

Die Pausenglocke schrillte und schrillte und wollte nicht aufhören. Sie befand sich in einer Matheprüfung und hatte noch nicht alle Aufgaben gelöst, doch die Stunde war offenbar zu Ende. Sie wollte wenigstens noch die angefangene Aufgabe beenden und rechnete verzweifelt, kam der Lösung aber nicht näher.

Plötzlich merkte sie, dass sie wach war. Der Lärm war noch immer da. Das war kein Traum. Das war die Türglocke. Alexandra versuchte sich zu bewegen, doch ihr Körper war wie betäubt. Sie schloss die geschwollenen Finger zu Fäusten und konzentrierte sich darauf, ihren schmerzenden Nacken zu drehen. Mühsam richtete sie sich auf, schlüpfte in ihren Bademantel und sah aus dem Fenster. Vor dem Haus stand der Kastenwagen der Fensterreinigungsfirma. Der Fensterputzer! Er kam zweimal im Jahr, immer am Abend, wenn die Sonne nicht mehr direkt auf die Scheiben schien. Diesen Termin hatte sie völlig vergessen.

Sie rief ohne zu überlegen: „Einen Moment bitte!“ Sie lief nach unten, öffnete und ärgerte sich, dass ihr keine Ausrede einfallen wollte. *Na toll, jetzt muss ich warten, bis er fertig ist ...*

Der Fensterputzer ging laut pfeifend geradewegs nach oben. Er putzte aus Prinzip von oben nach unten. Alexandra ging in die Küche und trank ein Glas Wasser. Ihr Blick ging zur Uhr. Kurz nach acht. Vor zehn würde sie ihn nicht loswerden. Sie seufzte. Immerhin konnte sie die Zeit nutzen und Hermann anrufen. Das hätte sie sonst auf den nächsten Tag verschoben.

Er ging gleich nach dem ersten Freizeichen an den Apparat. „Gerade wollte ich dich anrufen“, sagte er fröhlich.

Sie erklärte ihm, dass er sie nicht erreicht hätte, da sie das Handy auf stumm geschaltet hatte, und erzählte ihm von ihrem gescheiterten Versuch, früh ins Bett zu kommen. Die Truhe erwähnte sie nicht. Das Gertrud-Problem musste sie mit ihm auf andere Weise klären und nicht am Telefon. Sie sprachen eine Stunde miteinander. Alexandra war froh, dass sie ihm von der Aktion am Bahnhof erzählen konnte und von dem überraschenden Meinungswechsel des Ministers. Letzteres hatte er sich schon gedacht. Was den Anrufer betraf, tippte er auf einen Trittbrettfahrer, der sich vermutlich mit einem der letzten Züge aus dem Staub gemacht hatte, falls die Beschreibung, die er ihnen gegeben hatte, überhaupt stimmte. Oder er hatte sich als Reisender getarnt und sich einen Spaß daraus gemacht, die Situation zu beobachten. Wenigstens hatten sie ihm keine große Show geboten.

Das Gespräch mit ihrem Mann tat Alexandra gut. Sie sagte ihm, dass sie ihn vermisse.

„Es sind ja nur noch zwei Nächte, dann bin ich wieder daheim. Du kannst mich sowieso nicht brauchen, wenn du dringend schlafen musst.“

„Ja, stimmt. Aber wir machen uns ein schönes Wochenende, ja?“

Sie beendeten das Gespräch. Alexandra bereitete sich ein belegtes Brot und schaltete einen Nachrichtensender ein.

Von den aktuellen Meldungen bekam sie kaum etwas mit, aber es tat gut, sich vom Fernseher berieseln zu lassen. Es hinderte sie daran, weiter zu grübeln. Whisky lag neben ihr und genoss die Zweisamkeit. Er streckte die Pfoten von sich und räkelte sich. Als sie den Fensterputzer um kurz nach zehn Uhr mit einem ordentlichen Trinkgeld verabschiedete, fühlte sie sich einigermaßen entspannt. Sie schloss die Haustür ab und ging nach oben. Mittlerweile war es dunkel geworden. *Endlich!* Sie streifte den Bademantel ab und ließ sich mit einem wohligen Seufzen ins Bett sinken. Whisky war ihr gefolgt und machte es sich am Fußende bequem.

Und dann wurde sie abermals von einem ungeheuren Krach aus dem Schlaf gerissen. Es hörte sich an, als würden Trommeln geschlagen. Und eine Art Gong. Verwirrt richtete sie sich auf. Diesmal hatte sich kein Traum mit dem Lärm verbunden. Im Zimmer war es stockdunkel. Und was war das? Sie fühlte warme Nässe an ihrem Körper. Rasch knipste sie ihre Nachttischlampe an. Tatsächlich! Sie lag in einer Pfütze. *Das darf nicht wahr sein! Das blöde Wasserbett ist undicht ...* Mit einem Satz sprang sie aus dem Bett. Sofort meldete sich ihr Kreislauf, und ihr wurde schwindelig. Sie stützte sich an der Wand ab. Als es besser wurde, ging sie zum Fenster. Draußen war alles still. Merkwürdig. Whisky hatte das nasse Bett längst verlassen und lag blinzelnd auf Hermanns Seite. Der Wecker zeigte halb drei. Sie stöhnte auf. Nur gut, dass sie sich damals für zwei getrennte Matratzen entschieden hatten.

Sie merkte, dass sie mit den Füßen im Nassen stand. Der Gürtel ihres Bademantels, der auf der Matratze lag, hatte eine Art Wasserleitung gebildet und für eine ordentliche Pfütze auf dem Parkett gesorgt. Ausgerechnet heute musste sie den Bademantel so hinlegen. *Verdammt. Ich muss das trocknen, sonst nimmt das Holz Schaden.* Während sie sich einen Lappen holte, fluchte sie vor sich hin. „Hermann ist ein paar Tage nicht da, und hier geht alles schief. Das darf doch einfach nicht wahr sein!“

Sie wischte das Wasser auf. Ihre nasse Decke musste sie auch noch versorgen. Am besten würde sie sie zum Abtropfen in die Dusche hängen. Beim Transport ins Bad tropfte Wasser auf den Parkettboden. Verärgert holte sie ein neues Handtuch und wischte die Tropfspur auf. *Das muss alles in die Waschmaschine. Ich m*öchte nur wissen, wann ich das *noch erledigen soll.* Mit einer schnellen Handbewegung versuchte sie, Whisky von Hermanns Decke zu verscheuchen. Offenbar glaubte er, dass sie ihn ganz aus dem Schlafzimmer vertreiben wollte, jedenfalls schlug er nach ihr. Vor Schreck und Schmerz schrie sie auf. An drei Stellen ihrer Hand hatten sich seine Krallen in ihr Fleisch gebohrt. Es blutete. *Klar, so darf ich nicht mit ihm umgehen,* dachte sie. *Er verteidigt seinen Platz im Bett wie sein Leben, und er hasst schnelle Bewegungen und versteht sie als Angriff.*

Sie ging ins Bad, um die Wunde zu desinfizieren. Sie hatte genug, nein, sie hatte zu viel. Tränen liefen über ihre Wangen. Sie ließ sich auf den Rand der Badewanne sinken, und Frust und Stress, Müdigkeit und Erschöpfung brachen sich Bahn. Sie versuchte gar nicht erst, die Tränen aufzuhalten. Als es vorbei war, legte sie sich auf Hermanns Bettseite und fiel in einen tiefen, traumlosen Schlaf.

Sitzung 15

Jetzt habe ich sie bald mürbe, die Allerweltspolizistin. Das sollten sie im Fernsehen zeigen: wie sie nackt im Bad sitzt und flennt. Und nicht, wie sie sich aufbläst und andere Leute beleidigt. Ich musste mich richtig zurückhalten, um die Schlampe nicht übers Mikro anzusprechen. Nur zu gern würde ich ihr sagen, dass ich sie dahin gebracht habe. Aber damit wäre der Spaß vorbei. Wenn sie nur den leisesten Verdacht hegt, entfernen ihre Leute die Installationen und bewachen ihr Haus. Dann hätte ich keinen Zugang mehr, und den möchte ich mir nicht nehmen lassen. Zumal ich noch einiges mit ihr vorhabe.

Mit der Entwicklung meines Lebens im Ruhestand bin ich wirklich zufrieden. Man kann tatsächlich gut leben, ohne zu arbeiten. Das hätte ich mal zu meinem Vater sagen sollen ... Dafür hätte er mich totgeschlagen. Er hatte die Vorstellung, dass ich ohne Druck den ganzen Tag herumliegen würde, ein Tunichtgut und Taugenichts. Seine Erziehung bestand darin, dafür zu sorgen, dass ich keine Minute unbeschäftigt blieb. Sobald er zu Hause war, ging der Terror los. Ich musste nachweisen, was ich in seiner Abwesenheit gelernt und geleistet hatte. Er prüfte meinen Wissensstand in Latein und Mathematik, ließ mich die „Glocke“ und dergleichen aufsagen, kontrollierte die Sauberkeit meiner Schuhe und schrieb mir vor, wie meine Kleidung im Schrank zu liegen hatte. Fand das, was ich präsentierte, keine Gnade vor seinen Augen, gab es Backpfeifen, die sich gewaschen hatten. Besonders gemein und schmerzhaft war seine Masche, mit einem Griff die Sehnen in meinen

Knien zu quetschen. Den Rasen zu mähen und Unkraut zu jäten gehörte zu meinen ständigen Pflichten. Wehe, er fand einen Löwenzahn oder gar Klee im Rasen. Wenn ihm nichts anderes einfiel, ließ er mich das Auto waschen, und dabei durfte ich die Reifen nicht vernachlässigen.

Im Grunde behandelte er mich wie einen seiner liederlichsten Matrosen, den er im Verdacht hatte, eine Meuterei anzuzetteln. Sprechen durfte ich nur, wenn ich gefragt wurde. Kam meine Antwort nicht unverzüglich, klatschte es. So erleichtert ich war, wenn er von seinen Seereisen zurückkehrte und Mutter in ihre Schranken wies, so inbrünstig betete ich nach ein paar Tagen darum, dass er bald wieder aufbrechen musste.

Mit der Zeit habe ich ihm geglaubt. Ich habe geglaubt, dass ich verloren bin, wenn ich mir eine Stunde Entspannung und Müßiggang gönne. Irgendwann war ich ihm sogar dankbar für den Terror, den er verbreitete, und dafür, dass er alles für mich organisierte und kontrollierte, bis hin zu der Aktion mit den schwarzen Nutten. Nur seinetwegen kam ich halbwegs im Leben zurecht. Arbeit und Pflicht waren mein Programm, daneben gab es nichts.

Dass ich aus eigenem Antrieb und mit Freude genauso weit und vielleicht weiter gekommen wäre, ist mir erst in letzter Zeit in den Sinn gekommen. Heute glaube ich, dass Vater davon ausging, dass ich ein Stück Vieh war wie er selbst, weshalb Mutter ihn abgrundtief gehasst hat. Nicht nur sie hat mich gelehrt, dass das Leben kein Zuckerschlecken ist. Aber das werde ich alles noch mit Bernadette besprechen. Ich habe ihr bereits gesagt, was ich von ihr erwarte, und gleich einen ganzen Haufen Bücher für sie bestellt, damit sie mich richtig behandelt. Diese Frau lässt sich nicht leicht ins Bockshorn jagen. Sie wusste sofort, was ich von ihr will. Anscheinend verfügt sie auch in therapeutischer Hinsicht über einige Kenntnisse. Ohne mit der Wimper zu zucken, hat sie sich erlaubt zu sagen, dass sie mir dann aber Fragen stellen müsse, die mir nicht schmecken könnten, und keine Lust habe, dafür von mir bestraft zu werden. Sie hat sich sozusagen einen Freibrief für alle Frechheiten bei mir abgeholt. Anscheinend traut sie mir nicht zu, mit schonungsloser Offenheit klarzukommen. Als ob ich nicht Schlimmeres gewohnt wäre ...

Aber das werden wir ja sehen. Ich glaube, sie kann was. Immerhin hat sie die Kleine wieder fit gemacht. Ich bin wirklich erleichtert, dass ich die Kleine nicht auch an Argo verfüttern muss. Wenn ich an ihre samtige Haut und ihren glatten Körper denke, wird mir die Hose eng. Ich denke, ich werde jetzt runtergehen und mir ein wenig Spaß gönnen.

Druck

Alexandra bezwang den Impuls, ihren Wecker aus dem Fenster zu werfen. Sie stellte ihn ab, blickte auf die nasse Matratze neben sich, und alle Strapazen des vergangenen Tages fielen ihr wieder ein. „Wenn das so weitergeht, ziehe ich ins Hotel“, sagte sie zu ihrem wehrhaften Kater, „dann kannst du dir jemand anderes suchen, der deine Dosen öffnet.“ Whisky ließ sich nicht beeindrucken. Er streckte sich, gähnte ausgiebig und blinzelte sie an, als hätte es nie eine Unstimmigkeit zwischen ihnen gegeben. Sie tröstete sich mit dem Gedanken ans Wochenende. Heute und morgen noch, dann konnte sie sich ausgiebig erholen. Wenn Hermann erst wieder da war, würde sie sich von ihm verwöhnen lassen.

Sie stand auf und holte das Flickzeug für das Bett. Im Nu waren die beiden kleinen Löcher in der Verschweißung verklebt. Wenigstens das war gelungen. Mit deutlich besserer Laune ging sie unter die Dusche.

Als sie beim Abtrocknen ihrem Spiegelbild gegenüberstand, erschrak sie. Ihre Augen waren verquollen und hatten dunkle Schatten, und auf der Oberlippe blühte ein hässlicher Herpes. *Den habe ich vom Ekel.* Die Truhe fiel ihr ein und damit Gertrud. Sofort war der Ärger wieder da. Wenn Hermann morgen nach Hause kam, würde sie mit ihm darüber sprechen müssen.

Als Isidor in die Einfahrt einbog, verließ sie das Haus mit der Hoffnung, bei ihrer Rückkehr nicht eine neue Katastrophe erleben zu müssen. Sie vergewisserte sich, dass alle Fenster verschlossen und die elektrischen Geräte ausgestellt waren. Auf der Fahrt nickte sie ein. Isidor bemühte sich um eine moderate Fahrweise. Ihm war nicht entgangen, wie schlecht sie aussah.

Das Meeting im Kommissariat verlief angenehm, trotz der angespannten Lage. Sie besprachen die Weitergabe der Stimmprobe an das Fernsehen und tauschten sich über den Stand ihrer Ermittlungen aus. Alexandra hatte angeordnet, dass alle Nachbarn von Gitanos Freundin, alle Besucher des Klubs, in dem Kim zuletzt gesehen worden war, und die Familien der Ermordeten und Vermissten erneut vernommen wurden, um eventuelle Abweichungen von den bisherigen Aussagen zu entdecken. Die Zahl der Kontaktpersonen im Fall Marina hielt sich in Grenzen, aber sie vernahmen Reiner Braun noch einmal. Außerdem befragten sie die an den jeweiligen Tagen aus der Psychiatrie entlassenen Patienten sowie die Freigänger ein weiteres Mal. Die Aktenberge wuchsen, und Alexandra behielt sich vor, jede Aussage persönlich abzugleichen.

Heinrich König nickte ihr am Ende der Sitzung wohlwollend zu. Er wusste, was für eine enorme Arbeitsbelastung das bedeutete, aber genau dies erwartete er auch von ihr. Er brauchte Munition, wenn die Politik oder die Presse seine Abteilung aufs Korn nahm. Bislang hatten sie Glück, und die Presse verhielt sich ruhig, aber das konnte sich stündlich ändern.

Alexandra arbeitete verbissen. Ihre Mittagspause reduzierte sie auf die fünfzehn Minuten, die es dauerte, einen Espresso im Café gegenüber zu trinken. Mit der Butterbrezel, die sie während der Besprechung gegessen hatte, würde sie über den Tag kommen. Konsequent las sie eine Aussage nach der anderen, bis die Buchstaben vor ihren Augen tanzten. Sie wollte mit Gewalt wenigstens eine winzige Spur finden. Etwa Kims Fahrrad, das bis dato als ebenso spurlos verschwunden galt wie seine Besitzerin.

Frau Cho besuchte das Kommissariat weiterhin jeden Tag mit der obligatorischen Tüte. Sie huschte hinein wie ein Schatten und verschwand wieder, geräuschlos und schnell, unter Hinterlassung ihrer Trauer und einer asiatischen Mahlzeit für Roland Tröndle. Der hatte in letzter Zeit deutlich an Gewicht verloren. Offensichtlich bekam ihm die regelmäßige Verpflegung, die zum großen Teil aus Reis bestand. Manchmal sah Alexandra ihn gerollte Reismehltaschen essen, die mit frischem Gemüse und einer Scheibe Fleisch gefüllt waren. Er tunkte sie in eine aromatisch riechende Soße und aß sie mit den Händen – natürlich nur, wenn er sich unbeobachtet fühlte.

Gegen Nachmittag war Alexandra in der richtigen Stimmung, um sich bei den Schweizern zu melden. Während des trockenen Aktenstudiums hatte sie in regelmäßigen Abständen einen Anruf eingeschoben, doch weder die Kollegen von der Sitte noch ihr Kontakt beim Verfassungsschutz hatten neue Informationen für sie. Jetzt, gegen Ende ihres Arbeitstages, wollte sie wissen, was der schlaue Kollege Töni über den Verbleib der verschwundenen Geschwister in Erfahrung gebracht hatte. Ihr war klar, dass er sich längst gemeldet hätte, falls er in den Ermittlungen auch nur den geringsten Fortschritt gemacht hätte, und gerade deshalb wollte sie ihn sprechen. Sie wollte von ihm selbst hören, dass man ohne Spuren und ohne Zeugen ins Leere ermittelte. Da half eben auch kein FBI. *Die können auch nicht hexen.* Sie wählte seine Nummer und lehnte sich in ihrem Stuhl zurück.

Schon an seinem gereizten Ton erkannte sie, wie es um die Ermittlungen stand. Mit professionell-sachlicher Stimme meldete sie sich. Sie sah im Geiste sein hageres Gesicht und meinte, den arroganten Blick auf sich zu spüren. „Hallo, Herr Töni, hier ist Rau, Kommissariat Waldshut."

Sie hörte ihn ausatmen. Ihr Anruf schien ihm keine Freude zu bereiten. Gut so! Mit zuckersüßer Stimme fuhr sie fort: „Sie haben uns gar nicht über die weiteren Ermittlungsergebnisse im Fall des verschwundenen Geschwisterpaares unterrichtet. Darf ich fragen, wie der aktuelle Stand ist?" Trotz ihrer Müdigkeit grinste sie in sich hinein.

„Äh ... Ja, also, wir haben momentan noch keine nennenswerten Erkenntnisse."

Sie merkte, wie schwer es ihm fiel, das zuzugeben. „Und über die Kollegen vom FBI kommt nichts?" Sie legte Überraschung in ihre Stimme. Am anderen Ende der Leitung blieb es ruhig. Alexandra genoss jede Sekunde. Sie war in der Stimmung zurückzuschlagen. Sollte der arrogante Besserwisser doch schmoren. Als er merkte, dass sie ihm nicht entgegenkommen würde, ließ er ein knappes „Bisher nicht" vernehmen, was sie lapidar mit „Schade!" kommentierte.

Eine Frage nach dem Stand ihrer Ermittlungen konnte sich der Kollege nicht abringen. Alexandra kümmerte das nicht. Sie nutzte die Gelegenheit, um ihm Anlass zum Grübeln zu geben. Heinrich König hatte das bestimmt nicht erwähnt. „Es scheint mir dringend, Sie darüber in Kenntnis zu setzen, dass unsere Spurensicherung vermutet, dass der Täter einen Schutzanzug trägt."

„Jawohl", sagte er in breitem Schweizerisch, und fügte dann messerscharf kombinierend hinzu: „Das erklärt dann schon, warum es keine Spuren gibt."

„Richtig. Sie haben mit Herrn König über die beiden offenen Mordfälle gesprochen. Mich würde interessieren, ob es bei Ihnen vergleichbare Fälle gibt."

„Meine Kollegen überprüfen das. Aktuell liegt nichts vor."

„Das Fehlen von Spuren ist unsere wichtigste Spur."

„Schon klar, ich habe Sie verstanden."

„Gut. Ich erwarte Ihren Anruf. Und noch etwas: Es hat einen weiteren Entführungsfall gegeben. Auf den ersten Blick können wir keine Gemeinsamkeiten mit den anderen Opfern erkennen, aber der Tathergang ist identisch. Die Unterlagen habe ich Ihnen geschickt", fügte sie schnell hinzu, denn er sollte keine Gelegenheit haben, sie dazu aufzufordern. Von ihm Anweisungen entgegennehmen zu müssen hätte ihr gerade noch gefehlt. So blieb ihm nur übrig, sich bei ihr zu bedanken.

Als sie aufgelegt hatte, fühlte sie sich besser. Wenn schon der Mörder sie an der Nase herumführte, brauchte es dieser schweizerische Schlaumeier nicht auch zu tun. Dies wäre der richtige Zeitpunkt gewesen, Feierabend zu machen. Leider beging sie den Fehler, ein paar weitere Aussagen vergleichen zu wollen – und schon läutete das Telefon. Der Chef wollte sie sprechen.

Sie machte noch einen Abstecher zur Toilette, bevor sie sein Büro aufsuchte. Beim Blick in den Spiegel schrak sie zurück. Ihr Gesicht war verquollen, und die Schatten unter den Augen waren noch dunkler als am Morgen. Mit einer dicken Schicht Puder versuchte sie, die Spuren ihrer Erschöpfung zu beseitigen. Das hätte sie sich allerdings getrost sparen können, denn Heinrich König hatte keinen Blick für ihre Befindlichkeit. Ihm saß die Presse im Nacken. Die Absperrung am Bahnhof hatte für Aufsehen gesorgt, und ein paar Journalisten begannen, bohrende Fragen zu stellen. Königs Aufgabe war, sie zu beruhigen und gleichzeitig so weit mit Informationen zu versorgen, dass sie zufrieden waren. Alexandra beneidete ihn nicht darum. Sie verständigten sich darauf, die Aktion am Bahnhof bekannt zu machen. Der Vorteil war, dass sie dies mit der Stimmprobe verbinden und so mithilfe der Presse noch vor der *XY*-Sendung eine Sondertelefonnummer bekannt geben konnten, unter der sich die Leser die Stimme des Anrufers anhören konnten. Als weiteren Schritt planten sie, erneut ein Foto von Kim und ihrem Fahrrad zu veröffentlichen.

Als Alexandra Königs Büro verließ, war es beinahe 17 Uhr. Sie schaute nach Isidor. Er saß an seinem Platz, kaute an einer dicken Karotte und starrte wie gebannt auf seinen PC.

„Was machen Sie da?", fragte sie.

„Ich habe mich mit dem Vorleben von Frau Dr. Zipfel beschäftigt. Sie hat als Ärztin im Kongo gearbeitet. Schauen Sie, hier, das ist ein Bericht über die Kindersoldaten, die es dort gibt. Es ist unbeschreiblich."

„Wir haben jetzt wirklich nicht die Zeit, um uns auch noch um den Kongo zu kümmern", entgegnete sie genervt und viel lauter, als sie gewollt hatte.

Isidor sah überrascht auf. Diesen Ton war er von ihr nicht gewohnt. Es war nach fünf. Er hatte auf sie gewartet und deshalb noch ein wenig gesurft. Das wollte er aber nicht erklären. Die erledigten Listen auf seinem Schreibtisch sprachen Bände. Er musste sich nicht rechtfertigen.

Sie merkte, dass er verletzt war, aber sie hatte nicht die Kraft, sich damit auseinanderzusetzen. Mit leiserer Stimme sagte sie: „Mir reicht es für heute. Sind Sie fertig?"

Er nickte stumm und fuhr seinen PC herunter.

Alexandra ärgerte sich über sich selbst. Ihr Team jetzt zu demotivieren wäre das Falscheste, was sie tun konnte.

Auf dem Heimweg versuchte sie ein paarmal, ein Gespräch anzufangen, aber es blieb einsilbig. Isidor war deutlich verstimmt.

Sie fühlte sich erbärmlich. Als die Strecke kurviger wurde, fühlte sie Reiseübelkeit in sich aufsteigen. Das war lange nicht vorgekommen. Die Fahrt durch die herrliche Schwarzwaldlandschaft, die sie sonst genoss und bei der sie sich vom Arbeitstag entspannen konnte, wurde zur Tortur. Sie war erleichtert, als sie endlich vor ihrem Haus hielten.

„Wenn jetzt noch irgendwas kommt, flippe ich aus", murmelte sie, als sie ihren Gurt öffnete. Isidor blickte sie fragend, aber distanziert an. „Ach Isidor, bitte entschuldigen Sie meine Gereiztheit. Es ist in den letzten Tagen zu viel zusammengekommen. Ich erlebe im Haus eine Katastrophe nach der anderen. Und das Schlimmste ist, dass ich nicht zum Schlafen komme."

„Schon gut, Chefin", sagte er, sichtlich besser gestimmt. „Halb acht, wie immer?"

„Ja, danke, und guten Abend."

Isidor fuhr ab, und augenblicklich fragte sich Alexandra, ob sie ihn nicht hätte bitten sollen, noch zu bleiben. *Wer weiß, was mich jetzt wieder erwartet. Vielleicht brauche ich seine Hilfe.*

Sie ging mit schleppenden Schritten auf ihren Eingang zu, schloss auf und betrat das Haus mit Argwohn. Auf den ersten Blick schien alles in Ordnung zu sein. Sie atmete auf und schloss routinemäßig zuerst die Walther ein. Dann betrat sie das Wohnzimmer und öffnete die Terrassentür. Sie fühlte Hermanns Abwesenheit jeden Tag deutlicher. Seufzend ging sie in die Küche und schmierte sich ein Brot. Whisky war nicht da. Vermutlich hatte er sich unter einem Busch vor der Hitze verkrochen. Sie tat es ihm nach. Im Baumschatten war es kühl, und sie hoffte darauf, dass sich ihre Angespanntheit legen würde.

Die Ruhe im Garten wirkte Wunder. Nach kurzer Zeit fühlte sie sich besser. Sie las noch ein Weilchen Zeitung, bevor sie ins Haus zurückkehrte und die Tür schloss. Mechanisch füllte sie Whiskys Napf, obwohl er immer noch nicht aufgetaucht war, und ging nach oben. Wesentliche Teile ihres Gehirns schliefen schon, bevor sie sich ins Bett fallen ließ. Die tief stehende Sonne schien ins Zimmer, aber das nahm sie kaum wahr.

Als sie aufschrak, war ihr sofort klar, dass der Schrei einer Katze sie geweckt hatte. Sie schaltete die Lampe an. Mit einem Blick kontrollierte sie das Bett. Whisky war nicht da. Aufrecht sitzend lauschte sie nach draußen. Ein paar Grillen zirpten, sonst war alles still. Vielleicht hatte sie sich den Schrei ja auch nur eingebildet, oder es war ein Traum gewesen. *Aber wo ist mein Kater?* Sie überlegte, ob sie hinausgehen sollte, um nach ihm zu sehen, aber da alles ruhig war, beschloss sie weiterzuschlafen. Whisky war im Sommer unterwegs, wie es ihm passte. Sie würde jetzt nicht wie eine Gestörte draußen herumlaufen und nach ihm rufen. Mit einer müden Handbewegung löschte sie das Licht, streckte sich aus und drehte sich auf die Seite, auf der sie am liebsten einschlief. Der Mond war inzwischen aufgegangen. Silbern und fast voll beleuchtete er den Abendhimmel. Alexandra schlief tief und traumlos.

Da! Da war es wieder. Ganz eindeutig der Schrei einer Katze. Alexandra erstarrte. Das Schreien brach ab. Es hatte geklungen, als befände sich ein Tier in allerhöchster Not. *Verdammt!* War das Whisky? Sie setzte sich auf und lauschte. Nichts. Sie zwang sich, die Augen zu öffnen, und machte Licht. Whisky hatte sich am Fußende ihres Bettes aufgerichtet und lauschte ebenfalls angespannt. Augenblicklich beruhigte sie sich. „Gott sei Dank", murmelte sie und ließ ihren vom fehlenden Schlaf schweren Körper wieder in die Kissen sinken. Sie spürte noch, wie ihre Atemzüge tiefer wurden, dann schlief sie ein.

Was war das? Wieder hatte irgendein Geräusch sie jäh aufgeweckt. Ihr Herz raste wie wild. Starr vor Schreck versuchte sie, das Geräusch einzuordnen. Es hatte geklungen wie berstendes Glas. Sofort dachte sie an ihre Walther. Die war eingeschlossen. *Mist!* Jetzt hörte sie wieder etwas. Da lief eindeutig jemand über Scherben. Es kam von unten aus dem Wohnzimmer. *Einbrecher!* Sie zwang sich, aufzustehen und ihren Bademantel überzuziehen. Im fahlen Mondlicht konnte sie erkennen, dass sie alleine im Schlafzimmer war. Was sollte sie als Nächstes tun? Die Polizei rufen? Sie schluckte. Horchte. Es war wieder still. *Soll ich nachsehen? Ohne Waffe?* Ihr Herz schlug immer noch bis zum Hals. Sie setzte sich auf den Bettrand, denn sie spürte, dass ihre Knie ihr den Dienst zu versagen drohten. Die routinierte Kommissarin unterschied sich gerade in nichts von jeder beliebigen Frau, die sich nachts fürchtete.

Sie konnte sich nicht zu einer Entscheidung durchringen. *Vielleicht geht er ja wieder, wenn er genügend Beute gemacht hat,* hoffte sie. Mit zum Zerreißen gespannten Nerven hockte sie regungslos auf dem Bettrand und lauschte. Falls er in ihr Schlafzimmer kam, würde sie eine Waffe brauchen. Sie sah sich um. Die meisten Gegenstände im Raum waren nicht sonderlich geeignet. Dann fiel ihr Blick auf das Didgeridoo. Hermann und sie hatten es auf ihrer Hochzeitsreise in Australien gekauft und als Andenken an Down Under im Schlafzimmer an die Wand gehängt, denn spielen konnten sie es beide nicht. Alexandra stand leise auf, nahm das Instrument vorsichtig von der Wand und steckte es unter ihre Decke. Falls jemand hereinkam und sich ihr näherte, hätte sie damit wenigstens das Überraschungsmoment auf ihrer Seite.

Als sie eine gefühlte Ewigkeit trotz angestrengten Lauschens keine verdächtigen Geräusche mehr gehört hatte, traute sie sich, das Licht anzumachen. Ihre Hände zitterten. Das Haus schien still und verlassen zu sein. Sie wartete dennoch weiter ab. Die Zeit verstrich quälend langsam. Immer wieder sah sie auf die Uhr. Als ihr die Augen zuzufallen drohten, entschloss sie sich nachzusehen. Leise huschte sie zur Schlafzimmertür, das Didgeridoo fest in der Hand. Es gelang ihr, die Tür geräuschlos zu öffnen. Auf nackten Sohlen schlich sie die Treppe hinunter, jederzeit darauf gefasst, den Strahl einer Taschenlampe zu sehen oder, schlimmer, dem Einbrecher gegenüberzustehen. Ihr Puls raste, als sie die letzte Stufe der Treppe erreicht hatte. Langsam drückte sie sich an der Wand entlang. Am Türrahmen blieb sie stehen und spähte ins Wohnzimmer. Wider Erwarten war alles ruhig. Der Mond schien fahl ins Zimmer. Alexandra war noch nie in ihrem Leben so froh über die natürliche Beleuchtung gewesen. Es schien alles unverändert zu sein. Sie begann die Fensterscheiben zu kontrollieren. Sie waren intakt. Merkwürdig. Sie hatte doch genau gehört, dass Glas gesplittert war ...

Als sie sicher sein konnte, dass sich im Wohnzimmer niemand gewaltsam Einlass verschafft hatte, holte sie die Walther aus dem Schrank und schaltete das Licht an. Dann nahm sie sich, mutiger jetzt, die anderen Räume vor. Nach dem Rundgang stellte sie erleichtert fest, dass sich mit Sicherheit keine Einbrecher im Haus befanden oder befunden hatten. *Aber was habe ich dann vorhin gehört? Werde ich etwa verrückt?* Die Sache mit der Melone und der Milch fiel ihr wieder ein. Hatte sie Halluzinationen?

Sie ließ sich in ihren Lieblingssessel sinken. Mit angezogenen Knien saß sie da, den Bademantel dicht um sich geschlungen, und fröstelte.

Ihre Nerven lagen blank. Wieder lauschte sie wie ein Luchs auf die Geräusche der Nacht. Hatte sie sich das alles etwa nur eingebildet? Sie sah prüfend an sich hinunter. Die Waffe lag schwer und kalt in ihrer Hand, ein Präzisionsinstrument, von dem Macht ausging. Ihre nackten Füße wirkten schutz- und hilflos dagegen. *Ich muss schlafen, sonst werde ich verrückt – wenn ich es nicht schon bin,* dachte sie und stand auf. Die Lichter zu löschen brachte sie nicht übers Herz. *Meine Güte, ich benehme mich wie ein kleines Kind. Wenn das jemand im Kommissariat wüsste, nicht auszudenken …* Sie schüttelte den Kopf über sich selbst, während sie nach oben ging. Ein Blick auf die Anzeige des Weckers sagte ihr, dass es fast halb vier war. Sie konnte noch drei Stunden schlafen. Dieser Gedanke war nicht erfreulich. Außerdem merkte sie, dass sie jetzt Angst hatte einzuschlafen. *So geht das nicht, Alexandra!,* schimpfte sie in Gedanken und legte sich ins Bett. Das Licht ließ sie brennen, aber sie holte sich die Schlafmaske aus dem Nachttisch und zog sie sich über die Augen. Die Walther legte sie nicht aus der Hand. Ihr Atem wurde tiefer. Wider Erwarten schlief sie ein. Im Traum besuchte sie ein Konzert.

Sitzung 16

Ich glaube, die beiden Leckerbissen haben sich daran gewöhnt, zu tun, was ich will. Wenn ich runterkomme, fangen sie gleich an, sich auszuziehen – wie die pawlowschen Hunde. Es beginnt mich zu langweilen. Ich glaube, ich werde ihnen ein paar Utensilien geben, damit Abwechslung in ihr Intimleben kommt. Das Publikum möchte schließlich unterhalten werden. Blümchensex war gestern, ab jetzt will ich, dass es eine Gangart härter wird. Sie sollen sich gefälligst was einfallen lassen. Haben ja den ganzen Tag nichts anderes zu tun. Wenn ich mir schon die Zeit nehme, will ich eine Show, und zwar eine, die sich sehen lassen kann. Die Peitsche hier ist keine billige Attrappe. Ich will sehen, wie sich rote Striemen auf der milchkaffeefarbenen Haut bilden. Wer es wem gibt, überlasse ich zunächst den beiden Hübschen selbst. Sie sollen sich etwas Geeignetes zu meiner Erbauung ausdenken. In die Regie eingreifen kann ich immer noch. Zunächst lasse ich ihnen freie Hand. Ein wenig Überraschung soll es auch in meinem Leben geben. Es darf, nein, es soll richtig zur Sache gehen. Dazu gehört Blut. Das lässt sich nicht vermeiden. Wenn ich ehrlich bin, muss ich sagen, dass es mir primär nicht darum geht, dass sie bluten. Was mich richtig geil macht, ist das Entsetzen im Gesicht ihres Gegenübers, wenn sie angeritzt werden. Aufgefallen ist mir das kürzlich, als ich wollte, dass mir der Junge eine spannende Geschichte aus seinem Leben erzählt. Ich möchte alle seine kleinen, schmutzigen Geheimnisse wissen und erfahren, was in seinem hübschen Schädel vor sich geht. Alles, was ihm peinlich ist und wofür er sich schämt, interessiert mich. Als er nicht in die Gänge kommen wollte, musste ich nachhelfen. Und dabei ist es mir aufgefallen. Ich habe ihm die Schraubzwinge ans Knie gelegt und angezogen, da fängt sie an zu kotzen. Wie das vor sich geht, ist mir rätselhaft. Ich möchte es verstehen. Bernadette bleibt dabei außen vor. Sie muss lesen. Bestenfalls lasse ich sie zusehen. Sie soll auch ein bisschen Spaß haben.

Mit mir hat noch nie ein Mensch Mitgefühl gehabt. Wenn ich auf die Fresse gefallen bin, hat es geheißen „Reiß dich zusammen" oder „Sei keine Memme". Vater hasste alles, was nach Verweichlichung aussah. Und Mutter war bestenfalls um meine Kleidung besorgt.

Leider habe ich dieser Tage wirklich nicht viel Zeit. Mutter verlangt Sonderschichten. Ihr Herz zickt, und ich stehe Gewehr bei Fuß. Wenn sie einen Schlag daneben spürt, möchte sie sofort in die Klinik gefahren werden. Neulich hat sie erwähnt, dass ich schneller wäre, wenn ich die Nächte in ihrem Haus verbringen würde. Ich war so perplex, dass ich diese Aufforderung einfach ignorierte. Auf keinen Fall werde ich bei ihr schlafen. Die Zeiten, in denen sie mich auch nachts kontrolliert hat, sind vorbei, ein für alle Mal. Ich weiß noch genau, wie sie vor meinem Bett stand und auf mich einschlug, wenn ich meine Hände nachts mal nicht akkurat auf der Decke liegen hatte. Ich habe außerdem meine Mitbewohner zu versorgen. Dazu kommt, dass ich mich um den Haushalt der Polizeischlampe kümmern muss. Gerade war ich wieder dort. Der Gatte ist ja noch weg. Die Gelegenheit konnte ich mir trotz aller anderen Anforderungen nicht entgehen lassen. Es ist mir gelungen, ein paar ihrer Termine zu verschieben. Das wird sie nicht freuen. Und um ihre Blumenzwiebeln im Keller habe ich mich gekümmert. Es scheint, dass sie eine ganze Menge Zeit in dieses Hobby investiert. Sie hat ein ganzes Regal voller Bücher über Tulpenzucht. Ich habe mich um kreative Lösungen bemüht. Wie heißt es so schön? Die Natur mischt immer wieder neu.

Sie wird sich im Frühjahr darüber wundern, wie sich ihre Züchtungen entwickelt haben.

Pannen

Es war ein Konzert der Rolling Stones. Der Sound war super, und die Jungs spielten wie die Teufel. Vor allem die alten Songs gefielen Alexandra. Aber die Musik wurde immer lauter. So laut, dass ihre Ohren schmerzten ...

Sie schrak hoch und musste sich konzentrieren, um Traum und Wirklichkeit zu trennen. Ihr schien es, als hätte sie die Musik gerade tatsächlich gehört. Sie fühlte ihr Herz schnell und dumpf gegen die Rippen schlagen. Das war ein deutliches Zeichen für Stress. Irritiert blickte sie zum Wecker. Die Ziffern standen auf 5.45 Uhr. Der Radiowecker konnte es also nicht gewesen sein. Sie stöhnte und rieb sich das schmerzende Ohr. *Habe ich schlecht gelegen, vielleicht auf einer Falte im Laken? Wenn das so weiter geht, werde ich verrückt,* dachte sie und setzte sich im Bett auf. Müde schaute sie nach Whisky. Er war nicht da. Sie wusste, dass es sich nicht mehr lohnte, einen Versuch zu unternehmen, noch mal einzuschlafen. Bis sie sich beruhigt und wieder in den Schlaf gefunden hätte, würde der Wecker losplärren. Außerdem konnte sie auf weitere unruhige Träume und andere Störungen verzichten. Mürrisch stand sie auf und ging ins Bad. Unter den warmen Strahlen der Brause kehrten ein paar Lebensgeister in ihren müden Körper zurück, und sie merkte, dass sie unglaublich wütend war. Sie wollte endlich mal wieder eine ganze Nacht ruhig schlafen. Das war ja wohl nicht zu viel verlangt. Verärgert begann sie, sich einzuseifen. Das Duschgel roch anders als sonst. Komisch ... Alexandra schaute auf die Flasche. Sie erinnerte sich noch ganz genau, dass sie neulich auf die vitalisierende Wirkung gewartet hatte, die das Etikett versprach. Jetzt ging es um eine „Glückliche Auszeit“ mit dem Duft nach rotem Mohn und Hanf. Hatte Hermann es ausgetauscht? *Aber er ist doch seit Tagen nicht da.* Oder bemerkte sie das neue Gel erst jetzt, weil sie durch das frühe Aufstehen mehr Zeit zum Duschen hatte? Sie seufzte. Egal, vielleicht half die „glückliche Auszeit“, wenn sie schon keine Ruhe mehr zum Schlafen hatte ... Sie schüttelte den Kopf über den Schwachsinn, den sich die Werbung ausdachte. Glücklich konnte man das, was ihr anschließend im Spiegel entgegenblickte, allerdings nicht nennen. Sie blickte in ihre müden Augen und versuchte, die Spuren der kurzen Nacht mit Puder und Rouge zu beseitigen.

Als sie in die Küche kam, saß Whisky vor seinem leeren Napf und blickte sie vorwurfsvoll an. „Ja, ja, du bist wieder kurz vor dem Verhungern, ich weiß.“ Sie gab ihm seine Portion und setzte die Kaffeemaschine in Gang. Beim Frühstück überlegte sie, wie sie den Tag dazu nutzen konnte, die Stimmung im Team zu heben. Ihr Vater hatte immer gesagt, dass viel von der Moral der Truppe abhing. Gestern hatte sie Isidor verärgert, weil sie müde und gereizt war. Zumindest das musste sie wiedergutmachen.

Der starke Kaffee tat gut. Als sie aus der Haustür trat, fühlte sie sich dem Tag gewachsen. Isidor schien ihr nichts nachzutragen, jedenfalls begrüßte er sie freundlich und begann damit, die Schlagzeilen des Tages zu kommentieren. Alexandra hatte sich vorgenommen, heute jeden Mitarbeiter im Kommissariat persönlich zu loben und Zuversicht zu verbreiten. Sie wartete geduldig, bis Isidor eine Pause einlegte, um ihren Vorsatz gleich bei ihm in die Tat umzusetzen.

„Isidor, ich möchte Ihnen sagen, dass Sie eine wirklich gute Arbeit machen. Welche Berge von Daten Sie abgeglichen und überprüft haben, ist mir nicht entgangen. Dass wir bisher keinen Täter haben, liegt in der Natur der Sache. Die zwanzig Prozent der Fälle, denen keine Täter-Opfer-Beziehung zugrunde liegt, sind nun mal die größte Herausforderung für uns. Wir dürfen jetzt nicht aufgeben. Irgendwie habe ich trotz allem das Gefühl, dass wir ganz nah dran sind.“

„Oh, danke für die Blumen.“

Alexandra konnte an Isidors Haltung deutlich erkennen, wie gut ihm das Lob tat. Er wirkte regelrecht beschwingt. Im Kommissariat würde sie damit weitermachen. Vielleicht sollte sie sogar auf Dr. Helmer zugehen. Seine Berichte kamen zeitnah und waren gut strukturiert, ganz im Gegensatz zu denen seines Vorgängers. Wäre der peinliche Vorfall mit der Prostituierten nicht gewesen, hätte sie ihm das schon längst gesagt.

Alexandra nahm sich für jeden Mitarbeiter Zeit, um auch wieder einmal ein paar persönliche Worte zu wechseln. Die Kollegen nahmen ihre Aufmunterung dankbar auf und versicherten ihr, in ihrem Bemühen nicht nachzulassen. Sie erfuhr auch allerlei Neuigkeiten. Ein Mitarbeiter von Ludwig Knöpfle wartete auf die Geburt seines ersten Kindes, ein anderer musste seinen Vater ins Hospiz bringen. Alexandra merkte, wie gut ihre Bemühungen ankamen, und das gab auch ihr selbst Auftrieb. Knöpfle erzählte ihr, dass er in letzter Zeit schlecht schlief. Es ließ ihm keine Ruhe, dass sie bei beiden Leichen keine einzige Spur gefunden hatten. Er hatte akribisch danach gesucht, in der Hoffnung, wenigstens eine Hautschuppe des Täters zu ergattern, aber es war vergebens gewesen. Er wollte im nächsten Meeting noch einmal darauf hinweisen, dass sie es mit an Sicherheit grenzender Wahrscheinlichkeit mit einer Person im Schutzanzug zu tun hatten. Als sie sich verabschiedete, zuckte er mit den Schultern und bestätigte ihr, dass sie Geduld haben mussten. Dass sie warten mussten – auf einen Fehler, zu dem man den Täter vielleicht provozieren konnte. Außerdem trug er ihr auf, Hermann zu grüßen. Sie vermutete, er wollte, dass ihr Mann sich neben der Arbeit am Täterprofil Gedanken darüber machte, wie sie das bewerkstelligen konnten.

Danach wollte sie eigentlich zu Dr. Helmer gehen, aber dann führte sie doch noch etliche Telefonate und beantwortete E-Mails, bis ihr der Kopf auf den Tisch zu fallen drohte. *Jetzt reiß dich zusammen!* schalt sie sich, *du gehst jetzt zu diesem Widerling in den Keller und motivierst ihn!* Gähnend stand sie auf. *Nun komm schon, danach bist du bestimmt fit ...* Sie grinste bei der Vorstellung, was sie vielleicht im Keller erwarten würde. Ganz bestimmt rechnete der Doktor nicht damit, dass sie ihn allein des Lobens wegen aufsuchte. Danach würde sie Feierabend machen. In ihrer Fantasie sah sie sich schon tief schlafend in ihrem Bett. Der Fahrstuhl hielt mit einem Ruck. Als sich die Türen öffneten, stand Dr. Helmer vor ihr. Sie erschrak und merkte, dass ihn das zu amüsieren schien. Er musterte sie mit kaltem Blick. „Na, wieder auf Verbrecherjagd unter Kollegen, die Frau Kommissarin?"

Alexandra reagierte nicht auf den zynischen Ton. So freundlich sie konnte, hielt sie seinem Blick stand. „Ich wollte zu Ihnen. Kann ich Sie sprechen?"

„Sicher, warum nicht? Wenn ich behilflich sein kann." Seine Stimme triefte vor Verachtung. Alexandra fing an zu bereuen, dass sie ihn aufgesucht hatte. *Jetzt nicht kneifen*!, ermahnte sie sich.

„Sie wollten gerade in den Aufzug?", fragte sie freundlich.

„Ja, um diese Zeit hole ich mir einen Kaffee. Ich hoffe, das macht mich nicht verdächtig."

Alexandra lächelte, als hätte sie die Anspielung nicht verstanden. „Den könnte ich auch brauchen. Darf ich Sie dazu einladen? Ums Eck gibt es doch ein Café."

Jetzt war er sichtlich überrascht. Es dauerte geraume Zeit, bis er antwortete. Alexandra klopfte sich innerlich auf die Schulter. *Gut gemacht, weiter so ...*

„Ähm, warum nicht?“, sagte er zögernd.

Sie trat einen Schritt zurück und gab die Tür des Fahrstuhls frei. Der Pathologe trat ein, und Alexandra fühlte sich sogleich unbehaglich. In der Enge der Liftkabine wirkte der hochgewachsene Mann noch größer als sonst. Alexandra konnte nicht so weit zurücktreten, dass sie ihm hätte ins Gesicht sehen können, ohne den Kopf in den Nacken zu legen. Sie schwiegen beide verlegen – er, weil er nicht wusste, was sie von ihm wollte, und sie, weil sie nicht sicher war, ob es eine wirklich gute Idee gewesen war, ihn zum Kaffee einzuladen. Der Fahrstuhl hielt, und sie gingen unter Isidors erstaunten Blicken den Flur entlang.

Im Café wählten sie einen kleinen Ecktisch. Nachdem die Kellnerin ihre Bestellung aufgenommen hatte, räusperte Alexandra sich. Sie wollte ihre Mission zu Ende zu bringen. Freundlich stellte sie die einzige Frage, die ihr zu Dr. Helmer einfiel.

„Was hat Sie eigentlich veranlasst, diesen Beruf zu wählen?“

Er war wie vor den Kopf geschlagen. Mit einer persönlichen Frage hatte er nicht gerechnet.

„Sie wollen das wirklich wissen? Oder geht es darum, meine Arbeit zu kritisieren?“

Die Kellnerin brachte die Getränke. Als sich die beleibte Frau, der offenbar die Sahnetorten aus der hauseigenen Konditorei zum Verhängnis geworden waren, entfernt hatte, nahm Alexandra ihr Ziel in Angriff. „Keineswegs möchte ich Ihre Arbeit kritisieren. Das Gegenteil ist der Fall. Es ist höchste Zeit, Ihnen zu sagen, wie sehr wir Ihre Arbeit im Team schätzen.“ Seine Pupillen weiteten sich.

„Ihre Berichte sind übersichtlich strukturiert. Das Wesentliche ist kurz zusammengefasst und im Weiteren ausführlich beschrieben und belegt. Es ist angenehm, damit zu arbeiten. Das konnte man von den Werken, die Ihr Vorgänger verfasst hat, leider nicht behaupten.“

Dr. Helmer starrte sie fassungslos, ja fast ein bisschen dümmlich an. Alexandra hatte zum ersten Mal das Gefühl, Kontakt zu ihm gefunden zu haben. Lächelnd ergänzte sie: „Und vor allem Ihre schnelle Erstellung der Berichte stellt für uns eine enorme Verbesserung zu den bisherigen Verhältnissen dar.“

Der Arzt schwieg. Aus seinem Gesicht war alle Arroganz gewichen. Vorsichtig stellte er die Tasse ab. Seine schlanke Hand zog Alexandras Aufmerksamkeit auf sich.

„Ich habe mich mit vierzehn Jahren dazu entschieden, Medizin zu studieren. Auch dass es letztendlich die Gerichtsmedizin sein wird, war mir damals schon klar." Er trank einen weiteren Schluck und schaute ihr in die Augen. Er schien zu überlegen, ob er weitersprechen sollte. Alexandra kannte diesen Blick aus zahlreichen Vernehmungen. Die Menschen schienen auf diese Art zu prüfen, ob sie ihrem Gesprächspartner die Wahrheit zumuten konnten. Offensichtlich war er zu einem Schluss gekommen, der es ihm ermöglichte, weiterzusprechen.

„Ich bin eines Tages aus der Schule nach Hause gekommen, habe, ohne darüber nachzudenken, das Mittagessen, das meine Mutter für uns zubereitet hatte, hinuntergeschlungen und wollte so schnell wie möglich raus zu meinen Fußballkumpels. Plötzlich sah ich, wie meine Mutter ganz langsam und ohne einen Laut von sich zu geben vom Stuhl glitt. Sie war auf der Stelle tot."

In Alexandras Kopf überschlugen sich die Gedanken. Mit dieser Information stellte sich ihr die Szene im Keller noch einmal ganz anders dar. Hermann hatte gesagt, dass ein Teil der Nekrophilen einen geliebten Menschen nicht loslassen könne. Sie schaute ihr Gegenüber mitfühlend an und murmelte leise: „Verstehe."

Dr. Helmers Gesicht verschloss sich augenblicklich. „Ich glaube kaum, dass Sie verstehen. Das versteht kein Mensch. Meine Mutter war das blühende Leben. Dass sie mich alleine großziehen musste, weil mein Vater sich vor der Geburt aus dem Staub gemacht hatte, schien ihr nichts auszumachen. Sie betrieb zusammen mit ihrem Vater eine Wirtschaftsberatungskanzlei und war mit Mitte dreißig in ihren besten Jahren. Das sagte sie jedenfalls oft zu ihren Freunden." Alexandra schwieg. Dr. Helmer fuhr fort: „Es war nicht zu fassen. Ich blieb bei meiner Mutter sitzen, nachdem der Notarzt weg war. Als der Bestatter kam, bestand ich darauf, sie zu begleiten. Kein Mensch konnte mir erklären, was passiert war. Lange Zeit hatte ich die Fantasie, sie wäre vergiftet worden."

Alexandra dachte an Frau Gelassi. Wie hätte Dr. Helmer wohl reagiert, wenn er an dem Abend in der Gerichtsmedizin gewesen wäre. Hätte er gemeinsam mit den armen Eltern die Nacht dort verbracht? „Und dann haben Sie beschlossen, diesen Beruf zu ergreifen, um es sich selbst erklären zu können", folgerte sie.

Er presste die Lippen zusammen und nickte trotzig. Jetzt sah er aus wie der Teenager, der er damals gewesen war. Alexandra war froh, dass sie ihm diese Frage gestellt hatte. „Umso verständlicher ist mir jetzt die Qualität Ihrer Arbeit", sagte sie.

Sie tranken aus. Die Kellnerin hatte sie beobachtet und erschien unaufgefordert. Alexandra bezahlte. Langsam gingen sie zum Kommissariat zurück. Vor ihrem Büro blieb Alexandra stehen und reichte dem Kollegen die Hand. „Herr Dr. Helmer, ich danke Ihnen für das Gespräch."

Er nickte wortlos und ging zum Lift, als hätten sie sich zufällig im Gang getroffen.

Alexandra betrat ihr Büro und setzte sich mit einem Seufzer an ihren Schreibtisch. Das Gehörte wirkte nach, während sie in einen dunkelblauen, vor Hitze flirrenden Julihimmel blickte. Für den kommenden Abend waren Gewitter angesagt. Endlich. Es war höchste Zeit, dass die Natur zu ihrem Recht kam. Sie konnte den Durst der Pflanzen und Bäume förmlich spüren. Ihre Müdigkeit machte sie für diese Dinge empfänglicher.

Das Klingeln ihres Handys holte sie in die Wirklichkeit zurück. Hermann nutzte eine Pause, um sich zu melden und nach neuen Entwicklungen zu fragen. Sie war zu müde, um zu erzählen, was sie soeben erlebt hatte. Also forderte sie ihn auf, ihr vom Verlauf des Kongresses zu berichten, und bemühte sich, mit ihrer Aufmerksamkeit bei ihm zu bleiben. Er merkte trotzdem, dass sie nicht recht bei der Sache war. Mit dem Versprechen, ihr am nächsten Tag, wenn er wieder zu Hause sein würde, alles in Ruhe zu erzählen, verabschiedete er sich. Alexandra blieb noch einen Augenblick vor den Fotos ihrer aktuellen Fälle stehen, dann machte sie sich auf den Weg zu Isidor.

Er kam ihr im Flur entgegen. „Fahren Sie mit mir, oder hat Dr. Helmer die Ehre?", fragte er grinsend.

„Das ist wohl ..." Sie brach ab, als sie merkte, dass sie ihm auf den Leim gegangen war. „Isidor, Sie sind ja eifersüchtig", scherzte sie.

„Nein, aber neugierig."

„Keine Sorge. Auf dem Heimweg erfahren Sie alles. Ich verabschiede mich nur noch schnell von unserem Chef. Die Presse sitzt ihm jetzt zusammen mit dem Justizminister im Nacken."

Als sie aus dem Kommissariat kam, saß Isidor schon im Wagen. Er hatte die Türen weit geöffnet, um die Hitze abfließen zu lassen.

Ganz gegen seine Gewohnheit fuhr er schweigend los. Alexandra wusste, dass er darauf brannte, zu erfahren, wohin sie mit Dr. Helmer gegangen war und warum. Sie erzählte ihm, dass sie versucht hatte, das Betriebsklima zu verbessern, und sich daraus eine gemeinsame Kaffeepause ergeben hätte. Auch von seiner tragischen Geschichte berichtete sie, allerdings ohne die Zusammenhänge zu erwähnen, die sich für sie daraus ergeben hatten.

Als Isidors Neugier befriedigt war, schloss sie die Augen und schlief ein. Sie wachte erst wieder auf, als der Wagen vor ihrem Haus hielt. Sie verabschiedete sich und stieg aus, benommen und verschwitzt. Schon die wenigen Stufen bis zum Hauseingang strengten sie an. Sie lehnte sich kurz an das Geländer, um den Schlüssel in ihrer Handtasche zu suchen. Er hatte sich in den hintersten Winkel unter die Kosmetikutensilien geschoben. „Na endlich", knurrte sie gereizt und wollte ihn ins Schloss stecken, aber es ging nicht. Stoisch wie ein Roboter versuchte sie es einige Male. Aber der Schlüssel ließ sich nicht in das Schloss stecken. War er beschädigt? Alexandra sah sich nach Isidor um, der natürlich längst weitergefahren war. Leise fluchend und ohne sich wirklich Hoffnung auf ein anderes Ergebnis zu machen, holte sie den Ersatzschlüssel aus dem speziell für solche Fälle eingebauten Tresor in der Garage. Er passte auch nicht ins Schloss.

Alexandra lehnte sich abermals an das Treppengeländer und überlegte. *War Gertrud etwa im Haus?* Das war immerhin eine mögliche Erklärung. Gertrud war ein ängstlicher Typ. Wenn sie alleine war, schloss sie sich ein. Dann steckte ihr Schlüssel von innen. Alexandra presste die Lippen aufeinander. Eine Szene mit Gertrud war das Letzte, was sie heute brauchen konnte. Sie riss sich zusammen und betätigte die Klingel. Im Haus rührte sich nichts. Sie klingelte noch ein paarmal. Zum Schluss ließ sie ihren Finger auf dem Knopf, bis ihr der schrille Klang selbst auf die Nerven ging.

Und wenn Gertrud etwas zugestoßen war? Sie war schließlich nicht mehr die Jüngste. Der Schreck fuhr ihr in die Glieder. Sie würde eine Scheibe einschlagen müssen. Mit fahrigen Händen tastete sie nach ihrem Handy. Der Akku war fast leer. *Bleib ruhig!,* redete sie sich zu. Der Strom reichte noch um Gertruds Nummer zu wählen. Keine Resonanz. Alexandra sagte sich, dass damit nichts bewiesen war. Gertrud ging oft nicht ans Telefon, außer wenn sie auf dem Display sah, dass Hermann anrief.

Sie spähte durch das Küchenfenster. Alles schien normal zu sein. Weder von Gertrud war etwas zu sehen noch von ihrer Einkaufstasche, die sie zu Alexandras Verdruss immer auf dem Küchentisch abstellte. Auch der Blick durch die Terrassentür deutete nicht darauf hin, dass ihre Schwiegermutter im Haus war. Alexandra machte einen Versuch, mithilfe ihrer Kreditkarte ins Haus zu gelangen, wie man es in Krimis oft sah, aber sie konnte die Karte nicht einmal zwischen Türblatt und Rahmen schieben. Das Leben war eben kein Film, dachte sie verzagt.

Sie würde den Schlüsseldienst holen müssen. Sie musste schließlich ins Haus, und diese Leute konnten ihr auch am besten sagen, was mit ihrem Schloss passiert war. Eine Scheibe einzuschlagen wäre zwar der schnellere Weg, aber dann müsste sie hinterher die Reparatur organisieren. Doch wie kam sie jetzt an die Nummer eines Schlüsseldienstes?

Ihr Blick blieb am Kinderwagen der Nachbarin hängen, der schräg vor der Tür stand. Ein Schnuller lag verlassen darin, und eine Baumwollwindel hing seitlich heraus. Es sah aus, als hätte sie es eilig gehabt. Die Kleine hatte vermutlich unterwegs Hunger bekommen. Mit müden Beinen ging sie zum Eingang der Schneiders und klingelte. Die junge Frau öffnete unverzüglich, das schreiende Baby auf dem Arm. *Gott sei Dank!,* dachte Alexandra, entschuldigte sich für die Störung und bat darum, kurz in die Gelben Seiten schauen zu dürfen. Frau Schneider bat sie herein. Alexandra notierte sich die Nummer eines Schlüsseldiensts, zog es aber vor, zum Telefonieren wieder nach draußen zu gehen, da man im Haus wegen des Geschreis sein eigenes Wort nicht verstand.

Es dauerte eine halbe Stunde, bis ein Wagen des Schlüsseldienstes vor ihrer Auffahrt hielt. Ein verwegen aussehender Mitarbeiter stieg aus und erkundigte sich grinsend, ob sie es sei, die sich ausgesperrt habe. Dann forderte er sie auf, ihm ihren Ausweis zu zeigen. Als sie ihren Dienstausweis zückte, erschrak er. Alexandra erkannte es daran, dass er wegblickte. Sie mochte sich nicht überlegen, woher er seine Kenntnisse zum Öffnen fremder Türen hatte, und sie überhörte auch geflissentlich seine frechen Scherze über die Polizei. Sie musste sich umdrehen, und im Nu war die Tür offen.

„Gute Frau, Sie dürfen den Schlüssel nicht von innen stecken lassen. Das macht dann 130 Euro mit Anfahrt." Der hämische Unterton traf Alexandras wunden Punkt. Ungläubig blickte sie auf den an der Innenseite der Tür baumelnden Schlüsselbund. Das waren Hermanns Schlüssel. Er hatte sie dagelassen. Das tat er oft, wenn er verreisen musste. „Was man nicht mitnimmt, kann man auch nicht verlieren", pflegte er zu sagen. Sie hatte den Schlüssel nicht stecken lassen. Das konnte nur Gertrud gewesen sein. *GERTRUD!* Sie kochte vor Wut. Zwischen zusammengepressten Lippen quetschte sie ein „Danke" hervor, als sie dem Mann die 135 Euro reichte. Sie beobachtete, wie der Kerl wegfuhr, räumte Hermanns Schlüssel zurück an den dafür vorgesehenen Haken, griff zum Handy und wählte erneut Gertruds Nummer. Ohne Erfolg. Alexandra war jetzt dermaßen wütend, dass sie beschloss, nach Segeten zu fahren und ihrer Schwiegermutter gründlich die Meinung zu sagen. Was dachte die sich eigentlich dabei, im Haus anderer Leute so ein Chaos anzurichten? Ein wenig besorgt war sie allerdings auch um die alte Frau. Was in den letzten Tagen vorgefallen war, deutete darauf hin, dass es nicht besonders gut um sie stand. Möglicherweise hatte sie einen kleinen Schlaganfall gehabt oder was es in ihrem Alter sonst alles gab. Hermann würde es ihr nie verzeihen, wenn seiner Mutter etwas zugestoßen war und sie nicht nach ihr sah.

Sie schlang im Stehen ein Vollkornbrot hinunter, weil sie befürchtete, sofort einzuschlafen, wenn sie erst einmal saß. Sie durfte nur nicht an ihr Bett denken, dann würde es schon gehen. Ach ja, und ihr Kostüm musste sie auch noch aus der Maschine holen. *Wenn ich es auf einen Bügel hänge, ist es bestimmt bis morgen trocken,* dachte sie. Ein weiterer Vorteil dieses Kleidungsstücks war, dass man es nicht zu bügeln brauchte. *Ein neues Bügeleisen musste ich auch besorgen,* dachte sie verärgert. Sie ging in den Keller. Wenn sie gewusst hätte, dass dieses Kostüm sich zu ihrem Lieblingsstück entwickeln würde, hätte sie gleich zwei davon gekauft. Sie öffnete die Tür der Waschmaschine und zog die frisch gewaschenen Teile heraus, packte alles in den Korb und ging damit auf die Terrasse. Im Sommer hängte sie die Wäsche gerne draußen auf, weil sie den Geruch an frischer Luft getrockneter Wäsche liebte. Sie nahm einen Bügel von der Leine und griff nach der Kostümjacke. Aber was war das? Als sie das Teil ausschüttelte, damit es glatt würde, erkannte sie, dass es mindestens um die Hälfte geschrumpft war. Fassungslos zog sie den Rock aus dem Plastikkorb. Er würde ihr nicht einmal mehr bis ans Knie reichen. Verärgert griff sie nach den anderen Sachen im Korb. Alles war hinüber. Offensichtlich viel zu heiß gewaschen. Sie erinnerte sich genau daran, dass sie das „Wolle kalt"-Programm eingestellt hatte. Dieses Kostüm und auch die anderen Sachen hatte sie schon oft genau so gewaschen – ohne Probleme. Das ging nicht mit rechten Dingen zu. Sollte etwa Gertrud auch hier ihre Finger im Spiel gehabt haben? Sie behauptete doch immer, unter 60 Grad würde Wäsche nicht wirklich sauber, und tat Alexandras Entgegnung, man könne doch Hygienespüler verwenden, mit einer geringschätzigen Handbewegung ab.

Die Wut bildete jetzt einen harten Kloß in Alexandras Magen. Sie schnappte sich ihre Handtasche und den Schlüssel und stürmte nach draußen. Die Tür fiel mit lautem Knall ins Schloss. Sie drehte den Schlüssel zweimal um, ging zur Garage und setzte sich ins Auto. Mit quietschenden Reifen bog sie auf die Hauptstraße ein. Ohne auf die herrlichen Farben zu achten, die die untergehende Sonne an den Himmel malte, fuhr sie nach Segeten. Passend zu ihrer Stimmung bildeten sich erste Gewitterwolken über dem Wald.

Sie parkte so nah wie möglich am Haus, sprang aus dem Wagen und lief den schmalen Pfad entlang, den Blick starr auf die Haustür gerichtet, als gelte es, Gertrud nicht entkommen zu lassen. Nach dreimaligem Läuten ertönte der Summton. Alexandra nahm die Treppe statt den Lift, immer zwei Stufen auf einmal. Im dritten Stock klopfte sie energisch an.

„Ich bin es, Gertrud. Mach auf!" Zu einem „Bitte" konnte sie sich nicht durchringen. Es dauerte geraume Zeit, bis ihre Schwiegermutter öffnete. Gertruds weißes Haar wurde von einem rosa Tuch zusammengehalten. Sie trug einen ebenfalls rosafarbenen Hausanzug. Das Gesicht der alten Dame war von einer weißen Pampe bedeckt, die schon zu bröckeln begann.

„Alexandra!", rief sie überrascht aus. „Ist etwas passiert?"

Das fragte die Richtige. „Es passiert dauernd etwas", entgegnete Alexandra gereizt. Sie holte tief Luft.

Ihre Schwiegermutter starrte sie entsetzt an. „Bist du krank, Kind? Du siehst ja furchtbar aus! Komm rein und setz dich. Ich muss mir nur schnell die Maske vom Gesicht waschen."

Die offensichtliche Arglosigkeit ihrer Schwiegermutter war frappierend. Alexandra überlegte, womit sie anfangen sollte. Aus dem Badezimmer hörte sie Gertrud rufen: „Soll ich dir etwas zu essen machen, meine Liebe?"

Alexandras Wut fiel in sich zusammen wie die Hülle eines Ballons, aus dem die Luft entwichen ist. Sie fühlte sich nur noch erschöpft. Hermann sollte sich selbst darum kümmern, es war schließlich seine Mutter. *Ich gehe schlafen,* dachte Alexandra.

„Kommst du vor lauter Arbeit nicht mal zum Essen, Kind?" Gertrud tauchte wieder auf, jetzt ohne die weiße Pampe. Es gelang Alexandra sogar, diese Anspielung zu überhören.

„Nein danke, Gertrud. Ich wollte nur nach dir sehen."

„Was? Du wolltest nach mir sehen? Na so was."

„Ja, ich wollte wissen, wie es dir geht, weil du nicht ans Telefon gegangen bist."

„Ach, du weißt doch, wie das ist. Man ist immer so beschäftigt. Das Telefon läutet in den ungeschicktesten Momenten."

Alexandra schluckte ihre Antwort herunter. Sie wollte jetzt nur noch weg. Prüfend blickte sie ihrer Schwiegermutter in die Augen. „Fühlst du dich gut?“

„Ja, es geht mir gut. Warum? Was ist denn los?“

„Dann mache ich mich wieder auf den Weg. Guten Abend noch.“

Sie drehte sich um, und bevor die alte Dame antworten konnte, hatte sie die Tür hinter sich ins Schloss fallen lassen.

Das hätte ich mir sparen können, dachte sie verärgert. *Aber wenigstens weiß ich jetzt, dass sie keinen körperlichen Schaden hat.* Mit letzter Energie stieg sie in den Wagen und fuhr los.

Als sie aufwachte, lag sie im Bett. Sie hatte nicht die geringste Ahnung, wie sie dahingekommen war, wunderte sich aber, dass sie noch angekleidet war. Langsam setzte sich der vergangene Abend in ihrem Bewusstsein wieder zusammen. Erst der Besuch bei Gertrud, dann auf direktem Weg ins Schlafzimmer. Die Kraft hatte nicht mehr fürs Ausziehen gereicht. Seufzend öffnete sie die Knöpfe ihrer Bluse und den BH-Verschluss und ließ beides auf den Boden fallen. Ihr Mund war trocken. Sie streifte ihre Jeans ab und erschrak, als ein greller Blitz das Zimmer für einen Augenblick in gleißendes Licht tauchte. Unmittelbar darauf folgte der Donner. Es klang, als würde der Himmel entzweigerissen. Danach war es gespenstisch still. Alexandra hörte ihr Blut in den Ohren rauschen und einen anderen sirrenden Ton, der sie befürchten ließ, es könne ein Tinnitus sein. Sie stand auf. Sie musste das Fenster zumachen und etwas trinken. Als sie das Fenster erreicht hatte, war sie froh, sich am Griff festhalten zu können. Ihr war schwindelig. Sie wartete, bis das Gefühl nachließ. Auf schwachen Beinen machte sie sich auf den Weg ins Badezimmer, als sie ein klägliches Maunzen hörte.

„Whisky? Wo bist du?“

Das Licht im Bad blendete sie. Gierig trank sie kaltes Wasser direkt aus dem Hahn. Da war es wieder – ein Miauen, lang gezogen und kläglich. „Whisky!“, rief sie abermals. Woher kam das? Sie konnte es nicht einordnen. Stimmte etwas nicht mit der Klappe? Kam er nicht rein? Nackt, wie sie war, ging sie nach unten, um die Katzenklappe in der Terrassentür zu kontrollieren. Der Mechanismus war in Ordnung. Sie öffnete die Schiebetür und horchte in die Nacht. Es war trotz der späten Stunde schwül-warm und roch nach Regen.

Da war es wieder! Das Miauen schien aus dem Strauch zu kommen, der an der südlichen Ecke des Hauses stand. Alexandra vergewisserte sich, dass sie von niemandem gesehen werden konnte. An dieser Stelle war der Garten zum Glück nicht einsehbar, sodass sie es wagen konnte, die paar Schritte unbekleidet über den Rasen zu huschen. Wenn sie erst nach oben ging, um ihren Bademantel zu holen, regnete es vielleicht schon, bis sie wieder unten war. Sie musste die Terrassentür ein Stück weiter zuschieben, damit das Parkett nicht nass würde, falls der Regen plötzlich einsetzte. Im selben Moment zuckte ein weiterer Blitz über den Himmel, begleitet von krachendem Donner. Sie erschrak so, dass sie die Tür ein kleines Stück zu weit zuzog – genug, um sie einrasten zu lassen. Die Tür war zu. Und jetzt setzte der Regen ein. Sie brauchte einen Moment, um ihre Lage zu erfassen. Zum zweiten Mal an diesem Tag war sie ausgesperrt, aber diesmal kam erschwerend hinzu, dass es Nacht und sie nackt war, dazu goss es wie aus Kübeln. Sie würde ums Haus herum zur Garage laufen müssen, um den Ersatzschlüssel aus dem Tresor zu holen. Einen fürchterlichen Moment lang fragte sie sich, ob sie ihn am Abend auch wieder dorthin zurückgelegt hatte, nachdem er sich nicht als hilfreich erwiesen hatte. Sie war sich nicht sicher, aber ihr würde nichts anderes übrig bleiben als nachzusehen, wenn sie sich aus ihrer misslichen Lage befreien sollte.

Der Regen war unangenehm kalt. Es machte keinen Sinn, zu warten, bis er vorbei war. Wütend auf ihre eigene Dummheit, lief sie los, zunächst ums Haus – natürlich sprangen die Bewegungsmelder an und strahlten ihre Nacktheit grell an –, dann die Auffahrt hoch bis zur Garage. *Das wird ein Spaß sein für die Nachbarn, die wegen des Gewitters nicht schlafen können und aus dem Fenster schauen,* dachte sie grimmig. Auf halbem Weg traf sie etwas Kaltes hart am Kopf. Dann an der Schulter. Der jäh einsetzende Schmerz war gemein. Mit ungeheurer Wucht prasselten Hagelkörner auf sie herab. Instinktiv versuchte sie, ihren Kopf mit den Armen zu schützen, doch die harten Eisklumpen trafen sie überall. Auch der Boden war jetzt übersät davon, sodass sie nicht mehr rennen konnte, ohne darauf auszurutschen. *So fühlt es sich an, wenn man gesteinigt wird,* dachte sie unvermittelt.

Als sie die Garage erreichte, stellte sie fest, dass sie das Tor offen gelassen hatte. Die schräg fallenden Hagelgeschosse verfehlten die Motorhaube ihres Wagens nur knapp. Damit blieb ihr wenigstens die anstrengende Prozedur erspart, das Tor ohne Schlüssel zu öffnen. Da Hermann früher den Schlüssel oft im Auto vergessen hatte, wusste sie, dass es eine schmale Spalte im Metall gab, durch die man greifen konnte, um die Zugleine im Inneren zu erreichen, mit der man den Öffnungsmechanismus in Gang setzten konnte. Alexandra flüchtete sich ins Innere der Garage, betätigte den Lichtschalter und zog an der Leine. Das Tor schloss sich. Mit lauten Schlägen trafen die eisigen Kugeln auf das Metall. Solange es derartig hagelte, konnte sie nicht zurückgehen. Sie betastete die Beulen, die sich auf ihrem Kopf gebildet hatten. Inzwischen zitterte sie wie Espenlaub, und ihre Zähne klapperten hart aufeinander. Mit beiden Händen versuchte sie, ihre Arme und Beine warmzureiben. Plötzlich spürte sie hinter sich etwas Kaltes, das ihre Wade berührte. Sie fuhr herum.

Sitzung 17

Das hat man davon, wenn man es gut meint. Diese Ärztin bildet sich wohl ein, sie hätten ein Hotel gebucht. Sie wagt es, mir zu sagen, dass sie von Ravioli, Brot und Käse nicht leben können. Sie wollen Vitamine und an die Sonne. Ich dachte, ich hätte mich verhört. Vorhin, als die beiden Hübschen mit ihrer Performance fertig waren und ich so richtig scharf war und sie mir einzeln vornehmen wollte, hat sich diese Tussi eingemischt. Die Kleine sollte mich bedienen und damit ich mich dabei nicht langweilen würde, habe ich ihrem Bruder im wahrsten Sinne des Wortes ein wenig Feuer unter seinem schwarzen Hintern gemacht. Es gibt hübsche Muster, wenn man Kupferdraht heiß einbrennt. Ich habe festgestellt, dass es wenig bringt, wenn ich verlange, dass sie mir erklären, wie das mit dem Mitgefühl funktioniert. Es scheint sich nicht durch Worte vermitteln zu lassen. Sie sind besser darin, es zu zeigen. Wenn er jault, legt sie sich erst richtig ins Zeug. Blasen kann diese Frau wie keine andere. Ihre prallen Lippen fühlen sich wie kleine Schläuche an. Gerade als ich alle Glocken läuten höre, wagt diese Krankenhauseule, mich zu kritisieren. Quatscht drauflos, von wegen, ich dürfe den Jungen nicht misshandeln, mein eigenes Leid in Ehren, aber das gäbe mir nicht das Recht, andere zu quälen, und sie hätte keine unbegrenzten Möglichkeiten, die von mir verursachten Schäden zu behandeln. Klar, dass ich zu einer kleinen Disziplinarmaßnahme greifen musste. Es darf kein Zweifel daran aufkommen, wer hier das Sagen hat. Das ist nicht anders als auf einem gut geführten Schiff. Wenn man nicht sofort hart durchgreift, kommt es zur Meuterei.

Lange musste ich mir nicht überlegen, was sie für eine Strafe bekommt. Ich habe den Jungen angewiesen, ihr das Maul zu stopfen. Sie hatte ganz schön zu schlucken an seiner Pracht. Und es war keine schlechte Nummer, die die beiden abgeliefert haben, aber das lässt sich bestimmt noch steigern. Diese alte Funzel glaubt, dass sie mir ein paar schlaue Fragen stellen darf, gibt ihr das Recht, ihr freches Maul aufzusperren. Wenn ich mir das gegenüber meinem Vater erlaubt hätte, wäre ich heute bestenfalls ein Krüppel. Mutter wäre niemals auf die Idee gekommen, sich einzumischen, wenn er mich vertrimmt hat. Sie war der Meinung, ich hätte es verdient, und oft hat sie ihn geradezu auf mich gehetzt.

Jetzt muss ich aber nach der Allerweltspolizistin sehen. Sie hat ziemlich unruhige Nächte, seit ihr Alter außer Haus ist. Morgen kommt er zurück, dann muss ich mir was anderes einfallen lassen. Ich lasse mir Zeit, bis ich mir die Schlampe persönlich vornehme. Sie soll ausreichend Gelegenheit bekommen zu bereuen, dass sie gewagt hat, mich zu unterschätzen.

Krach

„Whisky! Zum Glück, du bist es!“ Der Kater blickte sie fordernd an. Offensichtlich hatte er sich wie sie durch den Regen hierher gerettet. Sein Fell war klitschnass. Er hasste es, nass zu sein. Alexandra, die froh war, nicht mehr alleine in der Garage ausharren zu müssen, schaute sich um. Auf dem Regal mit den Reinigungsmitteln stand eine Packung Kleenex. „Die können wir nehmen“, sagte sie und redete besänftigend auf ihn ein. Er stupste seine Nase an ihre Wade, als wollte er sie zur Eile auffordern. Sie tupfte erst den Kater, dem sie diesen Schlamassel verdankte, und dann sich selbst trocken. Dann öffnete sie den mit einem Zahlencode gesicherten Schlüsseltresor und hätte vor Glück beinahe geweint, als sie den Schlüssel darin sah.

Sie wartete, bis die Geräusche des Hagels aufgehört hatten, dann wollte sie nicht länger in der Kälte verharren, löschte das Licht und öffnete das Tor.

„Also los, alter Junge!“, forderte sie Whisky auf, um sich selbst zum Gehen zu ermutigen. Vorsichtig tappte sie über die eisigen Körner zurück zum Haus. Whisky hatte offenbar andere Pläne, denn er begleitete sie nicht. Sie sandte ein Stoßgebet zum Himmel, als sie den Schlüssel ins Schloss steckte. Zum Glück hatte sie noch nicht von innen abgeschlossen. Morgen früh musste sie als Erstes den Ersatzschlüssel wieder in den Tresor legen.

Unter der heißen Dusche konnte sie das Komische an der ganzen Situation erkennen. Sie musste laut lachen, als sie sich vorstellte, was die Nachbarn gedacht hatten. Hermann würde sich wundern, was sie alles zu erzählen hatte, wenn er morgen nach Hause kam.

Den folgenden Arbeitstag brachte sie wie in Trance hinter sich. Sie konnte sich getrost der Routine überlassen, die sie sich in all den Jahren angeeignet hatte. Lange saß sie einfach nur still in ihrem Büro und schaute dem Zeiger der Uhr zu. Isidor glich unterdessen mit den Schweizer Kollegen Fälle ab, die zumindest eine gewisse Schnittmenge mit ihren Fällen hatten. Unvermittelt fiel ihr ihre Bemerkung, es habe im Fall des getöteten Pfarrers nicht viel zu ermitteln gegeben, wieder ein. *Das hast du nun davon, jetzt kannst du ermitteln bis zum Umfallen.* Sie schaltete ihren Computer ab. *Aber heute nicht mehr!*

Als sie am späten Nachmittag nach Hause kam, war Hermann noch nicht da. Sie wäre am liebsten ins Bett gegangen, aber dann würde sie seine Ankunft verpassen. Darum wollte sie sich nicht bringen. Sie freute sich darauf, ihn zu begrüßen und mit ihm auf das gemeinsame Wochenende anzustoßen. Es war wieder ein heißer Tag gewesen. Als Erstes gönnte sie sich eine Dusche. Danach zog sie ihren Bikini an und streckte sich auf der gemütlichen Liege im Garten aus. Whisky lag im Schatten unter dem Ahorn und blinzelte ihr träge zu. Sie dachte noch kurz über Königs Worte nach – er hatte gemeint, sie müssten froh sein über jeden Tag, der ihnen kein neues Opfer des Würgers bescherte –, dann schlief sie ein.

Sie verschlief Hermanns Ankunft, und nicht einmal der Lärm des Rasenmähers erreichte sie.

Als Hermann geduscht hatte und es Zeit fürs Abendessen war, weckte er sie. Sie schlug die Augen auf und blickte in das besorgte Gesicht ihres Mannes.

„Meine Güte, hast du tief geschlafen."

Sie richtete sich auf und gähnte herzhaft. „Dabei wollte ich nur ein wenig ausruhen und auf dich warten."

Er schaute sie prüfend an. „Du siehst erschöpft aus. Mutter sagte mir bereits, dass es dir nicht gut geht."

Scharf schoss der Ärger in Alexandras Brust. „Ach was. Sagte deine Mutter das?", entgegnete sie gereizt.

Hermann runzelte irritiert die Stirn. „Was ist los mit dir?"

„Was mit mir los ist?" Sie wurde laut, ärgerte sich darüber, konnte es nicht verhindern und wurde noch lauter. „Mit mir ist nichts los, gar nichts ist mit mir los, nur dass ich die ganze Woche neben meiner Arbeit damit beschäftigt war, die Spuren deiner Mutter zu beseitigen." Das Wort „Mutter" spuckte sie förmlich aus.

„Was? Wovon redest du?" Jetzt war Hermann auch ungehalten.

„Komm. Ich zeige dir, wovon ich rede."

„Kannst du es mir nicht einfach sagen?", fragte er.

„Nein, das kann ich nicht. Du wirst es dir schon selbst ansehen müssen."

Sie sprang auf und lief ins Haus. Hermann folgte ihr. Als sie sah, dass er nachkam, lief sie die Kellertreppe hinunter. Vor der verschlossenen Tür des Bügelzimmers wartete sie auf ihn. Als er neben ihr stand, stieß sie die Tür auf. Brandgeruch schlug ihnen entgegen. Das verkohlte Bügelbrett stand wie ein Mahnmal mitten in dem Zimmer, dessen ehemals weiße Wände von Rauch und Ruß verfärbt waren.

Hermann schaute seine Frau betroffen an. „Und was soll das mit Mutter zu tun haben?"

Alexandra lachte auf. „Ja, was könnte das wohl mit deiner Mutter zu tun haben? Sie schleicht ständig hier rum, wäscht und bügelt unaufgefordert. Jetzt hat sie offensichtlich das Eisen eingeschaltet stehen gelassen. Vermutlich wird sie langsam dement."

„Jetzt mach aber mal einen Punkt." Hermann konnte trotz des verwüsteten Zimmers ihre Aufregung nicht nachvollziehen.

Das brachte sie noch mehr auf. „Ach, ich soll einen Punkt machen? Ich, wer sonst? Du warst nicht da, als ich die halbe Nacht das ganze Haus geputzt habe, weil es wie eine Räucherhöhle gestunken hat. Ganz abgesehen von dem Gift, das dieser Plastikmüll beim Verbrennen freisetzt."

Hermann wollte sich abwenden und die Treppe hinaufgehen.

„Halt, hiergeblieben! Das ist noch lange nicht alles!", rief sie ihm nach.

„Alexandra, jetzt beruhige dich bitte." Hermann kam auf sie zu und wollte ihr die Hand auf den Arm legen, aber sie schüttelte ihn ab. Ihre ganze Anspannung, der Schlafmangel und die lange aufgestaute Wut auf Gertrud brachen sich Bahn. Mit einer Hand, die sie zwischen seinen Schulterblättern platzierte, schob sie ihn in Richtung des Vorratsraumes. Da fiel ihr ein, dass das Licht nicht brannte. „Warte hier“, befahl sie harsch.

Hermann, der sich nicht erklären konnte, was plötzlich in seine Frau gefahren war, blieb stehen, während sie nach oben lief, um ihr Handy zu holen. Als sie zurückkam, schaltete sie ihre Taschenlampen-App ein und ging an ihm vorbei in den Raum. Er folgte ihr verwundert.

„Alexandra, sag mir bitte, was das soll.“

Sie riss mit einem Ruck die Kühltruhe auf und leuchtete in den gefrorenen Klumpen aus verdorbenen Lebensmitteln, toten Fliegen und Maden. Dann richtete sie das Licht direkt in sein Gesicht.

„Da siehst du, was das soll! Was sagst du dazu?“, herrschte sie ihn an, als trüge er persönlich Schuld an dem Desaster. Sie merkte selbst, wie ungerecht sie war, aber sie konnte sich keinen Einhalt gebieten.

Hermann hielt sich die Hand vor die Augen. Er wusste nicht, was er sagen sollte.

„Dafür, dass deine Frau Mutter den Stecker des Bügeleisens hat durchbrennen lassen, scheint sie es für angebracht gehalten zu haben, den Stecker der Kühltruhe zu ziehen.“

Hermann war verärgert. Er hatte auch eine anstrengende Woche hinter sich, und seine Vorstellungen von ihrem gemeinsamen Freitagabend gingen in eine ganz andere Richtung. Dass er sich plötzlich mit einer schwer dementen Mutter und einer Furie von Ehefrau auseinandersetzen musste, war zu viel für ihn.

„Das ist Wahnsinn. Ich kann mir das nicht vorstellen. Wie kommst du dazu, das alles Gertrud anzulasten? Vielleicht gibt es andere Ursachen.“

„Andere Ursachen ...“, äffte sie ihn nach. „Meinst du etwa, ich hätte selbst mein Bügelzimmer abgefackelt und unsere Vorräte ruiniert? Die Truhe können wir gleich mit wegschmeißen. Ich habe versucht, den Müll zu entsorgen, aber als mir die Maden über die Hände gekrochen sind, wurde mir klar, dass man den ganzen Müll einfrieren und komplett entsorgen muss.“

Hermann ging nach oben. Er brauchte einen Whisky.

Alexandra lief ihm nach. „Reicht es dir? Das ist noch nicht alles...“

Er schwieg.

„Ausgesperrt hat mich diese ...“, beinahe hätte sie „alte Hexe“

gesagt, aber sie besann sich im letzten Moment, „... diese Person auch noch.“

Hermann trank einen kräftigen Schluck und ließ sich die rauchige Schärfe durch die Kehle rinnen.

Alexandra schimpfte weiter. „Da kommt man fix und fertig nach Hause, will in sein Bett, und was passiert?“ Sie machte eine Pause, um sich zu vergewissern, dass er mitdachte. „Man steht vor der Tür wie ein Idiot und kommt nicht rein, weil Madame den Schlüssel von innen hat stecken lassen, bevor sie ihrer Wege gegangen ist.“

„Ach du meine Güte!“

„Das kannst du wohl sagen. Ich musste den Schlüsseldienst kommen lassen.“ Alexandra redete sich mehr und mehr in Rage. Dass Hermann so ruhig zuhörte und es obendrein offenbar für unmöglich hielt, dass Gertrud hinter dem Ganzen steckte, stachelte sie an. „Und dann fahre ich blöde Kuh auch noch nach Segeten, weil Madame nicht ans Telefon gehen kann. Verstehst du? Sie verwüstet meine Sachen - mein bestes Kostüm ist auch im Eimer -, sie frisst meine Melone auf, und ich mache mir Sorgen, dass ihr was passiert ist, während sie den ganzen Tag nichts anderes zu tun hat, als bei uns herumzuspionieren und sich Quarkmasken ins Gesicht zu schmieren.“ Alexandra holte Luft.

Hermann ging in die Küche, um sich kaltes Wasser für seinen Whisky zu holen. Neben dem Terminplaner blieb er stehen. Er wollte sich dem Wutgewitter, das sich so unerwartet über ihm entlud, wenigstens für einen Augenblick entziehen und sich einen Überblick über die kommende Woche verschaffen. Plötzlich schüttelte er den Kopf.

Alexandra rief hinter ihm her: „Und der Dank dafür, dass ich zu ihr hin fahre, ist, dass sie dich anruft, um dir zu sagen, wie schlecht ich aussehe! Ich fasse es nicht!“

Hermann meinte, jetzt den wahren Grund für ihren Ärger gefunden zu haben. Sie hatten vor Längerem geplant, ein gemeinsames Wochenende mit Gertrud am Bodensee zu verbringen. Seine Mutter hatte einige Jahre in Konstanz gelebt und wollte diese Gegend wieder einmal besuchen. Sie hatten sich darauf geeinigt, dass dieses Wochenende die Belohnung dafür sein sollte, dass sie Whisky während Hermanns und Alexandras letztem Urlaub gefüttert hatte. Offensichtlich war Alexandra überarbeitet und hatte jetzt keine Lust mehr dazu. Er meinte sich auch zu erinnern, dass sie den Ausflug nicht im Anschluss an seinen Kongress geplant hatten, aber er stand für morgen im Kalender. Daher wehte also der Wind. Er ging mit dem Krug ins Wohnzimmer zurück.

„Du kannst mir auch auf andere Weise sagen, dass du keine Lust hast, mit an den Bodensee zu fahren“, meinte er.

Alexandra war überrascht. „Was? Wie kommst du jetzt auf den Bodensee?“

„Vielleicht schaust du mal auf den Planer? Du hast das Hotel gebucht.“ Sein Ton klang vorwurfsvoll.

Sie ging in die Küche und starrte auf den Kalender. Dort war mit Bleistift eingetragen: Gertrud/Konstanz/Hotel Löwen. Samstag und Sonntag waren dafür vorgemerkt.

„Das darf nicht wahr sein ...“, flüsterte sie. Ein flaues Gefühl breitete sich in ihrer Magengegend aus. Sie hatte sich so auf das Wochenende gefreut und brauchte es dringend, um sich endlich auszuschlafen. Morgen in aller Herrgottsfrühe aufzubrechen, um ihre Schwiegermutter an den Bodensee zu kutschieren, war das Schlimmste, was sie sich vorstellen konnte. Sie ging zurück ins Wohnzimmer. „Stimmt“, sagte sie. „Es steht im Kalender, aber ich dachte, wir hätten diese Fahrt für das darauffolgende Wochenende geplant.“

„Ist das etwa auch die Schuld meiner Mutter? Ich denke, du solltest lieber mal bei dem Hotel anrufen. Demenz ist ja bekanntlich weit verbreitet.“

Das saß. Alexandra, die sich für die Strapazen, die sie durchgemacht hatte, von Hermann Respekt und Mitgefühl gewünscht hatte, fühlte sich angegriffen. Von der kranken Katze hatte sie ihm noch nichts gesagt. Womöglich war es auch Gertrud gewesen, die sie in die Wohnung gelassen hatte. Hermann hatte seine Bemerkung nicht ernst gemeint, das wusste sie, aber sie fühlte sich gekränkt. Mehr aus Zorn als aus dem Verdacht heraus, sie könnte den Termin falsch eingetragen haben, suchte sie die Nummer des Hotels in ihren Unterlagen und rief dort an.

Der freundliche junge Mann bestätigte ihr den Buchungstermin. „Auf den Namen Rau sind ein Doppel- und ein Einzelzimmer von Samstag auf Sonntag reserviert.“ Die Diskretion verbot ihm zu sagen, dass der Termin erst vorgestern von ihrem Mann umgebucht worden war. Alexandra bedankte sich und legte ratlos auf. Sie wandte sich an Hermann: „Tatsächlich, es ist für dieses Wochenende gebucht. Ich kann mir das nicht erklären. Und ja, du hast recht, mir reicht es. Ich werde nirgendwohin fahren, schon gar nicht mit deiner Mutter. Ich gehe ins Bett. Viel Spaß, gute Reise und gute Nacht!“ Sie rauschte aus dem Wohnzimmer.

Hermann blickte ihr nach. So wütend hatte er sie noch nie erlebt. Nachdem er mit seiner Mutter, die sich auch das nächstfolgende Wochenende für die Kurzreise notiert hatte, telefoniert und von ihr erfahren hatte, dass sie am Montag im Haus gewesen war und dort ein vollkommen verdrecktes Badezimmer vorgefunden hatte, machte er sich ernsthaft Sorgen um Alexandra. Sie sah übernächtigt aus.

Gertrud hatte nichts dagegen, das Bodensee-Wochenende vorzuziehen, eigentlich war es ihr sogar gerade recht, die zwei Tage mit ihm alleine zu verbringen. Beiläufig bemerkte sie: „Weißt du, von den alten Erinnerungen weiß Alexandra sowieso nichts ..." Jedenfalls würde es Alexandra guttun, das Wochenende für sich zu haben. Danach konnten sie über alles sprechen.

Hermann füllte Whiskys Napf, machte sich ein Sandwich und verbrachte den Abend vor dem Fernseher. Als er ins Schlafzimmer kam, sah er seine Frau bäuchlings auf dem Bett liegen. Sie hatte sich, mit Ohrstöpseln und Schlafmaske bewaffnet, in den Schlaf geflüchtet.

Mitten in der Nacht wachte er auf, weil er glaubte, ein merkwürdiges Geräusch gehört zu haben, aber da alles ruhig blieb, sagte er sich, dass er wohl geträumt haben müsse.

Alexandra rührte sich nicht. Als er um halb sieben Uhr aufstand und aus dem Zimmer schlich, lag sie noch immer wie ein Stein im Bett.

Der Tag begann für Alexandra um drei Uhr nachmittags. Sie erwachte mit schmerzendem Rücken, aber ansonsten fühlte sie sich so gut wie seit Tagen nicht mehr. Sie streifte die Schlafbrille ab und nahm die Stöpsel aus den Ohren. *Geht doch!,* dachte sie. Dass Hermann wieder da war, erleichterte es ihr, sich vollständig abzuschotten. Wenn sie alleine die Verantwortung für das Haus zu tragen hatte, konnte sie sich nicht ausklinken. Hermann, oje ... Der Streit fiel ihr ein. Hatte sie überreagiert? *Besser jetzt nicht darüber nachdenken,* sagte sie sich. Dennoch griff sie zu ihrem Handy, um nachzusehen, ob er ihr eine Nachricht geschrieben hatte. Leider nicht. Sie legte das Telefon zurück und stand auf.

Nach einer ausgiebigen Dusche, einer Tasse heißer Schokolade und einem Vollkornbrot, das sie reichlich mit Butter und Honig bestrich, fühlte sie sich wie neu geboren. Sie ging hinaus in den Garten, legte sich in den Schatten ihres Apfelbaumes und genoss es, endlich einmal nichts tun zu müssen. Whisky kam unter seinem Ahorn hervor und gesellte sich zu ihr. Unter halb geschlossenen Lidern beobachtete Alexandra die vielen Bienen, die eifrig um den in voller Blüte stehenden Lavendel schwirrten. Erst als die Sonne milder wurde, ging sie ins Haus, um ihre Laufsachen anzuziehen. Hermann hatte sich noch immer nicht gemeldet. Ihr schlechtes Gewissen meldete sich. Sie nahm sich vor, ihm nach dem Laufen eine Nachricht zu schreiben.

Mit der zurückgewonnenen Kraft lief sie ihre Strecke schneller als sonst. Außer einem Mann, der spazieren ging und ihr nachsah, begegnete ihr niemand. Nachdem sie geduscht hatte, schrieb sie Hermann eine Kurznachricht, um vorsichtig zu testen, ob er noch ärgerlich war. Die Fragen, ob sie gut angekommen und mit dem Hotel zufrieden seien, schienen ihr angemessen. Hermanns Antwort folgte prompt. Er und seine Mutter hätten einen schönen Tag, Alexandra habe das Hotel gut ausgesucht und es sei schade, dass sie nicht dabei sei, aber sie solle die Zeit nutzen, um sich zu erholen.

Erleichtert registrierte sie, dass er nicht mehr sauer war. Sie zog sich ein Leinenkleid über und holte ihren Einkaufskorb. Für heute wollte sie Sushi besorgen, und wenn der Fisch gut aussah, könnte sie welchen für morgen Abend kaufen und dazu einen Kartoffelsalat vorbereiten, damit Hermann und Gertrud etwas zu essen hatten, wenn sie vom Bodensee zurück kamen.

Im Supermarkt waren kaum Kunden. Alexandra konnte dem Personal ansehen, wie sehr es den Feierabend herbeisehnte. Sie legte alle Zutaten für den Kartoffelsalat, dazu Eier, drei Scheiben Lachs, eine Gurke, Kondensmilch, frischen Dill, zwei Packungen Sushi, ein wenig Obst, Zitronen und Salat in ihren Wagen und schob ihn zur Kasse. Zurück in ihrer Küche, räumte sie ihre Einkäufe ein und richtete, fröhlich die Melodie summend, die sie eben im Autoradio gehört hatte, das Sushi samt Sojasoße und Ingwer auf einem großen Teller an. Dann holte sie sich eine Flasche Crémant aus dem Kühlschrank, goss sich ein Glas davon ein, nahm einen Schluck und prostete sich selbst zu: „Auf einen schönen Gertrud-freien Abend!“

Ihr Ärger war zwar noch nicht ganz verraucht, aber sie hatte so gute Laune wie seit Tagen nicht mehr. Whisky strich um ihre Beine und signalisierte, dass er mit ihr zu speisen wünschte. Für ihn gab es „Herzhafte Häppchen in heller Soße“.

Sie stellte alles auf ein Tablett und trug es in den Garten. Dort setzte sie sich in einen Korbstuhl und legte die Füße auf den gegenüberstehenden Hocker. Während Whisky neben ihr schmatzte, trank sie ihr Glas leer. Sie ging in die Küche, um sich ein zweites einzuschenken. Dann aß sie alles auf, lehnte sich zurück, lauschte den Grillen und beschloss, bald schlafen zu gehen. Nachdem sie das Geschirr gespült und weggeräumt hatte, kontrollierte sie, ob alle Türen und Fenster versperrt waren, ging nach oben, putzte sich die Zähne und legte sich mit einem befreiten Aufatmen auf ihr Bett. Für einen ganz kurzen Moment hatte sie das Gefühl, dass sich etwas Gefährliches in ihrer Nähe befand, aber dann griff sie entschlossen nach ihren Ohrstöpseln und der Schlafmaske. Das musste heute sein.

Sitzung 18

Meine Therapie ist ins Stocken geraten. Die Krankenhaustussi hat Angst vor mir bekommen. Jetzt traut sie sich nichts mehr. Sie sitzt mir stumm wie ein Stockfisch gegenüber. Das Einzige, was sie zuwege bringt, sind bohrende Fragen nach meinen Gefühlen. Ich soll bei allen möglichen Gelegenheiten wissen, wie ich mich fühle. Du meine Güte, was soll das? Wenn ich mein Leben damit verbracht hätte, darauf zu achten, wäre ich nicht weit gekommen. Wenn ich sie auffordere, etwas zu sagen, behauptet sie, das sei nicht Sache des Therapeuten, sondern des Klienten. Ich beginne mich mit ihr zu langweilen. Wenn das so weitergeht, drehen wir die Rollen um. Dann stelle ich die Fragen. Wollen mal sehen, ob ich nicht zu einer guten Unterhaltung komme, wenn sie ihre intimen Details auftischen muss ...

Ich fürchte, die Möglichkeiten, mir durch eine Therapie selbst zu helfen, sind ausgereizt. Ich kann meine Vergangenheit nicht ungeschehen machen. Soll ich mir andere Eltern suchen? Sie fragt mich immer nach meinen Vorbildern, woher ich dies und jenes kenne und an was mich die Dinge erinnern. Kürzlich ist mir im Keller von ganz allein eine Erkenntnis gekommen. Ich war gerade dabei, dem kleinen Bock mit der heißen Nadel ein bisschen Respekt beizubringen, als mir klar wurde, dass ich bei jedem Nagel, unter den ich ihm gefahren bin, die Nägel meines alten Herrn bearbeitet habe. Ich habe den Kapitän vor mir gesehen. Ja, ich nehme Rache. Ich räche mich für jeden Schlag, jeden Boxhieb und jede Erniedrigung. Ich sehe im Geiste seine Fresse vor mir und stelle mir vor, dass er es ist, dem der Schweiß aus den

Poren dringt, der vor Angst stinkt und dessen Augen aus den Höhlen quellen. Die Rache lasse ich mir nicht nehmen. Ich kann nicht genug davon bekommen. *Ich* bin jetzt dran. *Ich* schwinge die Peitsche, und *ich* bestimme die Regeln. Das sind die Rollen heute: Ich beherberge und füttere das Pack, sie haben zu gehorchen und meinem Vergnügen zu dienen. So einfach ist das. Therapie beendet!

Die Allerweltspolizeischlampe ist nicht mit ihrem Mann an den Bodensee gefahren. Sie möchte sich erholen! Na warte. Und der Haussegen hängt schief. Die kann ganz schön auf den Putz hauen, das muss ich sagen. Die dumme Kuh denkt wirklich, ihre Schwiegermutter hätte ihr das alles eingebrockt …

Taktik

S*onntag!*, war ihr erster Gedanke, als sie erwachte. Die Sonne stand bereits hoch am Himmel. Ihr Blick auf den Wecker bestätigte das. Elf Uhr. Sie schlug die Sommerdecke zurück und streckte sich wie eine Katze. Plötzlich hielt sie inne. Sie hatte ein unbestimmtes Gefühl von Bedrohung. Was war das? Sie fühlte sich … beobachtet. Als starre jemand sie an. Der Kater war auch nicht da. Vermutlich war er beleidigt, weil er gestern Nacht nicht ins Zimmer gedurft hatte. Dass sie ihm heute die Tür offen gelassen hatte, schien er nicht in Anspruch genommen zu haben. Sie griff nach ihrem Bademantel und ging nach unten.

Im Haus war es still. Hermann fehlte ihr. Die ganze Woche war er weg gewesen, und statt dass sie das Wochenende miteinander verbrachten, musste er seine Mutter am Bodensee spazieren fahren. Alexandra schaltete die Kaffeemaschine ein. Dann ging sie wieder nach oben, wo ihr Handy auf dem Nachttisch lag, und schrieb ihm eine Nachricht. Sie schrieb, dass sie ihn vermisse, und schlug vor, am frühen Abend mit Gertrud zum Abschluss des Ausflugs Fisch zu grillen. Sie hatte immer noch ein schlechtes Gewissen, denn immerhin war es *ihr* Kater, den Gertrud gefüttert hatte, und Hermann hockte jetzt alleine mit ihr am Bodensee.

Als sie das Handy weglegte und, vom Geruch des frischen Kaffees angezogen, wieder nach unten ging, war es wieder da, dieses unbestimmte Gefühl der Bedrohung.

Das Radio lenkte sie ab, während sie sich ein Müsli mit Orangensaft und frischem Obst zubereitete. Sie durfte nicht vergessen, die Kartoffeln für den Salat aufzusetzen. Leichtfüßig holte sie die Sonntagszeitung aus dem Briefkasten und ging mit ihrem Frühstück und der Lektüre hinaus in den Garten. Ihr Plan war, jede Minute dieses Tages zu genießen. Morgens in aller Ruhe Zeitung zu lesen konnte sie sich im Gegensatz zu Hermann nur am Wochenende leisten. Sie nahm sich vor, sich diesen Luxus auch täglich zu gönnen, wenn sie pensioniert sein würde.

Nachdem sie einige Artikel gelesen und die Schlagzeilen der übrigen überflogen hatte, legte sie sich in den Liegestuhl und blinzelte träge in die Blätter des Apfelbaums, zwischen denen die Sonne zu ihr durchzudringen versuchte. Sie hätte nicht sagen können, warum, aber ihre Gedanken führten sie auf verschlungenen Wegen zurück zu dem Tag, an dem der Auffahrunfall passiert war. Sie erinnerte sich an ihren Unfallgegner und daran, dass er ihr nicht ganz geheuer gewesen war. Dann sah sie plötzlich den Mann wieder vor sich, der sie vor einiger Zeit an der Gemüsetheke angesprochen hatte. Er hatte wissen wollen, ob man Radicchio kochen musste. Irgendwie war er ihr komisch vorgekommen. Und dann war da noch der Mann im Flur des Kommissariats, der ihr so merkwürdig nachgeblickt hatte ...

Die Sonne blitzte immer wieder silbern durch die Baumkrone über ihr. Die Blätter wiegten sich in der leichten Brise. Dieser Tanz machte sie schläfrig. In der Mittagswärme döste sie ein.

Eine knappe Stunde später erwachte sie mit einem Ruck, schlug die Augen auf und wusste: Er war in ihrer Nähe. Er war die ganze Zeit in ihrer Nähe gewesen. Alexandra kannte das von anderen Ermittlungen. Ihr Instinkt wies ihr den Weg, vorausgesetzt, sie gönnte sich die nötige Ruhe.

Er war der Mann, mit dem sie den Unfall gehabt hatte, er war ihr im Supermarkt begegnet, er war auf dem Gang im Kommissariat gewesen, und gestern erst hatte sie ihn beim Joggen gesehen. Alexandra saß wie erstarrt da und stellte sich der Erkenntnis, dass er auch in ihrem Haus gewesen sein musste. *Er* hatte dort sein Unwesen getrieben. All die Katastrophen der letzten Zeit gingen nicht auf Gertruds Konto, *er* war dafür verantwortlich. Offenbar ging es ihm darum, sie zu tyrannisieren. Sie versuchte der Spur zu folgen und ging die letzten Wochen im Gedächtnis durch. Wie von Geisterhand fügten sich die Puzzleteile zusammen.

Plötzlich erinnerte sich Alexandra an das Gefühl der Bedrohung, das sie beim Aufwachen und auch danach gehabt hatte. Alle Farbe wich ihr aus dem Gesicht. Trotz der hochsommerlichen Temperatur waren ihre Hände eiskalt. *Er sieht mich. Er sieht alles!* Sie schlug sich die Hand vor den Mund, besann sich aber augenblicklich. *Ich darf mir nicht anmerken lassen, dass ich es weiß. Wenn wir ihn kriegen wollen, ist das unsere Chance.*

Unauffällig sah sie sich im Garten um. Hier draußen war sie vermutlich sicher davor, von ihm beobachtet zu werden, aber ganz darauf verlassen konnte sie sich nicht. Sie durfte sich nicht das Geringste anmerken lassen, um ihn nicht zu warnen. Ihr wurde klar, dass er eine oder mehrere Kameras im Haus installiert haben musste. Die Geräusche, die sie in der Nacht gehört hatte – auch dahinter steckte er. Aber wie? Er musste verschiedene Geräte in das Haus gebracht haben. Wie war er hereingekommen? Hatte er Komplizen? Alexandra überlegte angestrengt, während sie sich noch den Anschein entspannter Muße zu geben versuchte. *Was will er von mir?* Es fiel ihr schwer, sich diese Frage ohne Umschweife zu beantworten, denn ihr Puls raste, und sie nahm noch etwas anderes wahr: Sie befand sich in größter Gefahr.

Er hatte sie auf dem Schirm. Sie war sein Spielzeug. Wie eine Katze im Spiel mit der Maus gab er den Takt an, und er würde entscheiden, wann er den Tötungsbiss setzte. Sie musste sofort Kontakt zu Isidor, König und Hermann aufnehmen. Ob er auch in Isidors Wohnung irgendwelche Elektronik installiert hatte? Und womöglich im Kommissariat? Immerhin war er dort auf dem Gang gewesen. Sie konnte nicht ausschließen, dass er sogar in ihrem Büro gewesen war. Wenn er eine Wanze dort installiert hatte, wusste er über jeden ihrer Schritte Bescheid. *Wahnsinn! Was ist mit meinem Handy, hört er das ab? Hermanns und Isidors auch?* Sie konnte nicht einschätzen, wie weit seine technischen Möglichkeiten reichten.

Wenn sie sich sein Gesicht und sein Auftreten nach dem Unfall ins Bewusstsein holte, waren sie gut beraten, ihn für außerordentlich intelligent zu halten. Es blieb ihr nichts anderes übrig, als bis morgen zu warten und irgendwo im Kommissariat, vielleicht im Keller und ohne ihre Handys mitzunehmen, mit Isidor und König zu sprechen. Sie brauchte Zeit, um darüber nachzudenken.

Alexandra stand auf und ging in die Küche. Die Kartoffeln, die sie für den Abend gekocht hatte, waren abgekühlt. Sie begann sie zu pellen, dabei überlegte sie fieberhaft weiter, wie sie am besten vorgehen sollte. Es war ein Sicherheitsrisiko, bis morgen zu warten. Sie wusste nicht, was er vorhatte, er konnte jederzeit seine Strategie ändern und zu einer tödlichen Gefahr für sie werden.

Als die Kartoffeln geschnitten in der Schüssel lagen, wusste sie, was sie zu tun hatte.

Sie holte ihre Waffe aus dem Tresor, nahm ihre Handtasche und das Handy und ging zum Wagen. Sorgfältig achtete sie darauf, dass sie nicht verfolgt wurde. Sie parkte auf den Hof von Isidors Verwandten. Das Handy ließ sie im Wagen liegen. Mit einem Stoßgebet auf den Lippen betätigte sie die Klingel. Isidors Cousin öffnete ihr. Sie entnahm seinem Blick, dass er sich über ihren unangemeldeten Besuch wunderte, aber er war zu höflich, etwas zu sagen. Sie beeilte sich, eine Entschuldigung zu formulieren, und bat ihn, hereinkommen zu dürfen. Er nickte. „Bitte." Er deutete auf den Eingang zum Wohnzimmer. Auf der angrenzenden Terrasse saß seine Familie beim Kaffee. „Setzen Sie sich doch."

„Herr Gerspach, es wird Ihnen merkwürdig erscheinen, aber ich muss Sie im Rahmen unserer Ermittlungsarbeiten bitten, Isidor anzurufen und herzubestellen. Er muss so schnell wie möglich kommen, aber eine Person, die das Gespräch vermutlich mithört, darf nicht das Gefühl haben, dass etwas nicht stimmt, verstehen Sie?"

Der Mann schaute verwirrt. „Äh ... nein, nicht ganz."

Seine Frau erschien in der Tür. „Was isch denn los, Erwin?" Dann sah sie die Kommissarin auf dem Sofa sitzen. „Ah ... Hallo, Frau Rau." Auch sie konnte ihre Verwunderung kaum verbergen.

Alexandra wiederholte hastig ihre Bitte. Frau Gerspach verstand sofort. Sie holte das Telefon, wählte und sprach aufgeregt drauflos: „Isidor, Gott sei Dank gosch gli as Delifon. I bi im Schwindel. Dä Erwin isch furt, und mir gchriäge ä Chälbli. Chasch du cho und mir bim ziä helfe?"

Isidor schien etwas Entsprechendes zu entgegnen, denn sie sagte: „Guät, bis gli. Chunsch däno direkt in Schtaal!" Frau Gerspach grinste, beendete das Gespräch und wandte sich an Alexandra. „Er ist in einer Viertelstunde da, den Rest müssen Sie ihm dann selbst erklären. Kommen Sie doch mit raus und trinken einen Kaffee mit uns."

Alexandra hätte ihr um den Hals fallen können. Sie hatte nicht alles verstanden, aber konnte sich zusammenreimen, dass Frau Gerspach Isidor um Hilfe gebeten hatte, weil eine Kuh kalbte und ihr Mann nicht daheim sei. Das hatte sie klasse gemacht. Alexandra bedankte sich und bat um einen Zettel und einen Stift. Sie schrieb: Isidor, bitte bringen Sie Ihr Handy, falls Sie es bei sich tragen, ins Auto. Dann trank sie einen

Kaffee und bemühte sich, Konversation mit den Gerspachs zu machen.

Kurz darauf sahen sie Isidor vor der Terrasse parken. Er staunte, als er sie zusammen sah. Fröhlich winkte er ihnen zu und rief von der Straße herauf: „Isch´s Chälbli scho do?"

Frau Gerspach reagierte geistesgegenwärtig. „Jo, s´isch ganz schnell gange. Jetzt chunsch halt ue und drinkchsch en Kchafe."

Isidor wunderte sich. Seine Schwester wusste, dass er keinen Kaffee trank. Er runzelte die Stirn und ging zum Hauseingang. Alexandra fiel ein Stein vom Herzen. Frau Gerspach hatte auch diese Situation im Griff gehabt. „Wir könnten Sie gut bei der Polizei gebrauchen", sagte sie zu der Bäuerin.

„Nei, des wär nix für mi!", rief diese lachend, während Alexandra zur Tür ging, um Isidor den Zettel zu geben. Er wollte gerade klingeln, als sie ihm öffnete. Da sie wusste, dass er gleich etwas wie „Chefin, was machen Sie denn hier?" sagen würde, legte sie warnend den Zeigefinger auf die Lippen.

Er starrte sie überrascht an. Sie reichte ihm den Zettel. Er las, nickte, zog das Handy aus der Hosentasche und ging zurück zum Wagen. Danach erklärte Alexandra ihm den Grund für diese Maßnahme und berichtete ihm, was ihr seit dem Tag des Auffahrunfalls alles passiert war. „Wir haben keine Ahnung, wer dahintersteckt und was er für Möglichkeiten hat – oder sie, falls es mehrere sind", schloss sie. „Schon von daher dürfen wir uns keinen Fehler erlauben. Und wir müssen davon ausgehen, dass er Geiseln hat. Kim, die Geschwister und die Ärztin könnten sich in seiner Gewalt befinden."

Isidor war noch voll und ganz damit beschäftigt, sich auf die neue Situation einzustellen. Er glaubte seiner Chefin und erlebte nicht zum ersten Mal, dass sie über Nacht die zündende Idee hatte. Dass dieser Mörder sich dic ganze Zeit in ihrer Nähe aufgehalten haben sollte, war schwere Kost für seine sonntägliche Gemütslage. Nur langsam gelang ihm, sich die Situation vorzustellen. Wenn man annahm, dass der geheimnisvolle Unbekannte hinter allen Morden und Entführungen steckte, und Alexandras Erlebnisse einbezog, machte alles auf einmal Sinn. Der Psychopath hatte es auf seine Chefin abgesehen.

„Bei mir zu Hause ist in letzter Zeit nichts Ungewöhnliches vorgefallen. Er scheint sich auf Ihr Haus zu beschränken." Isidor fuhr sich mit den Händen durchs Haar. „Was machen wir denn jetzt am besten? Sie können unter diesen Umständen nicht in Ihr Haus zurück."

„Doch, das kann ich. Er darf keinen Verdacht schöpfen. Wenn wir ihn kriegen wollen, muss ich mich verhalten, als wäre alles in bester Ordnung. Sie dürfen auch in Ihrer Wohnung nicht nach versteckten Überwachungsmitteln suchen, das könnte er mitbekommen. Wir müssen uns bewegen, als hätten wir keine Ahnung davon, dass zumindest ich unter Beobachtung stehe."

„Chefin, er hat es auf Sie abgesehen! Das ist zu gefährlich."

„Genau das ist unsere Chance, Isidor. Das ist der Fehler, auf den wir die ganze Zeit gewartet haben."

„Ihr Mann wird das nicht erlauben."

„Mein Mann weiß am besten, dass wir nur diese eine Chance haben, und Sie, Isidor, werden ihn darüber informieren, wie wir vorgehen."

Ihr Assistent blickte sie fragend an.

„Sie holen jetzt Ihr Telefon und bleiben noch ein wenig bei Ihren Verwandten. Dann fahren Sie nach Hause, holen Ihre Dienstwaffe und schwingen sich aufs Rad. Um vier Uhr rufen Sie mich auf meinem Handy an und erzählen mir, dass Sie sich auf Ihrer Radtour eine Zerrung an der Leiste oder Hüfte zugezogen haben. Ich biete Ihnen daraufhin an, dass Hermann Sie auf dem Rückweg vom Bodensee mitnehmen kann. Ich instruiere Hermann, Sie in Waldshut einzuladen, und bestätige Ihnen das. Danach fahren Sie ihm entgegen. Sie erklären ihm alles persönlich, ohne Handys in der Nähe zu haben und ohne dass meine Schwiegermutter etwas mitbekommt. Anschließend kommen Sie mit ihm und seiner Mutter zu uns nach Hause. Wir essen zusammen, und ich biete Ihnen unser Gästezimmer für die Nacht an. Solange unser Haus nicht von Kollegen überwacht wird, müssen wir das alleine regeln. Mit der Nachtwache wechseln wir uns ab. Ich übernehme die erste Schicht bis um ein Uhr."

Isidor schaute sie sprachlos an. „Wann haben Sie sich das alles ausgedacht?"

„Eben."

„Aha."

„Morgen im Kommissariat informieren wir den Chef und entscheiden, wie es weitergeht."

Isidor dachte über diesen Plan nach.

„Haben Sie alles verstanden?", fragte Alexandra ungeduldig. „Ich muss los."

„Ja. Wird gemacht, Chefin."

Er holte sein Handy. Falls ihn jemand überwachte, konnte er sich jetzt am Hotzenwälder Dialekt die Ohren wetzen. Der Kommissar rieb sich die Hände. Er wusste auch, wie man andere ärgern konnte. Aufgekratzt unterhielt er sich mit seiner Familie über Gott und die Welt, dann brach er auf.

Alexandra fuhr zurück nach Todtmoos. Sie musste sich auf die kurvige Strecke konzentrieren. Die spektakuläre Alpensicht bei Wehrhalden, die sie unter anderen Umständen genossen hätte, registrierte sie nicht. Dennoch tat ihr die Fahrt durch den Wald gut. Die alten Tannen, von denen manche seit fast hundert Jahren den Straßenrand säumten, strahlten ihre Energie auch dann auf die Vorüberziehenden ab, wenn sie von ihnen nicht bewusst wahrgenommen wurden. Alexandra hatte die Fenster geöffnet, um die nach Moos und würziger Erde duftende Luft hereinströmen zu lassen. Sie war ganz ruhig. Wie eine Raubkatze auf der Pirsch konzentrierte sie sich auf ihr Ziel. Nichts würde sie davon abbringen, diesen Täter zu schnappen.

In ihrer Fantasie entwickelten sich Bilder, wie sie Frau Cho ihre Tochter zurückbrächte, Herrn Zipfel seine Frau und den Schweizern die vermissten Geschwister. Sie rief sich zur Ordnung. Ein Schritt nach dem anderen. Es würde nicht leicht werden, sich mit diesem Wissen unbefangen im Haus zu bewegen. *Ich darf nicht anfangen, darüber nachzudenken, was er gesehen hat. Wir müssen uns verhalten wie immer.* Auf keinen Fall durfte er die Dienstwaffe sehen. Jetzt, wo Hermann wieder da war, wäre es merkwürdig, wenn sie sie nachts bei sich hätte. *Ich muss mir überlegen, wie ich sie unbemerkt bei mir haben kann.* Mit derlei Gedanken beschäftigt, erreichte Alexandra ihr Haus. Sie stellte den Wagen in der Garage ab.

Als sie aufschloss und eintrat, spürte sie den Impuls wegzulaufen. Ein kaum wahrnehmbarer Geruch nach etwas Fremdem hing in der Luft. Ihre Nackenhaare sträubten sich augenblicklich. *War er in meiner Abwesenheit hier? Befindet er sich womöglich noch immer im Haus?* Mit aller Kraft zwang sie sich zur Ruhe. Zum Glück steckte die Walther im Holster unter ihrer linken Brust. Sie trug ein knappes Top und darüber eine kurzärmelige Leinenbluse. Damit war die Waffe perfekt verdeckt. Alexandra atmete tief durch. *Ich muss ruhig bleiben. Mich benehmen wie immer …*

Sie rief nach Whisky. Der Kater schien nicht im Haus zu sein. Mit energischen Schritten durchquerte sie das Wohnzimmer und öffnete die Terrassentür. Auch im Garten konnte sie Whisky nicht entdecken. Um sich abzulenken, goss sie die Zimmerpflanzen. Das Läuten ihres Handys schreckte sie auf. Es war Isidor. Alexandra schaltete den Lautsprecher ein und klemmte sich das Telefon an die Bluse, damit sie die Hände frei hatte, um weiterzugießen. Der heimliche Beobachter sollte zuhören.

Isidor spielte seine Rolle perfekt. Er jammerte lauthals über seine Zerrung, vermutete sie am Bodensee und lenkte das Gespräch so geschickt, dass Alexandra ihm wie selbstverständlich anbieten konnte, Hermann mit dem Auto vorbeizuschicken. Isidor bedankte sich und schloss mit der Ankündigung, dass er möglicherweise morgen nicht arbeiten könne. Sie lud ihn zum Abendessen ein und versprach, Hermann umgehend zu bitten, Isidor auf der Rückfahrt einzuladen. „Ich melde mich, wenn ich Hermann erreicht habe", sagte sie mit bewusst lauter Stimme. Die ganze Zeit über waren ihre Sinne hellwach. Das Gefühl, nicht allein zu sein, war stärker geworden.

Sitzung 19

Mutter macht mich wahnsinnig. Sie hatte den Albtraum, es wäre niemand zu ihrer Geburtstagsfeier gekommen. Ganz allein stand sie vor der Torte, die sie für die Gäste bestellt hatte. Weder ihre Familie noch die Freundinnen ließen sich blicken. Als sie wach wurde, bekam sie Panik, ihr Traum könnte Wirklichkeit werden. Damit terrorisiert sie mich seit Tagen. Obwohl es nur ein Traum war, benimmt sie sich, als hätte man ihr das Schlimmste angetan. Sie flennt Tag und Nacht, wenn ich nicht neben ihr sitze und auf alle Heiligen schwöre, dass ich persönlich dafür sorgen werde, dass die alten Trutschen sich alle einfinden. Und das alles wegen eines Traums ... Warum steht sie nicht auf und denkt „Wie gut, dass es nur ein Traum war?" Nein, meine Mutter ist tödlich gekränkt von ihrem eigenen Traum. Letztlich ist schon die Idee, dass man nicht bereit sein könnte, sie zu feiern, eine Majestätsbeleidigung. Ihr eigener Traum hat Hochverrat an ihr begangen, und ich muss es ausbaden. Das kann man wirklich niemandem erzählen. Sie hat mich schließlich so weit gebracht, dass ich ihr versprochen habe, ihren nächsten Geburtstag zu einem Jahrhundertereignis werden zu lassen. Ich habe zugesagt, dass ich die alten Schachteln nach Freiburg chauffiere und im Colombi einquartiere, wo sie dann feiern können, bis sie umfallen. Auf meine Kosten natürlich, denn über Geld wird selbstverständlich nicht gesprochen. Geld hat Mutter immer nur insofern interessiert, als sie genügend zur Verfügung haben wollte. Jetzt hockt sie wie eine Glucke auf dem Vermögen, das mein alter Herr herangeschafft hat. An ihm hat sie kein gutes Haar gelassen, aber die Kohle, die er heimbrachte, war ihr recht. Wie heißt es? Geld stinkt nicht.

Und ich mache dieses ganze Theater mit wie eine Marionette, die am Faden hängt und ausführt, was der Spieler ihr vorgibt. Es ist nicht so, dass ich das nicht sehen würde, aber ich kann mich ihrer Hysterie, ihrem Sog nicht entziehen. Ich tanze um sie herum und versuche, mich mit allen Mitteln von der Schuld reinzuwaschen, die auf mir lastet wie ein Fluch. Vermutlich verfolgt mich das, bis sie in die Grube fährt. Dabei habe ich wirklich Besseres zu tun. So anstrengend habe ich mir mein Leben im Ruhestand nicht vorgestellt. Allein, bis hier alles versorgt ist – die Hunde, das verfressene Volk im Keller, der Garten. Daneben kostet mich mein neues Hobby, die Allerweltskommissarin, viel Zeit, aber bekanntlich ist ja die Vorfreude die schönste Freude.

Kontakt

Alexandra bewegte sich so unbefangen wie möglich. Ihr blieb keine andere Wahl. Sie ging ins Haus und rief Hermann an, um ihm von Isidors vermeintlichem Problem zu erzählen. Er war sofort bereit, ihn auf dem Heimweg vom Bodensee aufzusammeln und mitzubringen, und sagte, dass er sich auf das Essen und besonders auf den Abend mit ihr freue. Alexandra vermutete, dass er an eine ihrer Versöhnungen dachte, das würde sich unter diesen Umständen leider nicht ergeben. Mit einem kurzen Anruf bei Isidor, bestimmt für die Ohren des Lauschers, bestätigte sie den vereinbarten Plan. Er sollte es sich am Straßenrand gemütlich machen und auf Hermanns Ankunft warten. Dann ging sie in die Küche, um die Soße für den Kartoffelsalat vorzubereiten.

Als sie sich umdrehte, um die Mayonnaise aus dem Kühlschrank zu holen, meinte sie einen Schatten durch die Terrassentür in den Garten huschen zu sehen. Sie erstarrte. Ein eisiger Schauer zog über ihren Rücken. Das war ER gewesen. Normalerweise wäre sie ihm sofort nachgegangen, aber er durfte auf keinen Fall mit dem Wissen, dass sie ihm auf den Fersen war, davonkommen. Es war gut möglich, dass er alles, was sich im Haus abspielte, nicht nur beobachtete, sondern auch aufzeichnete. Alexandra wusste, dass sie dringend Informationen über ihn benötigten und, falls er die Geiseln hatte, alles über seine Gewohnheiten wissen mussten, um herausfinden zu können, wo sie sich befanden. Deshalb durfte sie sich auf gar keinen Fall anmerken lassen, dass sie ihn bemerkt hatte. Die Geiseln waren vermutlich in Lebensgefahr, und möglicherweise ging es um Stunden. Sie hatte keine Wahl, auch wenn sie auf sich alleine gestellt war. Kurz entschlossen ging sie ins Wohnzimmer und mit der Hand an der Waffe durch die Terrassentür ins Freie. Sie rief nach Whisky und sah sich nach allen Seiten um. Jederzeit auf einen Angriff gefasst, lief sie den schmalen Weg auf der Nordseite des Hauses entlang, seitlich der großen Tannen, die ihr Grundstück vom Nachbarhaus trennten. Zwischen ihren schweren Ästen konnte sie nichts Auffälliges erkennen. Auch im restlichen Garten schien sich niemand zu verstecken. Die Büsche waren zu klein, um sich dahinter zu verbergen. Die Straße war menschenleer, soweit sie diese überblicken konnte – typisch für einen heißen Sonntagnachmittag. Alles war ruhig, nur ihr Herz hämmerte wie wild. Sie war auf die Konfrontation mit dem Killer gefasst gewesen, aber er war verschwunden, als hätte sich der Erdboden aufgetan und ihn verschluckt.

Sie seufzte und begab sich zurück ins Haus. Scheinbar unbefangen mischte sie die Gewürze für die Soße mit Essig und Mayonnaise. Wenigstens war der Mörder ihr jetzt nicht mehr gefährlich nahe. Mit dem Wissen, dass er weg war, überdachte sie ihren Plan. Jetzt war sie sich ihrer Sache noch sicherer.

Als sie den Tisch deckte, läutete das Handy. Hermann teilte ihr mit, dass er zusammen mit Gertrud und Isidor in einer halben Stunde ankommen werde. Alexandra hörte an seinem Ton, dass er informiert und entsprechend besorgt war. Es fiel ihr schwer, ihre Gefühle zu unterdrücken. Zum einen steckte ihr der Schreck noch in den Knochen, und zum anderen wollte sie sich bei Hermann dafür entschuldigen, dass sie am Freitag überreagiert und alles, was vorgefallen war, Gertrud angelastet hatte, aber das musste warten. Sie vertraute darauf, dass er es in ihrer Stimme mitschwingen hörte. Mit gespielter Leichtigkeit bestellte sie Grüße an Isidor, für den sie schon eine Salbe bereitgestellt habe, und verabschiedete sich, um die Grillkohlen anzuzünden. Alles sollte für einen Beobachter entspannt und natürlich aussehen. Eine Melodie summend, deckte sie den Tisch im Garten und dekorierte jedes Gedeck mit einer Efeuranke. Diese banale Tätigkeit ermöglichte es ihr, sich zu sammeln und verschiedene Handlungsoptionen gegeneinander abzuwägen. Dann wurde es Zeit, den Lachs aus dem Kühlschrank zu nehmen. Als sie das Fach, in das sie ihn tags zuvor gelegt hatte, geöffnet hatte, meinte sie ihren Augen nicht zu trauen. Das Fach war leer. Alexandra schlug sich mit der flachen Hand gegen die Stirn. Für einen unbeteiligten Beobachter verriet diese Geste pure Überraschung, aber tatsächlich war sie dem Umstand des Verstehens geschuldet: Alexandra wusste, dass sie nicht vergessen hatte, Lachs zu kaufen, und dass sie ihn auch nicht im Laden hatte liegen lassen. ER war hier gewesen, um ihn sich zu holen. Er wollte sie in den Wahnsinn treiben. Nicht genug, dass er ihr den Schlaf raubte und ihr Haus ruinierte, sie sollte auch ihren eigenen Taten nicht mehr trauen können. Das hatte mit der Wassermelone begonnen. *Was für ein perfider Plan*. Erschüttert setzte Alexandra sich an den Küchentisch. Äußerlich hatte es den Anschein, als denke sie darüber nach, wo ihr Lachs geblieben war. Tatsächlich überlegte sie sich, wie sie die Rolle der Verwirrten gleich vor den anderen spielen würde und was sie ihnen statt des Fischs zum Essen anbieten konnte.

Um ihren möglichen Beobachter zu täuschen, stand sie auf und sah noch einmal im Kühlschrank nach. Sie öffnete das leere Fach und schüttelte demonstrativ den Kopf, während sie rasch schaute, wie viele Eier da waren. Auf ihre Gefriertruhe konnte sie ja nicht zurückgreifen, aber immerhin hatte sie den wahren Verantwortlichen für diese Schweinerei endlich gefunden.

Sie überlegte, ob sie den anderen sagen sollte, dass sie den Lachs wohl vergessen haben musste, oder lieber, dass er ihr auf dem Grill verbrannt sei, damit sie nicht falsch reagierten. Im Hinblick auf die Gefahr, in der sie sich alle befanden, entschied sie sich für Ersteres, um Hermann und Isidor indirekt darüber zu informieren, dass ER wieder im Haus gewesen war. Sie bemühte sich um einen verwirrten Gesichtsausdruck, goss sich ein Glas Wasser ein und trank es langsam aus.

Kurze Zeit später hörte sie, dass die Haustür aufgeschlossen wurde. Hermann rief betont fröhlich: „Wir sind da!“ Sie lief in den Flur, um alle zu begrüßen.

Gertrud machte einen äußerst zufriedenen Eindruck. Das Wochenende war ganz nach ihrem Geschmack gewesen. Sie taxierte Alexandra mit dem für sie typischen „Was man heute so alles trägt“-Blick und verlangte, sich frisch machen zu dürfen. Alexandra und Hermann sahen sich tief in die Augen. Beide hatten ein schlechtes Gewissen – Alexandra, weil sie so gereizt und ungerecht gewesen war und Gertrud beschuldigt hatte; Hermann, weil er Alexandra durch seinen Vorschlag, den Täter zu provozieren, in Gefahr gebracht hatte. Seine Überzeugung, dass er seine Frau jederzeit beschützen konnte, war ins Wanken geraten. Er trug eine Schachtel bei sich, die er ihr mit den Worten „Das ist unser Nachtisch“ überreichte. Und während er sie in den Arm nahm, um sie zu begrüßen, flüsterte er ihr ins Ohr: „Statt Blumen.“

Sie lachte erleichtert und öffnete die Schachtel, die das Logo einer Konditorei trug. „Schwarzwälder Kirschtorte!“, rief sie aus, „die hatten wir seit einer Ewigkeit nicht!“

„Das dachte ich mir auch, deshalb war es höchste Zeit, dafür zu sorgen, dass nicht immer nur die Touristen im Schwarzwald in diesen Genuss kommen.“

„Mmh, wie sie riecht ...“ Alexandra freute sich über die aromatische Komposition aus frischer Sahne, dunkler Schokolade und dem für diese Spezialität unentbehrlichen Schwarzwälder Kirschwasser. „Das war eine gute Idee von dir, Hermann, danke. Ich stelle die Torte bis nach dem Essen in den Keller. Dort ist es kühler.“

Sie stellte die Schachtel ab, um Isidor offiziell zu begrüßen. Er stand gegen die Wand gelehnt und beobachtete sie. Es gelang ihm gut, den Kranken zu mimen. Lautstark bedankte er sich bei Alexandra dafür, dass sie ihn aus seiner misslichen Lage gerettet hatte, und hoffte, der Lauscher würde es mitbekommen. Humpelnd ließ er sich von Hermann in den Garten und zu seinem Platz führen, wobei er sich jeden Winkel des Erdgeschosses und der Umgebung einprägte. Das Jagdfieber hatte ihn gepackt.

In angespannter Stimmung begannen sie zu essen. Alexandra hatte in ihrem Vorratsschrank noch eine Dose Lachsklöße gefunden und für die Männer Spiegeleier gebraten. Als sie ihrer Schwiegermutter Klöße auf den Teller schöpfen wollte, kommentierte Gertrud das mit: „Wolltest du nicht frischen Lachs grillen, meine Liebe?“

Normalerweise wäre Alexandra jetzt innerlich an die Decke gegangen, aber sie nahm den Kommentar zum Anlass, die Geschichte vom verschwundenen Fisch zu erzählen. Sie wusste, dass die Männer verstanden, was passiert war. Zumindest Hermann, dem das Thema „verschwundene Lebensmittel“ nach ihrer Szene zwei Tage zuvor noch sehr präsent war, begriff sofort. Alexandra sah, dass er unter seiner sommerlichen Bräune erblasste. Isidor benötigte offenbar eine zweite Runde, denn er entgegnete: „Vielleicht haben Sie ihn ja an der Kasse liegen lassen, Chefin?“

Woraufhin ihn Alexandra intensiv ansah. „Ja, vielleicht“, sagte sie langsam, „aber eigentlich bin ich mir sicher, dass ich ihn in den Kühlschrank gelegt habe.“ Jetzt hatte auch er verstanden. Augenblicklich spannten sich seine Schultern, und er setzte sich aufrechter hin.

Gertrud, der es offensichtlich schmeckte, unterhielt die Runde mit Beispielen ihrer Vergesslichkeit, die sie auf ihr Alter schob, womit ihr ein weiterer Seitenhieb gegen Alexandra gelang. Diese ignorierte die Bemerkung und beschäftigte sich mit dem Essen auf ihrem Teller, das nicht weniger werden wollte. Außerdem machte sie sich Sorgen um Whisky. Normalerweise kam er spätestens, wenn er das Geschirr klappern hörte, weil er es liebte, mit ihnen gemeinsam zu essen. Alexandra überlegte, wo er sein könnte, und nahm sich vor, nach dem Essen nachzusehen, ob sie ihn vielleicht in der Garage eingeschlossen hatte. Manchmal setzte er sich unter ihren Wagen, wenn sie nach Hause kam, und dann konnte es passieren, dass sie das Tor schloss, bevor er draußen war. Sie zog es vor, nichts davon zu erwähnen, um auf gar keinen Fall das Augenmerk eines potenziellen Zuhörers auf ihn zu lenken. Alexandra wurde klar, dass der Kater ihr schwächster Punkt war. Whisky ging hier ein und aus, wie er wollte. Er konnte sich nicht selbst schützen, und sie konnte es auch nur bedingt, denn ihn einzusperren, das konnte sie ihm nicht antun. Als sie sich vor Augen führte, was die ganze Zeit in ihrem Haus losgewesen war, dankte sie im Stillen ihrem Schöpfer, dass Whisky bislang verschont geblieben war.

Isidor, der die Konversation im Gange halten wollte, unterhielt die anderen mit Geschichten vom Hof seiner Schwester. Probleme mit kalbenden Kühen gab es zuhauf. Ohne Rücksicht darauf, dass sie beim Essen saßen, beschrieb er die Dramen, die sich in diesem Zusammenhang abspielten, insbesondere, wenn das Kalb zu groß war, was durch die verschiedenen Züchtungen oft vorkam. Tiere, die der Fleischgewinnung dienten, hatten eben andere Körper als solche, die zur Milchgewinnung gezüchtet wurden. Traf ein Fleischbulle auf eine zierliche Milchkuh, wurde die Geburt des Kalbs leicht zum Massaker.

Gertrud bediente sich mit Kartoffelsalat. Es war unglaublich, wie viel die alte Dame essen konnte. Auch dem Wein sprach sie reichlich zu, ohne zu merken, dass sie die Einzige war, die davon trank. Die Männer behaupteten, lieber Bier trinken zu wollen, und hielten sich an das alkoholfreie. Alexandra begnügte sich mit Wasser.

Ohne Mühe verspeiste Gertrud zum Dessert noch ein Stück Schwarzwälder, und wenn Hermann nicht gegen halb zehn aufgestanden wäre, um anzukündigen, dass er sie jetzt heimfahren werde, wäre sie noch lange sitzen geblieben.

Alexandra bot Isidor an, in ihrem Gästezimmer zu schlafen, da es mühsam für ihn sei, mit der Zerrung die Treppen zu seiner Wohnung hochzusteigen, und er nahm, wie vereinbart, dankbar an. Bis sie die Küche aufgeräumt hatte und Hermann zurück war, blieb er im Garten sitzen, dann ließ er sich sein Nachtlager und die Gästedusche zeigen. Alexandra holte Handtücher und eine Reisezahnbürste und stellte die Salbe bereit. So ausgerüstet, zog er sich zurück, dabei achtete er darauf, mehrfach laut zu beteuern, wie dankbar er für ihre Gastfreundschaft sei. Mit Hermann hatte er vereinbart, die Nachtwache ab vier Uhr zu übernehmen. Viel Schlaf fand er allerdings auch davor nicht. Die Details all ihrer Fälle gingen ihm durch den Kopf. Gitano, Kim, Marina, die Zwillinge, Frau Zipfel. Isidor brannte darauf, endlich herauszufinden, ob sie zusammenhingen. Er stellte sich die Angehörigen der Toten und Vermissten vor. Lange dachte er auch an die verstorbene Freundin von Gitano. Dann erschienen Frau Cho, Marinas Eltern und Herr Zipfel vor seinem geistigen Auge. Ihr Leben war nicht mehr dasselbe, seit der Täter zugeschlagen hatte.

Anschließend suchte er sorgfältig nach Anzeichen, die auf die Anwesenheit des Täters in seinem privaten Umfeld hindeuteten, und kam zu dem Schluss, dass dessen Interesse sich auf die Chefin zu beschränken schien, jedenfalls bislang. Als sie ihm am Mittag erzählt hatte, was sich in der letzten Woche alles in ihrem Haus abgespielt hatte, wunderte er sich, dass sie nicht mehr darüber erzählt hatte und nicht misstrauischer geworden war. Obwohl Isidor nicht glaubte, dass der Täter auch das Gästezimmer überwachte, verhielt er sich vorsichtig und stellte sich schlafend.

Hermann und Alexandra taten es ihm gleich. Sie betonte, wie müde sie von den Strapazen der letzten Zeit sei. Währenddessen lief auch in ihrem Kopf ein Programm. Sie fragte sich wieder und wieder, ob sie etwas übersehen hatten, wie sie schnell an Informationen über den Täter kommen sollten und wo die Geiseln waren. Daneben tauchte in regelmäßigen Abständen eine weitere Frage auf: *Wo ist Whisky?*

Hermann lag neben ihr. Er atmete tief und gleichmäßig, aber Alexandra wusste, dass er nicht schlief. Sie kannte ihn gut genug, um zu spüren, dass er sich Vorwürfe machte und innerlich am Täterprofil arbeitete. Schon am Mittag, als Isidor ihn gebeten hatte, ihm zu helfen, das Rad zu sichern, um ihn aus dem Wagen und weg von Gertrud zu locken, hatte er geahnt, dass etwas Schwerwiegendes vorgefallen war. Dann hatte Isidor ihm den Zettel mit der Frage, ob er ein Handy bei sich trage, vor die Nase gehalten. In dem Augenblick war die Angst gekommen. Ganz plötzlich hatte sie ihn angesprungen, als hätte sie schon lange darauf gelauert. Sie lauerte in ihm seit dem Abend seiner Rückkehr, als Alexandra ihn mit den Ereignissen konfrontiert hatte. Ihm hätte sofort klar sein müssen, dass die Häufung dieser Vorfälle eine entsprechende Ursache haben musste, aber Alexandras ungewöhnliches Auftreten und ihre Anschuldigungen gegenüber Gertrud hatten ihn verunsichert und blockiert. Doch noch bevor Isidor ihm berichtet hatte, was Alexandra entdeckt und welchen Plan sie hatte, waren ihm die Zusammenhänge klar geworden. Sie hatten es mit einem perversen Sadisten zu tun, der überdurchschnittlich intelligent war und über einige finanzielle und technische Möglichkeiten verfügte. Hermann hatte den Gedanken, dass seine Frau dem ausgesetzt war, kaum ertragen können.

Jetzt war es im Haus gespenstisch still. Angespannt lauschten sie alle drei auf verdächtige Geräusche und andere Auffälligkeiten, wie etwa einen Geruch nach Gas, Benzin oder Rauch. Entsprechend übernächtigt trafen sie sich am Morgen zum Kaffee in der Küche. Alexandra war außerdem in Sorge um ihren Kater. Sie machte einen Versuch, ihn zu schützen, indem sie in den Schrank sah und laut sagte: „Hermann, dein Kater braucht neues Futter, die Packung hier ist fast leer." Weder wollte sie zugeben, dass sie sich sorgte, weil er nicht aufgetaucht war, noch sollte der Täter wissen, dass Whisky ihr Kater war. Ihr Mann begriff ihre Absicht und entgegnete: „Gut, dass du es sagst, ich muss sowieso in die Stadt."

Isidor verschanzte sich hinter der Zeitung. Er wollte so schnell wie möglich ins Kommissariat fahren, um einen Schlachtplan zu entwerfen. Als sie das Haus verließen, hatte er das beklemmende Gefühl, beobachtet zu werden. Er verstärkte sein Hinken, um seine Anwesenheit im Haus zu rechtfertigen. In der Nacht hatte er sich vorgenommen, seine Chefin nicht aus den Augen zu lassen, bis sie den Täter gefasst hätten.

Sitzung 20

Heute hat sie es wieder gemacht. Diese Frau kann mich mit einer einzigen Geste vernichten. Ich war einen Sekundenbruchteil nicht aufmerksam und habe den Fehler begangen, sie während unseres gemeinsamen Essens am Arm zu berühren. Es war nur ein Reflex. Ich wollte ihre Aufmerksamkeit unauffällig auf ein Gericht lenken, das am Nachbartisch serviert wurde. Kaum hatte ich sie berührt, streifte sie meine Hand auch schon blitzschnell mit einer schroffen Bewegung ab wie ein lästiges Insekt. Es ist schwer zu beschreiben, wie verletzend und entwürdigend es ist, dem ausgesetzt zu sein. Nicht die Geste an sich wirkt verheerend, es ist die Haltung, mit der sie es tut. Ihre Haltung, ihre Miene, ihr eisiger Blick verraten mir, dass meine Berührung tiefste Abscheu in ihr auslöst. Was an mir ist so widerlich, dass meine Mutter vor Abscheu fast vergeht, wenn ich nur für einen Augenblick die Hand auf ihren Arm lege? Dazu kommt die Scham. Ich schäme mich, dass ich es gewagt habe, sie zu berühren. Dass ich sie sozusagen beschmutzt habe. Das Ganze spielt sich im Bruchteil einer Sekunde ab. Im nächsten Moment ist ihr Gesicht wieder genauso glatt und unbewegt wie zuvor. Nur ich bin danach für Tage erledigt und fühle mich wie erschlagen. Die Kränkung frisst sich durch mein Inneres. Ich glaube, davon werde ich mich nie erholen, auch wenn ich für den Rest meiner Tage Therapie mache. Es bringt nichts, es hilft nicht, und ich verstehe langsam, dass mir nichts übrig bleibt, als solche Situationen mit ihr zu vermeiden, was letztendlich nichts anderes heißt, als den Kontakt zu ihr abzubrechen.

Das ist nur ein Beispiel von vielen, das zeigt, wie bösartig sie ist. Hunderterlei andere Situationen haben mich ähnlich getroffen, wenn ich mit ihr zusammen war. Am schlimmsten war es, als ich klein war. Eine Berührung ist nicht zwingend nötig, um eine solche Attacke auszulösen, aber immerhin lässt sich ein Zusammenhang erkennen. Meist weiß ich gar nicht, was ich verbrochen habe. Dann spielt sich alles nur in ihrer Mimik ab, und das ist noch schwieriger auszuhalten. Die Wirkung ihrer Blicke ist vergleichbar mit der Zerstörungskraft eines Blitzes. Zurück bleibt verbrannte Erde. Da es wie ein Spuk aus dem Nichts heraus und in einem einzigen Augenblick geschieht, ist es für Außenstehende fast nicht wahrzunehmen.

Ich habe mich oft gefragt, ob ich mir das alles vielleicht nur einbilde, ob ich vielleicht verrückt bin. Gelegentlich wurde ich Zeuge, wie ein anderer das Opfer ihrer Verachtung wurde. Bevorzugt lässt sie Kellner oder Verkäuferinnen ihren Hass spüren. Zu beobachten, wie sich selbst gestandene Männer unter ihrer Attacke krümmten, wie die Farbe aus ihrem Gesicht wich, wie die Frauen in Tränen ausbrachen, rief nicht etwa Mitgefühl in mir hervor, sondern war vielmehr eine willkommene Bestätigung meiner eigenen Pein. Wenn ich in die brechenden Augen meiner Opfer sehe, wenn ich sie erlöse von ihrem lächerlichen kleinen Leben, erlöse ich mich selbst. Einmal habe ich erlebt, dass ein Kellner ihr standzuhalten und die Stirn zu bieten vermochte. Wie habe ich diesen Mann beneidet! Dort sind wir nie wieder hingegangen.

Die schlaue Bernadette hat mir klargemacht, dass ich jetzt, als Erwachsener, die Möglichkeit habe, all dem zu entgehen. Ich muss lernen, was für mich gut ist und was nicht. Als Kind war ich meinen Eltern ausgeliefert, ich hatte ja sonst niemanden, der für mich gesorgt hat und zu dem ich hätte gehen können. Aber heute ernähre ich mich selbst und kann entscheiden, mit wem ich Zeit verbringe und wohin ich gehe. Bernadette meinte, dies sei ein wesentlicher Punkt, der innerhalb einer Therapie vermittelt werden könne. Und ich muss sagen, es ist so weit, dass ich aufhöre, hinter Mutter herzulaufen wie ein Hund. Ich bin nicht mehr das Kind, das um ein bisschen Liebe und Zuneigung bettelt und sich verzweifelt bemüht, sie bei Laune zu halten, damit sie nicht zuschlägt. Sie hat mir ihre Liebe früher nicht gegeben und wird sie mir auch weiter verwehren, das habe ich verstanden. Damit nicht genug: Sie lässt an mir auch ihren Frust und ihren Widerwillen gegen den ihr verhasst gewesenen Mann, gegen die Lust und gegen die ganze Welt aus, wenn ich mich nicht endlich davor in Sicherheit bringe. Bernadette sagt, man könne mit einer Tarantel nur dann im selben Raum leben, wenn man sie sicher hinter Glas wisse und sich nicht ständig in der Gefahr befinde, dass sie sich lautlos und heimtückisch an einen heranschleicht, um zuzustechen. Sie hat recht. Niemand, der bei Verstand ist, würde seine Zeit freiwillig in der Nähe einer giftigen Spinne verbringen. Auch ich habe mich entschieden: Ich kündige! Ende der Therapie!

Ich werde mich ab sofort nur noch um mein eigenes Leben kümmern. Das hätte ich längst tun sollen. Jetzt lässt sich nicht mehr viel ändern, aber im Grunde kann ich zufrieden sein. Meine Finanzen sind geregelt, ich bin gesund, lebe im eigenen Haus. Was will man mehr?

Mit dem Sexualproviant im Keller bin ich auch in dieser Hinsicht bestens versorgt. Und wenn die nichts mehr taugen, werden sie ersetzt. Für das gesellschaftliche Leben sorgen die Lions. Ich mache ab sofort nur noch, was ich will und was mir Spaß macht. Soll die Alte doch der Teufel holen!

Observation

Im Wagen verstaute Alexandra ihr und Isidors Handy unauffällig in einer Kühlbox und schaltete das Radio ein. Unauffällig suchte sie das Auto nach versteckten Wanzen ab. Es schien sauber. Immerhin war gewährleistet, dass sie sich während der Fahrt abhörsicher unterhalten konnten. Isidor, der den Wagen fuhr, wie meistens, wenn sie gemeinsam unterwegs waren, beobachtete die Umgebung aufmerksam.

„Haben Sie heute Nacht auch kein Auge zugetan?“, begann Alexandra das Gespräch.

„So gut wie keins. Zuerst *konnte* ich nicht schlafen, und dann *durfte* ich nicht.“

„Bei mir war es umgekehrt.“ Sie lachten, und etwas von der Spannung, unter der sie seit dem Vortag gestanden hatten, löste sich.

„Hermann ging es ähnlich“, fuhr Alexandra fort. „Wir bekommen nachher von ihm ein ergänztes Täterprofil, wobei ich hoffe, dass es nicht mehr gebraucht wird – vorausgesetzt, der Täter verhält sich, wie ich mir das vorstelle.“

„Wie stellen Sie es sich denn vor?“

„Ich denke, er wird wieder in unser Haus kommen. Ich habe zwar keine Ahnung, was er sich noch ausdenkt, um mich in den Wahnsinn zu treiben, aber ich bin sicher, dass seine diesbezüglichen Aktionen dreister werden. Unsere Chance ist, dass er zurückkommt, und dann müssen wir an ihm dranbleiben. Sobald wir wissen, wer er ist und wo er wohnt, können wir entscheiden, wie wir im Hinblick auf die Geiseln vorgehen.“

„Klar, Chefin. Hoffentlich leben alle noch. Ich bin gespannt, was König dazu sagt und ob er das absegnet. Unser Mann ist höchst gefährlich und unberechenbar.“

„König wird gar nichts anderes übrig bleiben, als den Plan abzusegnen. Wir müssen den Mörder kriegen, und wir können froh sein, dass er sich diesen Fehler erlaubt. Ich ärgere mich nur, dass ich nicht schon früher dahintergekommen bin.“ Dass ihr der Verdacht gegenüber Gertrud im Wege gestanden hatte, verschwieg sie.

„Wer rechnet denn mit so etwas?“

„Wir müssen in unserem Beruf immer damit rechnen, in den Fokus eines Verbrechers zu geraten. Mit unserer Arbeit machen wir uns mehr als unbeliebt bei Leuten, die entsprechend kriminelles Potenzial haben. Ich bin entsetzt, dass ich das im Laufe der Jahre aus den Augen verloren habe. Das sollte uns eine Lehre sein.“

„So gesehen ist es ein Wunder, dass Ermittlungsbeamten nicht mehr geschieht.“

Sie fuhren gleichzeitig mit Heinrich König auf den Hof des Kommissariats. Alexandra stieg sofort aus, kaum dass der Wagen zum Stehen gekommen war, schnappte sich die Kühlbox, ging auf den Chef zu und legte den Zeigefinger auf die Lippen. Dann öffnete sie die Box. Er blickte irritiert abwechselnd auf sie und die Box, aus der ein Schlager dudelte, dann begriff er und zog sein Handy aus dem Jackett. Alexandra legte es zu den anderen. Isidor war inzwischen auch hinzugetreten. Der Chef sah seine beiden Kommissare fragend an.

Alexandra begann, ihr Vorgehen zu erklären: „Herr König, wir müssen dringend mit Ihnen reden. Es besteht der Verdacht, dass wir über unsere Telefone abgehört werden. Es ist zwar eigentlich unvorstellbar, aber nicht ausgeschlossen, dass auch das Kommissariat verwanzt ist, deshalb schlage ich vor, dass wir uns im Sezierraum unterhalten. Dort können wir davon ausgehen, unbeobachtet zu sein, und der Raum ist überschaubar und lässt sich schnell checken. Wir sollten Ludwig Knöpfle und einen Techniker bitten, uns zu begleiten.“

Heinrich König, der eine lange Nacht mit seinen Seglfreunden hinter sich hatte, nickte. Ihm war alles recht, wenn nur endlich Bewegung in die Sache kam. Alexandra konnte trotz der ernsten Lage ein Grinsen nicht unterdrücken, als sie in das verdutzte Gesicht des Pathologen blickte, nachdem König ihn aufgefordert hatte, sie im Sezierraum alleine zu lassen. Sie ahnte, was sich in seinem Kopf abspielte. Er musste fürchten, dass die Zweckentfremdung des Raums aufgeflogen war. Sie dachte daran, wie sie gelitten hatte, als sie unfreiwillig Zeugin seiner Machenschaften geworden war, und konnte sich einen Anflug von Schadenfreude nicht verkneifen.

Nachdem Dr. Helmer den Raum verlassen und der Techniker grünes Licht gegeben hatte, begann sie, in chronologischer Reihenfolge von den Ereignissen der vergangenen Woche zu berichten. Der Chef war jetzt hellwach. Aufgeregt lief er auf und ab. Alexandra merkte, dass er mit sich rang und Zeit brauchte, um seine Entscheidung zu treffen. „Das ist die Chance, ihn zu kriegen, Chef", beendete sie ihren Bericht.

König blieb stehen. „Wie viele Leute benötigen Sie?"

Alexandra musste nicht nachdenken, denn sie hatte gewusst, dass er das fragen würde. „Einen Wagen mit zwei Kollegen postieren wir an der Zufahrt zu unserer Straße. Zwei weitere benötigen wir in der Nähe, um ihm zu folgen. Für die angrenzenden Häuser stellen wir jeweils zwei Beamte ab, und Isidor soll sich nachts bei uns im Haus aufhalten. Das macht für eine Rund-um-die-Uhr-Bewachung 42 Mann. Dazu soll sich ein SEK-Kommando in Bereitschaft halten. Ich hoffe zwar, dass es nicht so weit kommt, aber ich werde nicht zögern, deren Scharfschützen einzusetzen. Das ist zum jetzigen Zeitpunkt alles. Sobald wir ihn auf dem Radar haben, folgen wir ihm und setzen die Observation an seinem Wohnort fort, bis wir uns entscheiden, wie wir weiter vorgehen."

Heinrich König ging den Plan im Geiste durch. „Ja, so könnte es klappen", sagte er dann. „Ich muss die Schweizer informieren, falls er über die Grenze geht."

„Ja, das müssen Sie. Noch wissen wir nicht, woher er kommt", bestätigte Alexandra. *Und falls er nicht in die Schweiz fährt, sollen die sich raushalten,* dachte sie, verzichtete aber darauf, es auszusprechen.

„Wir sollten keine Zeit verlieren, vielleicht ist er gerade wieder in Ihrem Haus", sagte König.

„Das glaube ich nicht. Hermann ist daheim. Wir haben beim Frühstück laut darüber gesprochen, dass er das Haus erst mittags verlässt, um ins Kommissariat zu fahren. Ich werde ihn nachher anrufen, um ihm mitzuteilen, dass es bei mir spät wird, und vorschlagen, dass wir uns wieder einmal hier zum Abendessen treffen könnten. Damit geben wir dem Täter viel Zeit, falls er sich heute ins Haus schleichen will."

„Gut, machen Sie das. Ich organisiere die Teams. Wir können in meinem Büro nicht nach Wanzen suchen, ohne ihn zu warnen. Also werde ich von dort aus nur neutrale Gespräche führen, damit kein Verdacht aufkommt. Frau Rau, Sie sollten als Erstes eine Phantomzeichnung des Mannes anfertigen lassen. Bringen Sie sie mit, wir treffen uns um elf zur Teambesprechung. Die Kollegen müssen wissen, nach wem sie Ausschau halten sollen."

Isidor mischte sich ein. „Wir müssen damit rechnen, dass er sich tarnt, wenn er sich tagsüber Zugang zu Frau Raus Haus verschafft."

„Stimmt. Dennoch ist es eine Hilfe für die Kollegen, wenn sie wissen, wie er ohne Tarnung aussieht."

Alexandra stand unter Adrenalin. Endlich kamen sie ihrem Ziel näher. Sie war jetzt sicher, dass sie ihn fassen konnten.

Der Chef blickte sie besorgt an. „Ich werde ein zusätzliches Team in Ihrer Straße einsetzen. Wir richten dort eine Baustelle ein."

Das schätzte sie an Heinrich König. Wenn er den Sinn einer Aktion sah und es darum ging, die Sicherheit seiner Leute zu gewährleisten, war er nicht kleinlich. Es konnte länger dauern, bis sich der Täter wieder zeigte, das würde eine Unmenge an Personal verschlingen.

König fuhr fort: „Der Minister muss natürlich mit der Stationierung der Beamten einverstanden sein, aber das können Sie mir überlassen. Alles Weitere klären wir um elf Uhr und später zusammen mit Ihrem Mann." Er nickte ihnen zu. Das war das Signal für sie, den Raum zu verlassen.

Alexandra ging als Erstes zur Kühlbox und schaltete das Radio ihres Handys aus. Dann machte sie eine Runde durchs Büro, um die Kollegen zu begrüßen, und legte das Handy wieder in die Box. Ihr nächster Gang führte sie zu dem Kollegen, der für die Phantomzeichnungen zuständig war. Bislang war sie nur als Beobachterin dabei gewesen, wenn Jürgen Oberle das Konterfei eines Täters in klar vorgegebenen Schritten erstellte. Diesmal war sie diejenige, die aus Tausenden von Formen den Kopf, die Lippen und Augen heraussuchte, die am besten zu dem Mann passten, den sie für den Täter hielt. Am deutlichsten gesehen hatte sie ihn bei dem Autounfall damals. Der lag allerdings einige Zeit zurück. Alexandra merkte, wie anstrengend es für Zeugen war, sich festlegen zu müssen. Immer wieder schloss sie die Augen und versuchte, ihr inneres Bild schärfer zu stellen, ihre Erinnerung aufzufrischen und das Ergebnis dann mit den Begegnungen im Supermarkt, im Kommissariat und beim Joggen abzugleichen, um die optischen Übereinstimmungen herauszuarbeiten. Dass er jedes Mal unterschiedlich gekleidet gewesen war, machte es für sie nicht leichter. Sie war sich nicht sicher, ob sie ihm einen sportlichen oder einen eher akademischen Ausdruck verleihen sollte.

Zum Glück beherrschte ihr Kollege sein Handwerk perfekt. Das Programm bot eine Fülle von Möglichkeiten, die er geschickt aufeinander aufbaute, bis hin zum kleinsten Detail. Er half ihr mit gezielten Fragen weiter, griff jeden ihrer Hinweise auf, und nach kurzer Zeit hatten sie ein Bild zusammengestellt, das dem Mann in Alexandras Erinnerung ähnlich sah. Jürgen Oberle bat sie, sich Zeit zu nehmen und das Ergebnis noch einmal mit etwas Abstand zu überprüfen. Er ging aus dem Büro, damit sie sich nicht gestört fühlte, und versprach, ihr einen Kaffee mitzubringen. Alexandra blickte das Computergesicht nachdenklich an.

Wer bist du?, fragte sie ihn stumm, während sie auf die Rückkehr ihres Kollegen wartete, und dann: *Wo bist du?*

Als Oberle zurückkam, trank sie ihren Kaffee und nahm sich das Bild dann noch mal kritisch vor. Sie entdeckte nur eine Kleinigkeit: Der Abstand zwischen seinen Augen stimmte nicht. Jürgen Oberle korrigierte den Nasenrücken ihres Phantoms, dann war Alexandra zufrieden. Trotz der Spannung, unter der sie stand, fühlte sie sich zum ersten Mal beim Anblick der toten und verschwundenen jungen Menschen auf den Fotos an ihrer Bürowand nicht hilflos, sondern sicher und zuversichtlich.

Die Jagd war im Gange. Es war nur noch eine Frage der Zeit, das wusste sie jetzt. Er hatte den entscheidenden Fehler gemacht. Doch sie verspürte auch Angst und wusste, dass sie sich davor fürchtete, diesen Fotos noch ein weiteres hinzufügen zu müssen: eines von Whisky.

Gerne hätte sie Hermann angerufen und gefragt, ob Whisky inzwischen nach Hause gekommen war, aber damit würde sie nur die Aufmerksamkeit des Täters auf ihn lenken. Sie versuchte sich abzulenken, indem sie sich Notizen für Lagebesprechung machte.

Immer wieder schweiften ihre Gedanken ab. Plötzlich fiel ihr auch die kranke Katze wieder ein, die sie in ihrem Haus gefunden hatte. *Du meine Güte, ich muss die Tierärztin anrufen!* Sie sah auf die Uhr. Ein paar Minuten hatte sie noch, bis die Besprechung begann. Sie suchte nach dem Flyer von Frau Kohlhaas. Vielleicht konnte sie mit einem Anruf, den sie bewusst mit ihrem Handy machte, von ihrer innigen Beziehung zu Whisky ablenken. Als Frau Kohlhaas sich meldete, nannte Alexandra ihren Namen und entschuldigte sich dafür, dass sie sich nicht früher gemeldet hatte. Die Ärztin schien nicht überrascht, dass sich Alexandra erst jetzt nach der Katze erkundigte. Sie sagte, das Tier erhole sich gut, aber sie wolle es noch ein paar Tage bei sich behalten und dann ins Tierheim bringen, vorausgesetzt, Alexandra wolle es nicht zurückhaben.

Alexandra griff diese Vorlage dankbar auf. „Nein danke, das mit dem Tierheim ist eine gute Idee. Auf keinen Fall möchte ich noch so einen verfressenen Krallensack im Haus haben. Der von meinem Mann reicht mir völlig." Sie merkte, dass sich die Tierärztin über ihre Haltung und Ausdrucksweise wunderte, aber das nahm sie in Kauf. Es ging darum, Whisky zu schützen. Zufrieden wischte sie über die Auflege-Taste. *Hoffentlich hast du das jetzt gehört,* dachte sie grimmig, während sie durch den Flur zum Aufzug lief.

Die Kollegen waren durch Heinrich König bereits entsprechend informiert worden. Von der plötzlichen Wendung überrascht, diskutierten sie wild durcheinander. Als sie den Sezierraum betrat, wurde es still. Alexandra spürte die neugierigen Blicke, die sich auf sie richteten. Dass sie selbst als Lockvogel fungieren würde, hatte wie eine Bombe eingeschlagen. In den Gesichtern einiger Kollegen erkannte sie Sorge. Dr. Helmer legte ihr anerkennend die Hand auf die Schulter, was Isidor verdrossen registrierte. König gab ihr sogleich das Wort.

Alexandra begann damit, dass sie sich bei ihrem Team für die bisher geleistete Arbeit bedankte. Weil viel auf dem Spiel stand, durften sie sich keinen Fehler erlauben. Sie zählte noch einmal die Opfer auf, die sie diesem Täter zuschrieb. Das Phantombild in der Hand, fuhr sie mit geradezu beschwörender Stimme fort: „Sie wissen, dass mein Haus von ihm kontrolliert wird und dass wir uns auch in diesen Räumen nicht sicher fühlen können. Nur wenn wir uns absolut unauffällig verhalten, haben wir die Chance, den Täter zu fassen. Er wäre womöglich unerkannt geblieben, wenn er nicht den Fehler gemacht hätte, sich an mir rächen zu wollen." Alexandra schluckte. In diesem Moment wurde ihr noch einmal sehr bewusst, in welcher Gefahr sie sich die ganze Zeit befunden hatte. Schnell sprach sie weiter. „Ich glaube, meinem Mann nicht vorzugreifen, wenn ich ausspreche, was Sie alle vermuten: Unsere Einschätzung seiner Person in der *XY*-Sendung hat ihn provoziert, und ich habe mich damit in seinen Fokus gebracht."

Ein zustimmendes Raunen ging durch den Raum. Die Kollegen waren offensichtlich ihrer Meinung. Alexandra beendete ihre Ansprache: „Wenn wir auch nur den kleinsten Fehler machen, riskieren wir, dass er erneut im Dunkel verschwindet. Er scheint in keinerlei Beziehung zu den Opfern zu stehen, weshalb wir auch nicht vorangekommen sind. Die Karte, die wir jetzt in der Hand haben, dürfen wir auf keinen Fall verspielen. Sie kennen Ihre Aufgaben, und ich schlage vor, dass Sie Ihre Mitarbeiter jetzt entsprechend vorbereiten. Wir treffen uns um 14 Uhr zur letzten Besprechung vor dem Beginn des Einsatzes."

Heinrich König dankte ihr. Er hatte dem Gesagten nichts hinzuzufügen.

Im Hinausgehen wandte Ludwig Knöpfle sich an sie: „Sie gefährden sich auf keinen Fall, sonst muss ich mit Hermann ein ernstes Wörtchen sprechen."

„Ach, Ludwig, das ist lieb von Ihnen. Danke, dass Sie sich Sorgen machen, aber ehrlich gesagt glaube ich, das Schlimmste ist bereits vorbei."

„Zum Glück, sage ich nur. Es hätte damit enden können, dass Sie im Maisfeld oder auf dem Grillplatz gelegen hätten."

Alexandra schüttelte den Kopf, denn sie ahnte, warum sie noch am Leben war. „Ich glaube, ich passe nicht in sein Beuteschema."

„Was umgekehrt gewiss nicht der Fall ist", konterte Ludwig Knöpfle und mahnte noch einmal: „Seien Sie vorsichtig. Wenn er sich in die Enge getrieben sieht, müssen Sie mit allem rechnen."

Alexandra versprach es und machte sich auf den Weg zu ihrem Büro. Sie konnte kaum erwarten, dass Hermann eintraf. Isidor und sie würden die Mittagspause mit ihm verbringen, bevor die Einsatzbesprechung begann. In dem kleinen Café konnten sie ungestört reden. Um diese Zeit würden die typischen Sahnetorten-Gäste noch nicht da sein.

Auf dem Gang begegnete sie Frau Cho. *Auch das wird hoffentlich bald vorbei sein*, dachte sie und nickte der Frau freundlich zu. Mister Lee kläffte giftig.

Sie setzte sich an ihren Schreibtisch und ging ihren Plan noch einmal sorgfältig Punkt für Punkt durch. Wenn erst ihr Haus rund um die Uhr bewacht würde, war es nur eine Frage der Zeit, bis sie ihn entdeckten und die Verfolgung aufnehmen konnten.

Alexandra war nervös. Die Zeit war ihr Gegenspieler. Sollte er Kim, die Zwillinge und die Ärztin tatsächlich irgendwo versteckt halten, zählte jede Minute. Es kam jetzt allein auf die Kollegen an. Ihre Wachsamkeit, ihre Motivation und ihr Geschick würden alles entscheiden. Das hatte sie in der Teambesprechung rüberzubringen versucht, und das musste sie nachher, wenn alle Einsatzkräfte beieinander waren, nochmals klar zum Ausdruck bringen. Das war eine ihrer Stärken. Sie verstand es, das Team zu motivieren und jedem Einzelnen bewusst zu machen, dass es von ihm ganz alleine abhängen konnte, ob ein Einsatz zum Erfolg führte oder nicht.

Sie war so in Gedanken, dass sie es nicht hörte, als Hermann anklopfte. Er hatte die Tür einen Spalt geöffnet und bereits zum zweiten Mal geklopft, als sie endlich aufsah. Augenblicklich besann sie sich auf die Rolle, die sie zu spielen hatte. „Ach Hermann, wie schön, dass du da bist!“, rief sie aus. „Heute ist hier nicht viel los, lass uns auf einen Sprung ins Café rübergehen. Isidor geht mit.“

„Nein, Whisky ist den ganzen Vormittag über nicht da gewesen“, sagte Hermann. Alexandra hatte ihn sofort gefragt, kaum dass sie das Café betreten hatten. „Ich habe verstärkt darauf geachtet und überall nachgesehen. Sogar im Bett“, setzte er nach.

„Das darf doch nicht wahr sein! Er ist sonst immer irgendwo in der Nähe.“ Sie sprach nicht aus, was sie befürchtete. Hermann hatte den ganzen Vormittag damit verbracht, über den Täter und das, was er in den letzten Tagen in ihrem Haus veranstaltet hatte, nachzudenken. Sie mussten damit rechnen, dass er den Kater in seine Gewalt gebracht hatte, um Alexandra weiter zu zermürben.

Alexandra informierte ihren Mann über die bisherige Planung und die nächste Besprechung. Jetzt sah Hermann müde und gestresst aus. Er erläuterte seine Ergänzungen zu dem Täterprofil, das er erstellt hatte.

„Wir haben es mit einem Soziopathen zu tun, der im höchsten Maße sadistisch und narzisstisch ist. Um sich abzureagieren, tötet er, und um sich zu befriedigen, entführt er. In deinem Fall ist ihm Töten zu wenig, und entführen will er dich anscheinend nicht, sonst hätte er es längst getan. Er will dich quälen, und zwar, das ist unser einziger Vorteil, nach allen Regeln der Kunst. Er möchte zeigen, wie gerissen und intelligent er ist. Es scheint ihm Vergnügen zu bereiten, dich ganz langsam auszuhebeln. Du sollst unter Schlafmangel leiden, Fehler machen und an deinem Verstand zweifeln, aber das wird ihm auf die Dauer nicht genügen. Ich denke, er wird es, wenn wir ihm nicht zuvorkommen, auf eine Konfrontation mit dir anlegen. Aus seiner Sicht gibt es eine offene Rechnung zwischen euch. Du hast ihn gekränkt, denn du hast ihn einen Allerweltstypen genannt – das kann er nicht auf sich sitzen lassen. Er ist viel zu eitel, um auf den Triumph zu verzichten, dich wissen zu lassen, dass er die ganze Zeit über die Fäden in der Hand hatte. Und danach müsste er dich töten.“

Alexandra wusste, dass alles zutraf, was Hermann sagte. Sie fühlte Übelkeit aufsteigen. Hermann redete in beschwörendem Ton weiter:

„Wir sind da, um dich zu beschützen, Alexandra. Auf gar keinen Fall wird er uns zuvorkommen. Wir müssen nur noch wissen, wer er ist und wo wir ihn finden."

Die Kellnerin servierte den Kaffee. Sie waren froh um diese kurze Unterbrechung. Isidor, der bleich geworden war, entschuldigte sich. Alexandra schwieg.

Hermann wusste, was sie dachte. Er nahm ihre Hand. „Glaub mir bitte: Wenn ich geahnt hätte, dass er die Stirn hat, sich auf diese Weise mit dir anzulegen, hätte ich diese Strategie nicht vorgeschlagen."

Alexandra war sich über die Risiken ihres Berufs im Klaren, dennoch bedeutete ihr Hermanns kritischer Rückblick viel.

Isidor kam zurück, und sie besprachen den Rhythmus der Nachtwachen. Die Männer bestanden darauf, die Nacht zwischen sich zu teilen. Alexandra sollte sich ausruhen. Isidor wollte sich, sobald sie im Haus waren, hinlegen. Mit seinem gespielten Hüftleiden war es glaubhaft, dass er lieber lag. Er rechnete sich aus, so zu sechs Stunden Schlaf zu kommen. Hermann sollte ab zwölf Uhr schlafen. Sie waren sich einig darüber, dass sie einen Rhythmus finden mussten, den sie notfalls auch über einen längeren Zeitraum durchzuhalten vermochten. Alexandra war einverstanden, sich in der kommenden Nacht auszuruhen, aber danach wollte sie sich an den Wachen beteiligen und wenigstens jedes zweite Mal drei Stunden übernehmen.

In ernster Stimmung begaben sie sich zum Meeting in den Keller des Kommissariats. Der Sezierraum fasste die Menge der Beamten kaum. Der Chef begrüßte die Kollegen, die am Morgen nicht dabei gewesen waren, stellte sicher, dass sich jeder über die Gefährlichkeit des Gesuchten bewusst war, und wünschte ihnen alles Gute für ihren Einsatz. Dann erteilte er Hermann das Wort.

Dieser erläuterte mit dem Phantombild in der Hand die psychische Struktur des Täters, denn gerade die Kollegen, die ab jetzt vor Ort sein würden, mussten über seinen Einfallsreichtum und seine Unverfrorenheit Bescheid wissen. Hermann erklärte, dass Soziopathen hervorragende Antennen für alles besaßen, was ungewöhnlich oder gegen sie gerichtet war, und appellierte an die besondere Wachsamkeit und Vorsicht aller Kollegen.

Zum Schluss richtete Alexandra sorgfältig gewählte Worte an das Team und versprühte dabei so viel Zuversicht, dass Isidor sich fühlte, als hätten sie ihn bereits geschnappt.

Entsprechend motiviert gingen sie auseinander. Ab jetzt begann das nervenzehrende Warten. Den nächsten Schritt würde ihr Täter machen. Er bestimmte, wie es weiterging.

Sitzung 21

Das gefällt mir nicht. Mein Arm schmerzt. Diese Dreckskatze hat mich gekratzt und gebissen. Bernadette, meine kleine Hausärztin, erweist sich wieder mal als brauchbar. Sie hat mir etwas aufgeschrieben, das ich in der Apotheke besorgen soll. Ich dachte, dass das nicht nötig wäre, aber jetzt sieht es doch danach aus. Mit dem Vieh bin ich noch nicht fertig. Das Aas hält sich für einen Tiger oder so was. Jedes Mal wenn ich an seinem Käfig vorbeigehe, faucht und schlägt es gegen die Stäbe wie toll. Das wird ihm noch leidtun. Für Herrchen und Frauchen habe ich auch ein paar Überraschungen vorbereitet. Ich wollte sie ihnen vorbeibringen, aber jetzt kümmere ich mich zuerst um meinen Arm. Wenn Bernadette mich verarztet hat und die Zeit reicht, fahre ich hin, sonst muss es warten. Rache wird bekanntlich am besten kalt genossen, und ich habe Zeit. Auf jeden Fall freue ich mich schon darauf, die Allerweltspolizeischlampe kreischen zu hören.

Eigentlich wollte ich ja mit der Schreiberei hier aufhören, aber mit dem Arm kann ich kaum was anderes machen, und ich langweile mich. Ich hasse es, mich zu langweilen. In ihrem Haus gibt es nichts zu beobachten, sie ist früh los, und er ist vorhin auch weggefahren. Neuerdings schläft dieser Biotölpel bei ihnen, weil er sich irgendwie verletzt hat und die Treppen zu seiner Wohnung nicht hinaufsteigen kann … So ein Schwächling! Der hätte meinen Vater gebraucht. Wenn mein Vater nur den Hauch einer Schwäche an mir wahrnahm, wurden sofort entsprechende Maßnahmen eingeleitet. Ich musste mal den ganzen Oktober in kurzen Hosen rumlaufen, weil ich gesagt hatte, dass mir kalt sei. „Abhärtung" hat der Kapitän das genannt. Er wollte verhindern, dass ich ein Schwächling werde. Schwächlinge hat er gehasst, und mir geht es genauso. Wenn ich gejammert habe, weil ich müde war, verbrachte ich die Nacht in der Ecke stehend. Ich hatte Disziplin zu lernen. Disziplin kam beim Kapitän ganz weit oben. „Ein Schiff ohne Disziplin kannst du gleich versenken", hat er immer gesagt. Er kam nachsehen, ob ich noch da stand, wenn er in der Nacht pissen musste, und es ist nur einmal vorgekommen, dass ich nicht mehr in der Ecke stand. Die Abreibung spüre ich bis heute. In meiner Not habe ich geschrien, ob er mich etwa totschlagen wolle. „Besser tot als ein Schwächling!“, hat er gebrüllt. Damals wäre ich tatsächlich lieber tot gewesen.

Konzentration

Ihre Nerven waren bis zum Zerreißen gespannt. Für Alexandra, Hermann und Isidor waren die Stunden, die sie im Haus verbringen mussten, unerträglich. Alexandra litt am meisten darunter, dass sie sich ständig beobachtet fühlte und wusste, dass er überall im Haus gewesen war. Sie fühlte sich entblößt und beschämt. Dass er sie hier, in ihrem Haus, das sie immer als Schutzraum empfunden hatte, sehen konnte, wann immer er wollte, brachte sie beinahe an ihre Grenzen. Allein das Wissen darum, dass sie ihn nicht anders kriegen würden, hielt sie aufrecht, wenn auch um einen hohen Preis.

Sie konnten alle drei nicht mehr abschalten, schon weil sie bei jedem Wort, das sie miteinander sprachen, abwägen mussten, ob es für den Lauscher unverdächtig wäre. Isidor hatte wenigstens die Ausrede einer schmerzenden Hüfte und konnte sich, kaum dass sie zu Hause waren, ins Bett legen. Alexandra arbeitete im Garten, dort fühlte sie sich unter diesen Umständen am wohlsten und konnte nebenbei nach Whisky suchen. An diesem Abend war sie von den Strapazen der letzten 24 Stunden noch so geschafft, dass sie früh zu Bett ging und gleich einschlief.

Hermann versuchte es sich im Wohnzimmer gemütlich zu machen. Er horchte wie ein Luchs auf jedes Geräusch. Dass die Nachbarhäuser links und rechts jeweils zwei Kollegen beherbergten, konnte ihn nicht beruhigen. Der Täter war unberechenbar, und er war in ihrem Haus ein- und ausgegangen, ohne dass irgendjemand davon Notiz genommen hatte. Dass er selbst nicht dahintergekommen war, was hier gespielt wurde, nagte an ihm. Er hätte aufmerksamer sein müssen.

Inzwischen war Hermann auf alles gefasst. Es war zwar unwahrscheinlich, dass der Täter kommen würde, solange sie sich alle im Haus befanden, aber man konnte nie wissen, ob er seine Strategie änderte, seinen Fokus auf sie alle erweiterte und welchen Einflüssen er sonst ausgesetzt war. Um kurz vor zwölf hörte Hermann, wie Isidor seine Zimmertüre öffnete, um auf die Toilette zu gehen. Das war das Signal zur Wachablösung. Hermann legte sein Buch zur Seite und ging nach oben.

Als er sich neben Alexandra legte, merkte er, dass sie wach war. Sie hatte kaum geschlafen, sondern angestrengt auf jedes Geräusch gelauscht. Neben Hermann gelang es ihr einzuschlafen – wenigstens für eine Weile. Um sechs Uhr war sie zum ersten Mal in ihrem Leben froh, dass ihr Wecker klingelte. Besonders schwer fiel ihr, sich nackt zu bewegen, aber sie durfte ihre Gewohnheiten nicht ändern. Mit Magenschmerzen ging sie unter die Dusche. Als sie zum Duschgel griff, erstarrte sie. Das Duschgel ging auch auf seine Kappe, darüber hatte sie mit Hermann noch gar nicht gesprochen, genau wie das Leck im Wasserbett. Wo hatte dieser Mistkerl seine Finger überall gehabt?

Beim Frühstück bemühte sie sich um einen lockeren Ton, aber ihr Blick wanderte immer wieder zu Whiskys unberührtem Futternapf. Sie sah, dass Hermann dasselbe dachte, und musste sich zusammenreißen, um sich nichts anmerken zu lassen. Erst als sie mit Isidor im Wagen saß und die Handys sicher in der Kühlbox lagen, konnte sie sich Luft machen.

„Wenn der meinem Kater was getan hat, lernt er mich kennen."

Isidor schwieg. Er dachte nach. Ihr Phantom hätte dem Kater schon lange etwas antun können. Wenn er es bisher nicht getan hatte, konnte das nur heißen, er plante etwas mit ihm.

„Isidor, teilen Sie Ihre Gedanken mit mir?", fragte Alexandra gereizter, als sie beabsichtigt hatte.

„Ja, Chefin. Ich glaube, wenn er den Kater wirklich hat, plant er etwas mit ihm."

„Das fürchte ich auch. Hoffentlich dauert diese Warterei nicht mehr lange."

„Wenn Ihr Mann, wie vorhin beim Frühstück besprochen, um zehn Uhr aus dem Haus geht, hat unser Täter praktisch den ganzen Tag freie Bahn. Er wird schon kommen. Um Sie zu zermürben, muss er dranbleiben. Wenn er zu lange wartet, erholen Sie sich wieder. Dann muss er von vorne anfangen."

„Hoffen wir das Beste", sagte Alexandra und fand es paradox, dass sie einen Einbruch herbeisehnte. Sie schloss die Augen und öffnete sie erst wieder, als sie den Parkplatz vor dem Kommissariat erreicht hatten.

Bis Hermann kam, lief sie in ihrem Büro auf und ab. Sie konnte nichts anderes tun als warten, warten und nochmals warten. König hatte kurz vorbeigeschaut, um nach ihr zu sehen, war aber schnell wieder gegangen, als er ihre Unruhe bemerkte. Anspannung war eigentlich sein Privileg, unter diesen Umständen gestand er sie ihr jedoch zu.

Als Hermann eintraf, wurde sie ruhiger. Sie verabredeten einen Code für den Fall, dass es neue Informationen gab. Die Beobachtungsposten kommunizierten über Sondergeräte und festgelegte Formulierungen mit dem Chef. Danach taten alle, als erledigten sie ihre Schreibarbeiten, aber sie bewältigten kaum etwas davon. Um 15.20 Uhr kam der ersehnte Anruf von König. Alexandra und Hermann mussten sich beherrschen, nicht den Gang entlangzustürmen. König traf fünf Minuten nach ihnen im Seziersaal ein. Diese fünf Minuten kamen Alexandra wie eine Ewigkeit vor.

Dr. Helmer war nicht begeistert über den Betrieb in „seinem" Keller, gleichwohl war er begierig zu erfahren, was es Neues gab. Gleichzeitig mit Heinrich König erschien Ludwig Knöpfle. Der Chef informierte sie darüber, dass die Kollegen, die im Nachbarhaus postiert waren, einen Eindringling beobachteten, der gerade eine Kiste in das Haus der Kommissarin schaffte. Obwohl sie darauf gewartet hatten, wirkte die Nachricht wie ein Schock. Zunächst fand keiner der Anwesenden Worte.

Dr. Helmer fasste sich als Erster. „Dann hat der Spuk ja bald ein Ende", konstatierte er trocken.

„Hoffentlich." Alexandra schluckte. „Jetzt darf er uns nicht entwischen. Wir sind darauf angewiesen, dass die Kollegen sich melden, sobald er rauskommt." Sie zeigte auf den Plan, in dessen Zentrum ihr Haus rot markiert war. „Wir haben in jeder Richtung Kollegen postiert. Sie können ihn sowohl zu Fuß als auch motorisiert verfolgen."

Heinrich König nickte. „Alle sind verständigt."

„Dann geht es los", sagte Alexandra. „Wir machen uns einsatzbereit. Höchste Sicherheitsstufe. Ab sofort wird über die Diensthandys kommuniziert. Sobald er sich in Bewegung setzt und wir die Richtung abschätzen können, nehmen wir die Verfolgung auf. Ich will keine Minute länger warten als unbedingt nötig. Isidor fährt mit mir, die anderen folgen wie besprochen."

Sie holten ihre Waffen und die Einsatzkleidung. Die Spannung war unbeschreiblich. Isidor musste sich beim Umschnallen des Holsters von ihr helfen lassen.

Alexandra versuchte auszublenden, dass es sich um ihr Zuhause handelte, aber es gelang ihr nicht. „Ich möchte nur wissen, was er in unserem Haus anrichtet …"

„Das werden wir erfahren. Sicher nichts, über das Sie sich freuen werden."

Sie sandte ein stummes Stoßgebet gen Himmel. *Whisky!*

Nach einer halben Stunde kam die Information. Er hatte das Haus verlassen und war zu Fuß unterwegs. Alexandra fühlte sich, als säße sie auf glühenden Kohlen, aber sie mussten warten, bis sie wussten, welchen Weg er nehmen würde.

Der Kollege vor Ort meldete sich nach einer Viertelstunde. Das Zielobjekt hatte sich ins Café Bockstaller begeben und saß dort bei Kaffee und Kuchen, in die Lektüre einer Zeitung vertieft.

Alexandra musste sich beherrschen, um nicht hysterisch loszulachen. Er trank Kaffee und las Zeitung, während sie einen Apparat in Gang gesetzt hatten, den es bisher im Kommissariat noch nicht gegeben hatte.

Das Zielobjekt, dessen Äußeres mit dem Phantombild übereinstimmte, blickte gegen 17 Uhr vermehrt auf sein Handy, blieb aber im Café. Die Kollegen sendeten Bilder, die sie mit dem Teleobjektiv geschossen hatten.

„Das ist er, eindeutig, ich erkenne ihn!", rief Alexandra.

Isidor platzte heraus: „Verdammt, was macht er so lange im Café?"

Hermann und Alexandra hatten gleichzeitig denselben Gedanken. Alexandra sprach ihn als Erste aus. „Er wartet!", rief sie, „er wartet darauf, dass wir nach Hause kommen. Er will in der Nähe sein, um hautnah mitzuerleben, was wir beim Heimkommen entdecken."

Sie reagierte mit entsprechenden Anweisungen an die Kollegen. „Wir fahren sofort los. Weitere Informationen möchte ich per Textnachricht, und ich benötige so schnell wie möglich Bilder von dem nächsten Ort, den er aufsucht."

Sie sprach kurz mit König, der die Fotos des mutmaßlichen Täters sichtete. König bestätigte, dass er im Kommissariat bleiben würde, um die Einheiten zu koordinieren. Hermann war schon losgefahren. Er wollte vor Alexandra zu Hause sein. Falls sich seine schlimmsten Befürchtungen bewahrheiteten, konnte er ihr wenigstens den grausigen Anblick ersparen.

Als er die Haustür aufschloss, schlug ihm ein fauliger Gestank entgegen. Er kontrollierte alle Räume, konnte aber nichts Verdächtiges finden. Eilig öffnete er die Fenster und schob die Terrassentür auf. Von

Whisky war keine Spur zu sehen. Kurze Zeit später traf Alexandra mit Isidor ein. Er humpelte bühnenreif. Alexandra, die sich ihrem Ziel nahe sah, mobilisierte ihre letzten Kräfte. Sie war erleichtert, als sie im Haus außer dem Geruch nichts Auffälliges entdecken konnte. Die Anspannung hielt an, aber wenigstens die Sorge, dass er Whisky verletzt oder tot ins Haus gebracht haben könnte, fiel von ihr ab. Sie täuschten vor, ihre Waffen einzuschließen, und versuchten sich normal zu verhalten.

„Was stinkt denn so scheußlich hier?“, fragte sie Hermann.

„Ich habe mich auch darüber gewundert. Vielleicht hat Whisky eine tote Maus reingeschleppt? Bis jetzt habe ich aber nichts gefunden“, entgegnete er.

Jetzt kam es noch einmal darauf an, sich nicht zu verraten.

„Was haltet ihr davon, wenn ich für uns drei Pfannkuchen mache?“, fragte Alexandra.

Die Männer waren einverstanden. Isidor wollte kurz unter die Dusche, und Hermann begann, den Tisch im Garten zu decken. Alexandra ging in die Küche und nahm die Teigschüssel aus dem Schrank. Als sie den Mehlbehälter öffnete, erstarrte sie. Braune Maden ringelten sich darin. *Igitt!* Der Behälter musste undicht geworden sein. Oder aber die Viecher waren schon im Laden hineingekommen. Sie wollte es gar nicht genau wissen. Sie schloss die Dose und brachte sie zur Mülltonne. Von allen Grundnahrungsmitteln hatte sie immer Vorräte im Haus, sie musste also nur in die Speisekammer gehen und eine neue Packung Mehl holen. Sie zählte pro Person jeweils drei Esslöffel Mehl und drei Eier ab, das war die Grundlage. Dazu kamen Milch, Quark und Salz. Als sie die Milch zugeben wollte, quoll sie klumpig aus der Packung. Das konnte eigentlich nicht sein, sie hatte die Packung ja erst am Morgen geöffnet. Alexandra begann zu ahnen, was der Eindringling im Haus getrieben hatte. Allerdings konnte es sich auch um einen Zufall handeln. Jetzt alles auf ihn zu schieben war genauso voreilig, wie alles Gertrud in die Schuhe zu schieben.

Sie ließ sich nichts von ihren Überlegungen anmerken, setzte ein irritiertes Gesicht auf und schüttete die restliche Milch aus der Packung ins Waschbecken und das Gemisch aus Mehl und saurer Milch in die Toilette.

Mit einer neuen Packung Milch aus der Vorratskammer begann sie zum dritten Mal, einen Teig anzurühren. Als Milch, Mehl, Salz und Quark gut verrührt waren, fehlten nur noch die Eier. Sie begann, ein Ei nach dem anderen aufzuschlagen. Beim dritten wich sie angewidert zurück. Braune, stinkende Flüssigkeit ergoss sich über ihre Hände und in die Schüssel.

„Verdammt!“, rief sie aus. Hermann kam, um nach ihr zu sehen. Der Gestank war bestialisch. Sie sahen sich an. Zufall? Alexandra erzählte ihm, dass es mit dem Mehl und der Milch angefangen hatte und sie keine Lust mehr hätte, zumal die restlichen Eier nicht reichten, um von vorne anzufangen. Hermann half ihr, die stinkende Pampe aufzuwischen und den Inhalt der Schüssel in der Toilette zu entsorgen. Alexandra war übel. „Lass uns eine Pizza bestellen, mir ist der Appetit auf Pfannkuchen vergangen.“

Sie konnte nicht aufhören, daran zu denken, dass er im Haus gewesen war. Er hatte die Möglichkeit gehabt, etwas in ihre angebrochenen Lebensmittel zu mischen, was sie dann arglos konsumiert hätten. Sie wunderte sich, dass sie nicht längst darauf gekommen war. Auf keinen Fall durften sie etwas aus dem Haus zu sich nehmen, dessen Verpackung nicht hundertprozentig sicher und unversehrt war. Konsequent zu Ende gedacht, durften sie nicht einmal mehr ihr Geschirr und ihr Besteck benutzen, es konnte schließlich mit allem Möglichen kontaminiert sein. Sie beruhigte sich mit dem Gedanken, dass es nur noch eine Frage der Zeit sein würde. Diesen Abend konnten sie mit Pizza und alkoholfreiem Bier überbrücken. Der Haken an der Sache war, dass sie beobachtet wurden. Er würde merken, wenn sie sich nicht verhielten wie bisher.

Hermann bestellte die Pizza. Als die Pizza geliefert wurde, rief Alexandra schnell: „Die essen wir am besten gleich aus der Schachtel, da kühlt sie nicht so ab wie auf Tellern.“ Sie aßen mit der Hand. Das Bier tranken sie aus der Flasche. Alexandra musste sich zum Essen zwingen. Um nicht aufzufallen, verzehrte sie wenigstens die halbe Pizza, dann schob sie ihren Karton von sich.

„Ich kann nicht mehr. Bei der Wärme habe ich kaum Hunger.“

Die beiden Männer konnten sich denken, dass das nicht der Grund war, machten jedoch pflichtgemäß ein paar Scherze und verspeisten dann Alexandras Reste.

Und dann kam endlich die ersehnte Textnachricht: Das Objekt hatte sich in Bewegung gesetzt. Es fuhr mit einem Jaguar Coupé, das er vor dem Café geparkt hatte, Richtung Bad Säckingen.

„Na bitte“, murmelte Alexandra. Sie wusste, dass ihr Team den Halter innerhalb weniger Minuten ermittelt haben würde. *Jetzt haben wir dich, Freundchen!* Vorausgesetzt, es war sein Fahrzeug … Alexandra musste sich ablenken, damit man ihr die Erregung nicht anmerkte. Sie räumte die Pizzakartons zusammen und holte drei weitere Flaschen Bier aus dem Keller. Ihre Gedanken rasten. Wie ging es weiter? Was musste sie als Nächstes anordnen? Als sie das Wohnzimmer durchquerte, nahm sie den fauligen Geruch wahr, der noch immer in der Luft hing, aber dem konnte sie jetzt nicht nachgehen.

Sitzung 22

Der Arm ist besser. Bernadette versteht was von ihrem Job, das hat sie bestimmt nicht im Kongo gelernt. Dort hat sie zusammengeflickt, was man ihr auf den OP-Tisch gelegt hat. Ich muss sagen, sie kann ganz interessant erzählen. Aber sie versucht, sich bedeckt zu halten. Freiwillig rückt sie nichts über sich heraus, aber ich habe meine Mittel. In letzter Zeit denke ich manchmal, wenn meine Alte nicht ein so dämliches Huhn gewesen wäre, hätte sich manches anders entwickelt.

Ich warte darauf, dass die Polizeischlampe meine Präsente findet. Sie sitzen im Garten und fressen Pizza. Sollen sie ruhig, der Spaß ist bald zu Ende. Ich habe keine Lust, ihnen weiter zuzusehen. Ich gehe lieber gleich nach unten, um mich zu entspannen.

Den Jungen habe ich zu hart rangenommen, er hat sich jedenfalls nicht mehr gerührt. So ein Weichei. Verträgt nichts. Jetzt kann Bernadette zeigen, was sie draufhat. Sie hat sich gleich auf ihn gestürzt.

Nanu, wo sind denn jetzt meine Allerweltskommissare? Noch mal weggefahren? Vielleicht ein Einsatz?

Knapp

Nachdem endlich feststand, mit wem sie es zu tun hatten, musste Alexandra über die weitere Vorgehensweise entscheiden. Ihr oblag es, den Befehl für den Zugriff zu geben. Sie hatte sich die Fotos vom Haus des Herrn von Stosch gründlich angesehen. Dazu war sie unter dem Vorwand, sich die Beine vertreten zu wollen, nach draußen gegangen. Während sie langsam die Straße vor ihrem Haus auf- und abging, überlegte sie: Wenn sie ihn jetzt stellten und er hatte nichts mit den Entführungen zu tun, würde es schwierig, ja vielleicht sogar unmöglich werden, ihm die Morde nachzuweisen. Waren die Entführten bei ihm, was dem Gebäude nach zu urteilen möglich war, wäre jede Minute, die sie ihm länger ausgeliefert waren, zu viel.

Alexandras Gehirn arbeitete auf Hochtouren und wog zahllose Strategien und Möglichkeiten gegeneinander ab. Letztlich kam sie zu dem Schluss, dass sie noch mehr Informationen benötigte. Sie wollte sich mit den anderen Kollegen beraten. Gerade als sie wieder ins Haus gehen wollte, kam die Nachricht, dass Frau von Stosch ebenfalls als vermisst gemeldet worden war. Alexandras Herz machte einen Extraschlag. Das Netz um diesen Herrn von Stosch zog sich zusammen. Wenn die Zeit nicht gegen sie arbeiten würde, könnten sie durch sorgfältige Beobachtung noch manches klären, aber da waren Kim, die Zwillinge, die Ärztin und – Whisky.

Alexandra zögerte. Zweifellos war er der gesuchte Täter, aber sie befürchtete, es ihm nicht beweisen zu können. Dass er den Unfall mit ihr provoziert hatte, in ihrer Nähe herumschlich und in ihr Haus eingedrungen war, würde sie beweisen können, aber das reichte, da er nicht vorbestraft war, höchstens für eine Bewährungsstrafe. Die Ermordeten, um die es in erster Linie ging, wiesen keinerlei Spuren auf, die zu von Stosch geführt hätten, und was es mit den Entführungen auf sich hatte, wusste sie nicht mit letzter Sicherheit. Wenn sich die Entführten nicht in seinem Haus befanden, würden sie ihm auch die Entführungen nicht nachweisen können, schlimmer noch: Wenn er die Entführten irgendwo anders als in seinem Haus gefangen hielt, kam seine Festnahme ihrem Todesurteil gleich. *Wir könnten Wärmebildkameras einsetzen*, schoss es ihr durch den Kopf, und obwohl sie sich schon denken konnte, dass diese Maßnahme wegen der herrschenden Außentemperaturen und der weiten Entfernung zum Gebäude keinen Sinn machen würde, schickte sie eine Nachricht an Ludwig Knöpfle. Sein Überblick über technische Möglichkeiten war legendär. Postwendend kam ein knappes „Zwecklos!“ zurück.

Also nicht, dachte sie resigniert und schaute sich das Video der Kollegen an. Zum Glück war es draußen noch hell genug, dass sie alles darauf erkennen konnte. Sie sah den Zaun, die Hunde, vor allem den großen, und dann sah sie eine Chance – dicht bei der Garage und außerhalb des Zauns.

Mit fliegenden Fingern stellte sie eine Verbindung zu Heinrich König her und erklärte ihm ihren Plan. Der Inhalt der grauen Tonne, der Papiertonne und der gelben Säcke musste sofort gesichert werden. König notierte: „1. Die Tonnen unauffällig leeren, gegebenenfalls mit großen Fahrzeug vorfahren und die Leerung damit verdecken. 2. Inhalt sortieren und sofort Fotos an die Einsatzleitung senden. 3. Intervalle der Leerung in Erfahrung bringen. 4. In Erfahrung bringen, wer in dem Haus gemeldet ist. 5. Wer sind seine nächsten Verwandten? 6. Hatte er in den beiden letzten Wochen Gäste?“

Hermann und Isidor sahen sich die 20-Uhr-Nachrichten an. Alexandra setzte sich dazu, doch sie bekam von der Sendung nichts mit. Sie ging ihre Anordnungen durch. Als sie die Fotos erhielt, wäre sie beinahe aufgesprungen. Sie schrieb König, dass er sie zuerst auf ihrem normalen Handy anrufen solle, um sie und Isidor zu einem Einsatz zu schicken. Danach solle er einen Hausdurchsuchungsbefehl für von Stoschs Villa erwirken.

Der Kriminaloberrat reagierte umgehend. Die beiden Männer schreckten auf, als Alexandras Handy läutete. Sie nahm den Anruf entgegen und sagte gespielt genervt zu Isidor: „Pech gehabt, Herr Kollege, es gibt eine neue Leiche.“

„Was, wo?“ Isidor war ehrlich überrascht.

„Erkläre ich Ihnen alles im Wagen, kommen Sie.“ Sie verabschiedeten sich von Hermann, dem nichts anderes übrig blieb, als zu Hause zu bleiben.

Isidor startete den Motor und schaute sie fragend an. „Wohin geht es?“

„Nach Säckingen, zum Revier.“

Da sie nur ihre neuen Diensthandys dabeihatten, konnte Alexandra offen sprechen. Sie fasste die Entwicklung der letzten Stunde für ihren Assistenten zusammen.

Er war verblüfft. „Das heißt, wenn sich Ihre Vermutung bewahrheitet, stürmen wir?“

„Ja, das heißt es.“ Alexandra hatte sich entschieden, ihr Ton verriet ihre Entschlossenheit.

„Aber wie finden wir raus, ob er Gäste hatte?“

„Die Fahnder sollen sich was einfallen lassen“, sagte Alexandra. „Vielleicht eine Kontrolle des Energieversorgers wegen eines extrem hohen Verbrauchs vortäuschen. Das kann man in der Nachbarschaft erfragen. Jedenfalls so, dass niemand auf die Idee kommt, dass wir hinter ihm her sind. König hat es verstanden, er wird sich darum kümmern.“

„Verstehe. Und wo ist der ganze Müll jetzt?“

„Auf dem Revier in Bad Säckingen, deshalb fahren wir dort zuerst hin.“

Isidor musste das Gehörte erst mal verarbeiten und sich auf die neue Situation einstellen.

Alexandra telefonierte währenddessen. „Frau Kohlhaas, guten Abend. Alexandra Rau hier. Ich habe eine dringende Bitte an Sie ...“

Dann meldete König sich und gab durch, dass in von Stoschs Haus zwei Personen gemeldet seien. Die Frau gelte aber seit letztem Spätsommer als vermisst. Die nächsten Verwandten seien seine beiden Kinder, zu denen er jedoch keinen Kontakt mehr habe, und seine betagte Mutter, die in der Stadtmitte lebe. Im Hintergrund hörte Alexandra die Stimme von Meierhofer, der einwarf, es sei besser, weiter zu observieren, bis man Gewissheit über den Verbleib der Geiseln habe, und man solle mit dem FBI kooperieren.

Trotz der Anspannung musste Alexandra grinsen. Der Chef ignorierte den Schweizer und fuhr fort mit seinem Bericht. Die Müllabfuhr leere die graue Tonne wöchentlich, den gelben Sack und die Papiertonne monatlich. Alexandra notierte sich alles, fragte, wo Yvonne sei, und bat König, sie zum Säckinger Revier zu schicken. Den Zugriff plante sie für 22 Uhr. Für diese Zeit wollte sie zusätzlich drei Rettungswagen bereitgestellt wissen.

„Was hat er heute in Ihrem Haus noch alles angestellt?“, wollte Isidor wissen.

„Keine Ahnung, aber wir werden es herausfinden. Außerdem können wir ihn das vermutlich schon bald selbst fragen.“

Isidor lenkte den Wagen auf einen Parkplatz vor dem Revier. Alexandra rannte in das Gebäude, in dem es vor Beamten nur so wimmelte. Als sie eintrat, wurde es still.

„Wo ist der Müll?“, rief sie laut, und zwei Uniformierte gaben die Tür zu einem Vernehmungszimmer frei, in dem sich Zeitungen, Dosen und Abfall stapelten.

„Yvonne, kommen Sie zu mir.“ Die junge Kollegin schaute sie fragend an. „Wir gehen das hier“, Alexandra deutete auf den Müllhaufen, „jetzt gemeinsam durch, und Sie sagen mir, was Sie glauben, wie viele Personen die darin verpackten Lebensmittel in den letzten zwei beziehungsweise vier Wochen verbraucht haben. Isidor, Sie schreiben mit.“

Yvonne hatte verstanden. Sie erinnerte sich an das Gespräch, das sie kürzlich mit Alexandra über das Kalorienzählen geführt hatte. Die Kommissarin war entsetzt gewesen, als sie beobachtet hatte, dass die junge Frau jede Kalorie notierte, die sie verzehrte.

„Wir gehen von normalen Essgewohnheiten aus?“, fragte Yvonne.

Sie stammte aus einer Familie, die seit Generationen stark übergewichtig war.

„Ja.“

Alexandra zog sich Latexhandschuhe an. „Mit den gelben Säcken fangen wir an, die sind am übersichtlichsten“, sagte sie.

Die Kollegen hatten vorsortiert. Sie kamen schnell voran. Neben jeweils zehn Saft- und acht Milchtüten beinhalteten die Säcke jeweils sieben Dosen, in denen Linseneintopf gewesen war, neun Dosen Gemüseeintopf und zwölf Dosen Chili con Carne. Dazu diverse Plastikschalen, in denen Obst gewesen war, sechs Verpackungen von Vollkornbrot und Käse, eine Duschgelflasche, eine Rasierwasserflasche und zwei Tuben Zahnpasta. Ein 25-Kilo-Sack Hundefutter war auch dabei sowie fünf Dosen Nassfutter.

Im Papiermüll fanden sich die Tageszeitungen der letzten vier Wochen, Werbeprospekte, neun leere Toilettenpapierrollen und fünfzehn Verpackungen von Fertiggerichten.

Das genügte Alexandra, denn sie hatte es bereits auf den Fotos erkannt: Von Stosch konnte das nicht alles alleine konsumiert haben. Aber sie wollte sichergehen und nahm sich auch den Restmüll vor. Darin fanden sich Obstreste, zig Teebeutel und zerknüllte Papiere, die sich als Rechnungen über Gourmetfertiggerichte einer Feinkostfirma und einer Metzgerei herausstellten. In der Letzteren waren eine größere Menge Schlachtabfälle und Knochen gekauft worden, aber auch zwei Steaks und diverse Wurstwaren.

Alexandra rümpfte die Nase und zog die Handschuhe aus. „Lasst uns hier rausgehen.“

Fragend blickte sie Yvonne an. „Und, was meinen Sie?"

„Ich tippe auf drei bis vier Personen."

„Genau. Der feine Herr speist Gourmetmenüs, und seinen Geiseln serviert er Dosenfutter wie den Hunden, wobei die wenigstens noch was vom Metzger bekommen."

Sie blickte auf die Uhr. 21.30 Uhr. Heinrich König war eingetroffen. Er wartete im Nebenraum mit den anderen Einsatzleitern. Alexandra nickte ihm zu. „Haben wir den Durchsuchungsbeschluss?"

„Ja." Er überreichte ihr das Papier.

„Dann geht es jetzt los."

Sie wandte sich an die Einsatzleiter des mobilen Kommandos. „Ich möchte, dass Sie bis zur letzten Minute im Hintergrund bleiben. Ich setzte auf den Überraschungseffekt. Falls er sich im Haus verschanzt oder eine Waffe benutzt, gebe ich den Befehl zum Zugriff. Ich gehe davon aus, dass sich Geiseln im Haus befinden. Wir dürfen ihm keine Gelegenheit geben, ihnen zu schaden. Gibt es noch Fragen?"

„Was ist mit dem Hund?", fragte der Chef des SEK.

„Das habe ich geregelt. Der wird ausgeschaltet, darum müssen Sie sich nicht kümmern. Noch etwas?"

Der Chef stand auf. „Alles Gute!"

Die Teams brachen auf, um sich in Position zu bringen. Alexandra und Isidor zogen ihre schusssicheren Westen über und montierten die Sprechfunktechnik. Auf dem Weg zum Einsatzort testeten sie die Verbindung.

„Ist Frau Kohlhaas vor Ort?", fragte Alexandra den Leiter der Hundestaffel. Der bestätigte. Isidor parkte um exakt 22 Uhr vor der Garage der Villa von Stosch.

Alexandra stieg aus und ging auf das Tor zu. Augenblicklich setzte ein mörderisches Gebell ein. Die fünf kleinen Hunde kläfften wie verrückt. Das führte dazu, dass der Kampfhund um dic Ecke schoss wie vom Teufel besessen. Eine Schrecksekunde lang befürchtete Alexandra, dass der Zaun nicht hoch genug war, um ihn aufzuhalten. Isidor wich zurück. Alexandra wollte gerade die Klingel betätigen, als sich die Haustüre öffnete und eine große Gestalt heraustrat.

„Argo, ruhig! Was ist denn los?", fragte der Mann in einem Ton, der darauf schließen ließ, dass er es gewohnt war, zu befehlen.

„Guten Abend, Herr von Stosch. Wir sind von der Kripo Waldshut und hätten ein paar Fragen an Sie."

„Bitte", antwortete er knapp.

„Es wäre angenehmer, das Gespräch nicht über diese Distanz führen zu müssen." Alexandra bemühte sich, freundlich zu klingen. Sie sah, dass er sie erkannt hatte. In seiner Miene zeigte sich ein Anflug von Überraschung. Der Summton ertönte.

„Es ist offen", sagte von Stosch mit einem zynischen Grinsen.

Alexandra drückte das Torgitter auf, öffnete es aber nicht ganz. Der Hund stand unmittelbar vor ihr und fletschte die Zähne.

„Rufen Sie Ihren Hund zurück."

„Er hört nicht."

Alexandra drehte sich zur Seite, als wollte sie sich nach einem anderen Eingang umsehen, und sagte leise in ihr Mikro: „Jetzt, Frau Kohlhaas."

Sie lächelte ihm unverfroren zu. „Dann kommen Sie doch bitte ein wenig näher, damit wir nicht so schreien müssen."

Von Stosch setzte sich in Bewegung. Als er ihr beinahe gegenüberstand, jaulte der große Hund auf und drehte sich wie von der Tarantel gestochen um die eigene Achse.

Während von Stosch noch seinen Hund anstarrte, stieß Alexandra das Tor auf. Auch die kleinen Hunde begannen einen merkwürdigen Tanz.

Alexandra rief: „Zugriff!", und ging geradewegs auf den verdutzten Mann zu.

„Herr Friedrich von Stosch, ich nehme Sie fest wegen des dringenden Verdachts des Mordes und der Freiheitsberaubung in mehreren Fällen. Sie haben das Recht zu schweigen. Alles, was sie sagen, kann gegen Sie verwendet werden. Haben Sie das verstanden?"

Alexandra hörte, wie sich Handschellen um seine Gelenke schlossen. Die Kollegen stürmten jetzt von allen Seiten auf das Gelände. Mehrere Waffen wurden auf den Hausherrn gerichtet.

Von Stosch änderte seine Strategie im Bruchteil einer Sekunde. Plötzlich strahlte er pure Freundlichkeit aus. Er hob seine Hände vor die Brust, wie um sie zu beschwichtigen. „Aber bitte, meine Herrschaften, lassen Sie uns das aufklären. Es muss sich um eine Verwechslung handeln."

Jetzt präsentiert er sich als harmloser Bürger, dem Gewalt angetan wird, dachte Alexandra. Sie suchte seinen Blick. „Aufklären ist mein Beruf, Herr von Stosch. Und dies", sie zog ein Formular aus ihrer Jackentasche, „ist ein amtlicher Durchsuchungsbeschluss."

Nachdem er wortlos auf das Papier gestarrt hatte, steckte Alexandra es wieder ein und ging auf sein Haus zu. Über ihre Schulter hinweg sagte sie: „Begleiten Sie uns doch bitte."

Um das Haus herum wimmelte es inzwischen von Menschen und Fahrzeugen mit Blaulicht. Die Kollegen von der Hundestaffel luden die bewusstlosen Tiere in Käfige. Alexandra hatte die Hundestaffel auch deshalb angefordert, weil sie bei der Suche nach den Geiseln hilfreich sein konnten. Der Leiter des SEK fragte, wann er mit seinen Leuten und den Scharfschützen abrücken könne. Alexandra wollte sich so schnell wie möglich im Haus einen Überblick verschaffen. Sie schätzte, dass sie ihm in einer Viertelstunde grünes Licht würde geben können. Isidor blieb mit von Stosch an der Haustür stehen. Er wollte den Mann nicht aus den Augen lassen. In Windeseile durchquerte Alexandra die Räume im Erdgeschoss. Hier konnte sie nichts entdecken, was auf ein Versteck hindeutete. Dann ging sie, gefolgt von Ludwig Knöpfles Männern, in den Keller. Gleich hinter der ersten Tür entdeckten sie einen Käfig, in dem Whisky saß, in eine Ecke gekauert. Eine seiner Pfoten war blutig, aber er lebte. Alexandra beugte sich zu ihm hinunter, aber er fauchte sie böse an. Sie rief in ihr Mikro: „Ist Frau Kohlhaas noch da?"

Ein Kollege von der Hundestaffel antwortete, sie sei bei ihnen.

„Sie soll bitte ins Haus kommen." Alexandra bat einen der Beamten, der Ärztin ihren Kater zu übergeben. „Sagen Sie ihr, dass es meiner ist, sie wird sich um ihn kümmern."

Eilig öffnete sie die Türen zu den anderen Räumen. Nichts. Ihr Atem wurde schneller. Das konnte nicht sein …

Alexandra nickte dem SEK-Leiter zu. Das SEK konnte abrücken. Die anderen Kollegen standen ratlos um sie herum. Ludwig Knöpfle klopfte die Wand ab. Er war zufrieden mit dem, was er hörte. „Hier stimmt was nicht. Ich kann mir nicht vorstellen, dass das Haus nur einen halben Keller haben soll."

Daraufhin trugen seine Leute allerlei schweres Gerät die Treppe herunter. „Gleich wird es hier laut", warnte Knöpfle. „Gehen Sie lieber solange nach oben."

Alexandra nickte. Sie wollte von Stosch befragen. Schon im nächsten Moment begann der Höllenlärm der Schlagbohrer. Sie beeilte sich, die Treppe hinaufzukommen. Wo waren Isidor und von Stosch?

Sie schaute sich suchend um. Im Haus waren sie nicht. *Vielleicht draußen?* Sie betrat den Flur und ging zur halb geöffneten Eingangstür.

„Isi…" Der Rest des Satzes blieb ihr im Halse stecken. Von Stosch hatte ausgenutzt, dass der Krach Isidor eine Sekunde lang abgelenkt hatte, hatte sich mit voller Wucht auf ihn gestürzt und ihn zu Fall gebracht. Jetzt saß er auf ihm und würgte ihn. Alexandra schrie durch den Lärm: „Aufhören, sofort aufhören!“, aber von Stosch ließ nicht ab.

Sie riss ihre Waffe aus dem Holster und gab einen Warnschuss ab. Von Stosch würgte Isidor gnadenlos weiter. Er wusste, dass er verspielt hatte. Zum letzten Mal wollte er den Triumph auskosten, die Augen eines Opfers brechen zu sehen. Das Metall seiner Handschellen drohte Isidors Kehlkopf zu zerquetschen. Der Fehler, ihm die Hände nicht hinter dem Körper gefesselt zu haben, rächte sich bitter.

„Verdammt!“, keuchte Alexandra. Sie stellte sich schräg hinter die beiden, zielte und schoss auf den Arm des Würgers. Die Kugel traf, aber von Stosch gab Isidor nicht frei. Stattdessen versuchte er, seinen verletzten Arm mit dem Knie zu unterstützen, das er durch die Lücke oberhalb seiner gefesselten Hände schob.

Isidor wand sich, bekam aber schon wegen des Gewichts des Mannes auf seinem Brustkorb keine Luft, und der Druck auf den Hals tat sein Übriges. Alexandra sah, dass sich sein Gesicht verfärbte. Sie wechselte rasch die Stellung und zielte auf den linken Arm seines Peinigers.

Zwei Kollegen hatten die Schüsse gehört und kamen aus dem Haus gestürmt. Die Tür touchierte Alexandra im selben Moment, als der Schuss sich aus ihrer Dienstwaffe löste. Sie sah von Stosch wie in Zeitlupe in sich zusammensinken. Die Kollegen zerrten ihn von dem verzweifelt nach Luft ringenden Isidor herunter.

Alexandra ließ die Waffe sinken. Sie starrte auf die Szene, die sich ihr bot. Von Stosch lag in seinem Blut. Der Schuss hatte ihn ins Herz getroffen. Ludwig Knöpfle war als Erster bei ihr und nahm ihr die Waffe ab. Dann klopfte er ihr auf die Schulter und flüsterte: „Gut gemacht!“ Laut sagte er: „Wir machen gleich morgen früh in eurem Haus weiter. Wenn Stosch alles, was er hier an Ungeziefer und Pilzen hortet, bei euch eingesetzt hat, müsst ihr grundsanieren.“

Sie konnte nicht antworten. *Ich muss Hermann anrufen ...*

Isidor richtete sich mühsam auf und rieb sich den Hals. „Das war knapp“, krächzte er. „Danke, Chefin!“

Der Lärm hatte aufgehört. Plötzlich war alles ganz still. Als hätte die Welt aufgehört, sich zu drehen.

Dann hörten sie Knöpfles Schrei aus dem Keller.

„Wir haben sie!“

Sie rannten nach unten.

Hinter der Wand lagen noch mehrere Räume, wie Ludwig Knöpfle vermutet hatte. Die Zwillinge und Frau Dr. Zipfel benötigten medizinische Hilfe, aber sie konnten den Keller zum Glück selbstständig verlassen. Alexandra forderte die Rettungswagen an. Der Zustand der Geiseln und die Tatsache, dass Kim nicht unter ihnen war, schmälerte Alexandras Freude über den Fahndungserfolg. Als die Geschwister und Frau Zipfel versorgt und die meisten Kollegen abgerückt waren, ging sie selbst noch einmal durch das ganze Haus. Isidor blieb draußen und wartete.

Als sie zurückkam, setzte sie sich neben ihn. Unbewegt betrachtete sie die Blutlache, die von Stoschs Leichnam hinterlassen hatte. Sie fühlte sich bestätigt. Wenigstens dieses Mal waren sie nicht ganz zu spät gekommen.

„Isidor, schauen Sie mal, was ich gefunden habe. Das müssen Sie sich ansehen." Alexandra hielt einen Stapel loser Seiten in den Händen.

„Was ist das?"

„Seine Memoiren. Ich habe sie im Arbeitszimmer gefunden. Dieser Wahnsinnige scheint tatsächlich alles aufgeschrieben zu haben. Vermutlich erfahren wir so, was er mit seiner Frau und Kim Cho gemacht hat." Sie klopfte Isidor, der immer noch seinen Hals massierte, aufmunternd auf die Schulter. „Hören Sie zu?"

Er schaute auf. Alexandra las: „Gestatten, dass ich mich vorstelle: Mein Name ist Friedrich von Stosch ..."

Ende

Inhalt

Danken möchte ich: Burkhard Finken / Gestaltung;
Dörte Fuchs / Lektorat; Meinem Mann, Ulrich Fischer;
Hannelore Thiel und Familie; Gerhard Diehl / Korrekturen,
Murielle Rousseau BUCH CONTACT / Pressearbeit;
Testleser/innen: Dr. Stefan Wildfang; Florian Weber;
Kira Scheuermann; Jürgen Weiser; Anna Schuckelt;
Annette Graf-Winkler

Der Augenblick

Nur ein Augenblick – und eine unaussprechliche Tragödie überschattet das Leben sowohl der unmittelbar betroffenen, als auch derjenigen, die Antworten auf die Fragen suchen, wie es dazu kommen konnte.

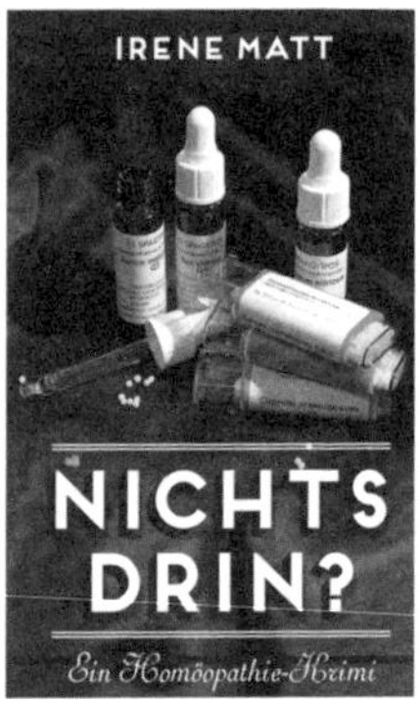

Nichts drin?

Alexandra Rau ermittelt im Bankenmilieu. Ist die Täterin verwirrt oder eine eiskalt agierende Mörderin? Ein Homöopathie-Krimi der besonderen Art.